陈泽 著

玩笑

半凹题

中国文史出版社

1

　　生活中的一切总是那么突如其来，可路晓东怎么也没有想到竟然是狒狒改变了他的生活轨迹。而促成这一切的却只是一个玩笑！

　　狒狒当然不是真的狒狒，狒狒是个人。狒狒本名叫永福，因为从小缺钙，发育方面出了一点问题，长相有点返祖，但又没能够完全恢复到类人猿的状态，却与狒狒极其相似。村民为了好记就直呼其狒狒，几十年下来他的本名永福几乎被人忘记了。鉴于以上原因，现在年近三十了还无所事事，成天在村中四处游走。老娘二嬷眼见一个近三十岁的闲人蜗居在家，自己又年事已高，逐渐无法供应其一日三餐。一年前就托人在城里给狒狒找个事干，一来为了糊口，二来也为了长个见识，日后能够自食其力，有个安妥。二嬷认识的唯一城里人就是路晓东，路晓东小时候吃过二嬷煮的玉米，所以这事就成了他义不容辞的职责。

　　路晓东找了所在工厂的领导，找了大学的同学，还找了老婆文玉的同事。但凡有点门路的就托付给狒狒找个事做，被找的人也都满口应承说一定找机会，可一看狒狒的长相，就都没了消息！

　　这一天，路晓东约了几个朋友来老蔡的饭店吃饭。几个人一边吃喝一边说着闲话，正巧给老蔡饭店送肉的屠夫黄胖子来找老蔡签供货单。老蔡一边签字一边问："老黄你给我送的肉没注水吧？"黄胖子听了就搓着头哈哈地笑，连说不会不会！说完拿了签好的送货单走了。一起吃饭的几个人就说，你那么问他，就是真注水了也说没注。老蔡就哈哈笑了，说："我这么问他不是说注水的事，这里面有故事的！"大家就来了兴致，问咋回事！老蔡说："别看这黄胖子现在长得这么胖，但以前瘦得皮包骨头，那时穷得光毯打得炕沿响，娶了个老婆又黑又丑，倒比他现在还胖。这货这几年卖肉赚了点钱，人也胖得一走三晃，却好色，就经常出去找小姐。有一次被公安局抓了，罚了三千块。这家伙交了罚款就把罚款单揣在兜里忘了拿出来，结果他老婆给他洗衣服的时候就看到了。他老婆是个文盲不认得"嫖娼"两个字，但却认得罚款单，就问黄胖子为啥被罚款。你们知道这黄胖子怎么说吗？"大家摇头说不知道，老蔡就说："这货说人家罚他肉中注水！"说完几个人都笑得直不起腰。其中一个哥们就说："你别说这黄胖子没啥文化，但这个事说得倒挺形象的，一般人还真想不出来！"说完大家又是一阵笑！一哥们就说："这女人都盼着自己的男人挣钱，可男人一挣了钱就去找别的女人了，你说这钱是挣呢还是不挣呢？"大家就看着老蔡说："这个老蔡最有发言权，你这现在挣了这么多钱，是不是也天天在不同的肉中注水？"老蔡说："你们这是只看见贼吃肉没看见贼挨打，哪里知道我这一天忙得尿都尿不尽，别说是给别人肉中注水，连家里一亩三分地都顾不过来呢！十天半月了，老婆就莫名其妙跟我发脾气，我一琢磨，哦，原来是公粮没交！"大家就嘻嘻哈哈地说："人说瘦猪哼哼，你这肥猪也哼哼！你一个当老板的能有多忙？"老蔡说："我还真不是瞎说的，前几天我这里后厨的一个小工，才来三个月，干活刚能上手了，别人一个月多给了五十块，人家拍屁股就走人了，我这几天一时找不到人手，客人多的时候我就在后厨做小工。不信你们闻闻，我这手还一股葱花味呢！"说着真把手举到了众人面前。路晓东听了随即说："你缺人早说啊，我正到处托人给老家的一个小伙子找个事干呢！"老蔡听了就问小伙子多大年龄，路晓东说了狒狒的情况。老蔡听了就说："那明天领来呗！"路晓东没想到会如此顺利，就连声称谢，端了酒要敬老蔡，一个哥们说："你敬他干吗？应该他敬你，你这是帮他的忙，让他这个剥削阶层又多了一个被剥削的劳动力！"大家就哈哈哈地笑着继续喝酒。路晓东本想把狒狒的长相跟老蔡描述一下，好让他有点心理准备，可一想反正在后厨干活，应该影响不大，就忍住了没说。

　　第二天，路晓东领了狒狒到老蔡的鸿发酒楼，老蔡看见狒狒时费力地把嘴张了几张却一句话也没说，然后就嘿嘿嘿地笑了。把晓东拉到一个包厢里说："老弟，你这兄弟长得也太超出常规了吧？这在饭店里干可不行，会吓着顾客的。"路晓东说："他在后厨干杂活，别让他到前面大厅去就行了！"老蔡想了想，碍于跟路晓东多年的交情，还是搓着头答应了。当天下午，狒狒就搬到了饭店，成了自食其力的劳动人民！路晓东总算松了一口气，心想二十多年前二嬷煮的玉米总算没有白吃。

可是事情并没有完。

那是狒狒到饭店工作近一个月后的事。一天下午，老蔡火急火燎地打电话来让晓东到公安局去。路晓东一下子蒙了，难道老蔡犯事了？！唉，这个死老蔡，平时路子玩得野！指不定捅了什么娄子。电话又打得那么火急火燎，什么原因也不说清楚。路晓东就急急忙忙往公安局赶。

忐忑不安中，路晓东到了公安局的大门口。老远就看见老蔡在门口和两个公安在抽烟，好像还有说有笑的。老蔡这不没事吗，路晓东就放心了。老蔡也看见了路晓东，招手示意他过去。晓东看他们表情轻松，想应该不是什么大事，心里就安落了许多。到了他们跟前，老蔡向两个公安做了介绍，两个公安就引着他们往里走，老蔡边走边跟路晓东道出了事情的来龙去脉。

原来早上防疫站的人到老蔡那里检查卫生，完事后一个工作人员到厨房洗手，狒狒手里拿着拖布不声不响地站在那人身后，那人一转身看见了狒狒的尊容吓得当场跌坐在地上。这人刚参加工作不久，受了如此惊吓，于是惊魂未定之中就拿手机拨110，说是老蔡饭店里有猴子，这可是国家保护动物，怀疑老蔡饭店非法经营野味。几分钟后，派出所的车就来了，饭店的工作人员一看情形不妙，赶紧通知了老蔡。老蔡赶来做了解释，总算弄清楚是虚惊一场，可公安局的人说既然来了不能白来，老蔡就说那我把车费出了吧！

公安立刻严肃了脸面训斥老蔡："110是为广大人民群众服务的，你出钱就可以了吗？你以为这是出租车！再说，110为群众办事都是免费的，收你钱你想让我们犯错误啊！"老蔡赶紧赔了不是，公安就说要查暂住证。这下老蔡傻了眼，其他人倒都有，狒狒才到一个月，还没办，要被带到派出所。老蔡知道狒狒脑子不是很清楚，这会儿见公安要带他走，早吓得打哆嗦，老蔡不放心就随车一起到了派出所。到了所里老蔡交了三百元罚款，公安说要想领人得有亲属来签字，没有亲属要送去收容所，老蔡这才给路晓东打了电话。

晓东签了字，办事人员向他要亲属证明，晓东这下抓瞎了。这会儿到哪里弄亲属证明去？再说晓东也不能算是狒狒的真正亲属，就是去开也开不出来。总不能回村把二嬷接来领人吧！就算二嬷来了，不是本地户口也无济于事，到时候不但领不出狒狒，还让二嬷担惊受怕。怎么办呢，这可怎么办呢？！关键时候，还是老蔡有办法，他叫来了刚才与他抽烟的那两个公安，那两个公安倒也痛快，进去与办事的打了个招呼就把事情办妥了。领了狒狒出来，那两个帮忙的警察一直跟着他们走出了大门，路晓东一再连声地对他们说着谢谢，可他们依然没有要回去的意思，老蔡悄悄地对路晓东嘀咕："我刚才应承了他们要意思一下，你看……"晓东这才恍然大悟，赶忙跑到门口的小店里买了两条烟塞在两位公安手里，那两位公安也不客气，拿着烟就进去了。回来的路上，路晓东带着歉意没话找话："那个小破店卖的竟然全是高档烟，不会是假的吧！"老蔡揶揄道："又不是你抽，你担心什么，你不会是在关心人民公安的身体吧！"说得路晓东一脸的不自在，倒不是因为老蔡的揶揄，主要是考虑到狒狒给老蔡添了这么多麻烦，让他费心费力还费钱，想跟他说一句道歉的话，一时又不知道如何开口。老蔡见晓东不言语，就接着刚才的话说："你放心，就算全市都是假烟，那儿也不会是假烟。再说了，你以为那些烟他们会抽啊，一年别人给他们送的烟搓出烟丝喂头牛都够了！那要抽还不把人给抽死，这些烟转一转手就又回到了那个小店里，小店再把烟钱给他们。"路晓东说："原来社会上传的都是真的，怪不得他们只卖高档烟呢！"不等老蔡搭话路晓东接着说："你看今天这事搞的，给你添了这么多麻烦！"老蔡倒无所谓地说："兄弟不就是用来麻烦的嘛，怕麻烦还交啥朋友啊！"路晓东还是说："但我看狒狒是不能在你那儿干了，我还是领回去算了！"老蔡搓了一下头说："那也行，等他暂住证办下来再来吧！"和老蔡分手时，路晓东想起他交的罚款，要把三百块钱给他，老蔡急了，见路晓东执意要给，就说："狒狒在我这儿干了近一个月，算我付的工资吧！"路晓东见他说得坚决，只好作罢。就这样，狒狒又回到了路晓东的住处。

就在路晓东打算把狒狒送回给二嬷的前一天，老蔡又打电话来了。老蔡的第一句话就问："狒狒还在吗？"路晓东说："还在，不过你就别费心了，我准备明天就把他送回去！"老蔡说："送回去干什么，还是让他到我这儿来上班吧！"老蔡的口气还是那么豪爽。路晓东感激地说："老兄，你的好意我心领了，可上次出了那样的事，怎么好再给你添乱，还是送回去算了，这城市里是人待的，可不是什么人都待得了的啊！"老蔡道："怎么能这样说话呢！见外了不是？没事的，让他来吧！"路晓东原想老蔡只是客气几句，没料到他竟认真起来了，就说出了自己的顾虑："像他这样的人，出问题是分分钟的事，就是你不怕麻烦，我也折腾不起呀！"老蔡迟疑了一下："这样吧，咱哥俩晚上聚一下，就在我店里，这事碰面再商量！"老蔡的口气不容置疑，鉴于他的鼎力相助，路晓东也不便拂他的意，就答应了。

至晚，路晓东如约而至，老蔡早候在那里，还特意空了一个包间。晓东在老蔡的领引下进了包间，铺着素花桌布的圆桌上四个时蔬冷拼已经上桌，旁边还放了一瓶剑南春。见桌上只放了两套杯盘，路晓东问："就咱们两个？"老蔡眨着眼说："就咱们两个！要不叫个小姐来陪你？"说完了嘿嘿地笑。两个男人吃饭喝酒，当然是有事要谈。路晓东就问老蔡："你特意叫我来不是专门喝酒的吧？"老蔡就说："当然是有事跟你商量！"说完就忍不住笑了。路晓东就疑惑了，问啥事还要这么郑重？老蔡说："还是让狒狒到我这儿来吧！"路晓东还没有来得及作声，老蔡接着说："这次不是我帮你，是你帮我！"一句话说得路晓东越发糊涂，就开玩笑说老蔡一定是有什么阴谋诡计！老蔡这才说出了原委。

　　原来自从那天狒狒吓着了防疫站的工作人员，防疫站的人回去后就当玩笑讲给家人、同事、朋友听，没料到从此以讹传讹，一种小道消息就在本市的餐饮界传开了。说老蔡的鸿发酒楼在经营受国家保护的野生动物大餐，绝对是真货，甚至可以生食猴脑。传得最离谱的一个版本是有人亲眼看见已经被揭了天灵盖的猴子还拿着拖布追着打人。这世上没有什么消息比小道消息传得更快，不到半个月，社会上的达官贵人、富商巨贾就都来打听。饭店的人越是否认，他们就越认定是真的。一时鸿发酒楼门庭若市。老蔡苦于无米下炊，可看着到手的财路又不忍推拒，就派人从乡下弄些野兔、山鸡什么的来充数。客人哪里肯依，还是不断地问起猴脑的事，老蔡就不置可否，含含糊糊地应对，不说有，也不说没有。有些一掷千金的豪客就拉了老蔡在暗地里出高价，老蔡见瞒不过，就以实相告。可这些人哪里肯听得进去，却怪老蔡不够意思！能出高价的都是在这城里跺一下脚惊天动地的人物，老蔡又不敢得罪，就应承说现在风声紧，过一阵有货再通知。哪知道他们却拍着胸脯说风声再紧能紧到我头上，你只管弄，出了事我担着！老蔡一看事情已经弄假成真，索性一不做、二不休，拍脑袋想了一个点子，打算让狒狒继续来饭店充当活招牌。

　　听着老蔡说完了前因后果，路晓东喝下去的酒全醒了。老蔡说的时候一开始笑得话不成句，可越说到后来却越认真。一时之间，路晓东竟摸不清老蔡讲的是真话还是酒话。就说："老兄，你是开玩笑呢还是喝醉了？"老蔡却正色道："这一开始别人跟我出这个点子的时候，我还真觉得是个玩笑，但后来一琢磨，觉得这事还真能成！"路晓东还是不能全信老蔡的话，就说："那我看你是喝醉了！"老蔡说："老哥我酒量虽不如你，可这点酒我还不至于胡言乱语，你要不信，看我给你走个直线，你就知道我醉了还是没醉！"说着就站起身来要沿着大理石地板的金线走直线。路晓东忙制止他说："这能行吗？狒狒是什么样的人你又不是不知道，长相就不说了，脑子也不太灵光，招牌能不能做得了我不知道，砸你的牌子倒是没问题！"老蔡道："这你不用担心，要是脑子灵光，还真做不了这事。"路晓东就问："你打算让他做什么？"

老蔡嘿嘿笑了两声，搓着头说："这我都想好了，我打算把鸿发的规模再扩大一下，前面的大堂还像往常一样正常经营，在后面再开一个别院。狒狒不到前面来，就在后面应个景儿，到客人中间来回走两圈，效应就有了。"路晓东说："不行不行，狒狒再怎么说也是人，你还真把他当狒狒了？你不怕穿帮了客人把你的店砸了，那些爷可都不是善茬！"老蔡道："这你放心，我们要的就是个效应，做生意赚的是陌生人的钱，靠熟人做生意，你能认识多少熟人？！再说了，那些想吃野味的，一是图个新鲜，二是在朋友面前显个气派，那都是些连五谷都不分的人，谁又真能吃出啥野味不野味的？！唉，算了，给你说不明白，这种生意上的事你这读书人不懂的！到时你尽管把狒狒送来就行了。"见路晓东还在犹豫，老蔡又说："当然，这回狒狒的工资跟上次是不一样的，除了吃住外，一个月八百块，你觉得咋样？"路晓东脱口问道："八百块？"老蔡说："你要觉得不合适还可以再商量一下！可你也知道，我一个领班小姐也才这个数。"路晓东本来是没想到老蔡会付这么多的钱给狒狒，要知道，在二嬷所在的村子里，一个四肢健全的壮劳力，一年下来，从地里刨出的生活除掉吃喝还不一定有八百元呢！现在这居然是狒狒一个月的工资。要不是老蔡现在就坐在晓东的对面，路晓东一定以为是在做梦。刚才问老蔡的话其实就是为了求证一下这个梦的真实性，却不料让老蔡起了误会！事情到了现在这样，对路晓东而言，已经有了一种超出希望的不真实，一时不知道说什么好。老蔡就从口袋里拿出一个信封，推给路晓东说："狒狒的工资我就直接交给你了，你也知道，他脑子不清不楚的，带这么多钱在身上也不方便。再说，他在我这里有吃有住，也没地方花钱！"路晓东纳闷道："还没上班就发工资了？这可不是资本家的作为啊！"老蔡也不理会路晓东的揶揄，说："从明天开始他就算是上班了，不过暂时不用过来，后边的地方还没有装修好。对了，还有一件事你得给我帮忙！"路晓东看着老蔡没作声。老蔡就说："帮我这个店取个名。"路晓东说："鸿发不是挺好的嘛，还打算换招牌不成？"老蔡说："鸿发的牌子不变，但后面的那个别院要有特色，所以我想名字也要取得特别一点。"路晓东推辞道："取名这事我可没弄过，你应该找一个那种测字的半仙什么的给你算算，你们做老板的不是都信这个吗？"老蔡说："算是要算的，但取名这种事你是知道的，现在的人做什么都爱跟风，前两天北街新开了一家北海渔村，没几天四周就南海、东海渔村全出来了。那些专门给店面取名的，有什么文化？无非就是穿凿附会，跟风赶时髦。要知道，我这个别院一旦开张，那来的都是非富即贵的社会名流，人家讲究格调，所以这事你一定得帮我！"路晓东笑着说："你这么一说，我就更不敢应承你了，万一搞砸了岂不是我的罪过。"老蔡就霸蛮起来："这我不管，老哥我认识的文化人中，就你水平高，这事就交给你了。"说完就拿起桌上的信封塞进了晓东的上衣兜里，一边拍着晓东的肩膀说："这里除了狒狒这个月的工资外，还有老哥的一点小意思，作为你的润笔之资。"路晓东一听赶忙把手伸进衣服里说："这算什么？这怎么行？"要把信封掏出来，老蔡按着晓东的手说："兄弟，你这不是打老哥的脸吗？我们做生意的，讲究个利市，哪有给出去还要退回来的！"路晓东红着脸说："这……"老蔡没有让晓东说下去，拥着晓东的肩膀往门口走，晓东边走边说："这我得回去琢磨一下，你什么时候要？"老蔡说："不急，我后面的装修还要三个星期左右，过两天你带狒狒来的时候一起带来吧！"快到门口的时候，老蔡突然又说："狒狒工资的具体数目我就不跟他说了，免得他稀里糊涂地到处乱说，那其他人还不跟我闹翻天了！"

告辞老蔡出来，已经十点多钟。城市的街道灯火通明，在黑夜的映衬下显得格外妖娆。路晓东摸了一下兜里的信封，没有去挤公共汽车，叫了一辆的士回家。坐在车里，路晓东有些懊恼刚才不应该那么着急应承老蔡。会不会让老蔡觉得前面还一味地拒绝，钱一塞到兜里就马上答应了，感觉好像一手交钱一手交货一样。想到这里，路晓东再次把手伸进衣服里捏了捏信封，感觉不出究竟有多少。可刚才的懊恼就像车窗外闪过的路灯一样越来越远。

回到家里，老婆和儿子都睡了，匆匆洗了一下就钻进了被窝。忽然想起兜里的信封，又爬起来从衣服口袋里掏出信封数了一下，竟然整整五千块。再回到床上，却一时辗转反侧不能入睡，加上酒精的作用，浑身燥热起来，下面就硬硬地挺在那里，憋得难受。老婆文玉侧身睡在旁边鼻息沉沉，黑暗里姣好的面容泛着窗外透过的亮光，就显得越发白皙。晓东钻进被子靠了过去，把手从背后搂到了她的胸前。文玉却转过身来，嗅到了晓东嘴里的酒气，半梦半醒中呢喃道："才回来，又喝酒了！"之后便又沉沉睡去。晓东心有不甘，手依然在她的腰腹间游走。女人虽然已三十出头，儿子也已经七岁，可腹部依然平坦，颇为丰满的臀部在侧卧中高高地隆起，尽显出一段纤巧的细腰来，在这张已用了八年的婚床上，依然极具风致。女人并没因晓东的抚弄而醒来，却用手推开了继续向下滑动的手迷迷糊糊地说："别闹了，睡吧！"晓东就势拉着她的手放在了下身坚挺的物件上，女人也不推却，伸手握住了，却拉过去夹在了两腿中间竟不再让其进入，而后又继续沉沉睡去。晓东见不能成事，一时又睡不着，思绪就还在那五千块钱上打转。像个小学生一样在心里算了一下，五千块减去狒狒八百元的工资还有四千二百元哪！差不多是自己三个月的工资。盘算一下，上班十年了，除了每月的工资和年终的一点奖金外，还从没有拿过这么多的意外之财。虽然四千二百元也不是什么大数目，可这种不劳而获的感觉确实令人迷醉！怪不得那些卖彩票的人花了五百元买中了三百元还高兴得在那里跳脚。前两天看见报纸上说有人买彩票中了五十万，三天三夜不曾合眼，最后家人怕出事，送到医院才调理过来。当时还笑这人如此不经世！不想自己却因了四千二百元兴奋了这大半夜，想到这里就有些鄙夷自己，那种蠢蠢欲动就渐渐地消退下来，刚才还不依不饶的巨物此时也慢慢地萎缩如一只小鸟，从女人的两腿间滑落下来。

2

　　第二天是星期天，神的休息日。没人上班，儿子也不用去学校，文玉起得比平时晚一些。弄好早餐之后就在屋子里大呼小叫，说赶快吃了早饭去车站送狒狒，晚了就赶不上去乡里的班车了。路晓东这才想起狒狒的事文玉还不知道，就叫文玉到房里，说狒狒不用送回去了，文玉听了皱着眉头"啊！"了一声就要勃然作色，晓东怕坐在客厅里的狒狒听到，就赶忙把门关上，总算把她冲口而出的怒气给截了回来。

　　文玉生气是有道理的。自打狒狒来的这段时日，家里的气氛就格外紧张。一开始文玉就反对路晓东揽下狒狒的事，说晓东你有多少本事难道自己不清楚，你一个设计室的破主任，还是个副的，凭什么给人家找工作，现在城里下岗工人都成批成批没事干，你让狒狒这样一个人去干什么？关键是他能干什么？要是个女孩还可以给人家当保姆，实在不行给我家做饭也行，你说他办得到么？文玉的质问颇具演说天才，但在家里她只能对付路晓东一个。众所周知，狒狒

8

最终还是来了！老婆做出让步的交换条件是绝对不能让狒狒住在家里，这一点上路晓东也没有异议。狒狒从小到大一直生活在乡间，刚来城里，对各种生活习惯都不习惯，这还不要紧，不习惯可以慢慢适应！关键是他自己的生活习惯路晓东也不习惯，这就成了问题。于是路晓东就安排他住在了设计室同事小邵的单身宿舍。小邵是两年前大学毕业分配到市第二阀门厂的，家也在本市，平时吃住都在家里，那间单身宿舍除了偶尔和还不固定的女朋友幽会外，几乎都是空着的。为了不让小邵觉得为难，文玉还特意准备了一套备用的被褥让晓东拿去换了。狒狒住过去之后，一日三餐还在家里吃，只是晚上过去睡觉，好在单身宿舍离家不远，倒也安然无事。

可让文玉气恼的事还是不可避免地发生了。就在狒狒来的第二天，一大早，狒狒从单身宿舍过来吃早饭。晓东家住在五楼，一楼的单元门装了防盗门，用钥匙或密码或按门铃都能打开。文玉不想多配一把钥匙给狒狒，晓东又不想把密码告诉他，怕他稀里糊涂地告诉别人，再说就是他知道了密码可能也不会开。前一天就反复教了他如何按门铃、如何对着讲话、家里人如何开门等等，为了确保万无一失还反复演示了几次，惹得儿子浩浩上蹿下跳的乐不可支。结果第二天，狒狒还是不得要领。他在下面一遍一遍地按门铃，文玉在上面一次一次摁开关，可是狒狒还是进不了门。三摁两摁，小区巡逻的保安就过来了。看见狒狒长得如此引人注目而又神色慌张，就上前盘问。狒狒哪见过这种阵势，也不知如何回答保安的问话，就扯开嗓子在楼下"宝娃哥，宝娃哥"地叫。文玉一开始听到楼下嘈杂，还不明就里。忽然想到了什么，就从五楼冲了下去。果然，狒狒还在那里跟保安纠缠。文玉反复给保安做了解释，才在保安将信将疑的眼神中领着狒狒上了楼。这样来来回回一折腾，文玉上班就迟到了。说起来也冲，那天正好赶上院长到内一科查房，科主任受了批评，文玉当月的奖金也泡了汤。失掉奖金还在其次，女人是爱面子的人，最让文玉不能释怀的是经早上那么一闹，左邻右舍都知道了家里有狒狒这么一个人，就起了各种猜测。文玉下班回家时就有人问长问短，文玉反复给人家解释。问的人听了都只是笑笑，在女人的眼里，那种笑就包含了千百种的意味，让人捉摸不透。晚上还气咻咻地对路晓东说："宝娃哥，睡一边去！"好在这件事只是一起突发事件，过去就过去了。对晓东来说，更头疼的事在后面。在一开始的前几天，晓东也反复教导狒狒进门换拖鞋、吃饭洗手等等的生活细节。可狒狒的生活习惯已经成了定式，一时半会哪改得过来，倒弄得他缩手缩脚，在家里这也不敢碰，那也不敢碰。看得晓东心里也怪难受，就干脆随他去了。心想又不常在一起，大不了忍受一下，等找到事做就解决问题了。晓东可以忍，可老婆文玉忍不了。回家一见狒狒在就觉得这也不对那也不对，好在还没有太表现在脸上，狒狒也不是那种会看脸色的人。日子过得虽然有些别扭，倒也相安无事。直到狒狒去了老蔡那里，文玉的脸色才恢复了娇媚的活色，晚上也风情万种起来，连性事也做得格外欢畅淋漓。

可是不到一个月狒狒又回来了，于是日子又陷入了尴尬境地。与上次不同的是文玉的态度更加坚决，标致的面容也更加僵硬，就显得格外棱角分明。就在这种极不协调的氛围中，狒狒又干了一件让文玉火冒三丈的事。其实狒狒在家够小心翼翼地了，每次吃饭前后文玉和晓东收拾碗筷，狒狒就显得局促不安，站也不是，坐也不是。路晓东知道他是想帮忙干点活，可又不知道怎么干。一次，狒狒拿了杯子去倒水，不知怎么地就把摆在桌上的一只青瓷花瓶碰到了地上。随着"嘭"的一声巨响，正在给儿子讲作业的文玉第一个冲了出来，看到地上的碎片后嘴巴张了几张，一句话也没说就回到屋里砰地把门关上了。这时的狒狒吓得呆在那里一动不动，手里端着半杯水不知该喝还是不喝。路晓东怕狒狒太难堪就赶忙说："没事的，没事的，这个花瓶放在这里也没什么用，还怪碍事的！碎了好，省得你嫂子天天擦怪麻烦的！"其实路晓东知道碎了才是真正的麻烦。这个花瓶是去年文玉单位组织到西双版纳旅游时买的，贵倒不贵，关键是花瓶上的彩釉图案是一个穿着彝族服装的小姑娘，看上去清新可人，妩媚秀气。买的时候一同去的同事都说彩釉上的女子与文玉相像，文玉就买了来让路晓东欣赏。一连几天都反复地问是不是和她真的栢像。那女子的眼角眉梢还真有点文玉的神韵，路晓东说确实像，女人就欢天喜地地反反复复地照了镜子对着看，还把花瓶放在了客厅电视旁边的矮桌上。家里来人就指着花瓶和文玉做比较，若有说像的，文玉就视为知己。有说不像的，文玉就恶心人家，总要在对方走后挑出些毛病来数落人家的不是。可不管怎样，文玉还是极其疼爱着这个花瓶，放在那儿每天三番五次地擦拭。可现在居然给打碎了，而且是让狒狒给打碎的，你说文玉能不恼火嘛！路晓东清扫完花瓶碎片走进卧室的时候，文玉像是一只被困在笼子里的豹子一样在地上来回地走，眼泪在眼眶里打转。晓东知道现在一定要好好安慰一下文玉，可自从狒狒来到这儿，路晓东已经把这几年安慰文玉的方法从头至尾用了好几个来回，可今天实在不知道如何来安慰文玉。路晓东知道文玉这个时候需要的是发作，这个发作的对象当然就是路晓东，发作的结果就是决定尽快送狒狒走，本来还打算继续给狒狒找事做的想法在花瓶打碎之后连同花瓶的碎片一起决绝地放弃了。

可是现在路晓东却突然说狒狒不走了，这让文玉如何能够接受。在女人刚要发作时，晓东及时取出了那个装着五千块钱的信封。如实向文玉道出事情的原委。文玉听了，也就没有再坚持让狒狒回去。只要狒狒不在家里，能有一份差事做，还能让路晓东在家乡人面前觉得有面子，女人还是愿意的。说到狒狒的工资，女人就说连狒狒都挣八百元了，我们还混个什么劲啊！晓东没有理会，出去招呼儿子和狒狒吃早饭。

饭毕，路晓东给狒狒说着去老蔡那儿上班的事，文玉就说要去车站退了狒狒回乡的车票，路晓东顺口说那你把钱给二嫫寄去吧！女人嗯了一声就收拾整齐出去了。可不一会儿女人又折回来了，进门时给路晓东使了个眼色要他进屋。

路晓东跟文玉进了卧室后随手关上门说："什么事儿这么神神秘秘的？"文玉说："你给狒狒说他工资是多少了吗？"路晓东说："还没呢，怎么了？"文玉说："你说把这八百块钱全寄给二嫫吗？"路晓东说："狒狒在老蔡那里管吃管住，又不花什么钱，不寄给二嫫留给他也没什么用。"文玉看了一下已经关上的门说："我不是说要给狒狒。你想想，二嫫一下收到这么多钱会怎么样？他还不在村里到处去显摆，说狒狒在城里多有本事。可狒狒是什么样的人村里人是清楚的，他们一年到头在外面打工也就挣上三四千块，就这，要碰上一个黑心的包工头还不一定能拿到手。现在狒狒一个月就寄回去八百元，乡里人看见那实实在在的真金白银，能不眼馋吗？"路晓东说："眼馋有什么用？那是人家狒狒运气好！"文玉接着说："对，是狒狒运气好，可你想过没有，狒狒运气为什么好？是因为狒狒找到了你运气才好的。这样，村里就会有数不清的人来你这里找个好运气，到时候你怎么办？"路晓东说："那我没办法，人家狒狒有自身的特殊条件嘛。"文玉把手在空中一挥："我当然知道你没办法，但他们不认为你没办法，狒狒的自身条件只有在老蔡那里才叫条件，村里人是不会认为狒狒有条件的，他们会认为是你有条件，认为是你给狒狒找到了好差事。你说，你吃过二嫫煮的玉米你要帮狒狒，那你还吃过三婶的萝卜你要不要帮贵生，你还吃过……"文玉还要继续说下去，被路晓东制止了："那你说怎么办？"文玉犹豫了一下看着晓东说："我看就给二嫫寄回去三百块算了，再给狒狒一百块零花！"路晓东不太明白文玉的意思，问："那剩下的钱我们拿着不好吧？"文玉说："谁说我们要拿着了？我们只是暂时帮他存起来，一方面为了避免以

11

后麻烦，另一方面万一以后再有个什么事，也好应付！就像你上次去公安局领狒狒不也花了几百块吗？指不定以后狒狒出了什么事还不得我们出面解决呢！就算是没地方花，我们存着到了年底一次性给了二嬷那也是笔大钱，她还能派点用场！现在你每个月寄给她，到时钱也没存下，可能还会惹一堆事。"见路晓东还在犹豫，文玉说："你要觉得还能够给贵生找到每月八百元的差事，就把钱都寄给二嬷吧！"路晓东没有吱声。文玉忽然又问："老蔡不会给狒狒说工资的事吧？"路晓东说："老蔡给我说了，怕狒狒到处乱说，工资的事就不跟狒狒说了。"文玉说："你看到了吧，这样的话这钱就更不能全寄给二嬷了，你想，二嬷知道了，狒狒迟早也会知道，狒狒那样的人能不乱说吗？那样只会给老蔡惹麻烦，搞不好老蔡还得把狒狒的工资给降下来，那是何苦呢！"路晓东说："可以给狒狒嘱咐一下，叫他不要乱说嘛！"文玉说："嘱咐，你怎么嘱咐，狒狒是什么样的人你又不是不清楚，开一个门锁你嘱咐了一个下午最后还不是在楼下喊你宝娃哥！所以，要想不让狒狒到处去乱说的最好方法就是干脆不让狒狒知道！你说对不对？宝娃哥，我看你真像个宝娃哥！"路晓东没有说对，也没有说不对。实际上说对或是不对都已没有意义。事情就这样定下来了。文玉说得也确实在理，一个狒狒已经搞得家无宁日，要是真再来几个，这个家怕就成了老乡们的办事处了。

　　隔了一天，路晓东正在办公室与老吴闲聊，桌上的电话响了。老吴接起来一听，说是找路晓东的，把电话递给路晓东就出去了。老吴其实并不老，只比路晓东年长五六岁，可不到四十就已过早地谢顶使他看上去有些和实际年龄不太符。老吴大名叫吴智忠，是二阀厂设计室的正主任。这办公室说起来有意思，吴智忠是正主任兼党支部书记，路晓东是个副职，由于没有更多的办公室，就在一起办公。其他的科员都在旁边的大厅里。这样就给两位领导工作带来了许多不便，有科员要找吴智忠汇报工作，路晓东就要借故离开。同样，有人要找路晓东，吴智忠不是端个茶杯就是拿张报纸走到大厅里去了。长时间下来，就形成了这样一个规律，甚至连接电话的时候也要相互避开。这种情形很容易让路晓东想起大学时期的恋爱时光，同宿舍要是谁的女朋友来了，其他人都会不约而同地作鸟兽散，末了总要涎着脸让当事人请客，往往却招致一顿笑骂和拳脚，有时甚至也能兑现一二，被引为当时快事！真是有意思啊，要是老吴知道路晓东的这种想法后不知道会做何感想！这种关系真的很微妙，平时没事的时候，路晓东和老吴聊得又好像很投机，嘻嘻哈哈地在别人看来像志同道合的同志一般。吴智忠每次在厂办公会上都会提出给设计室增加一间办公室的要求，可申请递了两年，路晓东依然还是坐在对面看着他的秃脑门晃过来晃过去。

路晓东接过电话，就听到了老蔡大咧咧地说："晓东啊，你让狒狒今天下午就过来吧！"晓东说："你的装修这么快就搞好了，你别院的名字我还没有取好呢！"老蔡说："装修还没搞好，但得让狒狒先来培训一下。"路晓东说："培训？还要培训啊！你还越搞越正儿八经了？"老蔡就诉起苦来："唉，你是国家干部，哪知道干我们这一行，难哪！狒狒那边没问题吧？"路晓东说："那有什么问题，他现在都是你的人了，一切行动当然听你指挥了！"老蔡说："你就会拿我开涮，那我去接他吧！"路晓东说："你也别来接了，我送过去吧！顺便去看一下你的装修格调，这样取名字时也有个对应。"老蔡连声说是。时间就约到了下午三点。放下电话，老吴还没有过来，路晓东就在琢磨怎么跟老吴说下午出去的事。按照科室请假惯常的说法是"家里有点事"。可路晓东这段时间以来，为了狒狒的事已经让"家里有了好多点事了"！好在老吴也不会跟他计较这事，毕竟晓东还挂了个副职。况且这事也算不上什么事！在路晓东看来，在家里睡觉和在办公室里看老吴的亮脑门对二阀厂的革命生产没有任何实际意义上的影响，因为在办公室大多数时间根本就没事可做。不仅路晓东没事可做，就是大厅里的那十几个科员照样也闲得磨牙。厂里每年都有一定的设计任务，可每年画的设计图都堆在厂里的文件室束之高阁，除了让四处飘散的灰尘有所依托外，再也没什么实际价值。这样每年的设计都成了简单的重复，大家就搬来一些旧图样东拼西凑一下交上去充数，反正大家都知道谁也不会真拿着自己画的图纸去加工出一个新阀门来。慢慢地，设计室就蜕变成了一个休闲之地。在如此休闲的地方待着，路晓东已经耗尽了当初毕业时的一腔豪情壮志，渐渐地也对现在这种消磨习以为常了。路晓东有时一个人坐在办公室，看着窗外的一角天空觉得很不甘心，想想自己的生命就在这样的无所事事中浪费，路晓东就感到有一种悲哀！但只要处在这样的环境中，看着别人一样地上班下班，那种偶尔泛起的激情浪花又被淹没在了这种深不见底的漩涡中，越沉越深。

路晓东从办公室出来，厅里坐了十几个人，老吴在和他们说着什么，大家都嘻嘻哈哈的。见路晓东进来了，有几个人就站起身让座，其他人朝路晓东点着头算是打了招呼。钟小雨搬了一张椅子放在了晓东旁边，路晓东刚坐下，小邵就说："你看，还是美女有吸引力，我们都让了座，路主任就是不坐，小雨什么也不说，看路主任坐得多快！"许多人就笑了起来，钟小雨红着脸拿了桌上的一支铅笔向小邵扔了过去。老吴看着路晓东说："路主任可是多才多艺，张杰，这事你一定要路主任出马！"原来下个月二十五号是市二阀厂建厂五十周年，厂里要搞庆典，厂团委组织职工进行文艺表演，每个科室要出两个节目，张杰是设计室的团支部书记，负责组织节目排练。刚才晓东进来的时候，他们正在讨论这个事。张杰说："路主任是肯定要上的，前年厂里搞卡拉OK大奖赛，路主任可是拿了奖的！"路晓东说："这是你们年轻人的事，怎么又扯上我，现在都讲究新潮，我一个老男人站在台上，谁愿意看！"小邵说："你算什么老？路主任才是风华正茂。人家说男人三十一枝花，你现在是正在盛开的花朵，最吸引小姑娘了。对吧，小雨！"小雨瞪着小邵说："我又不是小姑娘，我不知道。"小邵就表情夸张地说："啊，你已经不是小姑娘了，真的，什么时候的事？"说完还涎着脸在那里坏笑。小雨要追过去打他，路晓东说："小雨，不要理他。我们小雨当然不是小姑娘，小雨已经是大姑娘了！"钟小雨就坐在那里，脸红得如涂了胭脂，艳如桃花。经过这么一笑闹，办公室就一片喧嚣，老吴起身要走。晓东刚想说请假的事，话到嘴边又咽了回去，心想这么多同事在这里，我说家里有事走了，要是大家都说家里有事，还怎么管理，还是单独给老吴说比较好。

跟老吴告完假已到了午饭时间，出来走在街上，早春刚到，和煦的阳光照在身上，说不出的惬意！江南应该是一片烟雨蒙蒙了，只是可怜这北方城市却蜗居在西北一隅，没有垂柳摇曳，繁花迎风，春天到了，也没个寄偶处，只是一连几天的好日头，照着光秃秃的白杨，蒸腾得每颗躁动不安的心更加浮躁。树依旧是单薄的瘦，枝上些许冬日没有落尽的败叶在风中抖动着。树干透着一丝儿青黄，萎靡得如同肝炎病人的脸。太阳暖暖的，已有了女人的裙裾在瘦腿上招摇。但早春的风却有着少女的矜持，不理睬太阳的热情，依旧冷冷地吹，吹得心便和裙摆一起打战，涂了胭脂的小嘴嘟起抱怨天气的不尽如人意，红唇带着一种握得住的娇气。末了，向你绽一个笑，你便傻傻地愣神。感觉中春天是真的到了。

人头在街上涌动，影子如同热恋中的情人一样跟在身后一步不落，路就窄窄地瘦。街上便顿时热闹起来，熟识的人相互打着招呼。有一些毛头小子就和女人们说笑，女人们都收拾得光头整脸，在太阳的烘烤下，极尽妩媚。不管燕瘦环肥皆身着薄衫，腰身就显得尽细，身子就拉得尽长。招惹得许多眼睛往这边瞅，女人们就做不理睬状，却越发把胸部挺得高高的，极尽风姿。瘦的可人，肥的富态。收留着路人散落的眼珠，摆着柔如宋词中婉约派的腰，头那么微微翘着，对周围献殷勤的小子时而冷艳，时而娇媚，恰如这乍暖还寒的春日。

　　路晓东的目光也停在了一个女子身上，前面不远处，一名美艳的女子正站在一个卖烤红薯的摊位前。小贩面前的烤炉是那种大油桶改造的，已经烤好的红薯团团围在桶盖的四周，从烤得焦黄焦黄的外皮下透着诱人的香味在春日的微风中飘散过来，不断地刺激着路晓东的味蕾和食欲。当然，更吸引路晓东的是那个站在那里挑红薯的女子。女子穿了一件咖啡色的风衣，里面黑色套裙裙摆比风衣稍长一些，正好和风衣下摆一起参差不齐地触到下面高腰小皮靴的黑色毛边，就越发地衬托出女子小腿的纤细修长。路晓东看见女子纤长的手指捏捏这个，摸摸那个，最后挑一个买了，刚出炉的红薯还有点烫手，女子两只手交换地捧着，一边走一边用手剥了皮，涂了口红的小嘴就小心地那么一咬，袅袅婷婷地向街对面走去，路晓东正看得出神，女子却忽然回了一下头，路晓东赶忙别过脸望着别处，再回头看时，女子竟钻进了街对面停着的一辆黑色小车里走了。

　　回到家里，文玉已经下班回来，正在厨房收拾饭菜。狒狒一个人坐在客厅看电视，儿子浩浩学校包午餐，中午不回家吃饭。三人匆匆吃过，路晓东就说了下午送狒狒去老蔡那儿的事，文玉自然是欢喜不已，开了儿子的房说让狒狒睡一会儿，免得下午去了没精神。自己却拉了男人回房里休息。晓东上了床，女人却在被子里褪去内衣，眼睛就看着男人如春水荡漾。晓东挨过去上去了，女人在下面搂了男人的腰，一面就哼哼唧唧起来。蒙在被子里一头汗，晓东有些不带劲，索性掀了被子，见女人满脸绯红，一头乌发披散在枕上，嘴里呢喃有声，就跪起身来把女人的两只脚放在肩上勇猛起来，文玉嘴里喊着不要不要，伸手却把枕巾拉过来咬在了嘴里，还要说什么，晓东却呼呼地喘着粗气，抱着女人的腰使劲挺了几下，就趴在了女人身上，瘫软如抽了髓的蛇。文玉拿了枕巾擦着男人头上的汗说："你怎么回事，忽然像个强奸犯似的。"晓东笑着说："强奸犯不错吧？要不要再强奸一次啊！"女人就乜了眼说："谁要你再来一次，你还能再来一次吗，能的你！"晓东忽然想起了一个笑话就对文玉说："你知道男人最喜欢听女人说什么吗？"女人说："我爱你？"晓东说不对，女人又说："你真帅？"晓东还说不对，文玉就问："那我不知道，是什么？"晓东说："是——我要！"文玉就忍不住笑了起来说："这肯定是男人编的，你们男人成天就想这个。"晓东说："那也不是这样说，你知道男人最不喜欢听女人说什么吗？"文玉不假思索地说："当然是我不要了？"晓东又说不对。文玉就不猜了，扭了

15

头要睡，却又转过身来问："是什么？"晓东说："是——我还要！"文玉一听就笑得拿了拳要捶晓东，一边说："这个笑话有意思，这就是你们男人，什么时候都猴急猴急的，等女人真的要了，自己却又无能为力了！"晓东说："听你这话好像经历了多少男人一样！"文玉就作势要捶晓东，路晓东又说："听说女人在潜意识里都有被强奸的渴望，是不是真的？"文玉说："当然不是真的，这都是男人臆想的，这种事只有你情我愿才会舒畅，哪会有谁愿意被强奸？"晓东就说："你这么一说我倒想起前几天老蔡讲的一个笑话，说一个没结婚的女生问结了婚的女人，男人和女人干那事谁更舒服，那结了婚的女人就说，你说用火柴棍掏耳朵，是火柴棍舒服还是耳朵眼舒服？那年轻女子就说当然是耳朵眼舒服，结了婚的女人就说那你知道男女干那事谁更舒服了吧？没结婚的女生又问，既然女人舒服，那为什么被强奸会不舒服？结了婚的女人就说，你走在街上，随便一个人拿火柴棍掏你耳朵，你会舒服吗？！"文玉说："这老蔡一天到晚没事干尽编这些黄段子！"路晓东说："这还真不是老蔡编的，他说是他们店里的两个女服务员说的！"文玉说："哪有女人说这么流氓的笑话，肯定不是什么正经人！"晓东就问她："那你刚才舒服吗？"文玉没说话，却伸手下去握住了男人的东西说："我还要！"然后看着男人笑，晓东就抓着女人揉捏如一团酵面。

这么一闹，午觉也没睡成，文玉就到了上班时间。穿了衣服，女人对着衣柜上的镜子看了一下说："我穿这个是不是太热了？"踔晓东说："现在人家都穿裙子了，你还穿这个，当然热了。"女人就拉开衣柜挑裙子，挑来挑去却拿不定主意，这个太薄，那个太厚，艳的太招摇，素的太老成。就拿了衣服比在身上问男人穿哪个好，路晓东就说："现在这个季节，你就穿那条咖啡色的呢裙吧！"女人穿了，在镜子前转了几圈，也觉得不错，就带着两颊的酡红收拾停当出门了。

路晓东眯了一会儿，估计时间差不多了，就叫了狒狒一同去老蔡那里。走在街上，人乱如蚁。街景似乎每天相同，又似乎每天不同，今天走的已不是昨天的人，今天说的当然也不是昨天的话，可产生的嘈杂声却天天如一。路晓东忽然产生一个奇怪的想法，现在每个人都在抱怨街上人太多，太吵闹，但如果忽然一天街上都没了人，那该是一种什么样的景象，安静可能是够安静，但那可能是一种恐怖的安静，死亡是最安静的，没有了人的街那还是街吗？奇怪的想法被一声卖红薯的叫卖声打断了，路晓东就暗笑自己真是神经，走在大街上也能灵魂出窍。早上那个卖红薯的还在，路晓东下意识地看了一眼，正好一辆公共汽车到了，是去鸿发酒楼方向的，路晓东刚要挤上去，风中又飘过一阵烤红薯的香味，路晓东却再没有去挤公共汽车，拉着狒狒叫了一辆出租车径直去了鸿发酒楼。

3

鸿发酒楼在城北的建设路上，是市区的繁华之地。鸿发的门面是一栋四层楼，和左右的饮食店连成一体，面对着马路一溜排开，就形成了街面。但其他几家做得都没有鸿发大，排在一起倒显得像是受正房压迫的妾室。鸿发的后面是一片老城区的旧房，有一些已拆了起了新居，拆过的残垣断壁却不清理，任由其在风雨中裸露，就像城市天桥上行乞的残疾人裸露着畸形和残废的肢体向路人博取同情一样。这样就使这一片老城区显得越发破败。那些还没拆的旧屋，据说是明代的物什，被风雨剥蚀过的青砖划痕斑驳，记录着岁月的痕迹。屋顶的琉璃瓦已是支离破碎，随着风中摇摆的几茎枯草发出悠悠的叹息，似乎在感怀逝去的辉煌。从街面各类店铺的夹缝中穿行而过，走不了多远，这个破败的所在一下子就呈现在了眼前，和街面的繁华形成了极其明显的对比，就像一个穿着入时的女子忽然脱去了华丽的外套露出了破旧的内衣和臃肿的赘肉。这种感觉上的落差会让人觉得极不适应，恍惚中那些繁华街面的缝隙似乎是从另一个不同世界延伸过来的时光隧道，随时会把你从这头拉入到那头，两个不同世界的距离竟然是如此短暂！使你不知道究竟哪一个景象才是这座城市真实的一面。

路晓东同狒狒进了鸿发酒楼的大厅，因为不是就餐时间，坐在前台的一个新来的服务员用手支着下巴在打盹，见有人进来，没好气地说这会儿不接客。路晓东有些生气，就冲冲地说我找你们蔡老板，服务员刚要说什么，就从旁边过来了一个穿领班制服的女生，笑盈盈地说您是路先生吧？路晓东一下倒没反应过来，因为在单位领导都叫他小路，同事都叫他路主任，一帮吆五喝六的朋友都叫他晓东，在本市还真没有谁正儿八经地叫过他路先生。路晓东随即反应过来答应了，对方就说自己是这里的领班李红。路晓东说怎么以前没见过你，李红就说她也是刚来不久，现在负责新员工的培训，说着就带了路晓东和狒狒去了四楼老蔡的办公室。一起上楼的时候，路晓东就问李红是从哪里来的，听口音好像不是本地人。李红就说自己之前是在深圳，这次是蔡老板通过别人介绍特意让她来的。路晓东就感叹说深圳好啊，改革开放的最前沿，服务理念那可是一流的。李红就问路晓东是不是也在深圳工作过，路晓东说自己只是去出差，待了几天，但被那种环境和氛围感染到了！

其实感染到路晓东的倒不完全是深圳，而是在深圳遇见的一个人！

那是一年前的事了。当时厂里要订购一套生产设备需要进行前期调研，供货的厂商有三家，一家在天津，一家在沈阳，一家在深圳。和路晓东一同去的还有两位领导。一位是厂供销处的处长刘海江，一位是总工程师陈永年。

第一站是天津，所有的日程厂商都安排得井井有条。自然是出有车、食有鱼、住有宾馆，可谓餐餐酒宴，夜夜笙歌。一路走下来，路晓东的级别最低，其他两位都是领导，虽然厂商招呼得已经无微不至，可路晓东在顶头上司面前还得鞍前马后地伺候，刘处长和陈总也一口一个小路地叫，似乎唯恐厂商不知道他们才是领导。天津的厂商也就轻看了路主任，酒席间话题总是围着陈总和刘处长的思路走。

第二站到了沈阳。接待他们的是一个姓张的副总带了公司两个销售部经理。同天津一样，几个人对刘海江和陈永年极尽奉承，又都爱杯中之物，主客很快就打成一片，第二天就开始在酒桌上称兄道弟了。一天晚宴，吃饭时酒也喝得差不多了，话题就聊起了日本，由于上一家天津厂商的设备正好是日本的。大家都恨日本，就开玩笑地组成了抗日联盟。其中有个倒酒的小姐长得挺漂亮，张副总就问："小姐，你抗日不？"小姐很害羞，不说话，张副总见了就说："看样子一定是抗了，那就是我们联盟的人了，坐下来陪我们陈总和刘处长喝一杯。"小姐不愿意，陈永年摆摆手也就罢了。饭后出了酒楼，张副总说："唉，刚才那小姐还真的抗日，走，我们去找个不抗日的地方玩玩去。"陈永年推辞了说不去，刘海江没吱声。最后大家还是都去了，开车到了一家很大的休闲场所唱歌。每人叫了陪酒陪唱的小姐，大家就玩猜骰子，继续喝酒。由于有路晓东和刘海江在，陈永年有点放不开，陪他的小姐就拉他出去到大厅看表演。刘海江倒是一副老油条的样子，手一直不老实，在小姐身上摸来摸去。至晚，大家尽兴而散。一连几天，张副总都变着花样带着几人吃喝玩乐，张副总不仅在吃喝玩乐上样样精通，而且极具语言天赋，讲话时声情并茂，一个很普通的玩笑从他嘴里讲出来总是能博得满堂喝彩，只要他在场，不管是吃饭还是考察，气氛就特别活跃。这样几天下来，刘海江和陈永年就对沈阳的设备极力推荐，似乎连去深圳的意义都不大了，就在沈阳多留了一天。可谁知就在离开沈阳的最后一晚却出了岔子。几天的接待下来，张副总和刘海江似乎已经熟得狗皮袜子没了反正。在最后的送别宴上，大家又都喝得五迷三道，刘海江就说起了昨天晚上看过的二人转表演。张副总听了就说："咱们昨天去的那里可是全沈阳最好的二人转剧场，刚开业的时候一票难求，有一次我们司机送董事长去看，董事长进去后，司机也想跟着进去，可门口的保安不让进。司机就说让我进去，我们是一个单位的，那保安是个倔脾气，偏不让进，还说鸡巴和睾丸还是一个单位的呢，你跟女人××的时候鸡巴进去了，睾丸也能进去吗？"张副总极富渲染力的话音一落，满桌子的人就禁不住哈哈大笑，连站在旁边倒酒的服务员都没忍住，手一哆嗦把酒洒在了刘海江的裤子上。可刘海江没有笑，脸憋得通红一句话也没有说。原来刘海江就是司机出身，之前一直是给厂长徐大力开车的。当然，最后二阀厂没有订购沈阳厂商的设备。可自打那以后，路晓东每次在厂里看见刘海江就会哑然失笑，有一次路晓东去总厂办公楼办事，刚好厂长徐大力在二楼的楼梯口，下面两三个台阶下紧跟着刘海江，似乎要赶着跟厂长说什么，路晓东脑子里就出现了张副总说过的笑话，一下子没忍住笑出了声，惹得旁边几个人都侧目而视，路晓东就装作咳嗽掩饰过去了。

最后一站到了深圳，情形却不同了。负责接待的是厂商营销部的营销总监，年纪只有二十七八岁，名字叫秦可。秦可人很漂亮，长得像极了香港影星钟楚红。此后几天，住宿、就餐、观光，秦可都调度得游刃有余，酒席间更是落落大方，仪态万千。陈永年和刘海江骤然间有这么一位漂亮的女总监做陪，都有些手足无措。路晓东在三人中显得年轻英挺，举止儒雅，秦可和他的话就多起来。更主要的是在秦可的言谈举止中，对陈总刘处长和路主任都一视同仁。秦可这么做，所有的陪同人员也这么做，路晓东似乎一下子失去了压迫感，就调动自己所有的幽默与机智在秦可面前妙语连珠。

在跟秦可几天的接触中，路晓东竟然跟她有了一种含含糊糊的暧昧意味。返程的前一天吃完晚饭，陈永年和刘海江喝多了先回酒店休息。秦可就邀请路晓东去夜晚的海边逛逛，有这么漂亮的女生陪伴，路晓东自然满口答应。秦可就自己开车一路飞奔到了深圳东部的大梅沙海滩。夜晚的沙滩上人很少，两个人脱了鞋赤脚沿着海岸线走了很久，走累了又坐在沙滩上说话。秦可就很自然地靠在了路晓东的背上。十一月的深圳已经不那么热了，路晓东感到自己的后背有了微微的温热，那是秦可的体温。路晓东说自己是第一次离海这么近，而

19

且跟这么漂亮的女生。秦可就呵呵笑着说你是在夸我还是在夸海啊？路晓东就说主要是夸你。秦可说自己工作压力大的时候就会来海边散步，一看到大海的广阔深远就把什么烦恼都放下了。路晓东说我们那里也有海，不过是沙海，你什么时候去了，我带你去到沙海散步，那里可以走到沙海的中央，就显得更广阔，更苍凉。秦可就来了兴致，说自己往西北最远只到过西安。路晓东说你去了我还可以带你到敦煌莫高窟看壁画，到七彩丹霞拍照，到草原骑马。说得秦可就无限向往。说我以后不叫你路主任了，就叫你晓东吧，你也别叫我秦总，叫我的名字吧！

从沙滩往回走的时候，两个人去脱鞋的地方穿鞋，可却怎么都找不到鞋去了哪里！找来找去，路晓东发现刚才脱鞋的地方已经被涨起的海浪淹没了，鞋肯定是被冲到海里去了。两个人就对着哈哈大笑，尤其是秦可笑得直不起腰，路晓东去扶她，两人就拥抱在了一起。路晓东低头亲了秦可的额头，秦可迎上来也亲了路晓东一下，说："我们这算不算以公谋私！"路晓东就说应该不算吧！秦可就又嘻嘻嘻地笑，光着脚拉了路晓东去开车。两人赤脚回到市区，路晓东光着脚不好回酒店。秦可又开着车转了大半个市区，终于找到了一家还没有关门的鞋店，进去买了鞋和袜子，又送晓东回到酒店已经是凌晨一点了。

从深圳回来，路晓东就常常在文玉面前感慨：我们一直讲城乡差别，出去之后才知道什么叫城乡差别，城乡真正的差别不在于楼高不高，车多不多，在于各行各业的服务意识和人的思想观念。每次说起来，秦可的样子就在路晓东的脑海里出现。后来二阀厂是订购了秦可所在的那家厂商的设备，这倒跟路晓东没多大关系，一方面路晓东官微言轻，根本决定不了，另一方面综合各方考察结果，秦可所在的那家厂商的设备性价比确实最高。可订购设备没多久，就听说秦可已经不在那家公司上班了，以后就再也没有了联系。随着时间一天天地流逝，路晓东觉得在深圳遇见秦可，似乎已经成了一个遥远的旧梦。渐渐地，路晓东在这座城市也就继续安之若素地做他的小路、晓东和路主任了。

且说李红陪路晓东到了老蔡的办公室，就把狒狒领走了。路晓东坐下和老蔡闲聊了一会儿，就说去看看他新装修的餐厅。老蔡说："大体已经差不多了，内部还得十几天才能收尾。"两人又从四楼下来到了大厅。

从大厅一直往里走，在餐厅的侧面，开了一个拱形门洞，穿过门洞，却到了一个开阔所在，这就是老蔡所说的别院。晓东一下子被这个别具一格的院门吸引了，院门并不高大，却是用碗口粗细的原木搭建的，原木外层的褐色表皮并未剥取，还透着阵阵松香。院门顶上却将原木一劈两半排列成了一个"人"字形的门檐，上面还覆盖了一些草秸，整个格调就显得极其古朴，乡土气息十分浓厚。晓东一边走一边感叹设计者的匠心独具，迎面却是一堵照壁，把投过去的目光折了回来，思绪就更显得急不可待地想越过照壁看个究竟，好在路晓东的脚步很快地跟上了思绪。绕过照壁，竟是一口宽阔的鱼塘。鱼塘中没有鱼，却放满了水，显然是刚刚建成，水清澈得一望见底，池底的水草和色彩斑斓的卵石在阳光的掩映下交相辉映。水塘的上面是一座竹桥，小桥两侧的护栏和桥体本身浑然一体，竟然全是用茶杯粗细的圆竹搭建的。竹桥是通往对面餐厅的唯一通道。走过竹桥，便可直入厅堂。

这是一栋两层的裙形楼，进了大厅，一棵巨树却伫立在大厅中央，树的枝节交错伸向两层楼顶的穹隆处，大厅就显得无限宽阔。木制的桌椅散落在树的四周，还保持着原木的本色，似乎未经雕琢，但却又似乎处处费尽雕琢。要不是工人们正在大树的枝丫间布置翠绿的塑胶树叶，晓东几乎就认为这棵巨树已在这里生长了千年百年。一楼除了大厅里的散座，周围一共设了二十四个包间，每个大致相同又略有不同，晓东一一看了，自然都是古朴雅致，各具特色。老蔡引着晓东随着假山旁的石阶一拐，再一拐，就到了二楼。二楼没有散座，沿着群楼设了十二个更大的包间。包间外的走廊上放了一些沙发矮几，外围的栏杆都是用红木雕饰而就，略显精致，与一楼的古朴有所不同。路晓东站在栏杆前可以将整个一楼大厅一览无余。十二间大的包厢陈设也都是以红木为主的仿古家私，显得高贵典雅。

老蔡一边指点，晓东就一边感叹："你老哥可是出手不凡啊！"晓东知道，这个别院的代价可绝对不是一个靠工资吃饭的人所能想象的。老蔡就说："不瞒你说，单凭我一人之力怎么能弄到这个规模。"一路参观下来，别院的名称晓东已心中有数，可为了不让老蔡感觉那钱花得太容易，就说："名字的事回去我得好好想想，可不能把你这地方给糟蹋了。"末了又说："对了，这种构思和布局是哪家装修公司给你设计的，很不错啊！"老蔡说："你也觉得这个风格好啊！你来得正好，一会儿给你引见个人，你们好好聊聊，正好可以商量一下取名字的事！"晓东问："人在哪里？"老蔡看了一下表说："应该马上就到了，晚上在我这儿吃饭，你正好帮我陪一下，都是上档次的人哪，你们肯定会谈得来！"晓东不便推辞，就和老蔡边说话边往外走。

说话间就到了前面大厅，已是晚饭时分，厅里已有好多人在用餐，一派热火朝天的景象。路晓东想，自己在这座城市里也不算是太寒酸的人，也就是十天半月才来一次酒楼吃饭。可每次到酒楼发现人都一样多，是自己的钱太少，还是现在有钱人太多！这种想法在路晓东心里打个转也就过去了，并没有表现在脸上。正在寻思着，鸿发的门口就来了一辆黑色轿车，晓东感觉好像在哪里见过，却一时想不起来。正踌躇间，老蔡说了声他们来了，就拉着晓东一起迎了出来。这时，从车上下来了两男两女，倒着实让晓东吃了一惊，其中一个，竟然是中午晓东在街上看见的那个吃烤红薯的女子。

　　老蔡迎了上去，同他们握了手，又引见了晓东，晓东也伸出手一一握了。几个人在门口寒暄一阵。老蔡就引着一行五人到了楼上早安排好的包间。大家落座，老蔡又重新对晓东一一做了介绍，相互递了名片。两位男士，一位是市财政局的局长谭德正，另一位是市建筑总公司的总经理权有成。女士之中，其中一位叫毛晓萍，是永泰消防工程公司的总经理，也是谭局长的朋友。老蔡介绍的时候说："我们毛总现在已是鸿发的股东了，也算是主人，今天招呼各位的重任你可要担起来啊！"气氛一下子就轻松起来。最后介绍的是中午路晓东看到的那位女子，老蔡说："这位石小姐，是权总的外甥女，别看她年纪轻轻的，了不起啊！我这里的设计就是她搞的。"晓东说："不简单不简单！我还第一次见这么漂亮又这么有才华的女生！"末了，老蔡介绍晓东说："这位是市二阀的路主任，我的铁哥们，年轻有为，才华横溢啊！"正说笑间，李红领着一个人进来对老蔡说："蔡总，杨老板来了。"路晓东一看，更是吃了一惊，李红身后的杨老板居然竟是爱国路的"青皮"。

　　"青皮"的本名当然不叫青皮，叫杨红卫。杨红卫十年前在爱国路一带混的时候还留着一头长发，后来进了一次看守所，再出来的时候长发没有了，成了一个剃秃的"青皮"，他也索性再不蓄发，任由泛着油光的青皮脑袋在爱国路上晃，晃得那一带的路灯都暗然失色，竟渐渐地成了一块招牌，混社会的闲人都知道了爱国路的"青皮"。人也更加地嚣张，纠集了一帮泼皮闲汉坑蒙拐骗，打家劫舍，还定期向各类店铺收取保护费，做起了无本生意。路晓东就疑惑这"青皮"什么时候成杨老板了？

　　老蔡起身向各位介绍，说："这位是建安拆迁公司的杨总，我这次餐厅的扩大工程，要不是杨兄弟鼎力相助，进展可没这么快！"说完又分别介绍了其他人，杨红卫的"青皮"已经变成了板寸，老蔡介绍的时候却从西服口袋里掏出名片一一递上。路晓东一看，上面写着：杨红卫，建安拆迁有限责任公司总经理。

原来这两年市里大搞城市旧改建设，许多老城区就成了改造对象。旧城区要被拆掉，住在这里的居民给予一定的补贴后安排了其他区域的住所。有人对补贴和新的住所不满意，就赖着不走，看着推土机在门前隆隆而过，却还住在摇摇欲坠的危房里以死抗争，搞得地产商和当地政府极为头痛。为此，市里就成立了一个拆迁办公室，市长也亲自发话，说城市建设是本市迈向现代化城市的关键所在，市里所有职能部门都要全力配合拆迁办公室的工作。上令下达，谁敢怠慢，于是到处一片热闹景象。先是供电局停电，不搬的居民就点上蜡烛享受起了烛光晚餐。接下来自来水公司就停了水，居民又拎了家里的大桶小罐到一里之外的街巷取水来吃。再后来交警队派人在被搬迁居民区的进出口挖坑、设路障，使大小车辆都不能经过，每天早晚居民就肩扛自行车、怀抱幼仔、手扶耆老行走于砖石瓦砾之间。拆迁办想尽了办法，可钉子户们总是能够克服重重困难，钉在原地不动。这样一来，工程进度就被拖延，城市现代化建设不能如期进行。市拆迁办主任新官上任，急得嘴角舌头上都是水泡，就召集了一帮幕僚商量对策。其中一位就说了，目前政府的人力资金都有限，现在不都市场化了嘛！要用市场的眼光看问题，充分调动社会力量来解决问题。说话的这位正好是杨红卫的一个亲戚，就把杨红卫引荐给了拆迁办主任。两下一商量，就由杨红卫到工商部门注册了一家建安拆迁有限责任公司，并走马上任为总经理，原来门下收罗的一帮泼皮闲汉就成了公司员工，专门负责督促那些拒不搬迁的钉子户。

杨红卫办事果然得力，工作方法也很特别。他们白天几乎不工作，但到了夜深人静之时，一帮泼皮就呼朋引伴地聚在了某一户居民家的门前喝酒笑闹，喝完的空酒瓶随手就丢在了人家的窗户上，随着酒瓶破碎声一片，他们就笑成一团。住户中有胆大的出来理论，就按住一顿胖揍。居民报警投诉都没人理会，遂灰了心，就一家一家地搬走了。地产商见此举效果显著，但凡碰到拆迁的棘手问题，都请了杨红卫来，没有搬不动的。这样一两年间，建安公司竟越做越大，杨红卫也成了场面上的人物，早把青皮留成了板寸，西装革履地出没于声色犬马之地。

话说老蔡介绍完杨红卫，待大家坐定，就一边招呼上菜一边说："都喝白的吧！"眼睛扫了一下全场就落在了毛晓萍身上，毛晓萍没说话，谭德正却说："晓萍今天是主人，当然要喝白的！"老蔡又看着石小姐对权有成说："石宁也喝白酒没问题吧？"权有成还没说话，石宁却说："我才不喝白酒呢，辣死了，我喝啤酒！"一句话说得大家都笑了，权有成说："这孩子，说话这么直接，还有要酒喝的！"说得石宁吐了一下舌头。路晓东正好坐在石宁对面，被她的样子逗笑了，石宁一抬头见路晓东在看着她笑，就红着脸低了头。

　　酒菜很快就上来了，自然是生猛海鲜，炒卤蒸煮，一应俱全。可老蔡还一迭声地说："没什么好菜，不成敬意！"大家都说蔡老板太客气了。老蔡让谭德正先提第一杯酒，谭德正哪里肯，一定要权有成先提，两人推让了几次，还是谭德正先端了第一杯，权有成端了第二杯，两人都说了场面上的客套话，大家就分别把酒喝了。第三杯是老蔡提的，他端着酒杯说："我是一个粗人，承蒙各位抬举，尤其是今天能够请到谭局和权总，我这里可是蓬荜生辉啊！别的就不说了，就希望大家以后常聚！"说着就先喝了，其他人的白酒都干了，石宁喝啤酒用的是口杯，却只喝了一半，老蔡就不依："小石也要喝完，酒桌上咱们不分男女，你喝啤酒已经是占了优势，只喝半杯怎么能行？"石宁说："我这杯子比你们的都大，我半杯都有你们好几杯了。"大家就笑，老蔡还要坚持，权有成就说："石宁还是小孩子，就随便她吧！"老蔡说："小石，以后出来不要和你舅舅一起来，你都是设计师了还把你当小孩子看！你不要管他，随便喝！"说完却也没有再勉强石宁。老蔡又敬过一圈酒，餐桌上的气氛就活跃起来。谭德正和权总好像很熟悉，有说有笑地把场面弄得很热烈。杨红卫的名声在外面轰轰烈烈，可坐在这里，却规矩得像个处子。这种场面，路晓东是熟悉的。可他怎么也没想到今天居然会和这些人坐在一起喝酒。等老蔡敬完酒，路晓东又逐个敬了一圈，轮到石宁，路晓东说："石小姐真是巾帼不让须眉，不仅漂亮，还是一位才女，你的设计构思，让我佩服！我敬你！"石宁脸红了一下，说："路主任你可别这么说，我是学画画的，上学的时候怕只学画画毕业了没单位要，就又学了室内装饰设计。"路晓东说："那这样我们也算是同行了，我也是学设计的，不过是工业产品设计。"两人就说为同行干杯，把酒喝了！老蔡却说："看小石喝酒这么痛快，晓东你要喝两杯的！刚才是为同行干，这次要为了合作干一杯！"路晓东说："本来我想给你这取个名还蛮有信心的，刚看了石小姐的设计，倒觉得有压力了，取不好的话，把石小姐这么好的设计糟蹋了我可就成罪人了！"老蔡说："你这么说那我就放心

24

了，你会敷衍我，但你绝对不会敷衍小石的！"说得大家都笑了。路晓东就又举了杯对石宁说："那就再为合作干一杯，希望你到时候不要骂我！"说完两人又喝了一杯。石宁红着脸说："我可不能再喝了，再喝就是不醉，舅舅也要骂我了！"老蔡说："小石你不要有顾虑，你都是大人了，你舅舅不能再像小孩子一样管着你了！"权有成笑着没说话。轮到毛晓萍敬酒，毛晓萍第一个敬权有成，说："权总，今天我借花献佛敬你一杯，今后我也算是鸿发的半个东道主，你可要多多赏光啊！"权有成说："那还用说，我那些朋友，十天有八天都在酒桌上，到时候免不了叨扰！"毛晓萍说："那更好了，权总的朋友就是我们的朋友！以后这里就是我们的根据地了！"谭局长就说："你放心，有权总在，市里的财神爷都会来的！"权有成笑着说："哪里哪里，你谭局才是真正的财神爷啊！"大家一边说笑一边喝酒，时间就过得很快。

喝了一会儿，路晓东起身去了洗手间。以路晓东的经验，看一家酒店的档次高低，不能看餐厅，也不能看厨房操作间，而是要看洗手间。鸿发的洗手间就是极上档次的那种。外面的洗手台用的是黑色大理石铺面，正面镶嵌了一面巨大的镜子。路晓东完事出来时，见一位玄衣女子正在洗手。路晓东走过去站在了另一边，那位女子却回过头来，晓东一看竟然是石宁，刚要说话，却马上意识到这绝不是石宁，只是一个眉眼身段和石宁颇为相似的女子，涌到口边的话被齐刷刷地截在了唇齿之间，就张着嘴向女子笑了笑，女子也向他一笑，闪身走了。路晓东这才拧开了水龙头洗手，却见洗手台上放了一串珠琏，是现在女孩子常戴在手腕上的那种，拿起来看了一下，像是檀香木做的，颜色很古朴，上面似乎有纹饰，才要细看，忽然意识到可能是刚才洗手的玄衣女子遗下的，忙追了出去，可过道里寂寂无声，哪里还有人影，问过道尽头的服务生，服务生说没看见有人出来。路晓东想这也不是什么值钱东西，找不到人也就罢了，试着在自己的手腕上戴，珠链太小戴不进去，就收起来，继续进去洗手，思绪还停在玄衣女子身上，心想自己也没喝多少酒，怎么会眼花把这个女子看成是石宁呢？还是自己心思在石宁身上，看谁都像了石宁呢？一时为自己的荒唐惭愧不已，寻思如果石宁这会儿知道自己在这里胡思乱想，该会作何感想。想到这里，就抬头照着洗手台上面的大镜子理了理头发，看着自己面容并无酒色，却又马上想到了石宁与自己碰杯后脸颊上的嫣红，又想刚才那位玄衣女子的脸色被衣服衬得格外白皙，几乎没有血色。这么一想，路晓东却忽然意识到刚才的玄衣女子从洗手间走出去，自己似乎从没在眼前的大镜子里看到她的影像。

这面镜子镶嵌在整个一面墙上,几乎照遍房间里的每个角落,不要说是一个人,就是一只苍蝇飞过,从镜子里也可以看得到,可路晓东怎么也回想不起来玄衣女子是否在镜子里曾留下过一星半点的影像。疑惑间站在烘手机前烘手时,路晓东忽然觉得一股凉气从后背直冲头顶,因为他想到刚才那位女子洗手时,他分明看到了正处在女子身后的烘手机照在了镜子里,当时就觉得有点不对劲,可又说不出问题出在哪里,现在这么一想,路晓东顿时感到冷气森森,也不等烘干手,就匆匆回到了包间。

包间里大家还喝得兴高采烈,老蔡说:"晓东你怎么才回来,我们都又喝一圈了,刚才杨兄弟打通关的酒你没喝,现在补上!"杨红卫就端了一杯酒站起身说:"路哥,早就听蔡哥说起过你,一直没机会见面,兄弟我敬你!"路晓东端起酒和杨红卫碰了一下,仰头把酒干了。老蔡说:"晓东,你没事吧!你面不改色我是知道的,可今天怎么越喝脸色越白?"晓东刚要说话,石宁却说:"那你们就别让路主任喝了,我等会儿还要和路主任商量别院取名字的事呢!"老蔡说:"今天我们只是喝酒,取名字的事你俩约个时间再商量吧!你说呢晓东?"路晓东看着石宁说:"我没问题,看小石有没有时间?"石宁说:"我也没问题,那你定时间吧,我哪天都行的!"路晓东想了一下说:"那就这个周六吧!"边说边掏出刚才石宁给的名片,说:"到时候我打电话给你时再定地方!"石宁说好,顿了一下,忽然又说:"我留个手机号给你吧,我刚配的手机还没来得及印在名片上呢!"路晓东就递过名片,当石宁写了手机号的名片再次递给路晓东时,路晓东站起身来,伸出的手接住了名片,抬起的眼睛也接住了石宁看过来的眼光,两人都笑了一下。路晓东把名片放在了另一个口袋里,一伸手却碰到了刚才揣在兜里的那串珠琏。

又喝了一会儿,谭局长说:"今天就差不多了,权总你看要不就到这里吧!"老蔡说:"还早,我们找个地方去唱会儿歌吧!"权有成说:"时候也不早了,让谭局长早点休息吧!你老弟又不用按时上班,我们不行啊!"老蔡说:"既然这样,我就恭敬不如从命,只是今天没吃好,等那边开张了,我们再好好尽兴!"一时大家就都散了。临出门的时候,路晓东正好碰到在门口送客人的李红,就问有没有见一位穿玄色裙子的女子来吃饭,李红想了想说好像没有,末了又说人太多想不起来了。路晓东这才疑疑惑惑地出了鸿发大门。

回到家里,文玉还坐在客厅里看电视。晓东到儿子房里看了一下已经睡熟的浩浩,俯下身亲了亲儿子的小脸,浩浩翻了个身又睡了。文玉跟进来说:"你满身酒气的别把他弄醒了！"两人从儿子房里出来，文玉就问都跟什么人吃的饭，路晓东说都是市里有头有脸的人物啊！又说别看老蔡就一开饭馆的，真摸不清他水有多深，居然跟谭德正和权有成都称兄道弟的！说到杨红卫，文玉说："那不是个流氓小混混吗？老蔡怎么也叫他一起吃饭？"晓东说："什么叫流氓？流氓做小了那是小混混，流氓要是做大了那叫大亨！"文玉说："谭德正和权有成再怎么说也是国家干部，还是领导，和杨红卫这样的人在一起不怕受影响吗？"路晓东说："受什么影响？人家脸上又没写'流氓'两字，人家现在是建安公司的总经理，也是领导啊！"说着就去掏杨红卫的名片给文玉看，手伸进衣袋里，却摸到了石宁写了手机号码的名片和那一串捡到的珠链。晓东从另一个口袋掏出杨红卫的名片递给了文玉，在文玉看名片的时候把外套脱下来挂在了衣架上。

　　文玉看了一下名片，随手扔在了茶几上说："这算什么狗屁领导，前两年人家说在深圳的建筑工地上，从楼上掉下来了一根钢管，砸着了三个人，有两个就是总经理，还有一个是副总经理！"晓东笑着说："你这是吃不到葡萄就说葡萄是酸的！"文玉说："要说吃不到葡萄的也是你，你一个学工业设计的本科生工作都十年了，才只混到个副科级，你说咱们上个大学还有什么用？"路晓东挨着文玉靠在沙发上，文玉把头偎在他的胸前，他就闻到了一股淡淡的发香，手就不老实起来，伸进文玉的睡衣里摩挲不已，嘴里说："谁说我吃不到葡萄，我先把你这两个葡萄吃了再说！"文玉扭着身子不肯就范，三扭两扭，手却伸到男人的下面，一根东西就在女人手里勃然而起。晓东张狂得不行，拉了女人在沙发上就要退去下衣，文玉却是扭扭捏捏地放不开。客厅里的灯明晃晃地照着，投在地上的两个影子忽大忽小，电视没有关，女主播正声情并茂地讲着什么。晓东一时不能入港，正着急，文玉却起身关了电视和灯。刚才地上的两个黑色的影子一下子闪到了黑暗里，两个白色的影子又合在了一起，相拥着进了卧室。

4

　　翌日，吃完早饭，文玉问晓东给老蔡酒店取名的事，晓东说还没有定下来，还要跟设计公司的人碰面商量一下。文玉忽然想起了什么，起身到卧室拿了一叠钱出来让晓东去存。晓东说："不要存了，你昨天还说没衣服穿，星期天你去商场买几条裙子吧！"文玉说："怎么忽然想到给我买裙子了，就是买裙子也用

27

不了这么多，你是不是自己想买什么吧？"晓东说："你看你，不给你买的时候你有话说，给你买的时候你也有话说，你穿漂亮了，我看着也赏心悦目一些啊！"文玉红着脸瞪着晓东，晓东看了儿子浩浩一眼就没有往下说。过了一会儿，路晓东终于忍不住说："这钱我看干脆花掉算了，给我们每人买点东西，浩浩你说你要什么？"浩浩说要个游戏机，文玉说："你不要避重就轻，你先说你要什么？"晓东说："浩浩说要游戏机，那我也要个机吧！我要个手机。"文玉说："我就知道会这样，就这四千六百块钱，随便你花吧！"嘴里说着，就把钱递给晓东说："给你配个手机也好，以后家里有什么事找你也方便些，打到你办公室十次有九次你都不在。我们科主任前两天也配了一个，挺方便的。现在刚上班的年轻人都有手机，咱们倒舍不得买这舍不得买那的！"路晓东说："还是老婆英明，那我今天就去买了吧！"说着就抽了一千六百块给文玉，把剩的钱揣在了兜里。

到了办公室，也没什么正经事做，正好张杰他们在晒图室排练厂庆节目。张杰就来请两位主任过去指导，老吴说自己对文艺一窍不通，做不了指导，还是路主任去吧。路晓东就随张杰一起到了晒图室，走到门口就听见里面嘻嘻哈哈、热闹不已，路晓东一进去，所有的声音戛然而止，只一瞬间却又恢复了喧闹，就像卡了带的录放机被换了磁带一样。恢复了喧闹的声音都欢呼着说让路主任上。路晓东说你们排你们的，我只看看，有什么需要可以向科里提，大家就一片欢呼，七嘴八舌地要这要那，当然最终都是要钱。路晓东又说科里的情况大家是知道的，我们这里不比下面车间可以自己创收，我们可是清水衙门，所以你们要什么都行，就是不能要钱！众人就嘘声一片。路晓东和下面的人比较随便，也不在乎这些。小邵说："现在我们别的要求也没有，就缺一个男女对唱的男主角，这个要求你一定可以满足吧！"张杰也过来说："我们排了一个舞蹈，还有一个对唱，女声已经定下来了，是钟小雨，男声大家都推荐由你来！"路晓东说："怎么又扯上我，你们这么多年轻人，哪个不会唱？"张杰还要说什么，早有一堆女子围了过来，钟小雨也在其中，路晓东就说："小雨，你们准备的什么歌？你说让谁配合你，我来做主！"众人就一哇声地说："就是你！"路晓东说："我肯定是不行，还是另外找一个，我看小邵就可以！"小雨说："路主任不上我也不上！"张杰就面露难色，大家又嘻嘻哈哈一番，最后还是决定由钟小雨和小邵上。小邵故意苦着脸说："路主任你这不是拉郎配吗？"小雨说："谁稀罕你！"说着就要追过去打小邵，晒图室就闹成一片。路晓东制止了，又说了些让大家好好排练节目的话，叫过张杰嘱咐了几句，自己转身出了晒图室。

路晓东刚要回办公室，手伸进口袋掏烟，却顺手拿出了石宁给他的手机号码，迟疑了一下就折身下了楼梯向厂门口走去。

街上人还不是很多，惊蛰刚过，早春的上午还有些清凉。路晓东打算去买手机，通讯大楼就在临街，穿过马路步行十几分钟就到了。通讯大楼目前是市里的标志性建筑，高二十八层，外墙装饰了绿色玻璃，太阳一出来就照得明晃晃地耀眼。这两年城市建设发展很快，路晓东记得前两年最高的楼还是银行的办公大楼，外墙是茶色玻璃，楼高二十二层。没过一年保险公司建起了一栋二十六层的保险大厦，外墙通体用蓝色玻璃罩着，看上去分不清哪是墙体哪是窗户。去年通讯大楼在半年时间里突然拔地而起，银行办公大楼和保险大厦与之相比都黯然失色，尤其是到了晚上，镶嵌在外墙上的玻璃幕墙在地上十二个巨型射灯光柱的映照下，整个大楼显得晶莹剔透，如幻如真。

路晓东站在通讯大楼大厅的大理石地面上，营业厅里的人很少，大厅的一侧是销售手机的柜台。在当时的内陆城市，手机对于工薪阶层还是个稀罕物。社会上最先拿手机的有三种人，一是商人，二是领导，三是浪荡社会的闲汉。普通人配了手机，忌惮于高昂的通话费，也是用的时候少，玩的时候多。更多的年轻人却把手机当作了一种饰物，用一个皮套别在腰带上招摇过市。在人多的地方拿出来大声地说话，呼呼喝喝的，很忙碌的样子。路晓东挑好了手机，付了款，就到旁边办理了入户开通手续。人虽然不多，可一通忙下来，等走出通讯大楼时已将近中午，回单位已快到吃饭时间，就想干脆回家算了，不想刚装在口袋里的手机却响了。刚响的时候，晓东还没有意识到是自己的手机，直到周围几个人都朝他看时，路晓东才忽然想到。忙不迭地掏出来看，铃声已经停了，晓东还纳闷自己刚配的手机，号码谁都不知道，自己都还要写在纸上才能记下来，怎么会有电话来呢？仔细看了，原来是移动公司发给新用户的短消息。晓东拿着手机边走边想，该把自己的手机号第一个告诉谁呢？当然是老婆文玉啊！就拨通了文玉办公室的电话。接电话的却不是文玉，说文玉已经下班走了。路晓东一时有些丧气，觉得自己用手机拨出的第一个电话太没来由，正懊恼间，伸进口袋的手却碰触到了石宁写给他电话的名片，路晓东就按着号码拨通了石宁的电话。

电话通了，可却没人接听，在电话的"嘟"声里，路晓东有些没来由地紧张，半分钟的时间路晓东几乎感觉过了一个世纪。少顷，等待中的晓东紧绷的神经刚刚松弛下来，一个温柔的女声却在耳边响起，晓东顿时又紧张起来，语

29

无伦次地"喂"了两声,对方却置若罔闻,依然不紧不慢地说:"对不起,您所拨打的电话暂时无人接听,请稍后再拨!"晓东这才意识到刚才说话的是自动语音服务系统,人一下子放松下来,发现手心全是汗,身上也燥热起来,就站在路边点燃一支烟抽。心想自己紧张得真是莫名其妙,不就是打一个电话吗?再说这也是早就约好了星期六要见面的,打电话只是跟石宁定一下具体地方。似乎石宁可以透过电波信号窥视到自己内心一样,用得着如此心虚吗?

　　这种情形,路晓东是有过经历的:十多年前第一次拉唐娟手的那一刻,晓东比现在还要紧张。那时候路晓东和唐娟还是大二的学生,在同一座城市里读书却不是同校。在一次学生联谊会上相识之后便常常相约出行,彼此的心意都写在青春焕发的脸上,可都一样青涩开不了口。在一个春日午后,路晓东约了唐娟去留青山踏青。青春的恋情没有金钱可以铺垫情调,却有的是精力和时间可以肆意挥霍。路晓东从山下就谋算着如何能够让青春的激情再更进一步,可那只抬了无数次的手只能在唐娟的俏肩和纤腰上蜻蜓点水。无数次的无功而返使路晓东懊恼不已,一次又一次地给自己鼓劲,那里还有游玩的兴致,连唐娟跟他说话也心不在焉,可旁边的唐娟似乎浑然不觉。眼看着就要到了山顶,走在旁边的唐娟气喘微微,并不丰满的乳房在毛衣下面小心翼翼地一起一伏,一如路晓东紧张的心跳。一种少女的体香在路晓东的鼻息间游走。路晓东从侧面看去,唐娟粉色的脸颊上细细的茸毛在午后日光的掩映下泛起一层光晕,使唐娟越发显得清秀而娇媚。直到多年以后,唐娟的这个侧影依然让路晓东产生着无尽的思恋。就在路晓东一筹莫展的窘迫中,走在旁边的唐娟踩在石阶上的脚突然一滑,路晓东赶忙扶住了,就势拉住了唐娟的手。唐娟红着脸站稳了,被路晓东拉住的手却没有松开反而握得更紧了。两个人都不说话继续往上走。整整一个下午,两个人下了留青山,走完了长长的沿河路,直到一起坐在一个小饭馆里,两只手再没有分开。这一牵,牵了三年。

　　类似的情形在八年前第一次亲吻老婆文玉时也出现过。可就在路晓东这样胡思乱想的时候,手机响了。

　　清脆的铃声把晓东的思绪拉了回来,赶忙拿出手机,竟然是石宁打来的。刚才的紧张情绪经过一支烟的缓冲已经不那么汹涌澎湃。路晓东刚"喂"了一声,那边石宁说:"你好,我是石宁,刚才是你打我电话吗?"路晓东说:"是我打的,我是路晓东。"石宁在电话那边"哦"了一声,马上说:"啊!是路主任啊!"路晓东说:"你还记得我啊?"石宁说:"当然记得,我还记得星期六咱俩要见面呢！"路晓东顿时轻松了许多，说："那你有什么好地方推荐吗？安静一点，我们谈事方便就行！"石宁犹豫了一下说："我也不知道什么地方好，这样吧！具体地方我们见面再决定吧！你说我们在哪里见面？"路晓东说："那就到中心广场吧，那儿去哪里都方便！"石宁迟疑了一下说："干脆你到我们公司来接我吧！"末了又说："你方不方便？"路晓东说："我没问题，那我们就在你公司门口见。"挂了电话，路晓东径直向家走去，没走几步，电话又响了。晓东一看又是石宁，疑疑惑惑地接了，石宁在那边说："你星期六可不可以早点到我办公室，我们把取名字的事定下来再去吃饭，免得吃饭的地方吵吵闹闹不方便说话！"路晓东自然是满口答应，在电话这边点头不止，似乎石宁可以看得到。

　　这几天路晓东总是做梦。光是做梦倒不要紧，谁都会做梦！但让路晓东感到惶恐的是每次竟然都做同样的梦。夜，黑得如墨。有几点灯光在忽明忽暗地闪烁，分不清远近，也无法揣摩距离的长短，只是漫无目的地走着，忽然之间人已经在一个屋里，屋子里呈灰白色，四壁的物什都模糊不清，感觉似乎很熟悉却怎么也想不出究竟是什么地方。恍惚中看到墙上有一张女人的画像，画像似乎并不完整，但又说不出究竟欠缺什么。有一个声音在屋子里响起，要路晓东把画像欠缺的地方补充完整。路晓东真的拿起一支笔，毫不费力地为画像添加了头发以及额头上的整个轮廓。画还挂在墙上，似乎正像某一个人，具体是谁却怎么也看不分明。正疑惑间，画像却燃烧起来，烧着的正是刚刚添加上去的部分。燃烧的火焰把画像映照得清晰而艳丽，一个女人的影子刚刚出现在大脑中，火光却倏忽间熄灭了。那个瞬间清晰的影子也同熄灭的火光一样不可触及。除了刚才添加的部分外，画像别的地方丝毫无损，又恢复了原先的模样，刚刚画上去的部分荡然无存，似乎是被抹去一样。再画，再燃烧，整个过程与前一次如出一辙，一种恐惧向路晓东的心头袭来。画像带着燃烧的余光向路晓东眼前逼近，再逼近，晓东本能地用手去推，却什么也触摸不到。一种无可名状的恐惧使路晓东须发皆张，整个屋子里充斥着一种怪异的气氛，有一种无形的力量压得路晓东透不过气来。唯一能做的是希望赶快逃离这个房间，但四壁的墙却都向路晓东周围压过来，想跑的意识在大脑中已奔突了好几个来回，可就是迈不开步，任凭自己怎样挣扎也丝毫动弹不得！
　　已经记不清是第几次从这样的梦中醒来，路晓东出了一身的汗。梦里的紧张依然让奔突的心脏剧烈地颤动，像是被人拨动过的弹簧。刚睁开的眼睛在黑暗中如在梦里一样，意识模糊得分辨不出是在梦里还是醒着，房间里完全的黑暗逐渐成为灰白，如梦境中的颜色。路晓东不知道是从刚才的梦中进入了现在的现实，还是从刚才的现实进入了现在的梦中，抑或是从一个梦进入了另一个梦。忽然之间，那种奔突不安的挣扎没有了，那种紧迫的压力也一下子消失了，伴随而来的是一种身体的完全放松和思绪的自由。路晓东就这样任随意识在无所依附的黑暗中飘荡，恍惚中他似乎看见了躺在床上的自己，这一具成熟男人的躯体就这样静卧着，四肢慵懒而惬意地摆放在身体的四周。思绪在黑暗中飘荡，那颗头颅就理所当然地放在枕上无所事事。黑夜中的眼睛却有一种光辉跃动，清澈透明而又漫无边际，手足安静地一动不动，却任由那一根阳物勃然而起，在黑暗中昂然挺立，坚硬而持久。文玉就睡在旁边，浑圆的臀部在侧卧中形成了一个优美的弧线。路晓东觉得要是这个时候进入女人的身体，应该是完美而尽兴的！但他没有动，他想就这样躺着，一直躺到千年百年。

5

　　这座城市原本是一座古城。城南两里，一条护城河沿城墙逶迤而过，用青砖和黏土筑就的城墙现今已全都沦陷在了一排排高低不平的房屋之中。这些房屋就地取材，用从老城墙上拆下来的青砖做了侧墙和前墙。就这样顺着城墙一溜儿地排过去，两侧相背地依靠着，如同一排背靠墙壁打盹的懒汉。显而易见，这批平房并不是同一时段搭建的。一开始只有一个懒汉偶尔背靠在城墙那儿打了会儿盹，见无人理会也无人干扰，过几天又一个懒汉就依在了旁边。就这样，不久以后，一排懒汉就顺着城墙靠在那打盹儿了。一两年间，竟形成了现在这样的规模。这里原本是市建筑公司的临时工早几年搭建的临时住所，几年的人事变迁，会钻营的都托关系找门路转成了正式职工，搬进了公司在市区给职工盖的宿舍楼。那些老实巴交不会钻营又没什么门路的人，在建筑公司困难时期看不到生活的希望，就改行做了其他营生。这样，这些平房就如同沦落风尘的女子而几易其手。现在成了下岗职工、小商贩、农民工的集聚地。这些人身无长物，却都有一点手艺。为了一日三餐，有个谋生之计，先是农民工到河滩的裸露处开垦出一畦湿地种了蔬菜，小商贩就以很贱的价钱收购了去卖。下岗职工则在门口推个板车给人修鞋开锁，磨刀补胎。这样每天也能混个二三十块。日子虽然过得恓惶，但各自总算有了安身之计，人就一日日地多了起来。新的房舍就顺着城墙又那么一间一间地靠过去，久而久之，沿着河道就形成了一段几里长的街市。

路晓东现在就走在这条街市上。今天是星期六，再没有比周六的午后更热闹的街市了。路晓东记不清是多久没来过这里了，但这里的规模和上次来时已经完全不能同日而语。街道的两边都插笋般地竖立着不同的店铺，只要你能想到的物什在这里几乎都可以买到。但最多的还是当地的一些土特产品。街市的头尾分别用钢铁支架做了一块拱形的招牌，上面写了四个红色大字：农贸市场。护城河已被向外延伸的店铺挤得越来越窄。河床上已经没有了可以种菜的湿地，河沿上每隔几米就伸出一条或粗或细的塑料管道。污水从管道下流出一条斑驳的污痕一直通向河里，同河里黏稠的污水汇聚在一起，散发出一股令人作呕的臭气。污浊的河水已看不出是继续流动还是静止，上面漂浮着红的、白的以及分辨不出颜色的纸片和塑料袋。河道里泛起的臭气和街市上其他各种不同的味道混在一起，使整个街市在这样一个春日的午后都氤氲在一种特有的气味中。这种气味如同电视剧中的背景音乐，烘托得整个街市更加纷繁、忙乱而又躁动不安。

路晓东看了看表，跟石宁约的时间快到了。市建筑公司的大楼就在农贸市场东头的丁字路口。楼层并不很高，但在这个位置，已经显得卓尔不群。顺着大楼的台阶拾级而上，就到了一个颇为宽敞的大厅里。星期六，没有人上班，大厅里显得安静而又阴冷，让刚从外边的阳光和嘈杂中进来的路晓东打了一个冷战。

石宁的办公室在二楼。路晓东没有去坐电梯，他顺着大厅左侧的楼梯往上走，脚步声在安静的大楼里踩出了一个接一个的回响。路晓东的感觉里好像同时有一个人也正在楼道里走过，他想应该是石宁出来接他的脚步声。但当他停下脚步的时候，另一个声音也停止了，再走，响声又起。路晓东一时疑惑不已，又停下来抬头四顾，楼道里光线很暗，依然安静如初。一股凉意就莫名而至，忽然想到是自己的脚步回声，就暗骂自己在大天白日竟然也会胡思乱想。正踌躇间，楼道里的一扇门开了，一个白色的三角就跌在了楼道的阴影处，随即一个黑色的影子闪了出来立在了那个白色的三角上。路晓东再看时，石宁穿了一件黑色的连衣裙站在亮光处正对着他微笑，宛如站在舞台上聚光灯圈中的舞者。

光亮让路晓东看不清石宁的面目，但这个影子路晓东却觉得似曾相识，只是想不起在哪里见过。石宁已经在那里说："路主任，你来了！"路晓东说："看来整个大楼只有你一个人上班啊？"石宁说："我不是上班，我是在等你！"路晓东笑着说："罪过罪过，让这么漂亮的女生在周末还坐在办公室等我，许多人要骂我了！"石宁接着路晓东的话说："有没有许多人骂你我不知道，但这大周末的你不在家待着，有一个人一定会骂你的！"说完那么盯着晓东看，路晓东知道石宁说的是文玉，就顺着说："不，那个人骂的是你！"说完两个人都笑了，气氛一下子就轻松起来。说笑间，两人都走进了石宁的办公室。

两个人开始坐在石宁的办公桌前给鸿发别院命名。石宁的纤纤十指在电脑键盘上噼啪作响。少顷，路晓东看到过的正在装修的鸿发别院的三维立体图就出现在了电脑屏幕上。三维图做得非常逼真，也很细致，甚至连房间里墙壁上的装饰画和家具上的摆件都清晰可见。路晓东从口袋里掏出几张纸，上面密密麻麻写满了字。两人还是顺着立体图上的大门一路往里走，每到一处需要命名或题字的地方，路晓东就从那几张写满字的纸上找出相应的名字让石宁加上去。

大门处路晓东没有再费周折，就提了"别苑"二字。但字没有写在门楣上，而是直接契刻在了那一面巨石上。往里走到了竹桥邦儿，就在两边的厅柱上写了一联：

闲植烟柳绕堤翠

淡煮清酒隔岸香

看到对联，石宁禁不住连声喝彩："太好了，我就要这个，这几天我一直在寻思有什么合适的诗词放在这里。找了很多，但都没有满意的，你这句是谁的诗？我好像没读过。"路晓东笑而不答。石宁忽然转过脸说："是你写的，真的是你写的呀？"路晓东说："你不奇怪为什么没读过了吧？你是这句诗的第一个读者！"石宁听了兴奋地一把抓住晓东的胳膊说："真没想到，你会写得这么好！"路晓东半真半假地恭维道："是你的设计给了我灵感！"石宁的脸红了一下，忽然意识到自己的手还在晓东的手臂上，忙站起来说："忘了给你倒水，你喝水吧？"边说边走到饮水机前给路晓东倒了一杯矿泉水。说话间，电脑屏幕的画面到了一楼的大厅里，周围二十四个包间从东首第一间开始，依次取名如下：

东侧：立春、雨水、惊蛰、春分、清明、谷雨

南侧：立夏、小满、芒种、夏至、小暑、大暑

西侧：立秋、处暑、白露、秋分、寒露、霜降

北侧：立冬、小雪、大雪、冬至、小寒、大寒

石宁看了，半天没有作声。却起身从旁边的柜子里取出了一只茶壶，问路晓东喜欢喝什么茶。路晓东说不用麻烦了，石宁接着说："我不喝茶的，不知道什么茶好，但我觉得你应该是喝茶的！"路晓东站起来走到石宁旁边看着柜子说："不喝茶的人竟然存了这么多好茶！"说着拿起一罐六安瓜片说就这个吧！泡了茶，两人坐回电脑前。石宁说："你怎么会想到用传统的二十四节气来给包厢命名？"路晓东调侃道："这样不是最省力嘛！要是不好，你要骂就只能骂古人，骂不到我了！"石宁没有搭话。路晓东继续说："我觉得这样和你的设计风格才相配，你会不会觉得这样太土了？"石宁说："本来我还以为你也会取一些山呀、河呀、花呀、草呀做包厢名，现在你这么一叫，倒认为再没有比这个更好的了，反而觉得那些山河花草的命名就俗了！"路晓东得到石宁的夸奖就越发受用起来，嘴上却说："你再这么夸我我会骄傲的，我只不过是借用了古人的成果！"石宁说："这叫不著一字，尽得风流！"路晓东听了，扭头看了看石宁，刚要说什么，却没有说！石宁已经点着鼠标，转过假山，沿着石阶上了二楼。二楼的十二个大包间分属四侧，晓东分别命名为：

东面三间：望月楼、玩月楼、邀月楼

南面三间：清心斋、怡心斋、放心斋

西面三间：放春山、藏春坞、留春涧

北面三间：翠竹摇影、红袖添香、落梅映雪

石宁看了说："我听蔡老板说要留三间包厢专供斋菜，你南面这三间是为斋菜准备的吧？"没等路晓东回答，继续看西面三间。当念到"藏春坞"的时候，脸忽然红了一下，就没有再往下念。接着看到北面三间时说："北面这三间是不是太雅了？"晓东说："我觉得也是，我们改一下吧！"石宁想了一下说："干脆就叫：翠竹厅、红袖厅、落梅厅，你觉得行不？"晓东说："不错不错，改得很好！"石宁听了红着脸说："真的可以吗？"晓东说："你说可以，我说可以，还能有谁说不可以？你是我的一字师了！"石宁说："哈，那你怎么谢老师啊！"路晓东故作认真地说："那我请石老师吃饭可以吗？"石宁笑着说："老师我可不敢做，吃饭我倒很乐意！"说着看了一下表说："差不多做完了，我们看一下效果图就可以走了！"整个大厅的效果图打开，路晓东见石宁并没有像其他餐厅的包厢一样把名字挂在包厢门上，而是用了一块古色古香的红木牌将刚取好的名字冠在了每个包厢门的侧面，整体布局极其雅致。石宁自然也很满意，换着不同的角度看。两人几乎同时发现，大厅正面直通屋顶的两根廊柱似乎缺了一副对联。石宁就说:"这里要是再有一副对联就更好了,你觉得呢?"路晓东说:"这倒是,但我没有准备。"石宁说那就算了。晓东说等一下,拿起纸笔酝酿片刻,一副对联就写在了纸上。石宁接过去看了一下,没有说话,直接输在了电脑里,写的是:

> 翠竹摇影　沸水映碧草
> 红袖添香　冷酒暖芳心

两个人从楼上下来,街上已是暮色沉沉。农贸市场除了几家食摊酒肆亮起了灯,其余的摊位店铺都已收摊打烊。

走到路口,路晓东说:"我们去吃什么?"石宁想了一下,却说:"我听你的!"晓东就说:"那我带你去一个好地方!"说着招手叫了一辆出租车向市中心绝尘而去!

路晓东说的好地方是市中心爱国路一条街巷里的一间烤肉店。烤肉店的名字也很特别,叫"酋长"。这家店的装修风格一如其店名极具特色。墙壁不论内外,皆用粗糙的黄泥一抹而就。窗棂台几也完全不加雕饰,壁灯一律随形就势地依附在墙壁的凹凸处,漫不经心处却又独具匠心。一些画框大小不一,内里或嵌一块板石,或镶一方染布,或龟甲,或陶器,不一而足。其间偶有图案,然而细看起来却又似文非文,似物非物,似人非人,不明所以。

路晓东和石宁来的时候,已经有一半客人就座。大多是男女情侣,都在柔和的灯影里低声细语,完全没有其他饭店灯火辉煌人声鼎沸的景象。两人选了一个靠窗的座位坐下。这里是自助餐,按人头收费,不用点菜。晓东去餐台处只取了一些时蔬果品,服务生就将烤好的各类肉品送至台前供人选用。烤肉并不一次上齐,而是一会儿一串鸡翅,又一会儿一梭羊排,再一会儿一摞牛肉。都是成排大块地端上来,客人看中哪一块,就让手持尖刀的服务生当场切下来,多少随意。这样,虽然晓东和石宁只有两个人,却吃了很长时间。在这种气氛下,两个人说话都很自然。没话说的时候,晓东就夹一块牛肉给石宁,石宁再夹一块鸡翅给晓东,一切自在随意,不觉得过分亲密,也不觉得生疏。一开始总是石宁在说,晓东在听,石宁的思绪很活跃,讲了去施工现场的事,讲了办公室的事,还讲了上大学的事。晓东听得很投入,间或插进去一两句话,插进去的话恰到好处地迎合了石宁刚讲过的,又漫不经心地带出了石宁正要往下讲的,起承转合得自然而流畅。餐厅里音乐轻柔舒缓,灯光柔和弥漫,两人都喝了酒,一种浓得化不开的情绪就在餐桌上弥漫着。石宁忽然问晓东:"你经常……

嗯……来这里吗？"晓东顿了一下，抬起头看着石宁的眼睛说："偶尔才来！"柔和的灯光下看不出石宁脸上的变化。石宁却避开了晓东的眼光，低下头喝了一口酒。两个人一时无话，石宁抚弄着手上一串色彩斑斓的珠链。路晓东刚要说什么，手机却响了，拿出来一看是从家里打来的。接了，文玉问在哪里？什么时候回家？晓东说和朋友在外面吃饭。接完电话，石宁笑着说："是不是家里催你回去，我们走吧，再晚了有人可真的要骂我了！"晓东说："好吧，那可不仅要骂你，也要骂我了！"说完两人笑了一阵。晓东招呼服务生埋单，伸手取钱包的时候，手就碰到了那一串檀香木的珠链。晓东连同钱包一起掏出来放在了桌上。石宁看见了，伸手拿过去，在手里摩挲了一会儿，又凑在灯下看珠子上的纹饰。晓东说："喜欢吗？送给你的！"石宁说："真的！"说着就把手上戴的那一串褪了下来。戴上珠链，石宁伸着五指放在灯下问晓东好不好看，晓东没有马上说好，把手伸过去了，握住了石宁的手看着手腕上的珠链说："这好像是专门为你配做的！"石宁就欣喜不已，对着窗玻璃看自己的影子。晓东也顺着她的眼光看过去，石宁的影子虚虚地印在玻璃上，玻璃外的灯光透过石宁的影子一明一灭地闪烁着。路晓东忽然想到了什么，刚要说话，埋单的服务生拿着找回的零钱放在了晓东面前。对面的石宁已站起身，两人走出了烧烤店。

路晓东说要送石宁回家，石宁说："很晚了，你送我到前面的路口就行了，我自己打车回去，你也早点回家吧！"路晓东没有再坚持，陪着石宁往前走。

夜晚的街道华灯四起，正是仲春时节，有风在懒懒地吹，街上人车交汇，一派热闹景象。街道的拐角处，一个衣衫褴褛的老人正在垃圾桶里翻捡着什么，五六个小儿就跟在后面起哄，老头儿被小儿吵得不耐烦，拎着一支棍子作势要追打，小儿们便一哄而散。待老头回身，小儿们就又围上来作弄，如此反复。老头无奈，遂舍垃圾桶而去，小儿们亦尾随其后，口里却念出一段歌谣：

　　星期六的晚上灯火辉煌

　　捡破烂的老头排成了行

　　风一吹，纸一飞

　　捡破烂的老头拼命地追

老头听见了，嘴里发出一个恨声，再不理会，转过一个街角不见了。小儿们失去了目标，也觉得无聊，其中的两个在争抢着什么东西，先是有了骂声，接着就扭打在一起，滚在了垃圾桶旁边的尘埃里。失去目标的歌谣就飘飘忽忽，在微风里拐了个弯消失了。

路晓东送石宁到了路口，看着石宁坐车走了，自己也打了一辆的士回家。到了家里，文玉奇怪晓东出去吃饭竟然没喝多少酒。就问在哪里跟什么人吃饭，路晓东说还是老蔡饭店取名字的事，文玉对那些东西没有兴趣，就不再细问。遂洗洗睡了，一宿无话。

6

日子过得零碎而平淡，每天清晨，虎牛山归元寺的钟声依然会响，声音却断断续续地被淹没在了建筑工地上打桩机的轰隆声中。早晨的风夹着尘土迷乱着眼睛，汽车喇叭的响声惊醒着迷迷糊糊赶去单位上班的人们。越来越浓的汽车尾气让城里的许多人患了气管炎、咽喉炎，还有鼻窦炎。越来越多的人开始抱怨，抱怨天气，抱怨政府，抱怨单位，抱怨老婆和孩子，末了就抱怨生活。

平淡的生活中没有事情发生人们觉得日子过得寡淡无味，一些鸡零狗碎的小事又让人觉得泼烦。自从上次吃完饭，路晓东想再约石宁，可一时又找不到合适的理由，就一天挨一天地过日子。没有可以期待的未来可以憧憬，只能把过去的片段在记忆里一遍一遍地回味。这些日子，路晓东把和石宁在一起的那个下午反反复复地回忆了很多遍。每想一遍，就像是跟石宁又过了一个下午，而每次又都赋予了不同的新意，感觉两个人的关系又近了一层。因此，每次的回味，也不是简单地重复，而是在愉悦的空隙中再加进去一些绵绵情意的意味，这些意味丝丝缕缕地填充着自己，仿佛捂在坛子里的米酒发酵的气泡，一个个鼓胀得此起彼伏，不能将息。

好在厂庆已经迫在眉睫，这让休闲惯了的日子一下子忙碌了起来。忙碌能够挤走心猿意马的浮想联翩，也让虚妄的生活有一点点现实的东西做衬底。厂庆前先是卫生大检查，要求各生产单位和业务科室做好卫生清洁工作，清除卫生死角，迎接厂领导班子突击检查。没想到第一轮检查下来，设计室得到了厂党委书记高原的表扬。

原来厂各科室的卫生间一直是卫生死角，常有职工小便不入池，大便不冲洗，到了夏天，气味就在楼道里弥漫。有一次外地客户来厂里考察，会谈期间客户一个领导要上厕所，厂长徐大力怕客户找不到，好心让供销处处长刘海江引路，没想到那位客户却开玩笑说：不用，我顺着味道就找到了！不知对方是有意还是无意开的玩笑，厂长徐大力的脸上就挂不住了，接下来的会谈效果欠佳，上百万的一个订单就飞了。为此，徐大力严厉地批评了办公室主任。办公室就向各科室发文件要求整改。所有的厕所都贴了标语：靠近方便，贴近文明；向前一小步，文明一大步，等等，不一而足。可文件发了，标语贴了，但收效甚微。尤其是男厕小便池外依然哩哩啦啦，尿渍沥沥。设计室厕所的标语是小邵贴的。一开始也跟其他科室一样，可几天后不见效果。小邵就把标语换成了："尿到外面，说明你短；尿不进去，说明你软。"结果立竿见影，从此便池外不再有尿渍。厂里卫生大检查时老吴和路晓东都在场。看到标语，检查的人就吃吃笑，随行的女同志把脸别过去看别处。老吴正后悔没有临时撕掉。没想到书记高原看见了哈哈笑着对旁边的人说："看看，人家搞设计的就是有创意啊！"老吴红着脸说："这是几个年轻人开玩笑乱搞的，我们过后把它撕掉！"书记却说："白猫黑猫，抓住老鼠就是好猫，正话反话，起到效果就是好话。我们不能打压年轻人的创造活力呀！"

这次检查，设计室竟然一枝独秀，拿了个卫生先进集体！

春分过后的一个周六，老蔡的鸿发酒楼别苑开张了。

当日，鸿发酒楼所在的建设路两边，每隔两米插着一面彩旗。旗上写了八个字：鸿发酒楼，宏图大展。酒楼门口，用鼓风机吹起了一座红色拱门，拱门两边人高的花篮从街边一直摆到了大门口。花篮上用彩带写着"恭贺鸿发酒楼别苑开张大吉"的字样，落款写了送花篮的人或单位的名字。路晓东到的时候，门口已经站满了人，礼仪小姐引导客人各安其座。路晓东看到杨红卫正在给几个穿着黑色西服的小伙子交代着什么。杨红卫也看见了晓东，就匆匆跟几个人说完迎着晓东过来握手，寒暄之后站在门口点了一支烟闲话。路晓东没话找话："今天来的人可真不少啊！"杨红卫说："今天这场面大呀，市里有头脸的人物怕是被蔡哥一网打尽啦！"路晓东说："有看到我们的熟人没？"杨红卫想了一下，说："我看到毛总来了，其他人没看到！"两人一时无话。路晓东本想招呼杨红卫一起进去，但看他似乎没有进去的意思，正巧这时一个穿黑色西服的小伙子又过来跟杨红卫说事，路晓东就示意了一下先进去了。

酬宾宴会安排在了别苑的大堂。路晓东进来的时候，大堂里已经有很多人。无数的灯把大堂照耀得熠熠生辉，将白天变成了夜晚。灯光本来是为了驱除夜晚的黑暗，带来光明，但夜晚的诱惑太大了，奢靡、魅惑、似是而非，人们就用灯光把白天装点成夜晚，再把夜晚无限地延长，攫取并挥霍着夜晚带来的快乐时光。路晓东的座位被安排在了靠近舞台一侧，已经有很多人就座。晓东没有马上坐下，站在那里在人头中扫了一遍，没有看到石宁。就掏出手机按出了石宁的电话，正要拨通，转念一想，却发了一个短信："你还没来啊？我到了！"少顷，石宁回复："我一会儿就到，你在旁边给我留个座位啊！"晓东刚要回复，又来一个短信，还是石宁的："我不想跟不认识的人坐一起，没话说！"幸福来得有点不知所措！路晓东有一种超出期望的希望，脸上的喜悦恨不得透过指尖传过去，马上回复："保证不辱使命！"然后就找了负责安排座位的李红。李红拿过几页客人名单帮他查石宁的名字，找到石宁跟他相邻一桌，就跟路晓东旁边的一个客人换了名字。这时，老蔡风风火火地过来对路晓东说："晓东，你可来啦！我这几天可是忙得脚不点地啊！"路晓东一看老蔡，十多天不见，人瘦了一圈，眼睛里布满血丝，鼻子也红红的，可精神很好，一副人逢喜事踌躇满志的样子。路晓东说："你这是要宏图大展啊，我想忙还没得忙呢！"老蔡说："那你今天可有得忙啦，这桌的客人交给你了，帮我招呼好！"路晓东说："没啥重要领导吧？我可都不熟啊！"老蔡说："你别说，还就有你熟的！"说完嘿嘿一笑。路晓东以为他说的是石宁，像是考试作弊被老师逮着的学生。又想石宁也不算太重要的客人啊！正疑惑间，门口一阵熙攘，路晓东厂里的财务处长田友良来了，老蔡拉着路晓东迎上去握手，对路晓东也对田友良说，两位就不用我介绍了吧！路晓东说不用不用，跟田友良问了好。三人说着话走到了桌旁。路晓东说："这下好了，田处长一来我们这桌就有了主心骨啦！"就推田友良坐了首位。田友良还要推辞，老蔡就说："您是晓东的领导，这位置您要不坐，别人坐不下去呀！"已经在座的几位也帮腔说话，田友良就不再挂辞。正说话间，石宁也来了。石宁是一个人来的，蹦蹦跳跳地忽然就蹿到了路晓东旁边，伸出一只小巴掌在晓东面前顽皮地一晃，说：嘿！路晓东猝不及防被吓了一跳，她就在那儿咯咯笑。老蔡见状，哈哈笑着说："这哪像个设计师！"石宁说："我今天不是设计师，我是吃客！"路晓东说："还吃客，我看就是个吃货！"石宁嘟了一下嘴，带着一种握得住的娇气，说："吃货就吃货，那也是个漂亮的吃货！蔡老板，你欢不欢迎我这个吃货呀？"老蔡说："那我求之不得呀，你这么漂亮，只要你来，我这里就门庭若市啦！"石宁就对路晓东说："听到没？我还是个受欢迎的吃货呢！"老蔡就问："小石你怎么一个人来，你舅舅呢？"石宁说："我没跟他在一起呀，他还没来吗？"说着向周围看了看。接着又说："我今天可不跟他坐一桌

40

哦!"老蔡说:"不跟他一桌,你就跟晓东这一桌吧?对了,给你介绍个领导,这是二阀财务处的田处长!"然后对田友良说:"这位石小姐,是市建权总的外甥女,也是我这个别苑的设计师,了不得,才女啊!"田友良一直坐着,看他们几个你来我去的说话,就侧了头跟旁边座位上的人聊天。老蔡一介绍,就站起来跟石宁握了手,笑笑地说:"现在是你们年轻人的天下啊,我们是老了!"路晓东赶紧说:"田处长算啥老啊,您在我们领导里面,可是年富力强啊!"老蔡就拍着路晓东和田友良的肩膀,示意大家坐下说。石宁挨着路晓东坐下后,做了一个鬼脸,小声说:"原来是你们单位的领导呀!"路晓东没说话,在桌下握了一下石宁的手,碰到了石宁手腕上的那串珠链。

此时,前来祝贺的人差不多都到了。什么人坐什么桌,各安其位。只有舞台正对着的那一桌还有几个空位。老蔡就一眼一眼地往门口瞅。原来老蔡还托了财政局局长谭德正请了主管工商税务的汪副市长前来剪彩。能不能来老蔡心里没底。本来老蔡之前一直守在门口等,可跟汪副市长的秘书通了电话,说汪副市长还在开会,什么时候能到不一定。老蔡就安排了几个马仔在路口望风,马仔们不敢大意,守在路口草木皆兵。看见一辆轿车过来就用对讲机呼叫来了来了,这边门口就点响一挂鞭炮,可轿车却从门口绝尘而去。如此反复几次,老蔡也进来出去地扑了几次空,弄得满脸油汗,就骂马仔没眼色。这会儿正跟晓东他们说着话,门口又响了一串鞭炮,老蔡就起身说要出去招呼一下了,临走前又再次交代路晓东陪好田处长。路晓东平时跟田友良接触不多,在厂里也就是见面打个招呼。在同一个单位这么多年,厂里的年终聚餐也一起吃过饭,但像现在这样的场合还是第一次坐在同一张桌上。两人一时无话,就提起了近几日搞厂庆的一些趣事,田友良说高书记对你们设计室赞赏有加,在我们厂办公会上还说你们设计室的年轻人脑子活,点子多,都是你这个头儿带得好,路晓东知道田友良指的是那天卫生检查的事,就免不了谦逊地说都是几个年轻人胡闹,让领导见笑了。石宁听了就问怎么胡闹的?两人听了,一时不便对她言明,就心照不宣地哈哈大笑,笑得石宁莫名其妙,看两人的笑里不怀好意,猜到了他们说的不是什么好话,就红了脸不再追问,佯装赌气拿出手机自个儿玩起来。路晓东正想找个话头把石宁给拉回来,却听见门口一阵骚动,站在大门周边几个穿黑西服的小伙子拿着对讲机应了几声就跑了出去。许多人都朝门口看,本来闹哄哄的大厅竟瞬间安静了,像是电影院里正在播放的影片音响忽然断了电,银幕上的人物还在动,却听不到在说什么。片刻安静之后,大厅瞬间又恢复了吵闹。还有人朝门口瞅，就见一伙人拥簇着常务副市长汪怀山进了大门，老蔡在前面点头躬身地带路。

汪怀山一坐定，主持宴会的司仪先静了场，所有的声音戛然而止，整个大厅顿时安静了。一阵喜庆的音乐响起，从市电视台请来的两位司仪仪态万方地盛装上场。宣布鸿发酒楼别苑开业庆典开始。先是隆重欢迎了前来参加典礼的汪副市长，然后又欢迎了前来祝贺的重要领导和嘉宾，每介绍一个人，下面就不停地鼓掌。石宁没有鼓掌，悄悄地对晓东说话。台上还在一个一个地介绍嘉宾，名单长得似乎没有尽头。终于轮到老蔡上台讲话。老蔡就西服领带红光满面地站在了台上，拿着事先准备好的稿子念。无非是感谢党和政府感谢市领导感谢所有前来捧场的新老朋友，倒也干脆利落，没有拖泥带水的冗长与无趣，三言两语说完倒获得了满堂掌声。接下来开始剪彩，原本安排了谭德正、权有成还有市餐饮协会秘书长范明一起剪，现在汪副市长来了，是意外之喜，谭德正就私下提议让权总和范秘书长一起与汪副市长剪，自己就不上了。权有成和范明哪里肯依，都坚持让汪副市长单独剪。最后确定，谭德正、权有成、范明还有老蔡一起陪同汪副市长上台，由汪副市长单独剪彩。

剪彩结束，老蔡举起酒杯致祝酒词，宴席开始。一时先凉后热，卤煮煎炸，飞禽走兽，海味山珍，鱼贯而上。整个大厅觥筹交错，推杯换盏，吃得不亦乐乎！酒过三巡，老蔡和毛晓萍过来给晓东这一桌敬酒，见田友良的白酒杯是空的，就对路晓东说："晓东，你失职啊，领导的杯子里都没酒？"路晓东说："我们田处长就是轻易不喝酒呀！"旁边的毛晓萍说："领导不喝那就是我们的工作力度不够啊！"老蔡就对田友良和毛晓萍互做了介绍，田友良说："久仰毛总的大名，一直无缘见面，真是幸会！"毛晓萍也说："原来是晓东单位的领导呀，你们财务系统我很熟的，田处长，我知道做财务工作的处事严谨，但劳逸要结合啊，今天这个酒你可不能不喝！"老蔡也说："现在毛总也是我们鸿发的股东啦，特意过来给领导敬酒的，女士敬的酒可是要喝的！"旁边的服务员早给田友良斟好了酒，田友良就端起酒杯说："那我就从命啦！"大家就一起端起酒杯喝了。田友良却又倒了一杯对毛晓萍说："以前听说过毛总，今日一见，果然是巾帼不让须眉啊，我要敬你一杯！"老蔡附和道："应该敬，毛主席说过妇女能顶半边天，现在毛总就是我们鸿发的半边天啊！"毛晓萍说："看你俩这一唱一和的，我就是混口饭吃，要不是仰仗你们领导，我一个女人能撑起什么天呀！"说完就和田友良又喝了一杯。喝完酒，毛晓萍转身对路晓东和石宁说："晓东，蔡总每次都跟我说你和小宁这次可是帮了大忙，来，我和蔡总敬你们！"路晓东说："毛总，我们自己人就不说客气话啦！我出那点力不值一提的！"老蔡在旁边说："毛总，你不知道，我和晓东狗皮袜子没反正的。"石宁一直没说话，这会也端了酒杯对毛晓萍说："晓萍姐，你今天真漂亮！"毛晓萍开心地说："看我这小妹妹多会说话，人又漂亮！真羡慕你呀，这么年轻，穿什么都好看！"几个人说笑中把酒喝了。然后老蔡和毛晓萍又敬了桌上其他他人，转身去了下一桌。

老蔡他们一走，路晓东就端了酒对田友良说："田处，现在我可要好好敬你一杯了，你看平日你工作也忙，我们在基层也没机会敬你酒。"田友良这次倒没有推辞，说："路主任，你别谦虚，你是年轻有为，前途不可限量啊！"路晓东说："那还要领导多批评指导！"两人喝了酒。田友良说："晓东，你别老是领导领导的，太见外了，在单位是一回事，出来了是另一回事，我们能坐在一起吃饭喝酒，那就不仅仅是同事一层关系啦，以后少不了相互帮衬啊！"路晓东连声说那是那是。田友良就提议两人一起去给汪副市长那一桌敬酒，路晓东转身问石宁要不要一起去，石宁不去。田友良看老蔡和毛晓萍还在别的桌敬酒，就说要不要等他们回桌再去，路晓东明白田友良的心思，就说："没事，等他们估计没个准儿。趁这会儿那桌没人，我们去敬吧！除了汪副市长，别的人我倒都熟！"两人端了酒杯走过去。权有成和谭德正是见过路晓东的，就说："小路，你可是出手不凡呀，刚刚汪市长还问这儿的对联和房间雅号是谁的手笔呢！"路晓东就说："汪市长见笑了，我乱编的！"汪副市长就笑笑地看着路晓东，说："小路不错，乱编都这么有才气，那要认真编，就更不得了啦！"路晓东说："市长过奖啦，请您多批评指导！"汪副市长还在笑着，眼光就扫了一下跟晓东一起过来的田友良。路晓东说："这位是我们厂财务处的田处长，我们一起过来给市长和几位领导敬杯酒！"谭德正就对汪副市长说："小路是咱们市二阀的！"汪副市长就说："二阀厂不错啊，你们最近不是搞了一个厂庆吗，搞得很好，你们高书记工作很有魄力啊！"田友良就说："感谢汪市长和几位领导的关心，我和路主任敬你们，我俩干了，市长您和几位领导随意啊！"汪副市长却笑着说："小路你们别这么拘谨啊，我们在工作岗位上是领导，出来吃饭就是同事和朋友，没有上下级啦，我们都干啦！"所有的人就点头不止，都把酒喝了。

二人敬完酒回到座位，路晓东见石宁拿着手机看着乐，就说："啥事这么高兴呀？"石宁就递过手机给他看，原来是一条短信：说两个朋友喝酒喝多了，一个送一个回家，到了楼下的路灯旁，回家的这个就用脚踹路灯杆。送的朋友问怎么了，那人说："这死老婆，我这么踹她都不开门！"朋友抬头看了看路灯，说："继续踹，你看楼上的灯还亮着呢！"看得路晓东也笑了。就给桌上的人讲，说得大家都笑了！田友良就对路晓东说："晓东，你看我们只顾自己喝酒，把石小姐都冷落了，我们一起敬石小姐一杯吧！"路晓东说："她一个小丫头，哪能让您敬酒，应该她敬您才对！"石宁就端了酒杯站起来对田友良说："田处长，祝您官运亨通，步步高升。"一句话说得晓东有些不自然。田友良却呵呵笑着说："石小姐见笑了，你才是后生可畏，前途无量啊！"说完很爽快地把酒喝了。石宁却又倒了一杯对路晓东说："路主任，小丫头也敬您一杯吧！"晓东说："嘿，你还来劲了，你别喝醉了啊，喝醉了我可负不起这个责啊！"石宁盯着他说："谁要你负责，我自己负责！"田友良在旁边说："晓东，石小姐这么爽快，这个酒你得喝呀！"晓东说："我喝没问题呀，我是怕她……"话还没说完，石宁已经把酒喝了。晓东只好也喝了。这时，杨红卫端着酒杯过来给路晓东敬酒，见石宁也坐在旁边，就说："路哥，我到处在找你，原来你跟石小姐在这里呀，敬你们俩啊！"两人就端起酒杯跟杨红卫碰了。路晓东喝酒的时候看了一下石宁，石宁明白晓东怕她喝多，就抿了一小口。路晓东说："怎么没看见你，你坐在哪里？"杨红卫说："我今天是带着任务来的呀，就这会儿才松口气，过来给老朋友们敬杯酒！"路晓东说："那我再给你引见个新朋友！"就给杨红卫引见了田友良。杨红卫跟田友良握了手，举起酒杯说："田处长，您是路哥的领导就是我的领导，以后要是有用得着兄弟我的地方，尽管吩咐啊！"跟田友良喝了一杯。正要再跟晓东说什么，有个马仔过来欲言又止，杨红卫说："啥事尽管说，路哥又不是外人！"马仔就说："还是这一片的那几个拆迁户，不知从哪里得到消息说是市长在这里，要进来告状，兄弟们赶了几次都赶不走！"杨红卫气汹汹地骂："这么点事还让我去搞？"马仔为难地说："主要是这次来的都是些老人和妇女，兄弟们不好动手！"杨红卫这才皱了一下眉头，说："去先拦在外面，放进来一个拿你们是问，让兄弟们坚持一会儿，我让朱所长派人来！"说完抱歉地跟路晓东和田友良说："不好意思，两位老兄，我得把这事儿给摆平了。改天兄弟做东请两位啊，不对，请三位，还有石小姐！"路晓东说："大事要紧，你快去忙吧，我们兄弟就别客气了！"杨红卫一走，路晓东就端起酒杯对田友良说："田处，你看这你一杯我一杯的尽跟别人喝了，我们自己倒没喝，我再敬你一杯！"田友良说："咱们自己人就不说谁敬谁了，来，我们干了！"喝完酒，路晓东想找点话题，就说："田处，最近在厂里没怎么看见你，你是出差了？"田友良说："是出差，去深圳考察！"停了一下，压低声音又说："我们只是去打个前站，书记厂长过一阵还要过去。"路晓东见他有继续说的意思，就试探着问："怎么，深圳有大单呀？"田友良越加神秘地说："不是订单。老弟，这个消息一定要保密，你自己知道就行了，我们厂计划要引进外资，深圳有一家公司有这个意向。现在正在谈，要是谈成，今年会有大动作。"路晓东心里一惊，但故作平静地说："那就是有可能要改制？"田友良手搭着路晓东的肩膀说："老弟你真是一点就透啊！这次厂庆，搞得这么大，也是市里领导的指示。就是为了给后面做铺垫。"路晓东这才恍然大悟，难怪厂庆的时候，汪副市长来讲了话。说二阀厂是市里的老企业，过去为市里的工业建设做出了贡献，在现今改革开放的大好形势下，一是要总结过去，面向未来，二是要放下包袱，轻装上阵，在市场经济的环境下为全市的企业做好表率等等。看着田友良微醺的神态，路晓东觉得跟田友良在一个单位这么多年，说过的话似乎还没有今天酒桌上这几个小时多，仿佛彼此的关系瞬间被拉近了！

宴席还在继续。主桌上的人却都站了起来，原来汪副市长有事要先走，大家要一起送汪副市长出去，汪副市长却把手在空中往下按了按，示意大家都坐下，说："不要惊扰大家！"神情和手势都有一种不容违拗的气度。老蔡就说："既然市长不想那个什么，我们就恭敬不如从命啦！毛总陪其他领导继续，我去送送市长！"整个过程，路晓东和田友良都看在眼里，见邻桌的人站起来又坐下去，就坐着没动。老蔡送市长和秘书黄云出来，李红早候在大门口。老蔡从李红手里接过两个礼品袋，一起交给了黄云，并指着其中一个示意了一下，黄云会意地点点头，率先到停在门口的汽车边帮汪副市长拉开了车门，汪副市长跟大家挥了一下手，上车走了。

汪副市长一走，谭德正和权有成也走了，各桌的客人开始陆续退席。都过来跟老蔡打招呼，老蔡就一拨一拨地送。每人出门都拎个礼品袋，袋子上印了"鸿发酒楼"的字样。田友良是在谭德正走的时候一起跟着出去的。田友良很明显喝得有点多了，送走谭德正，还拉着晓东在门口说话，说这次改制，厂里的组织架构肯定要有所调整，要晓东把握好机会。路晓东倒是还清醒，不失时机地紧握着田友良的手说这个要靠老兄多提携。田友良拍着胸脯说他能说话的时候一定会说，关键还要看上面，说着还用食指指了指天，晓东自然会意。就这样的车轱辘话你来我往地说了几个来回，路晓东心里还惦记着石宁，就在门口拦了一辆出租车送走了田友良。

从吃酒席到现在，碍于田友良在场，路晓东一直也没怎么跟石宁说话，现在酒宴将散，几个星期一直期待的见面就这样也散了吗？！路晓东有些懊恼，但又不明所以，连排遣也找不到确切的出口。反复思忖刚才喝酒的情形，又觉得石宁对自己似乎也没什么朋友之外的意思，收到短信的喜悦和心猿意马仿佛已被化解得七零八落。可石宁并没有跟权有成一起走，路晓东心里又被撩拨得七上八下。此时正是三月下旬的午后，发酵的暧昧像仲春的热浪一样扑面而来，看着石宁因为喝酒而泛着微微酡红的面颊，路晓东手心沁出了微汗。他拿出手机，早上石宁给他发的短信还在，看着手机屏幕上的一串字，像是摆在初次上战场的士兵面前鼓劲的壮行酒。路晓东把这酒喝了一遍，又喝了一遍，每一个字又像是敲在出征战鼓上的鼓点，勇气被一点一点地敲实了，手指就在屏幕上按出一行字："待会儿去哪里？"按了发送键。

酒后的宴席杯盘狼藉，像是被扔过炸弹的街市，鸡鸭鱼羊尸骨横陈，没有一个是被吃光啖尽的，也没有一个幸存全尸，碟子里还留有一些花生米，像是吃了败仗归来的散兵游勇，红衣半裸，相偎相依地靠在盘壁边沿的斜坡上，任由筷子来回拨弄，毫不反抗地打着滚儿，疲乏地滚到哪儿算哪儿。路晓东像是一个等待审判的嫌犯，等待的心焦似乎要把自己点着了，坐立不安地看着石宁，又不能一直盯着看，只好把目光在残羹剩菜中游移彷徨。像是过了一个世纪那么久，石宁终于回了短信："去公园走走吧！"看到短信，蒙赦的喜悦像揣在怀里的兔子，恨不得蹦在石宁面前。何况这赦罪的诏告里还有期待中的恩宠，路晓东欢喜得呼吸都像是停滞了，心跳也像是跟着停了一下，似乎喜悦会跟着脉搏一下子晃过去，唯有把一切都定下来，瞬间的快乐也会长久一些，可哪里知道，快乐再长也像是瞬间，只有痛苦才是长久的！

还是北方阳历三月的仲春天气，午后的气温乍暖还寒，湖边小径旁的迎春花却已经黄灿灿地烂漫着，像是给春天谄媚地笑。可春天似乎不领情，不肯把更多的春意拿出来烘托，草地还是一味地枯黄，杨柳也没有发出新枝。公园里的人并不多，从闹哄哄的酒楼到这里，整个人一下子清爽了很多。路晓东心上有着无限的快活，觉得这一草一木都有着别样的亲切。两个人并排走在湖边的红砖路上，有一句没一句地说话，可心全不在说的话本身。日常的闲话淡而无味，讲过几次已经没有再讲的必要。甜腻的情话还是刚上了笼屉的冷甑糕，没有熟热到要讲的程度，能讲的都是些漫无边际又似乎必不可少的废话，像是带进电影院里的零食，是正戏开场前的唯一消遣。石宁会时常停下来弯了腰嗅迎春花的香味，要晓东也来嗅，晓东不嗅，说都多大了还这样，像个孩子似的。石宁不依，拉了晓东说："你不是说我是小丫头吗？你陪小丫头来了就要听我的！"晓东拗不过，就凑上去嗅，花香没有嗅到，却嗅到了石宁的香味。两个人挨得很近，石宁的长发就扑撒下来拂到了晓东的脸，一种酥酥麻麻的感觉就传遍了晓东全身。石宁发间一丝淡淡的香味就在晓东鼻息间游走，晓东贪婪地深吸了一口气，石宁却恍然不觉，问晓东闻没闻到香味？晓东说："闻到了，但不是花香，是你香！"石宁的脸红了一下，但很快地说："我又不洒香水，哪里会香，就是花香！"路晓东为自己的大胆吃了一惊，本来是有感而发的实话，可讲出来却像是一种暧昧的挑逗，正担心石宁会觉得自己轻薄，听石宁那么一说，倒鄙夷自己做贼心虚的私心杂念，不似石宁这般磊落，整个人都像是透明的水晶，青春的喜悦自有一种情意在，调笑和喜乐都那么自然，皆发之于情而形之于意，有一种随性自然的畅适，偶尔的情话和亲狎也都是人世满满的喜悦，有心而无意，像孩童的清洁无瑕，就如同这湖边夕阳的霞光泛起的浅浅细浪，全没有暧昧和私情的用意。心念至此，晓东倒坦然地说："我知道不是香水香，也不是花香，是你的发香！"用这一句的真话来掩饰上一句的真心。石宁听了，却欢喜地问："真的呀？"晓东说："当然是真的，要是有这么好闻的花香，我就从此守在这里不走了！"石宁说："人家是护花使者，你要当嗅花使者呀？"晓东说："我也护花，嗅花是护花的福利！"石宁说："从来护花都是借口，采花才是目的，你可别监守自盗哦！"晓东说："你都说从来如此，我不能破例吧？"石宁说："你就是不能破例，你只能嗅花，不能采花！"两个人就这样，你一句我一句地打着彼此都参得透的机锋。谈话就像穿着鞋漫步在海浪拍打的沙滩上，又想留下脚印，又不想湿了鞋，走得两个人既小心翼翼又心神荡漾，也不知是有意还是无意，往往晓东刚刚要迈过去一点了，石宁就及时地推了回来，待晓东被推拒后要端端正正地走，石宁却又总是能挑出花样弄得晓东心猿意马。

路晓东回到家里已是十点，文玉陪着浩浩先睡了。晓东一个人躺在床上，把今天跟石宁在一起的点点滴滴在脑子里过了一遍。尤其是酒宴后两人单独在一起的时光，石宁的每个表情和动作，还有两个人说过的每一句话都要全部重新温习一遍。温习中常常对自己当时说的某一句话不满，想出更满意的话去替换，想象石宁听到那句话的反应，恨不得那样的场景能按照自己的想象重来一次。这样一件事就会在脑子里留下几个大同小异的版本，一个是素材，一个是加工后的小说，有时候，还要再加上一个被再次改编过的剧本。

此后，上班的时间对路晓东来说不再枯燥无味，差不多每天都要跟石宁联系，有时候打电话，更多的时候是互发短信。一开始会互发各自单位的一些新鲜事。实在没话可说的时候，短信就成了日常的随感和杂记，比如："今天上班很无聊，不知道你现在在干什么？"石宁调皮的时候就会回："你猜啊！"路晓东就各种猜，均被石宁一一否定之后，石宁会说："我正在跟一个帅哥聊天哇！"路晓东就故意作酸泼醋地以假当真，直到石宁说："傻瓜，那个帅哥就是你哇！"路晓东再夸张地表示他脆弱的身心受到了严重的摧残，作为这起事件的肇事者，石宁要承担相应的责任。石宁就无辜地表示事不关己。这种谈话常常是无因而来又无果而终，但每次两个人的关系似乎又近了一步。路晓东常常会盯着手机屏幕上的短信笑而不语，有些暧昧的话当时发的时候没觉得怎样，回头再看的时候觉得肉麻得连自己也脸红，设想石宁看到这样的短信时会是怎样的神情。要是石宁也有甜得发腻的短信，路晓东就反复地看，看了又看，回家前删除短信时还要再看一遍。两个人都没有说，但却不约而同地形成了一种默契，下班时间互不发信息，除非路晓东主动联系石宁。

7

这天上班，田友良打了电话来，说是晚上有空聚一下。这倒让路晓东没有想到，就问在哪里？都有什么人？田友良说地点就在鸿发吧，人员没确定，你看看能不能请上次见过的几个朋友一起来，人多热闹点！路晓东马上明白了田友良的用意，就说这个好办，前几天见到毛总时还问起你呢，我跟她联系一下，最好让她约上谭局长一起。田友良在电话那头点头不迭。放下电话，路晓东简直要对自己的即兴发挥鼓掌叫好。田友良很明显是想借助自己攀附谭德正，何不来个顺水推舟。那么一说，一方面田友良会觉得自己跟毛晓萍和谭德正很熟，另一方面也会让对面的老吴觉得自己跟田友良关系很近，真是一石二鸟。果然，老吴听路晓东说完，似笑非笑地说："老弟晚上又有饭局呀？"路晓东若无其事地说："啥饭局，是财务的田处，说约几个朋友晚上聚一下！"老吴说："这是好事呀，多跟领导接触进步快些！"说完了，觉得这么说不妥。又笑着说："跟领导在一起的时候也反映一下我们科室的困难，我们这么大的设计室，办公条件太局促了，我跟厂长反映了几次，说是要解决，到现在也没有下文，你有机会也跟田处说说，田处在厂里说话管用，我们一起使劲效果会好些。"路晓东知道老吴在厂长那里根本说不上话，他所说的反映其实就是形式上的打报告，这种报告厂长可能看都不会看。现在听老吴这么一说，路晓东也笑着说："那我今天是带着任务去呀！这个主要还得靠你，我去敲敲边鼓吧！"两个人又闲扯了几句，路晓东低头翻看着手机，老吴就借故出去了。路晓东找到了毛晓萍的电话，想万一毛晓萍和谭德正都不来怎么办？但话已出口，覆水难收。转念一想，像谭德正这种级别的领导，一次两次约不到也很正常，轻易见到了，也不见得好，今天就算是约不到谭德正，毛晓萍应该是能约到的，田友良的目的是攀附谭德正，谭德正与毛晓萍的关系，社会上传得沸沸扬扬，田友良不会不知道，只要跟毛晓萍搭上了线，以后怎么见谭德正，相信田友良自有办法！这么想着就拨通了毛晓萍的电话，说："毛总，我是晓东，自上次开业庆典见过后好久没见了，今晚有空的话我们几个朋友一起聚聚？"毛晓萍说："小路你别这么客气呀，都有谁呀？"路晓东一听觉得有戏，就放松地说："就我们几个吧，还有我们财务处的田处，上次见过您之后，一直想跟您聚聚，跟我说几次了，我怕您忙，就没好意思打扰您！"毛晓萍就在电话里呵呵地笑，说："晓东你跟我还这么客气呀，好吧，地方定在哪里呀？"晓东说："就在鸿发吧，现在咱们这里上档次的地方也就是鸿发了！"毛晓萍说："晓东你可真会说话，那我跟老蔡说让他留个房！"路晓东急忙说："毛总，您别麻烦了，房我已经跟蔡大哥订好了，您到时候到就行了。对了，毛总，其他几位领导我倒是有电话，但不知道这个时候打扰他们方不方便？"毛晓萍略一思忖，说："没事的，权总好像出差了，谭局长在，你过几分钟直接打给他，他知道你的！"路晓东在这边点头不止。挂了毛晓萍电话，路晓东马上给老蔡打电话订房，老蔡说刚田友良已经订过了，让他跟晓东确定人数，路晓东就说人数晚一点儿报过来。路晓东坐下来点了一根烟，看看时间差不多过了十分钟，用手机拨通了谭德正的电话。有了跟毛晓萍的通话做铺垫，路晓东倒没觉得紧张，电话一接通，晓东马上说："谭局长您好，我是二阀厂的小路，您现在讲话方便吗？"谭德正说："小路啊，有什么事？你说！"路晓东说："谭局长，是这样，上次鸿发开业的时候您一直忙着陪市长，也没好好跟您敬杯酒，今晚我们几个小兄弟想在鸿发聚一下，希望您能抽空赏光！"谭德正哈哈笑了几声，说："你们年轻人去好好玩吧，我老头子就不参加了！"路晓东赶紧说："谭局长，您怎么算老啊，我们觉得

49

跟您在一起特别长见识，您要不来我们没气氛呀！"这些恭维的话说得不着边际，连路晓东自己听着都有些汗颜，还好办公室里没别人。谭德正说："小路，只听说你文采好，你口才也好啊！晚上都有谁啊？"路晓东说："都是您见过的熟人，还有我们财务处的田处。您上次也见过，他特别敬佩您，这次就是他强烈要求的，跟我说几次了，要不我都不敢打扰您！"谭德正在那边思忖了一下，说："这样吧，要是人不多我把汪市长的秘书小黄也叫上，你们年轻人在一起可以多交流！"晓东欢喜地说："那太好了，上次跟他只打了个照面也没好好聊，您总是能为我们着想！"谭德正说："那就这样！"说完就挂了电话。路晓东没想到会这么顺利，更没想到谭德正会拉黄秘一起来，真是既红了樱桃又绿了芭蕉！想马上给田友良打电话，又一想，还是等他打过来再说比较好。路晓东靠在椅背上悠闲地点了一支烟，思绪就自然而然地转到了石宁那里。正在犹豫要不要叫石宁一起，田友良的电话就来了，问："晓东，人约得怎么样了呀？"路晓东说："有能来的，也有来不了的！"田友良问："那毛总和谭局长能来不？"路晓东说："毛总没问题。谭局长本来有事，我反复说邀请他是您给我的任务，他才答应来。"没等说完，田友良在那头说："晓东啊，还是你会办事啊！"路晓东继续说："权总在外地出差来不了了，不过我还请了市府秘书处的黄处长。"田友良一时没反应过来问："黄处长？"路晓东解释："就是汪副市长的秘书黄云，没关系吧？"田友良说："黄处能来，那是锦上添花呀。老弟，你的能量大呀！对了，权总来不了了就请他外甥女石小姐来代表，你看怎么样？"路晓东说："石宁啊，我问问吧，看她晚上有没有别的安排，她来不来无所谓的。"田友良说："怎么无所谓，她要不来，那就只有毛总一位女士，气氛搞不起来。你一定要争取让她来！"路晓东故作为难地说："我试试，尽量完成任务啊！"田友良说："好，那就这样，下班后我让司机班的小刘送我们一下，我们在楼下会合！"跟田友良通完电话，晓东先跟文玉说了晚上不回家吃饭，然后就打了石宁的电话。石宁在电话里听晓东说完，说不想去，说跟这些人在一起吃饭没意思，尤其是你们那个田处，跟你还是一个单位的。晓东觉得石宁说得有道理，但又想见石宁，就说："你要确实不想去就算了，不过毛晓萍会来，到时你可以陪她说话！"石宁在话筒那边嘟着嘴说："我才不呢，我跟她又没共同话题！"晓东听石宁的语气里有一种撒娇的意味，一时心荡神驰，说："我知道这种聚会你不想来，但我想见你呀！"石宁在那边咯咯地笑："可我不想见你呀！"晓东说："那你想见谁呀？我把你想见的人也叫来！"石宁说："我不告诉你，我自己去见！"晓东说："你自己去见不安全，我是护花使者呀，我负责保护你！"石宁说："今天给你放假，你去保护晓萍姐吧！"晓东说："那我可不敢保护，有人保护着呢！"石宁就问："谭局长也去呀？"晓东学着电影里坏人吓唬人的声调说："小丫头，你知道得太多了！"石宁却一本正经地说："那我真的不去了，免得他跟我舅舅说三说四的！"晓东说："那好吧，我要是散场早给你打电话呀！"石宁又狡黠地说："你打电话给我干吗？或许那时候我正在跟想见的人在一起呢，你别打扰我啊！"晓东说："你这么一说我还必须得打扰一下，免得你小孩子犯错误！"两人又翻来覆去地腻了一会儿，老吴推门进来了，晓东才跟石宁说了再见。

路晓东和田友良是最早到鸿发的。酒楼别苑开业之后，生意比预料中的还要好。别苑中空大堂的那棵人造大树下搭了一个舞台，每天晚上都有文艺表演，有唱流行歌的、有跳舞的、有唱秦腔的、有杂耍的，还有说相声和快板的。据说狒狒真的被装扮成了狒狒，在舞台上客串走场，还利用他从小在乡间翻墙爬树的特长在那棵大树的枝丫间蹿跳，故意做些有惊无险的动作，常常引得食客哈哈大笑，但路晓东没看过。表演的节目没有固定顺序，但每天都换着花样，食客们轮到什么看什么，很多人不在意来这里吃什么，而是冲着看个热闹和新鲜，这样差不多每天晚上食客盈门，人声鼎沸。

晚上吃饭的包间安排在了二楼东面的望月楼。服务员把二人引到包房，包房大得可以跳舞，敦厚松软的地毯几乎要把人陷进去，靠墙摆了一套红木框架的仿古沙发。两个人才坐下，老蔡马上就过来了，跟田友良和晓东确定了来的客人。听晓东说石宁来不了，田友良就自言自语说那样只有毛总一位女客啦！老蔡说："这样吧，今天我还有另一桌应酬，我就不陪你们了，我让我们餐饮部的李经理陪毛总一起吧！"说完就叫了李红过来，让她换了便装。这样，路晓东他们也不用点菜，就由李红一手安排了。路晓东想，老蔡真是粗中有细啊！他知道今天是田友良请客，鸿发是自己地盘，客人又都认识，要是自己也陪在这里，既不像客人又不像主人，还抢了田友良做东的盛情，好像别人辛苦带来的供品却让自己拜了佛。这样安排了李红来作陪，既不失东家的礼数又顾全了请客的大局。

没多久，毛晓萍就到了。一进来就说："老谭还没来呀？我还以为我迟到了呢！"路晓东说："谭局长一会儿和市政府的黄秘一起过来！"说话间，李红从毛晓萍手里接过包和披肩挂在了衣架上。田友良起身给毛晓萍让座，毛晓萍就说："田处，你们最近很忙吧？"田友良说："确实忙，这几天几位老大又出差了，我过几天也要出去！"毛晓萍说："忙好啊，忙表示有效益呀！"李红也说："领导就没有不忙的，哪像我们，想忙也没得忙！"毛晓萍接着说："小李，你可别说，他们这些领导，整天说忙，但真要不忙了，他们倒不适应了！"田友良说："我算什么领导，我是给领导跑腿的，毛总您才是领导！"毛晓萍呵呵地笑着说："我现在可啥也不是了，就是个生意人！"几个人正说着，服务员推门进来，谭德正和黄云到了。屋里的四个人全站了起来，几个人都有过一面之缘，也就没再多做介绍。李红赶忙招呼服务员倒茶，起菜，开酒。

谭德正和黄云一来，话题自然就转到了二阀厂引资改制的事上。这些事，现在厂里已经传得沸沸扬扬，每个人的说法都基本一样，但又不完全一样，像是一棵树上衍生出的枝丫，每传一次，又会在老的版本里穿插进新的内容，如同枝丫经过阳光雨露发出的新叶。但不论是谁，说的时候都是有板有眼，还神神秘秘，似乎一切都在自己掌握之中。路晓东这里，除了田友良上次透露的信息，其他的都是这种小道消息。各种消息连缀起来，大概的情况是这样的：现在有两家公司最具有竞争力，一家在上海，另一家在深圳。两家开出的条件各有千秋，在二阀厂出让相同股份的条件下，上海公司价格高一些，但附加条件是现有的职工只能留用三分之二，而且不再负担退休职工的工资。深圳公司可以接收现有的在职职工并继续负担退休职工工资，但价格要比上海公司低了六千万。今天有田友良在，晓东只是听。谭德正问引资的进展怎么样了？田友良说："这几天厂长和书记又去了深圳，等这次考察完，回来要向市里汇报。"谭德正说："市里领导很重视你们这次引资和改制啊，黄处最清楚了！"黄云说："是啊，二阀的引资改制是我们市里国企改制的一个典型，市长和书记都很重视，之前有几个老厂都没有改成功，这次说是要给市里探索出一条国企改革的路子！"谭德正说："田处，看来你们责任重大呀！"田友良说："是领导责任大，我们只是给领导做好服务！"男人们讲的这些毛晓萍和李红不感兴趣，就相互评论着对方的穿戴。评论完了见他们还在谈，毛晓萍就说："你们在办公室谈这个还谈不够呀，出来吃个饭也谈工作，能不能换个话题啊！"谭德正就呵呵地笑着说："不谈工作啦，咱谈生活！"正好凉菜已经摆好，酒水也已准备齐全。李红就招呼大家上桌，谭德正坐了主位，左右分别是毛晓萍和田友良，田友良谦让要黄云坐在谭德正旁边，黄云说："我跟路主任一起吧，你和谭局长是同行，坐在一起交流方便些！"大家依次坐定。田友良端了酒杯说："承蒙各位领导关照，今天跟大家聚聚，尤其是谭局长，百忙之中能够来，让我心情很激动，请局长讲两句！"大家一致说请局长讲话。谭德正就慢慢地端起了酒杯说："刚才毛总说得对，我们出来吃饭就不要再像工作中一样了，要随便些，也不要有什么上下级，坐在一起了都是朋友。"然后对着黄云呵呵一笑说："黄处，我这么说你别有意见啊，你是市政府的领导，也要跟咱们基层的同志多接触呀！"黄云说："谭局，你总是拿我开玩笑，你要这么说我就坐不住啦！来，我们一起敬局长一杯！"谭德正说："你看我刚说完你就犯错误了，不能说敬我啊！"大家说要敬要敬，谭德正推却不过，就说："那就这第一杯，后面大家要随意啊！"说完大家喝了酒。

路晓东看着房里的装饰和摆设，自然想到了石宁。回想跟石宁第一次见面也是在鸿发，真没有想到现在会跟她是这样的一种牵扯。往后会怎么样不知道，就是现在这样，也让路晓东很享受。自从见到石宁，他也不止一次地想过自己对文玉的感情，似乎并没有因为石宁的出现而变淡，反而比之前更要好，说不清楚这是怎样的一种心态，要是自己对石宁的心思被文玉知道了，那对她该是怎样的一种残忍和伤害，每次这个念头一闪过，他就马上滑过去，有意不让自己的思绪去碰触那个雷区。石宁似乎也有默契，在一起说话聊天的时候，从来不提他的家庭。他在想石宁现在在干什么呢？！她下午说要去见想见的人当然是在跟他开玩笑。他也时常在想，像石宁这样出众的女生，周围一定有很多追求者，从上大学到现在工作也有几年了，前面也不可能一片空白。但从来没有听她说起过，晓东在聊天时偶尔也会声东击西地提一下，但石宁也总是轻描淡写地一带而过，像是傍晚微风拂过的水面，连泛起的涟漪也像是飘忽的过客。路晓东不便也不想深究石宁的感情世界，甚至有点喜欢石宁在自己面前这种模糊的态度。正在这么胡思乱想，手机响了一下，一看竟然是石宁的短信："饭吃得开心不？"路晓东心里无比欢愉。自己正在想石宁，她就来了短信，那就表示她也在想着自己。心里的快乐就洋溢在了脸上，回："本来不开心，现在开心了！"摁了发送键。石宁马上回："为啥呀？有美女来啦？"路晓东接着回："美女没来，只有美女的信息来！"刚摁了发送键，毛晓萍偏过头来问："晓东，你怎么没把石宁叫来？"这倒让路晓东吃了一惊，似乎石宁是窝藏在自己心里的一个窃贼，毛晓萍透过胸腔看到了自己心里。脸上倒若无其事地说："叫了，她说今天晚上要赶一份图纸，来不了。

听说你要来，还可惜得不得了，说最喜欢跟你在一起聊天。"毛晓萍开心地说："这孩子嘴巴就是甜，人又漂亮，我真是很喜欢她！没想到她工作还这么拼命。"田友良说："石小姐跟毛总一样是女强人啊！"毛晓萍说："我可不是女强人，女人就做好女人，做女强人有啥好的！"晓东忽然想起了一个笑话，就忍不住笑了，黄云说："路主任有啥好事呀，说出来大家开心一下，不要自个儿偷着乐啊！"路晓东说："毛总刚才那么一说，我想起了一个笑话，但不知道该不该讲！"大家都说："要讲要讲！"路晓东就说："这其实是件真事，去年十一我老婆单位搞歌咏比赛，有一句歌词是：男人的责任重，妇女要翻身。合音部分刚唱完，音响控制室负责播放伴奏带的内科护士长说了一句：翻什么身呀？下面挺好的！谁知当时控制室的麦克风没关，这句话就很清晰地被扩到了全场。"路晓东说到"翻什么身呀？下面挺好的！"的时候，大家已忍俊不禁，李红看见对面的毛晓萍红着脸飞快地瞥了谭德正一眼，待说到被麦克风扩到全场，几个人更是笑成一团，尤其是毛晓萍和李红，张着嘴又惊又笑，田友良刚喝了一口茶，一时忍不住要喷出来，赶忙转身，坐在旁边的李红赶紧递了一块毛巾。毛晓萍忍住笑问："那现场不是笑死了？"路晓东说："那场面简直是笑声鼎沸，掌声雷动，最绝的是评奖的时候，群众投票一致要求这个节目获一等奖。"毛晓萍说："那这个护士长不是难为情死了，以后还咋上班呀！"李红说："其实也没什么，都是成年人，也能理解，而且她说得也不是没道理呀！"话音一落，在场的人又是哄堂大笑，谭德正说："晓东真是文化人啊，这个笑话讲得好，值得大家喝一杯。"田友良说："就是，晓东讲得好，李经理接得更好啊！"大家又笑着把酒喝了，谭德正说："这个酒喝得开心呀，晓东给我们开了个好头，这样，每人轮流讲一个，讲不出的喝三杯！"毛晓萍抗议："三杯太多了，我这样没笑话讲的，那不是要喝醉了！"大家说："不多不多，听谭局的，酒令如军令，谁也不能逃避！"坐在路晓东旁边的是黄云，下一个正好轮到他，黄云端起酒杯说："本来有个笑话的，但没有路主任的这么精彩，我先喝一个学习酒再说！"路晓东说："黄处太谦虚了，你们市领导肯定要比我们这些在基层的水平高，大家都是熟人，你拣精彩的说！"黄云还是喝了酒，说："路主任这一说倒提醒我了，这也是一件真事。前一阵我们计划生育办公室的人下乡去调研，问老乡：近亲为什么不能结婚？老乡挠着头憨厚地说：近亲嘛，太熟了，不好下手！"大家又是一阵笑，谭德正说："你看，劳动人民的智慧是无穷的呀，只有深入基层才能有这种生活体验啊！"大家就端起酒杯说敬黄处和劳动人民给我们创造这么好的笑话。喝了酒，接下来轮到毛晓萍。毛晓萍为难了，说："我真想不出笑话，我只能喝酒了！"倒了三杯酒，毛晓萍看着有点发怵。李红见状说："毛总只喝一杯吧，我代毛总讲一个。"大家都说好，毛晓萍尤其感激，却靠着谭德正娇气地说："还是女人体谅女人啊！看你们这么多男人，就没一个帮我的！"谭德正呵呵笑着说："我们要帮了你不就听不到小李的笑话了吗！"李红脸微微一红说："我这可是代毛总讲的，你们不能笑我呀。说是在公交车上一位年轻的妈妈给宝宝喂奶，宝宝吃得不老实，年轻的妈妈生气地说孩子：吃不吃？不吃我给旁边的叔叔吃了。这个妈妈路上一连说了很多次。坐在旁边的叔叔忍不住说：小少爷，你吃不吃给个准信呀，叔叔都坐超两站了！"话音一落，大家哄地笑了。田友良说："李经理这个笑话精彩啊，大家要喝一杯！"李红脸红红的，说："是毛总的笑话精彩！"毛晓萍捂着肚子说："嗯，我要记住这个笑话，以后我就可以自己讲了！"大家笑着喝了酒。下一个轮到谭德正，大家都笑着看着他。谭德正微笑着说："前面你们都讲得这么精彩，这是给我压力呀。我讲个大家要动脑子的。请问：坏牙、坏萝卜和怀孕有什么共同点？"大家就左看右看，毛晓萍急着问："什么共同点呀？"谭德正说："谁能说出答案，我喝一杯，都说不出，你们各自喝一杯！"大家你猜我猜，谭德正都摇头不语。都说猜不到，田友良说："我们喝了酒，让谭局说答案吧！"大家一起把酒喝了。谭德正慢悠悠地说："拔得太晚！"众人先是愣了一下，随即反应过来，就捶胸顿足地笑。唯有毛晓萍还不明所以，看看这个看看那个，忽然也明白了，就用手捶着谭德正的胳膊笑，脸红得像是涂了胭脂。路晓东说："还是谭局水平高，太有内涵了！"大家要一起敬谭德正，谭德正摆摆手说："先别急着敬酒，我这个笑话还没完，同样的问题，还有一个答案？"说完眼光扫了一圈，大家还是不知道。谭德正就说："喝酒呀，想知道答案就把酒喝了！"于是大家又喝了一杯。谭德正这才说："都是虫子惹的祸！"大家又是一阵笑。田友良就端了酒杯提议说："谭局就是水平高啊！一个问题两种解读，还都这么有深度，这个酒我们可一定要敬！"谭德正没再推辞，大家一起把酒喝了。正在闹哄哄地，老蔡推门进来了。一进来就跟大家告罪，说工商局来了一拨客人，自己走不开，没把各位领导招待好，过来给大家敬个赔罪酒。谭德正说："蔡总你会用人呀，你虽然没来，你派来的李经理很有水平啊！"大家就都笑。老蔡看气氛这么热烈，敬了一圈酒，又说了一些客套话就告退了。

老蔡一走，谭德正就说："我们的规矩继续啊，下面该田处了。"田友良挠着头说："到我了呀？我还想蔡总一来给我解围了呢！"黄云说："酒令当然要转圆呀！"田友良就说："那我也讲一个计划生育的故事吧。说是计生干部到农村去宣传计划生育，讲解避孕套的使用方法。讲解员是个女干部，拿出避孕套不好意思直接说套在哪里，正在为难，看见村委会角落放了一把水瓢，急中生智，就拿过水瓢给村民示范，把避孕套套在了水瓢把上，说把这个套子这样戴上老婆就不会怀孕啦。结果两个月后有一个村民的老婆还是怀孕了，村委会带着计生办上门罚款，这人不答应，说他都是按照计生干部教的方法做了，怀孕不是他们的责任。问他是怎么做的，这人理直气壮地走进厨房拿出了水瓢，众人一看，水瓢把上还套着避孕套。"大家又是哈哈大笑。最后轮到李红讲，李红说："我刚才讲过了还要讲呀？"田友良在旁边说："那可是你代毛总讲的！"李红推辞不过，就说："说是有四个女干部竞选科长，三人落选，落选的三人就总结原因，一个说：我上面没人；另一个说：我上面有人但不硬；第三个说：我上面有人也很硬可我在下面没活动。"刚一说完，全桌的人又都笑得直不起腰。笑完几个人都笑着端了酒杯说要喝圆庄酒。田友良借着酒劲提议：为上面有人很硬下面也积极活动的人干杯，大家都笑着把酒喝了。

酒桌上的气氛很热烈，但路晓东心里一直惦念着石宁，就觉得这饭吃得很慢，好在跟旁边的黄云聊得蛮投机。黄云说自从那天汪副市长看了鸿发的楹联和门牌碑额，对晓东印象很好，还交代他这个做秘书的要多跟晓东交流。黄云是文秘专业出身，对政府各类公文报告很拿手，在诗词曲赋方面倒是一般，但出手水平高低还是看得出来，对路晓东也是真心结交，聊到开心处，都有点相见恨晚的意思。几个人又轮流敬了一圈酒，先是欢声笑语，然后就豪言壮语，再后面就是甜言蜜语了。路晓东没想到田友良上次喝酒还半推半就，今天竟然来者不拒，一边跟坐在旁边的李红交头接耳，一边还能眼观六路，适时地主动出击，真是深藏不露。酒喝到差不多大家都要胡言乱语了，毛晓萍说自己喝不了了，谭德正就抬腕看了看表，说时间差不多了，李红就招呼服务员上主食。晓东估计快散了，忍不住掏出手机给石宁发了一条短信："你在干吗呀？"等了一会儿，不见石宁回信，又发一条："是不是跟想见的人在一起呀？"石宁回了短信："正准备去见想见的人呢！"晓东不知真假，借着酒意回："我却见不到想见的人！"

散了酒席。田友良、路晓东和李红一起到门口送谭德正几位，司机早候在那里，谭德正和黄云一起上车走了，毛晓萍自己有司机，李红叫了鸿发的司机送晓东和田友良，两人你搀我扶地上了车。在车上田友良却一本正经地说："老弟，你最近要活动一下了！"路晓东知道他指的什么，酒一下子醒了一半。就问："这事有这么快吗？"田友良说："这事现在很多人在盯着，宜早不宜晚。我听说这次要提几个年轻骨干到厂里的管理岗位，你应该在候选人当中，但竞争很激烈。厂长那边应该问题不大，对你的业务能力和组织能力都认可，你要找一下书记，最后还是书记拍板。"路晓东还在踌躇，田友良接着说："听说书记的公子最近要出国留学，这是个机会。"路晓东感激地握了一下田友良的手，似乎千言万语都在手里握着。田友良说："我会在合适的时候在书记那里给你敲边鼓，但这个事需要人资处提，我改天约人资的刘处一起坐一下。"路晓东说："老兄，啥事你都为兄弟想到了，那些感谢的话就不说了，你哪天约了刘处就给我电话！"说完忽然想起了申请办公室的事，本来不想提，又一想这点事对田友良来讲也就是一句话的事，也由此可以看看田友良是不是真心在帮自己。真要成了，有了单独的办公室跟石宁打电话也方便些。就说："对了，老哥，还有一件事要你帮个忙！"田友良问啥事？路晓东就说："你可能不知道，我们设计室现在办公室紧张，我还和老吴挤在一个房间，平时工作倒也无所谓，但有时要跟领导打个电话什么的，就很不方便。你看看找个机会跟行政处的领导说一下，我们报告已经打了一年了，可一直没动静。"田友良说："这么点事你不早说，两周内，不，一周内解决问题！"路晓东又是兄长弟短地感谢不已，说话间田友良就到家了，两个人在车下又拉扯了一番，看着田友良进了小区，路晓东让司机送自己回家。上车后，晓东掏出手机一看，发现石宁在十分钟前来了一条短信："你想见的人在红房子！"晓东喜得像是叼着了肉骨头的狗，马上让司机掉头去红房子，又赶紧回了一条短信给石宁："想见你的人在去红房子的路上！"

红房子是一家咖啡厅，并不大，在这个城市里，这样的场所光顾的人并不多。路晓东也是第一次来这里，进门是一个精致的前厅，错落有致地安排了一些沙发坐，桌面铺了红黑相间的格子台布，窗户挂了绛紫的丝绒窗帘，从天花一直垂到了墙角，整个厅里，透出一种暧昧的优雅。石宁不在前厅，晓东穿过圆形大堂，见四周隔出了许多隔间，每一间外面都是一个拱形门，门上用珠帘与外面做了间隔。服务员见晓东只有一个人，就问找的雅间在几号，晓东不知道。服务员还要问什么，脸上有一种帮不到晓东就是失职的真诚，晓东制止了，掏出手机说他自己打电话。但晓东并没有打给石宁，他在心里对自己说：要是今天自己挑开某一个珠帘正好就是石宁，那就预示跟石宁可以继续，要是不是，那就是镜花水月，两个人也就像是灯火熄灭的余温，取不了暖，只能给人一点慰藉。这么想着，就顺着一个个珠帘慢慢地往里边走。没有客人的隔间的珠帘从里边用钩子挂起，像是敞开的蚊帐，最靠里边的两个隔间的珠帘都垂着，晓东犹豫了一下，掀开了倒数第二间，石宁果然坐在里边。

　　石宁靠在椅背上，见晓东进来，没有起身也没有动。晓东坐在了对面，靠背前的方几上有一瓶打开的红酒，旁边是两个倒了酒的酒杯。石宁的样子，看不出是开心还是不开心。从下午到现在就一直想着要见的人，现在坐在了对面，一肚子要说的话，却全没了影，太亲密的话，没有前期的酝酿做铺垫还说不出来，普通的话又像是会把两个人的感觉冲淡。灯光那么暗暗地亮着，咖啡厅里播放的音乐像开春河滩上融化的雪水一样地漫过来，被门口一条一条下垂的珠帘化成了游丝。石宁还是没说话，似笑非笑地看着晓东。晓东总算找了句话："你来多久了？"石宁说："很久啦，我一瓶酒都喝完啦！"晓东拿起酒瓶看了看，酒只倒出了三分之一，说："你别吓我，喝完一瓶你还能这样坐着？"石宁说："我又没说是我一个人喝的。"这倒出乎意料，晓东看到桌上的两个酒杯，他自以为是为自己准备的，听石宁这么一说，倒一时弄不清她话里的真假，疑疑惑惑地问："真的来见人了？"石宁看着晓东点点头，晓东觉得脑袋里嗡嗡作响，胸口像是被什么东西撞了一下，感觉不出痛，只觉得空空地没有着落，有点语无伦次地说："那，人呢？"石宁说："去洗手间啦！"晓东有点愠怒地说："那你还让我来？"石宁说："我没让你来呀，我只说你想见的人在这里，又没说要你来见！"晓东还要说什么，门口竟然有人敲了敲拱形门，晓东看着石宁，眼睛里有一种无助的哀伤，石宁看着晓东这样的神情，心里有一种说不出的东西涌动，两个人就这么看着，都没说话。珠帘一挑，进来的却是刚才招呼路晓东的那个服务生，服务生抱歉地笑着说："打扰两位了，请问还需要点什么吗？"晓东觉得喉咙干，口渴，就要了一杯柠檬水，服务生礼貌地一笑就退出去了。服务生一走，石宁就看着晓东咯咯咯地笑，晓东才知道上了当，当下就扑过去，作势要拧石宁的脸，石宁却没有避开，晓东的手指碰触到了石宁的脸颊，一阵酥酥麻麻的感觉就传遍了全身，他捧起了石宁的脸，看见石宁眼睛里有东西亮亮地闪，他慢慢地，把嘴唇印在了石宁的额头上，在那里停留了许久，又慢慢地侧过头亲吻她的脸颊，左边，右边，小心翼翼地，像是不敢惊扰的一个梦，随时都会惊醒。手还那么捧着石宁的脸，似乎一放手石宁就会消失不见，嘴唇又移向眼睛，他感到石宁微微合起的眼帘在他的唇间跳动，石宁抬起胳膊圈住了他的脖子，身子软得像是一团棉花，终于，他的嘴唇掠过鼻尖，印在了石宁的嘴唇上，先是轻轻地一个碰触，然后，就热烈地裹住了石宁的嘴唇。两个人都像是晾在沙滩上很久的鱼，要靠对方的唾沫才能缓解饥渴，又像是经过长途跋涉的圣徒，终于到达了心仪已久的圣地，贪婪而激烈。

8

　　田友良再次给路晓东打电话的时候，是十天以后。当时田友良打电话来，兴冲冲地说了两件事：一是办公室的事，他跟厂里反映了，这几天应该能落实；二是晚上约了人资处的刘开仁，三个人一起找地方坐一下。路晓东会意，就说地方我来找，看看你和刘处长有什么推荐的？田友良在电话里沉吟了一下，说吃什么倒是无所谓，这段时间忙得头晕，去个能放松的地方吧！又说办公室的事，刘处也帮忙说了话。晓东说自己正好知道城北新开了一家洗浴中心，听说很有特色，吃喝洗浴一条龙，咱们也去感受一下！田友良也没有推辞，就定好了时间。

　　放下电话，晓东看了一下钱包，发现钱包只有几百块。心想去那种地方，这点钱根本进不了门，就跟文玉打电话说了原委，提前回家拿了钱。

　　揣着两千块钱坐在去康乐洗浴中心的出租车里，路晓东有些心疼。自从上次田友良说过需要活动之后，他算是动了几年的老本，为给高书记儿子出国送礼的事，在家里跟文玉反复商量了无数次。在这件事上，文玉倒是很支持他，两人你来我往地讨论几个来回，认为买什么礼品都不如直接送钱合适。晓东还在犹豫，文玉说现在都是靠关系，咱们没关系，只能用钱去培养关系，现在这个机会难得，以你现在的年龄，要是错过了这个村，就没有下一个寨了。在送多少的问题上，文玉分析说现在很多单位的领导岗位都有明码标价的，科长多少，处长多少，都是有行规的，就拿我们医院来说，科主任好像是三万，副院长要五万，而且不同的科室，油水不一样，价格也不一样，像我们内科就没有外科多，最不济的是儿科，但也要一万。晓东听得脑袋都大了，说那究竟要送多少？文玉说我们就这条件，再多也拿不出来，书记那里就送两万吧，再拿一万出来，你吃吃喝喝的去应酬。应酬路晓东倒是不怕，送钱这事路晓东没干过，说万一人家不收退回来，到时候多难堪呀。文玉说你真是读书读傻了，人家是背上猪头找不到庙门，现在田处把庙门都指给你了，你还送不进猪头去吗？最后，路晓东还是硬着头皮去了高书记家。没想到一切竟出乎意料地自然和顺畅，进门是书记和太太王姨一起接待的，三个人心不在焉地聊了一会儿，书记就去了洗手间，路晓东满手是汗地拿出装有两万块钱的红包，说是听说高杰要出国留学，他这么优秀我们也高兴，想买点什么又不知道该买什么！说完了，指着红包说这个就表示一点心意，让高杰自己看看需要什么就买点什么！王姨笑嘻嘻地说小路你太客气了，老高回来常说起你呢，说年轻的基层干部里你最有前途，今天见了，小路确实不错呀！正说着，书记出来了，看也没看桌上的红包，路晓东就不失时机地起身告辞出门。

　　跟田友良和刘开仁在康乐见了面，三个男人就边吃边喝，说的都是单位的事。说现在引资正处在胶着状态，书记倾向于深圳公司，理由是深圳公司有港资背景，如果合作成功属于引进外资，将来能够享受优惠政策，另一方面，深圳公司出资虽然低一些，但能够接受现有在职职工并继续负担退休职工工资，这样对广大职工比较好。厂长则倾向于上海公司，认为上海公司对国企更熟悉，而且出价高，到时更能体现引入资金的政绩。职工们私下里就七嘴八舌地议论，说什么的都有，基本也分了两拨。那些长年在车间一线的工人、资历浅的年轻大学生、有技术没关系且拖家带口都在二阀厂的老工人就支持书记。那些有门路、有靠山、在厂里根基很深的，认为怎么裁员也裁不到自己，就支持厂长。为此闹得人心惶惶，有找关系调离的，有申请提前退休的。厂里为此开了很多次会，会上书记讲一段，厂长讲一段，然后让大家都说说，大家都不说，书记厂长就点名让说，被书记点到的，就说深圳公司有优势，被厂长点到的，就说上海公司的好。更多的人是模棱两可言不及义地含糊其词，大家都在观察事态的进展和变化，谁都怕一不小心说错了话，站错了队。田友良和刘开仁都是被书记点过名的，所以在谈话中一致说深圳公司的好，晓东自然也是随声附和。

　　三个人饭吃得快，喝完一瓶酒，晓东还要再开一瓶，刘开仁和田友良都说喝得刚刚好，自己人就不勉强了。晓东没再坚持，叫来了领班说要去桑拿，领班会意出了房间。少顷，再次推门进来，身后十几个长裙曳地的女子也跟着鱼贯而入。女子身材都很好，长裙的领子开得很低，个个胸前都呼之欲出。路晓东让田友良和刘开仁挑选，两个人都笑着让对方先挑，最后还是田友良先挑了一个，路晓东觉得跟鸿发的李红有几分相像，接着刘开仁选了一个圆脸但乳房很大的，路晓东最后选，就点了最后进来站在门边上一个有点像舒淇的女子。然后，一伙人拥拥簇簇地去了楼上的桑拿房。

这一天，路晓东一家吃晚饭，晓东和文玉已经吃完，靠在沙发上看电视。儿子浩浩还在吃，捧着半碗饭眼睛盯着电视有一下没一下地往嘴里送。文玉就催浩浩："你这样一次几个米粒地往嘴里送，啥时能吃完呀，快点吃完去写作业吧！"路晓东说："他就是想借着吃饭多看会儿电视，你要不催他去写作业，他可能还吃得快点！"文玉说："你现在可是大忙人呀，一周回家吃不了两次饭，哪里知道伺候他吃饭有多难！吃饭慢，写作业慢，洗脸刷牙上床睡觉都慢，怎么我这急性子生个儿子却是个慢性子，一点不像我，干啥都慢，全像了你！"浩浩还是两眼盯着电视，对文玉的话置若罔闻，似乎妈妈在说别人。晓东说："说浩浩吃饭呢，怎么把我又扯进来了！"文玉说："这家又不是我一个人的，不扯你扯谁呀？你现在倒好，借着有事，三天两头不见人，啥事都丢给我！"路晓东笑着说："我也想天天回家啊，可我这不是为了家庭建设在做奉献嘛！"文玉说："哼，还家庭建设，你一天到晚花天酒地的，要说奉献也是我在奉献，奉献了钱不说，别把人也奉献了，就算是真的升官发财了，还不一定是谁的呢！"路晓东想文玉忽然这么说，是不是觉察到了什么！嘴上却说："你看你，这个事情可是你同意的，要不我一天到晚跟人点头哈腰地跟孙子似的，你以为我乐意呀？"文玉说："这个道理我知道，以前咱们每天窝在家里，觉得没奔头，可你现在这么一天到晚地应酬，我心里又觉得不踏实！"路晓东放下心来，说："你有啥不踏实的，儿子在你旁边坐着，老公在你旁边靠着，你就踏踏实实过日子吧，别一天到晚想这想那的！"说得文玉也笑了："我发发牢骚不行啊？你可给我记着，在外面别胡来啊，到时候我和儿子可饶不了你！"说完看看浩浩还在吃饭，又催了一遍，浩浩还是老样子。晓东说："浩浩快点吃，吃完了看会儿电视再去写作业吧！"浩浩马上把剩下的小半碗米饭往桌上一放，说："我吃饱了！"

当下收拾了碗筷，文玉要去洗碗，路晓东制止了。说："往后凡是我在家的时候，刷锅洗碗这类粗活就交给我吧！"文玉说："怎么忽然这么勤快了呀，这好像不符合你的一贯风格呀？"路晓东说："我不能老在外面奉献，也要在家奉献呀！"文玉欢喜地靠在沙发上跟儿子一起看动画片。听见晓东在厨房伴着哗哗的流水哼着小调，走过来靠在厨房门口，看着晓东快乐的样子，半晌，疑疑惑惑地说："你不会真做什么对不起我的事了吧？"路晓东的脑子在想事情，不知道文玉站在身后，猛不丁被这么一问，吓了一跳，一只碗就从手上滑下去，"砰"地碎了。这倒把文玉也吓了一跳，两人都为自己的失态嬉笑，文玉去拿了簸箕扫地上的碎片，路晓东问她刚才说什么？文玉说没什么，晓东也没再问。

　　洗刷完毕，见浩浩竟然自己坐在小房间里写作业，文玉又要过去看他，被晓东制止了。说："你这样时时看着他，一方面让孩子逆反，另一方面让他产生依赖，只要你不在，就会偷懒。"文玉说："你说得轻松，你要不看着，他就在那里玩。"晓东看着儿子的房间嘘了一下，就拉着文玉出门，说出去走走。出了门，文玉说怎么忽然有兴致出来散步呀？晓东说现在运动少，每天吃完就窝在沙发里，不活动一下，感觉都有肚子了。文玉紧张地摸着自己的小腹问："真的呀？我有肚子了吗？"说着就转着圈看自己的腰腹，路晓东说："看你紧张的，我说的是我。"文玉说："还说呢，你一个男人那么在乎身材干什么？前几天跟我们医院的几个护士聊天，她们还跟我说你身材好呢！"路晓东就得意了，问："谁说的？"文玉偏不说。两个人边说边走，路边一条黑色的小狗却忽地从身边蹿了过来，吓得文玉叫了一声，扶着晓东的胳膊惊魂未定，看见那条狗跑过去尾随着一个胖女人领着的另一条狗往前走。不远处一个男人在反复地叫"小黑"，可那条狗却依然跟着纠缠不休。男人跑过来对遛狗的女人说："你是不是母的啊？"那女人说："是啊是啊！"男人说："难怪，我是公的。"小黑见主人来了，就壮了胆子去嗅另一条狗的鼻子。遛狗的两个人却站在那里聊开了，两条狗就首尾相接地嗅着对方的尾巴转圈儿，文玉听了两人的对话忍不住要笑，晓东拉着她赶紧走开了。

　　回到家，伺候浩浩睡下。晓东冲完凉裹了条浴巾进了卧室，文玉已经躺下了。晓东俯下身子去亲她，文玉依然闭着眼，晓东的嘴唇移到了乳间，那么逗留了一下，看到文玉的乳头在深色的乳晕下慢慢地坚挺，就用舌尖舔了一下含住了，文玉的身子微微颤了一下，手从下边伸过去握住了晓东那儿，晓东伸手去摸，文玉下面已是湿湿滑滑的一片。晓东跨上去，慢慢地进去了，湿滑而温暖，文玉仰着头，在枕上左右地摆，喉咙里发出压抑的喘息声。不知怎么，晓东的脑海里却浮现出了石宁的样子，房间里没有灯，窗外的亮光透过窗帘照在床上，文玉的面目不甚真切，晓东下意识地摇摇头，似乎要把石宁的面孔从脑袋里摇出去，越是这么想，石宁的面颊就越发清晰地浮现在眼前，样子却是出乎意外地恬静，眼睛里清澈得没有一丝情欲的光焰。这样脑子里在胡思乱想，竟然比往常都要持久，晓东想换个体位，文玉却把双脚蜷在他的腰上不愿松开，晓东只好继续动作。少顷，文玉忽然死死地搂住了晓东后背，双腿绷直，身子扭动得如一条虫子。事毕，两个人谁也没有说话，文玉就伏在晓东汗湿的胸前睡着了。

这天上班，路晓东接了个电话，对坐在对面的吴智忠说："我们办公室的事有着落了，估计这几天就会有消息。"吴智忠听了，心里并不痛快，但脸上却灿烂地说："看看，还是老弟你有办法呀！"路晓东说："哪里，本来你之前打的报告厂里就快要批了，可最近不是老大一直出差嘛，这几天刚回来，就签了。"吴智忠说："你看，我说咱俩一起使劲有效果吧！"路晓东说："不过这次能这么快解决，财务的田处和人资的刘处都帮着我们说了话。你知道，要办公室的部门很多，行政处也是顾了这头顾不了那头！"吴智忠说："那要找个时间感谢一下帮忙的领导啊！"路晓东说："也是哦，你以科室的名义出面请一下也好！"两人又闲扯了一会儿，路晓东就被人资处打来的电话叫走了。

路晓东到了人资处，刘开仁、高书记和厂长都在会议室，几个人都笑笑地看着他。刘开仁先开的口，说厂领导班子讨论，近期要做一些人事调整，要给一些年轻的中层干部加点担子，今天书记和厂长要跟你谈一谈。路晓东听了，忙说了感谢的话。书记就讲了现在厂里的改革局面和将来的发展方向，肯定了年轻干部的工作，尤其提到了路晓东。路晓东就在一边谦虚地点头不止。书记说完，厂长又说，现在的时代好，厂里领导也是紧跟改革步伐，给年轻干部施展才华的舞台，希望你们都要珍惜这个机会。路晓东又是感谢，说自己还有很多不足，希望能多跟各位领导学习，提升自己各个方面的水平。书记厂长都说完了，刘开仁又说，现在厂里有几个职能处室的领导有调动的，也有将要退休的，需要补充新的力量。你的工作能力厂领导都很认同，我们也做了一些调研，你的群众基础也很好。现在有两个处室，一个是生产处，一个是新组建的营销处，岗位都是副处级，你自己有没有啥想法，今天也可以说说。路晓东是有心理准备的，但这个时候不便于马上表态。就诚惶诚恐地再一次感谢了领导，说自己还真没有想过这个问题，领导能信任我，安排去哪里我就去哪里，并尽自己的努力把工作做好，哪还能再挑三拣四的。不过，要是能给我个选择的机会呢，我就想去营销处锻炼一下。自己上班以来一直在设计室，也属于生产一线，按道理跟生产处的工作关联性更强一些，但现在是市场经济，我觉得有了市场才能促进生产，不像以前是靠生产来保障市场。那我还是到市场一线，对自己也算是一个挑战。说完看了看几位领导，每个人的脸上也都还是笑笑的，看不出是赞同还是反对。路晓东又接着说，当然我这个想法也是一激动就说的，很不成熟，最终还是听领导的安排，让我去哪里都行。说完看了一眼书记和厂长，起身给每个人的茶杯里添了水。书记慢慢地抿了一口茶，说："小路很有冲劲啊，对市场的看法也很有见解，我们要鼓励这样的干部去有挑战的岗位啊！"说着看了看厂长，厂长点着头没说话。刘开仁就说："营销处新组建，万事开头难，工作压力会更大些，也适合路主任这样有冲劲的年轻干部。"厂长面无表情地说："小路再想想吧，你专业能力还是挺强的，生产处也很能锻炼人的。把各方面的因素都综合考虑一下再做决定吧！"路晓东点着头。刘开仁说："这样吧，今天就算是一个组织调研谈话，路主任的想法我们也都保留作为参考，究竟去哪个岗位任职，厂里领导碰一下再决定。另外，今天这个谈话也算是任用干部的一个组织程序，但毕竟还没有确定，所以今天的谈话内容暂时就不要公开了，以免引起一些不必要的影响和干扰。"说完，大家散了。

当晚，路晓东约了石宁吃饭。两个人去了远离闹市的一家餐馆，谷雨之后的空气里还浸透着温软的暖意，抑制不住的兴奋和喜悦洋溢在晓东脸上。石宁问他啥事那么高兴？路晓东说："跟你在一起就高兴！"这点石宁相信，但她知道晓东今天的喜悦不只是跟自己在一起，就赌气地说："不说算了！"晓东伸出手捏了一下她尖俏的鼻子，说："什么事都逃不过你这个小眼睛啊！"石宁听了更气了，说："你才是小眼睛呢！"说完噘了嘴不理晓东。其实路晓东本来是想说："什么事都逃不过你这小东西的眼睛！"可一着急舌头没转过弯儿竟说成了"小眼睛"，石宁当然不是小眼睛，这时噘了嘴眼睛就显得更大了，路晓东就赌咒发誓地赔礼道歉，说自己嘴笨，说咱宝贝儿的眼睛最大了，整个儿脸上除了嘴和鼻子全是眼睛，石宁听了说："除了嘴和鼻子全是眼睛？那我没脸啦？我是怪物啊？你是哄我呢还是骂我呢？"一连串连珠炮似的抢白，噎得晓东哑了声，挠着头"你……"了半天说不出一句囵囵话，石宁看他又窘又急的样子，忍不住"扑哧"笑了，说："哼，嘴那么笨还到处哄女生！"晓东这才意识到石宁是故意在作弄他，就作势要去挠她的痒，石宁告了饶，

64

两人就你侬我侬地挨在一起坐下了。才一坐定，晓东又"哧"地笑了，差点把刚喝的一口水喷出来，石宁故作嫌弃地推着他说："你要发神经可离我远点，我这裙子可是新买的，今天还是第一次穿！"晓东说你刚才那么一问让我想起了一个笑话，石宁就问我问什么啦？晓东说："你不是问除了嘴和鼻子全是眼睛就没脸了吗！说是一只大象嘲笑骆驼：你怎么把咪咪长在了背上，骆驼生气地回击大象：滚远点，我不跟脸上长鸡鸡的东西说话。在一旁的蛇听了哈哈大笑，大象鄙夷地说：你个脸长在鸡鸡上的货，有啥资格笑我！"石宁听了，边笑边用拳头捶着晓东说："你个大流氓，一天到晚脑子里尽想这些？！"晓东说这不是你引导的吗！石宁又偏了头不理他，晓东这才止住笑，一本正经地说了白天人资处找他跟厂领导谈话的事。石宁倒并没有他预料中的那么兴高采烈，但也还是替他高兴，端了酒杯祝贺他。两人说说笑笑地吃完饭，时间还早，都不想这么早分开，晓东就说找个酒吧或咖啡厅坐一会儿，石宁说不想去酒吧，又说要是你不那么早回去，我们去看电影吧。

到了电影院，晓东去买票。石宁站在门口看巨大的电影海报。每次到了人多处，石宁总是有意无意地跟晓东拉开一点距离，晓东知道她是怕碰到两个人的熟人，这似乎也成了一种默契。买完票过来，晓东却拉住了石宁的手，石宁先是犹豫了一下，然后用力地握了一下晓东的手，一起进了放映厅。说不上是多久没来过电影院了，晓东特别喜欢电影放映前全场熄灯的黑暗。黑暗把满场的观众瞬间淹没在黑夜里，再没有比坐在黑暗里看别人的悲欢离合更容易忘掉自己的苦恼。晓东现在没有苦恼，有的是一种忧伤的快乐，石宁也一样，坐在影院里，黑暗让两个人觉得恬静、安全。石宁就把头偎过来，靠在了路晓东的肩膀上，晓东还握着她的手，从进来到现在就没有松开过。石宁发间淡淡清香在晓东的鼻间萦绕，晓东又想起了那个下午去公园的情景，忍不住把鼻子贴在石宁的耳后深吸了一口气，石宁痒得想笑，要推开他，晓东在她耳边轻轻地说："你怎么这么香！"石宁嘘了一下，用手指指屏幕，电影就开始了。电影是新上线的一部好莱坞影片《哈利•波特》，似乎已经是第二部，石宁看得很认真，每到紧张处，就紧紧抓住晓冬的手，像影片中那个受到惊吓的孩子。

从电影院出来，石宁还抑制不住兴奋，问晓东觉得电影好不好看，晓东说还不错，但自己对这种魔幻的题材不是很有兴趣。石宁又问他有没有看过第一部，晓东说没有，石宁就一脸的鄙夷，说晓东是老人家，开始兴高采烈地给他讲波特、赫敏、金妮、伏地魔之间的关系以及第一部的内容。一边讲还一边手舞足蹈地比画，顺手从路边的一棵树上折下了一截树枝，说这就是她的魔杖，用魔杖指着晓东念念有词，晓东就一会儿变成一块石头，一会儿变成一个花篮。走了一会儿，石宁说想上洗手间，两个人左看右看没发现附近可能有洗手间的场所，晓东问石宁急不急？石宁说也还好，晓东就坏坏地盯着她说："你不是有魔杖吗？你把我变成个马桶吧！"石宁红了脸丢了魔杖追过去打晓东，两个人一前一后地追逐到了街边一个僻静的拐角处，晓东顺势揽住了石宁，石宁挣扎了几下，就用胳膊勾住了晓东的脖子，嘴里还要说什么，却被晓东及时地用嘴堵上了，一个舌头能说话，两个舌头在一起就什么也说不了啦！

两个人的亲吻贪婪而热烈。晓东本来揽着石宁的腰，一只手从前面裙衣的下摆处伸了进来，石宁穿了一件连衣的长裙，晓东就摸到了里面裹得紧紧的胸衣，胸衣薄而服帖，能清晰地感觉到饱满的乳房和凸起的乳尖，但晓东却不能再深入，只能隔着胸衣轻轻地抚弄，石宁唇齿间发出微微的喘息，晓东另一只手从背后伸上来想解开胸衣的挂钩，但却怎么也不得要领。石宁就伸手到后面解开了暗扣，晓东的手伸进去，轻轻地握住了乳房，用手指在乳尖上轻轻地拨弄，石宁像喝醉了一样，伏在晓东的肩上，整个人软得似乎没有一点儿力气，就在晓东要把手向下游移的时候，石宁忽然像是被惊醒了一样，伸手攥住了晓东的手，仰着头看着晓东，一双眼睛在黑暗的微光中闪着亮晶晶的光芒，分不清是恳求还是渴望。晓东就用双手捧住了她的脸，用嘴唇含住了那微微张开的唇间的一枚舌尖。然后，伏在她的耳边问："你现在想把我变成什么呀？"石宁说："我想再变一个你，陪我回家！"晓东说："我现在也可以陪你回家！"石宁说："我不要，你现在陪我回去你就走不了了！"晓东说："那我就不走了！"石宁说："那明天呢？明天的明天？拥有了再失去，那太难受了！"晓东要说什么，石宁却抬起头用嘴唇堵住了他的嘴，同时抬起的是一双泪眼，晓东没再说什么，一点一点地，吻干了她脸上的泪痕。

送石宁到了住所的楼下，两个人无声地看看了看对方，石宁给晓东笑了一下，转身上楼了。回家的路上，晓东眼睛里酸酸的。自从跟石宁迈出这一步，只要两个人在一起，任何的亲吻和爱抚石宁都不会拒绝，甚至都会热烈地迎合他，但每次到了最后的关口，石宁总是冷静而克制。晓东知道，要是自己稍微勉强她一下，石宁也不会太决绝，就像刚才那样，自己要是坚持跟她一起上楼，石宁是不会断然将他拒之门外的。侄每次看到石宁像是哀求又像是渴望的眼神，晓东就像是看到一只小心翼翼走在悬崖边的麋鹿，又渴望

66

崖边树枝上果子的美味，又怕一不小心滑落至万丈深渊而致万劫不复。路晓东不忍心推她，不仅是她，自己又何尝不是战战兢兢，他真的能在进了那道门突破了这个女子那道最终的防线后，心安理得地转身离开吗？路晓东知道自己不能。这个时候，不仅石宁没有准备好，就是路晓东自己也没有准备好。要是石宁是一个随便的女子，或者两个人都是在正常的生活之余寻求一种刺激和快乐，那也就简单了。从一开始，路晓东就像是早被钉在石宁生命轨迹上的一颗钉子，动弹不得。

这样的回忆，让路晓东心里意绪波翻。想到初识石宁，是在街边的惊鸿一瞥，后来在鸿发酒楼她站在自己面前的那盈盈一笑，纯良简净如四月的新荷，虽然三春花事已过，随来的四月五月天气，自有着一种自在的新鲜烂漫，皎洁得如同雨后台阶上被水滴溅湿的月光。再后来的接触中，似乎是冥冥中的一个安排，到了现在，晓东整个人成了海浪漫过的沙滩，石宁每走一步都会留下一个水印。初时的两情相悦已印在了眼角眉梢，可两个人都经不住好奇，总想问个分明，几次探头探脑地旁敲侧击，如隐在书房帘外的半只鞋尖，进也不是，退也不是，踌躇再三，索性挑帘而入，直接中有一种清新的靓丽。终而心明意了，是怎么样的一种情怀好不难说！石宁说过"这事要在别人身上，我一定不以为然，可轮到自己，却糊涂了"！石宁一定不知道同样的话半个多世纪前恰好有人说过，晓东虽明了，可听她说的时候却完全是新人新语，隔世的绵绵情话，竟离自己那么近。她竟然能在欢然中发之于情而止之于理，而他却不知足也不能自持，让两个人都好不纠结。初时的热烈与终时的婉绝一样纯良明净，让晓东心醉，日子那么短，回忆这么长，人世有一种洒脱不叫洒脱，是无可奈何！

石宁转身的一刹那，眼泪又流了下来，她知道晓东还站在原地看着自己，自己差点忍不住就转身冲过去拉了晓东上楼。她也很清楚那样做的结果，最终还是忍住了，她知道自己还没有强大到去应对后面将要发生的一切。她要清醒一下，怎么稀里糊涂就到了这样一个局面。周围那么多追求自己的男人，怎么就莫名其妙地跟一个有妇之夫纠缠不清，这是自己的宿命吗？！每次晓东看她的眼神都让她心颤，有一种被呵护和仰慕的幸福！不管是多么不经意的一个眼神，她都能感觉到这个男人对自己那种不能抑制的情感流露，她知道晓东对她也不是生活余裕中的消遣，而是一种不足，那自己是他情感缺口的弥补吗？好像又不止于此。男人都有随时猎艳的秉性，男人猎艳是要寻欢作乐，是在妻子之外的女人身上得到满足和快乐，当然也有感情。但那种感情就像浮在香槟酒上面的那层泡沫，夸张，绚烂，刺激，短暂而易碎，但路晓东对自己的全不是。当然，他跟自己在一起是快乐的！但除了快乐还有一种心灵的悸动和莫名的忧伤。要是从猎艳的角度来讲，这不是自寻烦恼吗？在两个人有了第一次亲吻之前还没那么明显，自从那次亲密之后，那种感觉越来越明显。不管在哪种场合或有什么人，两个人一个眼神的交流，似乎就已经明了对方的心思和用意，仅这一点就让自己迷醉，究竟为什么会这样，石宁也说不清楚。

9

很快，路晓东要高升的消息就在厂里传开了。消息究竟怎么传出来的，路晓东也搞不明白。刘开仁说要暂时保密，自己可是严守组织纪律，没有向任何人透露，除了石宁。石宁绝不可能跟别人讲，一来厂里也没有石宁熟悉的人，二是自己同石宁的关系要比这个消息更机密。甚至跟文玉也没说，他知道什么话到了女人嘴里，就不可能保密。但消息毫无疑问地传出来了。这几天上下班，碰到的人都对他笑嘻嘻的，平时比较熟的同事就拍着他的肩膀要他请客，他故作莫名其妙地回应，对方就说他不够意思，这么好的事瞒得天紧，是不是要高升了就不把兄弟当兄弟了！再有人问，他也就含糊其词地笑笑，要让请客就答应请客，对方反而跟他客气地说是开玩笑的，要请也是我请你，祝贺你高升嘛！经常玩的几个狐朋狗友反倒不说什么，见了面问是怎么回事，晓东也不好相瞒，也不能说得太细，就支应个大概。自此，亲近的更亲近，疏远的更疏远了。回到家，路晓东就把厂领导怎么找自己谈话，现在厂里怎么样的传闻跟文玉说了。文玉倒是兴高采烈，说你看有投资才会有回报吧！晓东倒不无担心地说："可现在毕竟事情还没有确定，传得满城风雨的，要是到时候没成，多丢人呀？"文玉说："真是书呆子一个，你那脑子是空心儿竹筒转不了弯儿啊！你以为这种消息真是不小心走漏的吗？"晓东说："难道还是有意的呀？"文玉说："亏你还研究中国文化呢，连这点官场学问都没搞懂，你看连省市领导换届，都会有消息出来，何况你一个小小的二阀厂！就拿我们医院来说，要是有人事变动，至少两个月前就会有消息传出来，而且这消息百分百准确。"路晓东不以为然地说："我研究的是文化，不是官场！"不等晓东说话，文玉继续说："你想，我们的干部不用选举，直接由上级任命，但怎么知道被任命的人是否合适呢？那就先把消息放出来，让群众议论，要是反对的声音特别多的，领导就会考虑另作安排，要是赞同的声音多，那就是众望所归。"晓东说："你说得好像还成了一次变相的民意调研？"文玉说："也可以这么讲，但这只是一个方面，算好的方面，更重要的是，这样也让即将被任用的人有时间和机会去表现，让你意识到领导的重要性。"晓东听文玉说完，惊讶地看着她揶揄道："没看出来你还是个权谋家呀，我还真是有眼不识泰山！"文玉说："我可不是泰山，我只是你泰山的女儿！"一句话把晓东说笑了，说："泰山的女儿还挺幽默的嘛！"文玉却说："幽默？怎么幽默啦？"晓东知道文玉的思维跟自己不在一条线上，就说："没啥，你继续说。"文玉继续道："那些道理，谁都明白的，只是大家都心照不宣，不会说得那么直接。看到或听到有谁升迁了，我们常说谁上面有人，谁又是谁的人，其实谁是谁的人并不一定全是一早就确定了的，很多都是在人事任免的时候才各自站队，每次领导换届或人事任免的过程，其实也就是一个重新巩固和物色自己人的过程。所谓的派系，就是这么形成的！"路晓东听了，就想起前几天跟田友良吃饭时李红讲的那个三个女干部竞聘的笑话，忍不住笑了。文玉问他笑什么？难道我说得不对？晓东说你说得很对，就把那个笑话讲了。文玉却没有笑，说："人家给你说正经事，你却想这些乱七八糟的！"说了晓东个没意思。

这天，设计室申请的办公室有了着落。吴智忠这段时间一直蔫蔫的，新办公室的消息也没能让他提起兴趣，有些时候盼望已久的东西真的来了，却不一定还存有当初的喜悦，时间的迁延和处境的变化会让所有的东西失去本来的意义，吴智忠现在的情形就是这样。这个时候的一间新办公室根本化解不了吴智忠心里的郁闷，自从路晓东要被提拔的事在厂里传开以来，吴智忠就陷入了深深的抑郁中。别人谈起时，他就尽量避开这个话题，就像避开不愿意见到的人一样，但这种消息，像这个春天迎面吹来的风一样，往往在他最不经意的时候，忽然就扑面而来，让他避无可避。每天上班，他要么最早来，要么最晚走，当着晓东的面，他一次也没有问起过，好像自己从来没有听说过一样，感觉中似乎一旦问起了，那就成了事实，自己也就成了这个事实的促进者，那简直就是心中的一根刺，碰一下就会痛。

　　新办公室的消息是行政处打电话通知他的，之前路晓东已经跟他透露过这几天会有结果，所以行政处的通知不仅丝毫没有让他感到喜悦，反而更像是路晓东彰显能量的一个佐证。而选择在这个节骨眼儿上通知他，感觉中像是给竞争中失败一方的安慰奖，又如同给没吃到蛋糕的孩子手里塞的一粒水果糖，没有勇气丢掉，吃下去胃里却会泛酸水。不过能给自己失落的心和躯体找个隐蔽和独立的空间也好！毕竟，不用每天跟路晓东共处一室，就不会不由自主地去拨弄那根刺，也算是一件好事。

　　吴智忠把新办公室的消息告诉了晓东，问路晓东想去新办公室还是留在老办公室。路晓东说："新办公室条件好些，当然是你去啦，我就在原地不动啦！"吴智忠说："你咋会原地不动，我才是原地不动啊！"这一来一往脱口而出的几句话，说得两个人都出乎意料，一时间，两个人竟然都不知道该怎么接上话往下说。短暂的尴尬后，还是路晓东打破了沉默，说："这样，我找几个人去帮你打扫一下卫生，刚装修过，估计还要通通风，你看啥时想搬我来张罗！"听路晓东这么一说，吴智忠也就没再坚持，说倒也不着急搬，但我们一直说办公室紧张，现在审批了，要是拖太久不搬进去也不好，就明天搬过去算了。路晓东即刻就把张杰叫过来，让他叫几个年轻人去把新办公室打扫干净，并叮嘱跟行政处联系安排好桌椅等一应办公家具，张杰答应着走了。吴智忠忽然说："你看现在这审批也通过了，上次说的帮忙的几位领导要不要请一下？"路晓东说："按道理是应该请一下，虽说这也算是我们的合理要求，但要是没人说话拖到啥时候也没个准。"吴智忠说："那你看什么时间合适？"路晓东说："这个越快越好，免得人家觉得我们没反应。最好今天就约，约到明天，你搬完办公室跟科室的人一起去。你觉得行不？"吴智忠说："那也行，正好科室也很久没有集体活动了，借这个机会热闹一下！"路晓东说："那约人的事你来还是我来？你来好一点吧！"吴智忠说："那我来吧！"吴智忠给田友良和刘开仁都打了电话，田友良说来不了，刘开仁倒很痛快地答应了，吴智忠又约了行政处的范处长。

　　第二天，一伙人来了鸿发。老蔡按照晓东的要求，在二楼的放春山包房摆了两桌。一时杯盘罗列，觥筹交错，吃得热火朝天！席间吴智忠代表科室给刘开仁和范处长两位厂领导敬了酒，说了感谢厂领导关心的话。接下来路晓东也敬了酒，刘开仁说："你们两个主任商量好的吧，一人敬一次这是要灌醉我们啊？"路晓东说："吴主任是代表科室敬的酒，我代表不了，只能代表我自己敬两位领导啦！"刘开仁笑着说："晓东真会说话！"说完把酒喝了。轮到敬范处长，晓东刚斟好酒，范处长却说："晓东你是海量，我要跟你喝个不一样的。"就招呼服务员拿了两个啤酒杯，倒满啤酒后把刚倒好的白酒顺着杯壁沉到了啤酒杯底，说这叫深水炸弹。晓东没这么喝过，心里有点怵，但却硬着头皮说："厂领导就是水平高，我只有舍命陪君子啦！"两人举杯一饮而尽，惹得旁边几个年轻人鼓掌叫好。跟范处长喝完，路晓东又敬了吴智忠。刚才路晓东跟刘开仁和范处长两位喝酒时有说有笑，吴智忠就有点不自在，这会儿见路晓东敬自己，吴智忠就推辞说自己酒量不行，范处长说："男人可不能说自己不行！"说得全桌哈哈大笑，吴智忠就红着脸端起酒杯跟路晓东一起喝了。这样一来，酒桌上的气氛就热烈起来，同桌的张杰小邵他们也都依次过来敬酒，张杰是敬完两位处长，先敬了吴智忠，再敬路晓东。小邵却敬完刘范两位后，先敬了路晓东，再去敬吴智忠。吴智忠又推辞不喝，小邵哪里肯依，说："张杰敬你都喝了，我敬你不喝，都是你的兵，你不能区别对待啊！"吴智忠只好喝了。这边正喝得不亦乐乎，却听到楼下大堂一片鼓掌喧哗声，另一桌的几个年轻人就出去看。原来中央大树下的舞台上正在表演节目，只见一个女子坐在舞台中央的一个长凳上，似乎在等人，忽然从大树后面蹿出一只猴子，抢了女子的包，三下两下就爬上了树，女子急了，对着树上的猴子示意要它把包还给她，猴子却比画着要她拿东西交换。女子就扔一个苹果上去，猴子接了，但又将苹果丢还给了她，女子再扔一根香蕉上去，猴子接了，但还是丢还给了她，女子无奈，就解开衣服，摸摸索索地解下了自己的胸罩，扔了上去，猴子伸手接住了，放在鼻子下嗅了嗅，竟把包还给了她。然后把胸罩戴在自己的脑袋上，跳下树来，在舞台上摇摇晃晃地走来走去，台下就一片喝彩声。几个年轻人看了一会儿，进了包厢就嘻嘻哈哈地笑闹，说那只猴子真流氓，给香蕉苹果不吃却要女人的胸罩。晓东听了，一开始不明所以，忽然想到应该是狒狒在表演，刚喝下去的酒就忽地往脑袋上冲，胃里也跟着翻江倒海，勉强忍住了，出了包厢去了洗手间。刚进去就"哇"地吐了，就索性用手指抠着喉咙吐了个干净。吐完用水洗脸漱口，抬头就看见了镜子里的自己，路晓东盯着镜子里的自己，一字一句地说："路晓东，你他妈的已经不是你了！"说完晃了一下脑袋，走回了包厢，回去的时候看了一眼中央的舞台，表演已经结束了！

10

　　时间像流水一样，有时缓慢，有时湍急。路晓东是觉得时间太慢了，等待是一种煎熬。已经过去了一个月，可任命的事却是风声大雨点小，现在连风声也渐渐地平息了。有风声的时候，路晓东心里不安，现在悄无声息了，路晓东心里更不安，自那次谈话之后就这样悬在这里，没有好消息也没有坏消息，弄得路晓东心里七上八下。这天就约了田友良在鸿发酒楼喝酒。

　　两个人坐在一楼东面的谷雨包房里，就着几个下酒菜，你一盅我一盅地对饮。田友良告诉晓东，厂里提交的改制方案，主管的市领导基本同意了。原本计划在这个月内就要召开职工代表大会审议通过，路晓东他们任命的事肯定要在召开职代会之前宣布，可就在市领导要签署意见准备下发时，有人以职工的名义给市领导写了匿名举报信，说二阀厂的改制方案中，资产评估要低于实际资产，有人想借改制侵吞国有资产。这信不知怎么转到了高书记手里，书记责令保卫科的人在下面调查，要搞清楚背后的指使者。这封信举报的对象虽然没有指名道姓，但各种矛头都含沙射影地指向了高书记，所以你们这事也就这么给放下了。路晓东听了说："现在就有那么一些人，总喜欢告状！"田友良说："这事现在厂里也就少数几个人知道，千万不能外传！"说完又压低声音说："举报信的事，厂长都还不知道呢！"路晓东心里明白了几分，问："这种事怕不好查吧？要是一时查不出来，那岂不是影响改制进程？"田友良说："那也不至于，市里对我们厂改制的决心很大，不会因为有举报就影响大局。前几天我和书记还去见了汪副市长，汪副市长当着我和黄秘书跟书记说不要有思想负担，改革就是要顶着压力前行。"路晓东说："汪副市长是有魄力的领导！"田友良说："你的事书记都记着呢，这两天估计要找你让你出点力呢！"路晓东说："我能出啥力呀！"田友良却不再说了。两个人一边说一边喝酒，差不多一瓶酒快喝完的时候，李红进来，挨着田友良坐下了。三个人把剩下的酒喝完，路晓东还要再开一瓶，田友良制止了，说今天就到这里。路晓东也不勉强，叫了服务员要买单，李红说田处已经交代了，以后这里吃饭都挂在二阀厂的公账上，厂里定期过来结，路晓东就看着田友良说："老哥，我请你喝酒还让你罩着我，兄弟跟着你是不愁吃喝了！"田友良豪气地挥了一下手说："客还是你请，但请客不一定自己买单嘛！都是兄弟，有哥吃的就有兄弟你吃的！"三个人一起下了楼，司机小刘过来接田友良，路晓东看李红挽着微有醉意的田友良似乎没有送别的意思，就说自己还有事要去别处，让田友良先走。田友良没说什么，就和李红一起上车走了。

　　第二天，路晓东坐在办公室里，想着昨晚田友良说的事，一时心烦意乱，什么事也捉不到手里。好在吴智忠搬走了，办公室就剩下自己一个人，可以随心所欲地抽烟，发愣，想心思。有几个人来问他工作上的事，他三言两语打发了让去找吴智忠。过后又有点懊悔，心想要是营销处的事黄了，那设计室该管的事就不该推掉，当一个科主任无事可管，那还怎么做科主任？！别看设计室这些年轻人，平时都嘻嘻哈哈的，可世故起来就像在职场摸爬滚打了几十年的老油条一样。不知道是自己那时候太单纯，还是现在的年轻人太精明，就是跟现在的自己相比，这些年轻人处世的圆滑和现实也让自己相形见绌，谁对自己有用，谁说话无关紧要他们心里明镜儿似的，而且那种趋利避害的心态明目张胆地写在脸上，遇事逢迎拍马或恃势凌人毫无顾忌，竟丝毫没有心理障碍。真是时代造就人啊，或许是现在的职场竞争真的太激烈了，一个单位就那么多的空间，不铆了劲地往上爬，就会被别人踩在脚下！路晓东感慨地想，算起来，最辛苦的要算自己这一代了。都说女人到了三十岁，日子就过得一日比一日惶恐，不仅要和比自己年轻的女人做斗争，还要和时间做斗争。其实男人又何尝不是，三十几岁真是一个让人惶恐的年龄，前面更成熟、更稳重的那一座大山还没有越过去，后面这许多更年轻、更有活力的生力军已铆着劲儿要冲上来，这个时候，你有了妻子、儿子和腆起的肚子，却还没有房子、位子和最要命的银子，叫你如何不惶恐！这么一想，路晓东脑子里就有了石宁的样子，石宁跟他们一样年轻，可石宁身上就没有这种世故和圆滑的痕迹。石宁固然漂亮，可更打动他的是石宁内在的一种东西，究竟是什么东西，自己也说不清楚，或许就是人们常说的气质，但又似乎不完全是。气质是现代的说法，用古代人所说的"态"似乎更准确一点，石宁所有的就是一种与生俱来的气韵。李渔说女人之有态，如火之有焰，灯之有光，珠贝之有宝气。石宁就是用这样的一种光焰宝气罩住了自己，让自己动弹不得。还好有石宁，让自己能在世俗的纷扰中还能跟她卿卿我我，像是桃园深处的一个玫瑰港湾。一个早上就在这样的胡思乱想中过去了。

　　下午一上班，高书记给路晓东打电话，让他马上到他办公室，晓东想这应该就是昨天田友良说的要出力的事了。

路晓东到了书记办公室，出乎意料的是高书记好像一直在等他。书记的办公桌宽大而整洁，一部电话机，一摞码得很整齐的文件，一台不怎么开的电脑。还有一只烟灰缸和里面半截似乎刚刚被碾死的烟。路晓东进来后，高书记把靠在椅背上的头微微伸了伸，示意路晓东关上门。待路晓东在办公桌的这边坐定，高书记坐直了身子，伸手从旁边的抽屉里拿出一包中华烟，递给路晓东一支，自己抽了一支，晓东忙起身点了火。高书记眯着眼睛吸了一口，才看着晓东说："小路啊，最近等急了吧？"路晓东没想到书记开口就问这个，忙说："没有没有！"高书记继续说："没关系，有点着急也在情理之中，也是年轻人追求进步的心情嘛！"路晓东趁势说："就是想早点确定了心也就定了，也可以为后面的工作做点准备。"高书记说："谁说不是呢，可有人就是不顾大局，要给改革设置障碍啊！"路晓东附和着说："现在有些人就是裹足不前，影响改制进程。"高书记制止了晓东，继续说："这还不是单纯影响进程的问题，是背后搞阴谋啊，要给改革泼脏水！"晓东装作完全不知有人告状的样子，疑惑地看着高书记。书记弹了弹烟灰，放缓了语气说："小平同志说得对啊，改革不是一蹴而就的，有阻力也是在意料之中。没有困难要改，有困难更要改，改革是大势所趋，我们不能因为一小部分人或者个别人的别有用心而怕这怕那！"路晓东不知道小平同志是不是说过那句话，就点头说是啊是啊！高书记压灭了烟，接着说："越是在碰到困难的时候，才越能考验我们干部改革的决心。"说完看着路晓东，路晓东接不上话。高书记又说："小路啊，你着急是对的，看看现在的形势，都什么时候了，能不着急吗？你看看人家深圳、上海、厦门、苏州，那是另一番天地呀！"晓东说："我去深圳学习过，我们这里跟人家比就显得太保守了！"高书记说："你们年轻人接受新事物能力比较强，这些话，跟你们一说，你们就能理解，可我们有一些老同志，老观念改不过来呀！连毛主席都说过：一万年太久，只争朝夕！你看我们改革开放都搞了二十年了，总是还有人抓住过去的老观念不放啊！以后啊，是要你们年轻人多出力了！"路晓东说："书记，要是有什么我能出力的地方，您尽管说！"

高书记看着路晓东，又点了一支烟，问："你跟市政府的黄秘书认识啊？"晓东说认识。书记又问："熟不？"路晓东说："还行，挺聊得来！"书记说："那正好，还真有个事要你动动笔。小路的文笔在我们厂可是有口皆碑啊，我看过你的文章，很不错！"路晓东说："书记见笑了，那都是写着玩的。"书记从抽屉里拿出了一摞材料，递给路晓东，说："市领导对我们厂的改制很重视，现在有不同的声音，市领导也着急呀，打算这几天在报纸上发点文章，要让个别对改革有想法的人看清形势。舆论导向很关键呀！这个事情汪副市长让黄秘书跟报社相关人联系牵头，我们厂里配合提供一些数据和资料。我们要有理有据，才能让那些人心服口服啊！这个事情不宜扩大，你自己知道就行了，这些材料是厂里近几年的一些生产经营情况和数据，你先拿去消化一下，但一定注意保密。"说完盯着晓东看。路晓东说："书记您能这么信任我，我咋能不知道轻重！"书记把小半截烟碾死在了烟灰缸里。像忽然记起什么似的问："对了，你们办公室的事行政处批了吧？"路晓东说："批了快一个月了！"书记说："那就好，自己有个办公室工作起来也方便些。新办公室还行吧？"路晓东说："我还在原办公室，我让吴主任去了新办公室，那里条件好些！"书记赞许地点着头说："小路不错啊，年纪轻轻有气度，那些东西都是身外之物，做大事的人就不要计较这些。"路晓东说："这我知道，以后还要您多批评指导！"书记说："你回去把资料看得差不多就跟黄秘书联系，可能还有一个报社的记者，你们去找个安静的地方写，一方面不会有人干扰，一方面在一起也好商量。"路晓东说："书记，我觉得您一开始跟我说的那些话就很有理论指导意义，我们在文章中就可以表述出来，您觉得行不？"书记笑着说："那是我随便说的，这个你们来把握，那个意思可以表达，但要委婉，既要表达观点，还要有大局意识和团结意识。这个你多跟黄秘书商量，他在领导身边工作，对政策性的东西吃得透。"说完书记站起身，晓东也站起来拿起材料告辞出门。到了门口，书记却叫住他，说："小路你是抽烟的，我这里有几条烟你拿着，你们写文章抽烟多！"说完从桌子下面抽出一个纸袋，里面是两条软中华。路晓东赶忙说："不用啦书记，烟您留着抽吧！"书记却不容推辞地把袋子递给晓东，说："这也是别人送的，我平时也不怎么抽烟，你拿走吧。有啥事就直接打我手机。"晓东就把资料一起放进装烟的袋子里拎走了。

回到办公室，路晓东把头仰靠在椅背上，觉得脖子那么酸。跟书记谈话的一个多小时里，自己基本是一直全神贯注地听书记说，像是一个聚精会神的小学生，也许是太紧张，也许是太专注，此时竟然有一种筋疲力尽的疲倦感。此外，还有一种抑制不住的兴奋和激动。拿起桌上的烟盒，连续抽了两支烟，激动的心绪才慢慢地平复了。

伸手取过纸袋，把书记给的两条烟放在了抽屉里，拿出资料开始看。资料中有近几年的财务报告、生产成本核算报告、年度产值、销售情况分析报告等等，林林总总，不一而足。路晓东先分门别类地理出了些头绪，那些财务报告和产值等都是一张一张的数字统计表格，看得路晓东头大，就放在一边。想自己以后要去营销处，不如先了解一下往年的销售情况，就抽出了供销科逐年的销售分析报告看起来。不看则已，一看倒让路晓东倒吸一口凉气。近三年以来，二阀厂的销售一年不如一年，去年只卖出去了不到生产量的一半，厂里连年积压的老旧阀门差不多是一年的生产总量。也就是说，二阀厂一年不生产，都还有阀门可卖。回头再看财务报表，发现厂里已是连续亏损五年，尤其近三年，要靠财政补贴和银行贷款才能维持生产运营。路晓东忽然对自己去营销处的决定产生了怀疑，心里就不安起来，之前做这个决定，也是听厂里的传言，说整个二阀厂，只有供销科的油水最多，现在要把供销分开，成立采购处和营销处。当时田友良的建议是现在生产量逐年下降，去生产处干不了什么事，这才决定去营销处。可销售情况这么差，自己不是往火坑里跳嘛！忽然觉得自己像是掉进了一个阴谋的陷阱，究竟是谁在算计自己呢？这下路晓东坐不住了，点了一支烟在房间里来回地走。又一想，要是真有什么阴谋，高书记也不会把这些资料给自己啊！还有，销售差也不是一年两年了，那供销科的油水是哪来的呢？路晓东一时想不明白，但却也减弱了刚才的那种被人算计的担心。

再坐回办公桌前，已经没有心思再看那些报表了。继续翻腾资料，倒是有一份二阀厂建厂及发展大事记引起了晓东的兴趣。原来二阀厂的前身是石油系统下属的配套企业，由当年的苏联专家设计筹建，专为石油化工企业生产配套的阀门部件。后来中苏交恶，技术专家悉数撤走，最早一批的专业技术人员就成了技术骨干，在极度困难的条件下成立了二阀厂。没想到新成立的二阀厂经过几年的自力更生和艰苦奋斗，不仅满足了当时指定的几家石油化工企业的阀门定制和生产任务，还支援了受"文革"波及的其他化工企业。十年浩劫结束，百废待兴，国内众多企业纷纷上马，供不应求的订单给了二阀厂二次壮大的机会，开始大批量地增加设备，扩充人员，几年时间就从原来的几百人发展到了三千多人，有了现在的规模。从七十年代末到九十年代中期的近二十年时间里，二阀厂一直处在黄金时期。重读尘封的历史让路晓东想起了自己刚参加工作时二阀厂的荣光。那时候，到了公共场所，有人要问起是哪个单位的？二阀厂的职工会极淡定地说声"二阀的"，不经意的语气中有一种不容置疑的优越感，周围自然也会投来很多艳羡的目光。也有不服气的，恨恨地说：二阀的有啥了不起，二毬货！二阀厂的听了不生气，反而嘿嘿嘿地乐，掏出一包香烟拦腰撕开给周围的人发。相当长的一段时间里，二阀厂的年轻人引领了这个城市的潮流。喝相对贵的酒，抽相对好的烟，穿相对时髦的服装，用相对高端的家用电器。要是有朋友聚会相互发烟，有人就拿了烟对着亮光看牌子，根据烟的好坏和发烟人的身份，通常有两种调侃，一种是：你二阀厂的怎么还抽这个烟，不嫌丢二阀的人啊？一种是：抽这么好的烟，你以为你是二阀的呀？给年轻人介绍对象，媒人总会说：小伙子是二阀的。或者说：小伙子单位好啊，跟二阀差不多。可是，好景不过二十年。到了九十年代中期，随着国家对产业结构的调整和市场经济改革初见成效，差不多是一夜之间很多新型的阀门厂在南方的很多城市蓬勃而起，以更新颖款式的产品和周到的服务后来居上。二阀厂设备老旧，产品落伍还在其次，主要是经营方式死板，服务拖沓，导致原来那些大型的石化厂、药厂、造纸厂的订单就越来越少，从此二阀厂风光不再，日子江河日下。到了近几年，差不多年年亏损，已经到了需要政府财政补贴才能勉强维持生产的境况。当年那些有背景有关系有门路进了二阀厂的，一两年间又靠背景托关系找门路去了政府机关银行学校等单位。一部分有资历有技术有学历的，壮了胆子去了深圳去了上海去了北京。老职工的子女已经不像以前那样能照顾进厂，而且但凡有点能耐的子女们也不愿再回到父母打拼了一辈子的二阀厂。这样，相当多没考上大学的职工子女就待业在家。这些人都是二十出头的生猛角色，怎么能老老实实待在家里？！无事自然生非，就跟社会上其他闲杂人等为非作歹，往日安宁平静的生活小区经常就有了寻衅滋事、溜门撬锁、打架斗殴的事件发生，搞得四邻也不得安宁。百足之虫，虽死不僵，可二阀厂国营企业的组织架构还在，企业领导的干部级别也在。很多在仕途上有想法的人来了二阀厂，或从科长提到处长，或从副处提到正处，就转身去了效益好的企业或机关事业单位任职。这样，这些年厂领导也是频繁地更换。职工评价领导的能耐，再不说经营产值的多少，也不说企业管理的措施和水平，只看能向政府财政申请到的补贴资金和银行贷款的多少。

这样一边看一边胡思乱想，不觉已经到了下班时间，才忽然想起要联系黄云。马上打了电话过去，黄云在那边说就等他来电话呢，要是晓东准备好了，明天就去梨园宾馆，他在那里开了房，往后一个星期就住在那里写东西。末了在电话里还跟晓东开玩笑，说今晚回家好好跟嫂子亲热一下，有一个星期动不了荤哦！

当晚，路晓东回到家，把第二天要去梨园宾馆写东西的事跟文玉说了。文玉刚听到兴奋不已，说看来高书记是把你当作自己人才让你去的，那你去营销中心的事应该不会有啥差错了。一说营销中心，晓东就想到了下午看的那个销售报告，就没吱声。文玉见晓东心不在焉，就说写个文章还要专门去宾馆写？办公室那么大还不够写篇文章呀？晓东说三个不同单位的人在一起写，要商量着弄，又不是能公开讨论的事，去谁办公室都不合适。再说，写东西又不是干别的，待在办公室人多事杂，怎么静得下心来写？！文玉又说："说得那么要紧，一个星期待在外面，谁知道你们在做什么？"路晓东脑子还在那个销售报告上打转，正弄得心烦意乱着，听了文玉的抱怨，就气冲冲地说："我能做什么？那时候要找人的时候你摇旗呐喊的，现在要上船了，你又嫌这嫌那！你要不放心，我把资料还给高书记，让他另外找人，我不去了！"文玉只是嘴上那么一说，本意并没有阻止晓东去宾馆的意思，想有一个星期两个人不能见面，甚至还有点娇嗔的意味。没想到晓东会冲她发这么大火，一句话噎得文玉半天应不出声，气得眼泪在眼眶里打转，站起来左右不会走，转了一个圈后，带着哭腔说了句："你爱去不去，就是以后真升官发了财,还不一定是谁的呢！"说完走回卧室"砰"地把门关上了。

正在写作业的浩浩听见门响，跑出来看了一眼关死的房门，张了嘴刚要叫妈妈，回头看见爸爸一个人一脸怒气地坐在沙发上，小嘴张了一半，把后面的"妈"咽到肚子里去了，转身怯怯地回了自己房间。

路晓东是在生气，但不是生文玉的气。见文玉回了卧室，才意识到自己话说得过分了，不该把情绪带到家里来，回头又看见了儿子怯怯的样子，晓东心里像是被什么刺了一下，酸酸地痛。看着儿子受惊的样子，心里想给儿子笑一下，可脸上的肌肉僵硬得不听使唤，还没等笑意从心里传到脸上，孩子却转身回房间了。晓东懊恼地把脸埋在自己的手掌里，恨不得打自己一顿。默然半晌，想从口袋里掏烟出来抽，却发现没有烟，想起高书记送的烟自己跟资料一起带了回来，就过去从袋子里拿了出来。本来想这么贵的烟可以送人用，舍不得抽，这时却像报仇一样撕开了一条。点了一支烟，心绪也慢慢地归于平静，想无论如何也要安抚好文玉，否则，这一周自己就是住在了宾馆也没法安心写东西。

晓东先到了儿子浩浩房间，浩浩面前摊着作业本，却手里拿着一支铅笔傻傻地发愣。晓东摸了摸儿子的头，浩浩又趴在那里看着作业本。晓东问有没有不会做的题，浩浩默不作声，只是摇摇头，晓东还要说什么，终于没说，出去了。推门进了卧室，房间没开灯，文玉躺在黑暗里。客厅的灯光从门口跌进来，在床前印出了一个白色的三角，晓东随手关上门，三角不见了。晓东挨过去，坐在了床边，文玉却翻了身，背对着他，他伸手握住了文玉的手，文玉甩开了，再握住，再甩开，如此三次，文玉没再坚持，可依然背着身，肩膀一耸一耸地抽噎，晓东从床头柜上抽了几张纸巾帮她擦眼泪，文玉却拿了枕巾捂在脸上眼泪鼻涕的一起抹。晓东讪讪地说："把枕巾抹湿了，一会儿怎么枕啊？你不怕鼻涕粘在头发上，看你明天怎么见人？"文玉说："要你管我！"却伸手又拉过晓东枕上的枕巾继续抹，赌气地说："那我抹你的枕巾上，你就会欺负我！"语气明显地缓和了。晓东说："你真是傻，不会把脏的换给我，干净的自己用，这样两条都脏了，你也没得用，还得洗两条！"文玉就破涕为笑，翻身坐起来说："我是傻，怕有一天被你卖了还蒙在鼓里呢！"晓东就捏了捏文玉的肩膀说："要卖也不能现在卖，你这膘还不够厚，怕拉去不够标准！"文玉说："你才是猪，你够标准，把你卖了！"晓东看着文玉刚刚哭完的泪眼，无限怜惜地摸了一下她的脸颊，说："老婆，是我不好，不该对你发火！"文玉说："你连好坏话都听不出来，我哪里就阻止你去了？这段时间你老是在外面应酬这应酬那的，在家里吃顿饭都难，这又要连晚上也不回来，我发几句牢骚还不行呀？"晓东说："我也不是冲你发火的，今天看了书记给的一些资料，心里有点烦！"就把自己的担忧跟文玉说了。文玉听了也担心起来。晓东又安慰她说："其实也不用太担心，这销售不好也不是一年两年了，可我看人家供销科的日子还不是过得好好的，比我们这些设计和生产部门都要滋润。"文玉也说："要是真不好，怎么会有那么多人挤破了头争着去呢？谁也不傻，就算是销售业绩不好做，能提了副处，那以后就算是去别的地方级别和待遇也不一样啊！"晓东说："咦，你这么一说，我倒觉得心里有底了！"文玉就起身去洗了脸。晓东让她去儿子房间看看浩浩。文玉一推门，看见浩浩极快地把一个小本子往书下面压，她装作没看见又退了出了来，在门口问浩浩作业写完没，儿子应了一声还在写。文玉就有意轻快地跟晓东说话，问明天去梨园宾馆要带什么换洗的衣服，要不要装洗漱用品？晓东说带几件换洗的衬衣内裤就行了，洗漱用品不用带，宾馆有。两个人说说话话地收拾行装，不一会儿浩浩也跑出来东看西看。收拾完毕，浩浩还黏着妈妈，文玉就陪着他去小房间。晓东自己回了卧室，左等右等不见文玉过来，就迷迷糊糊睡着了。

11

翌日，晓东到了梨园宾馆。梨园宾馆是市政府接待酒店，也是市里为数不多的几家五星级酒店之一。酒店隐没在一片梨树林中间，建筑虽然不高，但占地却大，是五幢由回廊连成的主附楼组成的建筑群。主楼高九层，居中而矗，其他四栋附楼都是七层，分别站在东南西北四个角上。晓东到主楼大堂，报了黄云的名字跟前台的服务员查问房号，服务员问是不是路先生，晓东说是，服务员就拿了一张用宾馆那种小纸袋装好的房卡双手递给了路晓东。路晓东看房号是东南楼 4026 号，就在服务员的指引下穿过回廊去了东南楼。

进了房间，一张大床大得有些夸张地靠墙卧在房间的中央，靠窗的一侧摆了两个圆角沙发和一个圆形茶几，外面居然还有个小小的露台。晓东满意地把包扔在行李架上，掏出手机给黄云打电话。黄云说跟洪主任在餐厅吃早饭，让他过去一起吃。晓东说自己在家里吃过了，在房间等他们。

坐在沙发上等黄云的时间里，晓东忽然觉得特别想石宁。从昨天到现在，晓东没有联系过石宁，虽然也不过一天时间，可竟然像是已经过去了几个春夏秋冬。在这样一个陌生的环境里，一切都新鲜而刺激，虽然跟石宁还在同一座城市，可竟然像是隔了千山万水。不在了原来熟悉的环境里，时间和空间都像是被一只巨大的手无限地拉远拉长，这种时间和空间上的错位感，让晓东有一种莫名的兴奋。他马上给石宁发了个信息："你猜我在哪里？"石宁竟然很快回复："在我心里！"晓东知道石宁误会了自己的意思。这段时间两个人经常这样你一句我一句地说些又酸又甜又麻又痒的情话。小小的误会更让晓东有一种按捺不住的激动，想这个时候要是石宁在这里该有多好！本来想好的调侃信息也不发了，马上拨通了石宁的电话。听筒里接通的长音只响了一下，石宁就在那边说："嘿！"晓东说："你再猜一下我在哪里？"石宁调皮地说："刚才在我心里，现在到我耳朵里啦！"晓东说："那等会儿呢？"石宁说："等会儿在我嘴里！"晓东说："那再等会儿是不是就到你肚子里了？"石宁说："那要看等多久，要是久一点的话，就到马桶里啦！"说完了忽然意识到了什么，羞得在那边吃吃笑！晓东一开始倒也没觉得什么，听见石宁笑，才也意识到石宁的口误。就在这边笑着说："好啊，你说流氓话！"石宁就在那边耍赖："我说啥啦我说啥啦，你没听见你啥也没听见！"晓东在电话这头想象她着急的样子，就不再逗她，说："我不在单位哦！"石宁这才听出晓东不像是开玩笑，就问："你去哪里了？"晓东就把来梨园宾馆的事跟她简单说了。说完了，石宁问："那你这几天是不是很忙，没空理我啦？"晓东说："那应该也不至于，不过今天刚过来，还没跟黄云碰头，一会儿见了面才知道怎么弄！"石宁就在那边撒娇："你昨天一个下午都没跟我说话，早上一起来就在想你啥时能到单位。刚刚看到信息还以为你到办公室了呢，你却去了什么宾馆，还要写这写那的！"晓东说："那怎么办呀？"石宁说："那我不管，我要你跟我说话！"晓东在这边说："我更想跟你说话呀，可被抓了苦差了！"石宁说："你要写一个星期那么久啊？那你是不是这一周都不用回家？"晓东说是啊，石宁却开心地说："那我就可以不管什么时候都能发信息给你啦？"晓东说那肯定可以，石宁就说："那你干脆写两个星期吧！"正说着，有人在敲门，晓东知道是黄云他们来了，两个人就结束了通话。

跟黄云一起来的男人四十多岁，五短身材，是那种见过一面再不会忘记的长相，脸盘无限地大，鼻眼无限地小，五官倒是应有尽有，但却都像是有意地埋伏着不想被人发现，弄得极其隐蔽，简直就像是照着五官的位置在平原上打下去的几眼井。一眼扫去，整个脸盘平坦顺畅地没有任何隔阂。这个长相着实让路晓东有点出乎意料。这倒让他马上想起了狒狒，这人的长相似乎正好走了狒狒的另一个极端，狒狒的特点是五官无限地突出，他是无限地收缩。

路晓东心里想笑，脸上也就笑了，但脸上的笑不是心里想的那种笑。黄云给两人做了介绍，来人正是市日报社的编辑部主任洪鸣。不知怎么，初识一面，路晓东竟觉得这人亲切，气蕴中有一种平原跑马的辽阔。

三个人说了些客套话，就聊起了写文章的事。路晓东和洪鸣都说先要听听汪副市长的指导精神，请黄云先说。黄云也没推辞，说："本来汪副市长要来跟洪主任谈一下的，但这几天他太忙了，就让我转达一下他的意思，好在洪主任也不是外人，我就不绕圈子直说了。我们市里这几年国企改制成效不大，多数国营企业都成了政府的包袱，企业亏损没税收，还要政府财政补贴，给整个政府财政带来了很大的困难。财政没有钱，各类事关民生的基础设施就没法上马。比如南城区的道路扩建，项目都立项三年了，就是资金不到位动不了工，还有市文化中心，两年前设计方案就招标了，可现在市民盼望的大剧院和文体广场还只是一摞图纸。没有项目上马，建筑公司就没活干，与之相关的各类建材厂家和公司就没订单，没订单就没生产，这样又导致大批工人下岗，农闲时进城务工的农民也找不到活干，没活干老百姓手里就没钱，老百姓手里没钱，就没有能力消费，地方经济就没法搞活，发展第三产业也就成了一句空话和政府的口号。如此恶性循环，老百姓就有了怨气，民怨一多，小事也就成了大事，上访的告状的政府门前静坐的越来越多，成了社会不稳定因素。这样，弄得从市里到乡镇，各级政府像是消防队，为了维稳疲于奔命，可按下葫芦浮起瓢，根本的问题解决不了。根本的问题是啥，说直接一点就是钱。你想老百姓手里有了钱，日子过好了，谁还会去惹是生非，上访告状？！再往远里说，社会的文明程度靠什么，说俗一点也是靠钱。你跟一个衣不蔽体食不果腹的人去讲文明礼仪，那不是你疯掉就是他疯掉，简直比对牛弹琴还不靠谱。说了这么多，归根结底一句话，那就是国企改制势在必行。改革开放都搞了二十年，可我们市的国企改制却壁垒重重，每次都会碰到这样那样的障碍，我们以前说，有条件要上，没有条件创造条件也要上。现在倒好，我们是有障碍的改不了，没有障碍的创造障碍也让你改不了！这怎么行？社会上就有那么一些人，甚至一部分我们企业的领导干部，就是故步自封，人为制造障碍影响改制。这种现象，说轻了是思想保守，说重了就是别有用心。市里今年对国企改制的重视程度有目共睹，二阀厂是首当其冲，你们改制工作组提交的方案也还在审核中，但社会上现在又出现了一些不和谐的声音，这差不多又回到了以前国企改制的那种怪圈，一到关键节点就有人告状，企业的主要负责人为了避嫌就什么决定都不敢做，生怕把自己栽进去，最后就搁在那儿不了了之，你好我好大家好，唯独工厂的基层工人好不了！去年有一家医药厂也是因为这个原因就半途而废了。因此，市领导指示，我们要把好舆论关，新闻媒体要有正确的舆论导向，纠正一些错误的思想和观念，把影响改制的一些杂音消除掉。"说到这里，黄云顿了一下，对着洪鸣说："这也是今天特意请洪主任来的原因。路主任是二阀厂的中层干部，也是老职工，对二阀厂的情况比较熟悉，可以提供一些厂里的基础资料供洪主任参考。而且路主任也是二阀的笔杆子，这次写的东西比较多，时间又紧，就请来一起帮忙。"路晓东插了一句："我那是野路子瞎写的，就是业余水平，跟你们科班出身不能比，我就是来跟你们学习的！"洪鸣说："你还别说，写文章这种事，还真不一定科班出身就能弄得好。这个黄秘有体会吧？"黄云说："我写的那些东西就别提了，公文写作那种东西写多了，写文章的灵性全没了！"说完看了看洪路两位说："本来是要一起讨论的，你看全成了我说啦。晓东，你把厂里的情况再跟洪主任说说。"路晓东笑着说："我可说得没你这么好，

82

你的水平都可以代替市长啦！"洪鸣也说："人家说市长讲的话其实都是秘书的话，看来还真是哦！"黄云说："两位别开我的玩笑了，其实我就是个传声筒，刚才说的那些，就是汪副市长的意思，只是在领导身边工作时间长了，说话难免会带一些官场的气息，两位莫见怪！"洪鸣说："那你可别说话也说成了台阁体！"说得三个人哈哈大笑。洪鸣的玩笑让三个人都轻松自在了很多，谈话的气氛明显地少了刚才那种公事公办的紧迫感。说话间路晓东起身用房间的水壶烧了水，掏了烟给洪鸣抽。黄云不抽烟，见晓东拿出的是软中华，就说："老兄你这是厅局级的水平呀！"路晓东说："我哪有这个实力呀，这是我们老大昨天抓我的差，给的慰问品，不敢独享，今天特意带来跟你们分享的，你不抽烟，就便宜我和洪主任了！"黄云偏从烟盒里拿出了一支，说："那我也尝尝厅局级的味道！"点着吸了一口，却呛得直咳嗽，眼泪都咳出来了。洪鸣说："人说没有吃不了的苦，却有享不了的福，你这是何苦呢！"说得大家又笑了。黄云说："我不抽烟，你们不说我倒忘了，来的时候给你们带了几条招待烟的，我去拿过来！"就起身去了六楼。看着黄云离开，晓东想人们常说领导身上有官威，自己接触的领导里面，高书记身上有，汪副市长也有，这黄云虽然是个秘书，而且比自己还小几岁，刚才讲话的时候竟然也有一种官家的气势，可私下里聊天喝酒却又毫不拿腔作势，让人觉得亲近！

黄云再次推门进来，手里拿了四条当地烟草公司出的本地烟，算是本市的市烟。这种烟从低到高分了很多档次，最便宜的一包五块钱，最贵的却要五十块。虽然从民工到领导都抽一个牌子的烟，但档次却天差地别。

路晓东给每个人续了茶水，三人继续说。路晓东就把昨天资料中的一些内容概括性地说了一下，主要讲了二阀厂近三年来的经营状况，市财政补贴状况和亏损原因。最后又说目前厂里生产任务不饱和，有几个车间处于半停产状态，一线工人只能拿到基本工资，绩效工资和奖金已经有一年没发了。还有相当多的职工已经结婚生子，可一家三口还挤在厂里的单身宿舍。原本计划要建的住宅楼因为没有资金也迟迟没有动工，结婚的占了单身宿舍，许多新进厂的单身又没地方住，就三四个人挤一间。还有就是两年前职工已经不能按时报销医药费，当时说是医药费统一按年报销，可只是当时领导的权宜之计，现在除了家庭特别困难或是闹得凶的个别人和退休职工有报销，大多数人两年前的医药费还压着，当时的领导已经调走了，现在的领导也想解决，可僧多粥少，只能当作遗留问题压在那里了。路晓东一边说一边看着洪鸣，洪鸣低着头只是听，拿笔拣重点记在了随身带的一个笔记本上。

听路晓东说完，黄云对洪鸣说："洪主任，那现在市里的意见和企业的情况您都了解了，看看这个文章怎么写？"洪鸣没有马上说话，点了一支烟默然良久。黄云和晓东都屏声静气看着他。待一支烟抽完，洪鸣说："黄秘、路主任，你们觉得发出阻碍的声音来自哪里？"黄云看了看路晓东，路晓东也看着他。黄云就把市领导收到匿名信的事说了，又说："根据信里反映的情况，写信的人应该对厂里的情况还是比较了解的，那应该还是二阀厂内部的人。"洪鸣看着路晓东，问："厂里的职工对改制的事怎么看？"路晓东说："大多数人还是支持改制，还有一部分人是墙头草，哪边风大哪边倒。反对的也有，只是个别人，这些人中，要么是快退休的，要么是没什么专业技能的，怕改制后被清退下岗！"洪鸣说："我觉得这样，就目前的情况分析，基层的员工不会去写什么匿名信，因为这种现状就是不改制对他们也没好处，那就是有人在借题发挥。我们要从两个方面入手，一是前面黄秘说的市领导的意见，我们要从思想意识上扭转那些反对者的观念，讲改制的必要性和重要性，从改革的大政方针和民生的角度去写，我想谁也不能跟党的改革路线和改善民生政策唱反调。另一个方面，就要从企业的角度出发了，我们就职工关心的问题做出回应，能许诺的就许诺，不能许诺的，也要有规划，让职工看到希望，这样一来，那些唱反调的就失去了群众基础。两位看看这样行不行？"黄云当然是喜形于色，说："洪主任到底是咱政府的喉舌，总是能切中要害！"洪鸣说："要是行，我们就写两篇文章，一篇发头版头条，另一篇放在后面遥相呼应。第一篇就我来写，这第二篇呢，跟企业结合比较紧密，就辛苦路主任了！"路晓东说："我就是来出力的，当然义不容辞啦，不过这种类型的文章我还真没怎么写过，我来写草稿，到时候还要洪主任斧正一下！"洪鸣也不推辞，说："这个自然，但路主任的文章就不能署您的名了，不介意吧？"路晓东轻松地说："怎么会介意，那我求之不得！"本来路晓东也不想在这种文章上署名。再说这样的文章登出来，厂里的同事自然会看到，明眼人一看就是领导授意下的附会之作，那他一夜之间就会成为众矢之的。更要命的是，如果那封匿名信真是在厂长的授意下写的或者甚至就是厂长自己写的，岂不是给自己树了一个强大的敌人。那他路晓东的结果就是沦为高书记手里的一把枪，还是一把用完的枪。刚才本想自己说出来不要署名，又怕洪鸣觉得自己故作清高，现在洪鸣代他说了，自然是求之不得。

看着路晓东和洪鸣说完，黄云说："洪主任，我有个想法不知道合不合适？"

洪鸣说:"请讲!"黄云说:"听您刚才那么分析,给了我一个启发。您看能不能再让咱们报社的记者写一篇已经改制成功的企业做对照,不写本省的,最好是外省企业。你们报社有没有这方面的资源?"洪鸣说:"你这个想法倒是挺好,但怕是时间上有点问题,不能跟这两篇同时发了!"黄云说:"那没关系,不能同时发更好,反而显得有持续性,也避免了刻意的嫌疑。"洪鸣当下就给报社一个可靠的记者打电话做了安排。黄云看看快到了午饭时间,就说回房间休息一下,约好十二点直接到酒店餐厅吃饭。

午饭是自助餐,丰盛得让晓东不敢多吃,每样尝了一点已经饱得坐不住了。饭间黄云说以后早中晚三餐都在这里吃,早中餐都是自助,晚饭就随便点菜,要是三个人都在就一起吃,要是谁有事或约了朋友,就谁来谁自个儿点,结账报房卡就可以了。但今天晚上谁也不能另作安排,要给两位摆个接风酒。三个人边聊边吃,黄云忽然想起了什么,拍着脑袋对洪鸣说:"对了,洪主任你安排的那个记者走了没?"洪鸣说:"他还在联系,说确定了给我消息,应该下午走。"黄云说:"刚刚汪副市长来了电话,我把上午谈的情况汇报了一下,市长说滨海市市委书记是他党校同学,他们去年刚完成了几家国企并购改制,现在这几家企业发展得都很好,让咱们报社的记者直接去滨海市,我这边确定好联系人直接发给他。"洪鸣说:"黄秘办事真是周到啊,该想的都想到了,我这就让他动身。"

三个人吃完饭,各自回房休息,说好这几天各自写自己的稿件,需要沟通的时候随时碰头。

回到房间,路晓东先给家里打了电话,跟文玉简单地说了一下这边的吃住情况,又问了浩浩。挂了电话,看看时间已经一点了,想石宁应该正在午睡,就拉闭窗帘,展开被单也睡了。

一觉醒来,已是下午三点。路晓东先给石宁发了条信息,说今天不能见面了,晚上还要跟黄云和报社的人吃饭。发过去了,觉得意犹未尽,又发了一条:"一个人在房间里,才发现自由自在地想你是这么好,就像是你也在房间里一样。"石宁回信:"我在哪里呀?"晓东说:"在床上,在洗手间,在沙发里,在桌子边,在镜子里,无所不在!"石宁说:"我是去监督你不要干坏事的。"发完又补了一条:"晓东同学,安心工作,别胡思乱想啦,我可看着你呢!"晓东就听话地翻出资料开始写稿件。

按照上午洪鸣的分析,晓东想这个文章倒不难写,理论和事例都有现成的。

但不管是对改制之后的许诺还是对未来的规划都不是自己能说了算的，这个必须要高书记点头才行。不如先拟几个题目，列出提纲，让高书记先过目，等确定之后再正式动笔。这么一想，就拟了两个题目。一篇是《改制将让企业迎来生机》；另一篇是《盼望改制，畅想未来》。又分别在下面列了小标题和行文思路。一时间竟冒出了很多想法，觉得二阀厂的前途一片光明，想象中自己俨然成了手持神笔的马良，一幅现代化企业的美好蓝图在自己面前铺展开来。倒弄得自己兴奋不已，竟连石宁也忘记了，如此一来，三个小时很快就过去了。直到黄云来敲门，才意识到已经到了晚饭时间。

黄云手里拎了两瓶酒，先敲了路晓东的房门，又去斜对门叫洪鸣。洪鸣一开门，房间里烟雾腾腾。洪鸣烟瘾大，尤其是写文章的时候，差不多是烟不离手。三个人下楼去了餐厅的一个小包间，黄云也没点菜，似乎跟服务员很熟，交代按照人均三百元的标准配菜。服务员答应着出去了，很快八个下酒的凉盘上了桌。黄云端起酒杯说："我知道洪主任和路主任都是海量，小弟今天就舍命陪君子了！这几天两位要辛苦了，我的任务就是给你们做好服务！"洪鸣说："黄秘你太客气了，先照顾我们的肺，现在又照顾我们的胃！"黄云说："应该说是我们给革命事业贡献了肺又贡献了胃！"三个人笑着把酒喝了。三个男人吃饭，喝得多吃得少，菜一道一道地上，可每样都只是浅尝辄止，似乎谁都不觉得饿，路晓东就怪自己胃口不争气，心里可惜了这不花钱的山珍海味。酒过三巡，大家的话就多起来，称呼也不再叫职位和官衔，兄长弟短地混叫起来。

吃完饭回到房间，大大的床和空无一人的房间像是有着无数的触手将路晓东包围。有一种情绪就如同春日河滩的漫水一样，浩浩汤汤地涌上来，填塞在胸口，感觉满屋子都是石宁，中午跟石宁开玩笑的信息竟然一语成谶。晓东想给石宁打个电话，可拿出手机按了号码又作罢了。电话通了要说什么呢？那些你情我爱的甜言蜜语已经说过了千遍万遍，再说下去也只会在这样的一个夜晚让自己对她的思念更难将息。晓东在房间里来回地走，可走到哪里也躲不开石宁，想这个房间是不能待下去了，去外面透透气也好。出了酒店大门，一时又不知道该去哪里，倒让站在大堂门口穿着制服的保安一直盯着自己瞅，晓东想万一碰到黄云或是洪鸣多尴尬，就招手叫了一辆出租车上去了。司机问晓东去哪里，晓东脱口说出了石宁的住处。

石宁原本是住在舅舅权有成家里的，但因为经常晚上加班画图，回去太晚怕影响家里人睡觉，就说还是住在公司附近方便点。自己就跟市建筑公司申请了员工宿舍，负责行政部的经理知道石宁跟权有成是亲戚，乐得顺水推舟做人情，就给了她一套一房一厅的公寓供她加班的时候休息。一开始她只是隔三岔五加班的时候住一下，慢慢地就这边住的时候多，那边住的时候少。路晓东到了公寓楼下，抬头看了看四楼石宁住的那间房，房间里亮着灯，拿出手机拨通了石宁的电话。石宁问："你吃过饭啦？"晓东说："我想见你！"石宁说："这么晚了，怎么见呀？"晓东说："我一定要见你，必须要见你！"石宁听见电话里有汽车驶过的嘈杂声，问："你在哪里？你是不是喝醉了？"晓东说："我是醉了，但不是喝醉的，是想你想醉的！"石宁问："别说疯话了，要是在外面就快回房间吧，怎么喝醉了你们一起吃饭的人也不管你啊？"晓东说："你过来站在窗户边我就看见你了，我看你一眼我就走！"石宁疑疑惑惑地走在窗边，拉开窗帘往下看，晓东站在楼下花坛边的一个灯柱旁，正仰头看着自己的窗户。看见石宁推开了窗户，晓东向她招了招手。石宁背光站着，看不清面目，像一个剪影印在窗户上。石宁说："你来前也不说一下，就这么跑过来，要是我不在这里呢？"晓东说："你在的，我知道你会在的！"两个人一上一下地看着对方，电话还在通着，能听见彼此的喘息声，可一时却谁也不知道说什么，就那么一眼一眼地看着彼此。良久，石宁看见有两个人从楼下走过，就说："你看到我啦，可以回去了吧？"声音轻得像是风中飘下的一片叶子。晓东没有作声，依然那么仰着头，固执得像个孩子。石宁又说："我关窗户啦，灯这么亮着，楼下有人看见不好！"语气里有一种哀求，晓东说："你再待一分钟，然后你就关了窗熄了灯，我看见你熄了灯我就走！"石宁说："你说真的？"晓东说："真的！"石宁说："那你先挂了电话！"晓东在电话里亲了一下，把电话挂断了。果然，一分钟后石宁关上了窗，随后房间的灯熄了，石宁印在窗户上那个黑的影子无声无息地隐没在了更大的黑暗中。路晓东想石宁应该是离开了窗前，使劲地睁了眼看刚才石宁站着的窗口，黑暗里什么也看不到。忽然觉得胸腔里空得像是什么都被掏空了一样，才感觉到站这半天脖子酸得缓不过劲，就坐在了灯柱旁边花坛的石阶上，伸手从口袋里掏烟出来抽。

　　一支烟抽完，晓东站起身准备走，忽然看见公寓楼的门洞里一个白色的影子闪了出来。这不是石宁是谁？晓东迎上去，在距离两三米的地方停住了。石宁手里拎着包，看着晓东笑了一下。晓东招手叫停了一辆出租车，两人上了车，晓东揽过石宁想亲她，石宁用手指了指前面的司机，晓东就忍住了，正了身子端坐如一尊佛像，石宁却拉过晓东的手，身子一歪偎在了晓东的肩膀上。

晓东给司机说了地址，车径直驶向了梨园宾馆。两个人下了车，晓东拉起了石宁的手，顺着主楼侧面的回廊去东南楼。回廊隔几米就有一个壁灯镶在廊柱上，橘黄色的灯光照得回廊璀璨迷离，旁边一人多高的针叶树在灯影下随风摇曳。石宁一袭白裙像个天使一样依偎在晓东身旁，两个人谁也没说话，走得恬静而庄严，像是走在结婚庆典的红毯上。到了门口，晓东拉紧了石宁的手，似乎一不小心石宁就会不翼而飞，石宁似乎犹豫了一下，在微微颤抖中却挽住了晓东的胳膊，下了决心一样走进大堂。附楼的大堂比主楼小很多，大堂里人不多，但差不多所有的人都在看着他们，石宁实在太耀眼了，不仅裙子是白的，脚上的一双高跟鞋也是白的，只有黑发下面的一张俏脸白里透红。两人依然依偎着走向电梯间，旁边有人经过，不由自主地看一下石宁，石宁竟笑着向看她的人点一下头，那人瞬间被这么美的女生一笑弄得慌促不已，低了头匆忙走开了。电梯门开了，门口还有一个中年男人本想跟晓东他们一起进去，但看了看石宁却止住了。

　　进了房间，晓东揽过石宁，却不像刚才车上那样急着亲她，用手取下还挎在石宁肩上的包放在旁边的行李架上，包竟然很重。然后轻轻地拨开了披散在石宁脸颊上的一缕头发，就那么一眼不眨地看着她。石宁仰脸看着晓东，两条胳膊圈住了晓东的脖子，不约而同地，嘴唇就吻在了一起，温暖而迫切。良久，像是饥渴的人饮足了水，两个人拥抱着站在房间里。石宁把头伏在晓东肩膀上，在他耳边轻轻地说："今天怎么不怕别人看到啦，那么多人面前敢拉了我的手？"晓东说："我不管了，只要你不怕我是不怕的！"石宁说："你确定要这样吗？"晓东说："我确定，你确定不？"石宁没有回答，晓东又想吻她，石宁却偏过头说："我要你陪我喝点酒！"不等晓东说话，竟从包里拿出了一瓶红酒，晓东找出启瓶器开了酒，拿过房间里的红酒杯清洗了，两人就坐在沙发上对饮起来。

　　三杯喝过，石宁的脸像是涂了胭脂，艳若桃花，在房间静谧的灯光下浮起一层绚丽的光晕，晓东看得有些呆了。放下酒杯，走过去拉起了石宁的手，才要说什么，石宁却站起来吻住了他的嘴。晓东就抱起了她，轻轻地放在床上。石宁的手腕上还戴着晓东送她的那一串檀香木珠链，晓东摘下了，又伸手解她的裙扣。石宁听话得像个孩子，任由晓东一件一件地脱去了裙子、胸衣、丝袜。当晓冬的手触及最后那一块小小的三角裤时，石宁抓住了晓冬的手，晓东没再坚持，再次低头吻住了石宁的嘴唇。一手解自己衬衣的纽扣，解开了，在石宁耳边轻轻地说："我身上出了汗，先去冲个凉，你等我！"石宁点点头说："要是我睡着了，你可别打扰我！"语气里有一种浓得化不开的娇气。晓东拉过被单盖在石宁身上，飞快脱了衬衣长裤，进了洗手间。

石宁听着洗手间哗哗的流水声，感觉身子轻得像是随风旋转的蒲公英。她在被子里慢慢地褪去了三角裤，忽然很想看看自己的样子，就掀开被单站在了床上，床的对面是一面镜子，一个完全赤裸的自己就出现在了镜子里。在这样的情景里欣赏自己还是第一次，用手抚摸了自己的脸颊，抚摸了那饱满的乳房和那微微挺起了的乳头，目光就落在下面那一片黑黑的小小的三角地带上。听见晓东已经关了水，就很羞地冲着镜子里的自己做了个鬼脸，伏身卧在床上，用被单把自己盖上了。静静地躺在那里，像是躺在一艘船上随着波浪在海里漂。晓东裹了条浴巾出来，石宁闭了眼不看他，晓东就俯下身亲她的眼睛，亲她的鼻子，亲她的嘴巴，她还是不作声。晓东掀开被单伸手去握住了她的乳房，用手指抚弄乳头，石宁就再也不能装睡了半睁着眼发出了微微的喘息，晓东趴下去用嘴唇含住了挺起的乳头，用舌尖轻轻地拨弄，石宁忍不住伸手揭开了晓东浴巾的一角，偷眼看着晓东那里，晓东装作不知道却忽地把浴巾扯开了，整个人就毫无遮挡地裸呈在石宁面前。石宁就眯了眼看晓东那里，看他吮吸着自己的乳头，贪婪得像个孩子，竟伸过手握住了晓东硬硬的东西。晓东也伸手到下面，才发现石宁刚才还穿着的内裤已经不见了，没有阻碍地触到了那里，已经是湿湿的一片，轻轻地一个触摸，石宁整个身子就发出了轻颤，晓东伏上去，再次吻住了石宁的嘴唇，下面在石宁的引导下，进入了一个温暖湿滑的所在。

事毕，石宁软软地枕在晓东的胳膊上，在晓东耳边哈气，哈得晓东痒痒地要笑，就作势也要伸手在石宁的胳肢窝下挠痒。手还没伸过去，石宁已经笑得缩成了一团，那么长的身子缩得像一个孩子。晓东就不闹了，继续圈过石宁的肩膀靠在自己胸前，无限怜爱地亲了一下她的额头。石宁伏在晓东的耳边说："你刚才是不是也很紧张啊？"晓东没想到石宁会问这个，说："你怎么知道？"石宁说："你说是不是嘛？"晓东说是。石宁又问："跟她也会紧张？"晓东老实地说："刚开始会，现在不会！"石宁继续问："刚开始的时候跟我们刚才一样紧张？"晓东想了一下说："我们刚才更紧张一点吧！"石宁又问："你想过我们会这样吗？"晓东说："想过！"石宁还问："想过几次？"晓东就掰着指头把自己的手数了一遍，又拉过石宁的手数了一遍，说："很多次，数不清啦！"石宁却还是认真地问："那就是经常想？"晓东说："经常想！"石宁："跟她在一起的时候也想？"晓东说："也想！"石宁说："你猜我想过没有？"晓东说："应该想过吧!"石宁说:"你问我呀!"晓东就问:"你想过没有?"石宁说:"想过!"晓东又问:"想过几次?"石宁说:"三次!"晓东倒惊讶了:"三次?这么确定?"石宁说:"确定,三次!"晓东:"什么时候想的?"石宁说:"第一次,是那天跟你在酉长吃完饭回去。你还记得送我的那串珠链吧?"晓东说记得,石宁接着说:"我躺在床上睡不着,就拿了珠链在手里玩,你的样子就出现在脑子里。想我怎么平白无故地收你的东西,虽然这也不是什么值钱的贵重物品,可那时候我们毕竟只是第二次见面。可我看到它的时候,真的觉得像是找到了自己多年前遗失的一件东西,很自然地就收下了,就像那本来就是我的一样!"晓东说:"我也是这么觉得!"石宁继续说:"我就握着珠链迷迷糊糊地睡了,可你的形容却在脑子里挥之不去,也不知道是做梦还是想象,觉得跟你在一起,就像是真的一样,清醒后下面都湿湿的!"说得自己脸红了一下。然后又继续说:"可那个时候,对你仅仅是有好感,连喜欢也谈不上,竟然会想那个!"晓东问:"那第二次呢?"石宁说:"第二次,是在那天看完电影回去。我想你那个时候要是坚决一点跟我上楼,接下来会怎么样呢?那么一想就很想跟你在一起。你知道我为什么不让你上去吗?"不等晓东回答,石宁继续说:"我怕你上去之后还要回家,我不想在那之后一个人待着!"晓东说:"我也不想你一个人待着,我不会让你一个人待着的!"石宁说:"第三次是在今天早上。"晓东倒惊讶了,说:"今天早上?"石宁说:"昨天一天没跟你联系,晚上回去心里觉得空空落落的,做什么都没情绪,连身子也觉得恹恹地没有精神,就很早上了床。上了床却睡不着,翻来覆去地到了半夜才迷迷糊糊睡过去,结果早上就起晚了。醒来之后发现已经八点,想索性晚点去上班算了,就躺在床上想你这个时候在干什么,想着想着就想那个。正想着,然后就收到了你的短信。你让我猜你在哪里,我给你怎么回的短信还记得不?"晓东说:"当然记得,你说:在我心里!"石宁说:"你当时真的在我心里哦,我可没乱说!"晓东说:"明明就乱说了,你应该说:在我身上!"石宁愣了一下,随即明白了,就爬到了晓东的身上,埋着头笑着说:"那么流氓的话,我可不说!"晓东说:"是哦,我忘了,你是只做不说的!"石宁就笑得要捶晓东,拳头落下去了,却伏在晓东耳边说:"其实你当时是在我身下的!"然后就继续把头埋在晓东的肩膀边一颤一颤地笑。晓东说:"那就是和现在一样啦?"石宁说:"那还是不完全一样!"晓东说:"原来你不光是只做不说,是又做又说!"石宁抬起头说:"是你引诱我说的!"说着伸了手去摸晓东那里,已是一柱擎天,就拉了晓东的手去摸自己,晓东就摸到了黏黏滑滑的一片。石宁说:"你不紧张啦?"晓东说:"你不紧张我也就不紧张了!"石宁就跨坐在上面对准了坐下去,嘴里喃喃地呓语:"现在跟早上想的一样了!"如此颠鸾倒凤,叠股交颈,一夜欢愉之情不可言状,直到凌晨时分,两人方才倦极相拥而卧。

次日一早,晓东先醒来,看了看表已经快九点了。厚厚的窗帘遮住了亮光,房间里还是幽幽暗暗得像是傍晚。石宁还睡得很香,晓东在她额头上亲了一下,就轻手轻脚地起床去了洗手间。洗漱完毕,见石宁还在睡,没忍心叫醒她,取了房卡,轻轻地开门去了餐厅。餐厅里吃早饭的人不多,没看到黄云和洪鸣,也不知道是已经吃过了还是还没来。自己匆匆吃了几口,问服务生可否打包一份带去房间,服务生问了房间号,很热情地拿来了餐盒,晓东吩咐盛了一碗白粥,一份青菜,一份培根,一份香酥鸡块,还有各色糕点少许。回到房间,开门声惊醒了石宁,慵懒地问:"你去哪里了呀?"晓东过来坐在床边说:"给你带了份早餐,饿了吧?"石宁闭着眼说:"不饿,困!"晓东说:"那你继续睡,要不要给公司去个电话请假?"石宁说:"不用了,我今天本来要去城南区华安大厦项目看现场的,晚点去也没关系!"晓东说:"吃点东西再睡?"石宁却歪过身子把头枕在晓东腿上娇气地说:"我要你抱着睡!"晓东就拍着她如哄一个婴儿。石宁却不睡了,说饿了要吃东西,也不去洗脸刷牙,要晓东端了粥在床上喂她。晓东说:"谁能想到像天仙一样的人吃早饭居然不刷牙!"石宁偏凑过去亲了晓东一下,说:"你闻闻,我又不臭,干吗刷牙?"晓东故意嫌弃地说:"还不臭啊?快去刷了牙再吃!"说着拿了酒店的一件睡衣给她,石宁半信半疑地问:"臭吗,臭吗?是你臭吧?"可还是极不情愿地穿了睡衣去洗手间。

吃完早餐,两人又卿卿我我地腻歪了一会儿。看看已经十点了,石宁就从包里取了一条牛仔裤和一件休闲T恤穿了,收拾整齐去了城南区的华安大厦项目部,临行前约好晚上一起吃饭。石宁一走,晓东拿出了昨天拟好的两份稿件提纲,看了一遍,又做了一些补充,想下午拿去先给高书记看一下,就打电话跟高书记约了下午四点见面。一时觉得困倦,看看午饭时间还早,就拉闭窗帘,脱了衣服上床睡了。床上还有石宁的气味,晓东很快进入了沉沉的梦乡。

一觉醒来,已是下午两点。路晓东先给黄云打了电话,说一会儿去厂里跟高书记汇报一下工作,晚上就不在宾馆吃饭了。到了高书记办公室,书记却还在开会,一等竟等了近一个小时,书记才一脸疲惫地回到办公室。听完路晓东汇报,书记问去滨海市写采访报告是谁的主意,路晓东如实汇报说主意是黄云出的，滨海市是汪副市长指定的。书记不再说什么，手里拿着路晓东拟好的两篇文章反复斟酌了良久，最后让晓东两篇文章都写出来，争取能上都上。问晓东时间来不来得及？晓东说："时间是有点紧，但我加加班应该能赶出来，不过报社那边原来计划只有两篇，后来黄秘又加了一篇，现在再加一篇不知道洪主任能不能答应？"书记说："可以不发在同一天，给洪主任做做工作！你这两天不是跟他在一起嘛，多交流一下。这样，一会儿去财务找友良支点钱，报社的同志工作忙，很辛苦，趁这个机会也表达一下我们企业的心意。"路晓东会意，就告辞出门。出门掏出手机发现石宁打过两个电话，刚才跟高书记谈事调了静音没听到。路晓东想石宁一定等急了，就马上拨过去，石宁接了电话却说打电话是想跟他说晚上不能一起吃饭了，华安大厦的领导安排了晚上吃饭，不去不行。现在已经在去吃饭的路上了，她吃完饭直接去梨园宾馆。晓东就反复叮嘱了少喝酒之类的话，石宁就在那边嘻嘻地笑，说："我知道啦，少喝酒，多吃菜，你怎么啰唆得跟我爸似的！"挂了电话，路晓东去了财务部，田友良热情地招呼他抽烟喝茶。路晓东说了来意，田友良自然是满口应允，路晓东就写了一张五千元的借款单。从财务领了钱出来，心想已经跟黄云说了不回宾馆吃饭，干脆回家吧，就给文玉打了电话。

回到家，文玉也刚接了儿子回来。就去了厨房要做饭，晓东说干脆别做了，下楼去饭馆吃点算了，文玉说："你天天外面吃，还没吃腻呀？"晓东说："还真是吃腻了，可你们没吃腻呀，今天请你和儿子好好吃一顿！"文玉还在说外面有啥吃的，家里啥都有，你好不容易回来了，干吗还去外面吃？浩浩听爸爸一说，早把鞋都换好了。晓东知道文玉嫌外面吃饭贵，就从包里取出刚领的钱在手里拍得叭叭响，说："老婆，别心疼钱，咱也得享受一下生活！走吧，看咱儿子多干脆！"文玉说："哪来那么多钱？"晓东笑嘻嘻地说："这是咱的辛苦费，要不我白天晚上地干图啥呀？"文玉半信半疑地看着他，说："你别哄我，就算是加班费也不可能这么多，你老实说，要是来路不明的钱，就算在家喝粥我也不会跟你去胡吃海喝！"晓东见她那么认真的样子，就说："我是啥人你不知道呀？哪有来路不明的钱能到我这里？你先走，儿子都等急了，边走边说！"一家三口下了楼，晓东就说了高书记让跟报社洪主任发文章的事。文玉说："报社不就是发文章的吗，还要这样啊？"晓东说："这你就不懂了，全市有那么多单位，报纸就那么几个版面，谁想发就能发呀？"文玉说："就算这样，这是你请人家的费用，我们自己去吃不好吧？还是用自己的钱吧，心里踏实些！"晓东说："请客吃饭这种事，吃多吃少哪有个数？有别人吃的为啥就没我们吃的，你就踏踏实实地吃吧！"文玉说："吃自己的最踏实！"晓东说："我哪里就一定要用这个钱啦，吃餐饭而已，咱自己又不是吃不起。我是看你出来吃顿饭犹犹豫豫的，怕你心疼钱，才那么说的，不是说吃自己不花钱的饭最香嘛！"说得文玉倒笑了，挽着晓东的胳膊说："你啥时这么细心啦？吃顿饭还揣摩我的心思！"晓东说："你是我们家的领导嘛！"

到了饭店，晓东点了浩浩爱吃的糖醋排骨，文玉爱吃的水煮鱼，又要了一个清炖羊肉和一盘青菜。文玉说太多了吃不完，晓东说吃不完就打包回去明天吃。又给浩浩点了可乐，给自己和文玉要了啤酒。菜上齐，文玉倒了啤酒对晓东说："咱们好像很久没有一家人出来吃饭了！"晓东也意识到这段时间自己在外面昏天黑地的，别说是一家人出来吃饭，就是自己在家吃饭都很少，一时觉得愧疚，就端了杯对文玉说："都是我不好，以后要改正。浩浩，来我们一起敬一下我们家最大的功臣，敬妈妈！"一家三口边吃边聊。晓东看着文玉，想起昨晚跟石宁的种种，一时心头百转千回，觉得自己像是在两个世界里穿行的魂魄，哪一边也割舍不下，不知道在哪里落脚。一念至此，忽然拉了文玉的手说："我一定让我们家好好的，越来越好！"文玉喝了啤酒脸有些红，被晓东突如其来的举动弄得有些发窘，脸更红了，随即觉得晓东的意思是想要出人头地，就有些动情说："你也别太大压力，其实就像我们现在这样，不也挺好的，大家都是这么过日子！"晓东说："我没事，我真的没事！"饭毕，三个人走回小区门口。晓东说他就直接回宾馆了，晚上还要跟黄云和洪鸣讨论稿件，书记那边催得紧。文玉说："啊？晚上还要讨论呀？我还以为你今晚就在家里睡了呢！"语气中有一种失望。晓东说："本来也是这么想的，谁知下午跟书记谈的时候，把原来的一篇又加到两篇，再不加班就来不及了！"文玉说："那你走吧。你这么没日没夜的，也别太累了，身体要紧，身体搞垮了，有啥都没意义！"晓东蹲下去亲了一下浩浩，就拦了一辆出租车去了。

上了车，马上给石宁发了条信息，问大概多久能回梨园宾馆，石宁回说估计还得一个小时。晓东就让司机先去了附近的百货超市，买了四瓶五粮液两条烟，又买了女生喜欢吃的一些话梅、巧克力等零食。出来在收银处付款时，看见旁边的货架上有安全套出售，选了两盒。拎着东西到了梨园宾馆，先提了两瓶五粮液和两条烟去了洪鸣房间。洪鸣见晓东拎了酒，说现在又不吃饭拿这个干啥？晓东就说下午去见了高书记，书记对我们的策划很满意，他本来想亲自过来跟您见个面，但最近事情太多，就让我带两瓶酒给您表达一下心意。说等忙过这一阵他要跟您好好喝几杯。洪鸣就没再说什么，两个人闲扯了一会儿，晓东想还要去黄云那里，抽完一支烟就出来了。

　　回到房间，拎了酒刚想去黄云那里，又想万一石宁来了自己不在房间不好，就开了电视在房间等石宁。电视节目颇无聊，没啥看的，就拿了遥控器把所有的频道换了一遍，又换了一遍，本市地方台正在播新闻，说今天上午市长率领市政府相关部门的领导在南城区区长的陪同下，视察了正在紧锣密鼓实施改造建设的南城区旧改项目。视察过程中，亲切慰问了正在南城区华安大厦施工的工程技术人员和一线工人。晓东听见南城区华安大厦，想石宁不是就去了这里吗，就不再换台看起来。电视里出现了市长在建筑工地上的画面，在热火朝天的施工背景下，主持人继续说：从去年开始，我市的城市建设正在迎来一个新的格局，针对一直以来部分城区道路拥挤、建筑老旧、街市脏乱的现状，市政府出台了一系列的旧城改造和规划方案。这些方案的实施，将从根本上解决一直被市民诟病的脏乱差问题。西城区火车站一带的改造和建设已取得了明显的成效，我们来看看焕然一新的西城区新面貌。电视画面就出现了西城区几个新建的住宅小区、西北商厦和市土特产一条街的画面。紧跟着，有现场记者采访了小区住户和在商厦及土特产一条街做生意的商户，问过去和现在的对比，所有被采访的商户都兴高采烈，赞美之词溢于言表，然后又播放了改造之前的脏乱场面。主持人说，通过刚才的画面和民众的声音，大家可以看到，我市的旧城改造和建设，得到了广大市民和企事业单位的支持，改善了民居和市场环境，取得的成绩有目共睹。紧接着，画面又转回南城区护城河边的农贸市场，那里已经是一片狼藉，晓东几个月之前去看到的热闹景象已不复存在，大多数沿着城墙搭建的低矮平房已经被拆除。但依然有个别房屋像地震后的危房一样，孤独而倔强地斜靠在城墙壁上，前面裸露的红砖壁上用白灰写着圈了圆圈的大大的"拆"字。从镜头里远远看去，像是用钉子挂在墙壁上的一个笼子。主持人话锋一转，说在城市建设的实施过程中，也有部分个人和单位为了自身小利益，不顾大局，在拆迁补偿问题上拒绝执行相关政策，严重影响了城市改造和建设的进度。城市旧改是改善民生、造福百姓、全面提升我市城市面貌的重要举措，也是必要举措，希望各相关单位和个人摈弃私利，顾全大局。城市建设，单靠政府单方面的投入还远远不够，要在政府的统一规划下，依靠社会和企业的共同参与，共同建设。接着画面又转回了华安大厦工地，主持人说，市长在视察完毕后，召集施工单位和政府各主管部门负责人在在建的华安大厦项目部召开了现场办公会，责成相关部门加大推进力度，确保城市旧改和建设顺利进行。看着画面晓东忽然眼前一亮，办公会现场的一角，竟然看到石宁坐在那里。石宁戴了安全帽，虽然镜头只有不到十秒的时间，晓东还是看得很真切，可惜仅仅那么一闪就过去了。镜头最后定格在了市长指示工作的画面中，主持人再说什么晓东已经听不见了，眼睛依然盯着屏幕，想或许镜头还会转过去。镜头是转过去了，可是没有再看到石宁。再等，新闻播完了。正兴奋着，门口梆梆地响起了敲门声，拉开门正是石宁。

晓东还在兴奋着，说："怪不得找不见你了，原来从电视上下来了！"没头没脑的一句话说得石宁莫名其妙，说："你发啥神经呀？谁从电视上下来了？"晓东就嘿嘿笑，告诉她刚在电视上看到她，镜头闪了一下不见了，正在找，她却在敲门，那不就是从电视上下来的吗？石宁总算是听明白了，但不信，以为是晓东逗她开心，就说："你是不是老用这种办法哄女孩子呀？但这办法也太土了吧，你咋不干脆说：天上掉下个林妹妹！"晓东说："那我不会说的，你明明没有林妹妹漂亮！"石宁就赖在晓东身上不依："我哪里不漂亮，哪里不漂亮？"晓东就说她比林妹妹更漂亮，石宁这才坐回沙发上换鞋。晓东知道石宁误会了，就说："我真的在电视上看见你了！"石宁没再理会。晓东就问："今天是不是市长也去了华安大厦工地？"石宁说："是啊，怎么啦？"晓东又问："是不是在现场开了办公会？"石宁说："现场办公会？你怎么知道！"晓东就说了刚才看电视新闻的事。石宁恍然大悟，说："哦，难怪，我一到那里就被项目经理临时拉去，说有市领导来工地视察。要我拿了图纸在那里看，还让我在领导进来的时候不要说话，不要乱走动。我在那里等了一个多小时呢！"晓东就说："看我说的是真的吧，还说我在哄你！"石宁就又偏了头问："我在电视里漂亮不？"晓东说："那当然漂亮了，戴了安全帽，很像民工，女民工！"石宁听了笑着扑过来要打晓东，两个人就在床上滚作一团，晓东说："民工怎么啦？劳动人民最美丽啊！"石宁说："那我也是漂亮的女民工！"晓东说："其实很不错的，是一个漂亮的女工程师形象！"石宁就爬起来不无遗憾地说她也想看看电视里自己的样子，可惜没看到。然后拿了遥控器把所有的当地频道换了个遍，却再没有那一则新闻播报。晓东看她失望的样子，就说："明天早上这则新闻还会重播，你到时看！"石宁就开心了，说："那你要记得提醒我！"晓东就感慨地说："女人对自己的容貌和形象的关注程度真是可怕，要是用这股劲头干别的，怕没有干不成的事!”石宁说:“那要是女人用这股劲头干别的了,男人干什么呢?”一句话倒把晓东问住了,愣了一下,坏坏地说:“那男人就专注干女人喽!”石宁脸唰地红了,说:“你真流氓!”晓东说:“流氓是有点流氓,可你想,女人把自己收拾得那么漂亮,不就是为了吸引男人吗?”石宁说:“不是为了吸引男人,是为了吸引自己喜欢的男人,你没听说过女为悦己者容嘛!”晓东说:“吸引自己喜欢的男人,那应该把这句话改为:女为己悦者容!但不管是自己喜欢的还是喜欢自己的,总归女人打扮还是为了男人,我想要是这个世界上只有女人没男人,那女人恐怕都不会梳头洗脸的,商场那么多漂亮衣服也不会有女人去买了!”石宁调皮地说:“要是没有男人,女人还穿衣服干吗?”说过了,自己脸先红了,又说:“其实也不完全是,女人在乎容貌,打扮漂亮,是为了向世界呈现自己的美,人都是爱美的,男人欣赏美,女人贡献美,女人贡献了美的时候取悦男人,也愉悦自己。你知不知道女人分哪两种?”晓东说:“丑女人和漂亮女人!”石宁说:“不对,是爱美的女人和更爱美的女人!”晓东说:“这么说,那男人也分两种!”石宁说:“这个我知道,是好色的男人和更好色的男人!”晓东说:“那你说这好色和爱美有区别吗?人家说美色美色,美和色应该是一回事吧!”石宁说:“我说不清楚美和色是不是一回事,但好和爱肯定不是一回事,好是喜欢,是欣赏,甚至还有玩味的意思,像古代的文人狎妓就是这样,爱是内心的触动,是一种心灵的依托。”晓东说:“你这么一说,我倒觉得美和色也有区别了,有的东西有色但却不美,比如三级片里的演员,还有那种用颜色和染料堆积出来的画;有的东西无色但却美,像西湖苏堤漫步时的细雨,像冬日被积雪覆盖着的田舍;还有的东西,既有色也有美,比如秋天枫林里的落叶,还比如……”晓东一时想不起来还有什么,看石宁正盯着他,等他说还有什么,就脱口说:“比如你!”石宁正听得入神,在等着晓东的下文,脑子里也在想有色也有美的是什么,听晓东竟然说到了自己,就羞红了脸,想自己在晓东心里原来是这样的好,就开心不已,偎过来撒娇:“你说我是东西呀?”晓东说:“哦,我说错了,你不是东西!”石宁噘了嘴说:“你才不是东西呢!”晓东说:“你看看,这就是汉语的精妙之处,同样的话,在不同的语境下,意思就变了。中国文化中的很多东西,其实跟语言密不可分,可以说你说什么样的语言,你做事的方式方法都不一样!”石宁说:“你要给我上语言课呀?”晓东就不说了,石宁却说:“我倒觉得,汉语的这种表述,很容易产生歧义,身处在这种语境中习惯了还不觉得,要是让老外学汉语,恐怕比我们学外语要难得多。告诉你一个好玩的事，前几天我下班回家，在公共汽车上，一个女孩给他男朋友打电话，说：我已经快到了，你快出来往车站走，如果你到了我还没到，你就等着吧，如果我到了你还没到，你就等着吧！"说完问晓东："你听明白意思了吧？"晓东笑着说："明白了，这姑娘也够霸道的！"石宁说："这要让一个会中文的老外听，估计就崩溃了！"晓东说："别说老外，有时候咱们自己也会搞糊涂的。我给你讲个更有意思的，说的是晚上老公和老婆在家里的一段对话，老公问老婆：现在几点？老婆说：十点。老公继续问：整吗？老婆说：太早了吧，别人都没有睡觉呢！老公知道老婆误会了，就说：我是问十点整吗？老婆说：十一点再整吧。老公就有点急了，说：我是问你是不是十点整。老婆更急了，说：我说十一点再整，你一天不整就不得劲是不？老公无奈地说：我只是在问，现在是十点钟整吗？老婆说：服了你了！整整整，现在就整……"晓东说完，石宁笑得喘不过气，说："你怎么说来说去总能说到那个上去呀？"晓东说："怎么是我说到那个上去的？你不觉得那个老婆很好玩吗？脑子一直在那个事情上打转，她老公怎么扳也扳不过来！"石宁笑着说："这个肯定是男人编出来的，男人就喜欢编这种段子，听起来好像是女人一直在想，实际上是男人诱导的。今天我们吃饭的时候，有个建设局的一个什么科的王主任，就在那里拼命地讲黄段子，可讲得粗俗又不好笑，好恶心的！"晓东说："其实讲黄段子也有水平高低之分的，从中能看出一个人的审美情趣！"石宁就问："你说男人为什么那么爱讲黄段子，而且越有女人在场讲得越起劲，这是一种什么心理呀？"晓东说："算是一种变相的发泄吧！你说一帮人在一起吃饭，不是同事就是朋友，单位的事不能说，说多了就成了是非，尤其是政府部门和国营企业，人事关系复杂得很。国家大事老百姓又说不着，只有说男女间的事最安全。除此之外，我觉得还有根深蒂固的文化因素，中国文化在近一千年中对性的禁忌太深了，人家说十个中国人中有八个就是性压抑，这种性的压抑就需要一种宣泄口，黄段子就这样产生了。"石宁说："你说压抑了一千年，那古代也有黄段子啦？"晓东说："当然有啊！"石宁说："你怎么知道？"晓东说："《金瓶梅》和《红楼梦》里都有写啊！还有一本专门写笑话的《笑林广记》，里面也有很多！"石宁说："为什么说压抑了一千年，那一千年前呢？没有压抑吗？"晓东说："因为在宋代以前，中国性观念其实蛮开放的。春秋战国时，君王和大臣在上朝时公开谈性，连皇后在接待外国使节时都可以用行房的场景来比喻时局，到了唐朝，依然很开放，看看唐朝服饰，皇室贵族莫不以袒胸露乳为美！而且女人追求丰腴，

97

男人要壮硕，这也是性崇拜的一种表现！"石宁惊讶地说："这么开放呀？"晓东说："唐朝开放的不仅是性观念。经济、文化，甚至政治都很开放，当时有很多夷人也就是现在所说的外国人在朝廷做官。"石宁问："为什么？"晓东见石宁挺有兴趣，就接着说："当时唐朝的经济、文化在全世界算是最先进的了，就有很多外国人来学习，来得最多的就是东瀛人也就是现在的日本人，学完有回国的，也有相当一部分就留在中国做官了。其他民族的也有，最有代表性的就是安禄山，也是一个胡人，居然能做到唐朝的节度使。你想，一个封建王朝，能够毫无禁忌地让外来的夷人做朝廷的一品大员，一个民族和国家要是没有超强的胸怀和自信心，不可能做到这样！就算今天的美国，都不一定能做到。"石宁说："那也不一定就是好事呀，安禄山不就造反了吗？"晓东说："问题正在这里，任何制度不可能没有负面的东西，就看整体是利大于弊还是弊大于利，就总体而言，唐朝那么多外国人做官，造反的也就只有一个安禄山，更何况，安禄山并不是因为他是胡人才造的反，有野史说，安禄山做了杨贵妃的干儿子，为杨的美色所惑，有了私情，被唐明皇发现才顺势造反。当然这个做不得准，也不是重点，有意思的是，正是安禄山造反之后，唐朝开始收紧各种制度，一改之前开放的局面，处处谨小慎微，从此国势逐步衰弱，最终王朝没落。"石宁说："你怎么知道这么多呀？"晓东倒不好意思了，不知不觉间，话题怎么就从女人爱美扯到了安禄山造反，竟然过渡得毫无痕迹？！但也觉得自己说太多了，就说自己也是看了一点书，随便瞎说的，也不一定对。石宁就眨着眼睛说："你那么喜欢唐朝，那我问你个问题，你知道李白的老婆和女儿叫什么吗？"晓东倒愣住了，说："李白的老婆和女儿，这个还真不知道哦！叫什么呀？"石宁一脸平静地说："我不知道呀，所以问你呀！"晓东说只记得李白有儿子，好像还是白痴，是因为李白经常喝酒造成的，没听说还有女儿呀，怎么会问这个问题？石宁说是今天吃饭时饭桌上有人问的，大家都不知道，那个人也没说答案。晓东就问石宁在哪里吃的饭，都有什么人？石宁说了地方，又说去的人就是华安大厦项目部经理带了一个同事，其他都是外单位的，除了那个王主任，还有两个监理和一个南城区区委的什么科长。还说菜一点都不好吃，自己都没吃饱，晓东就指着袋子说给她买了零嘴。石宁欢欣雀跃地过去翻腾晓东拎回来的那个袋子，看见放在旁边的五粮液，问晓东买酒干啥？晓东才想起要给黄云送酒。看看表已经九点多了，就马上拎了要走，石宁说："这么晚了你就直接去呀？先打个电话吧！"晓东点了一下她的脑门，说："看不出你还挺细心的！"用房间的电话拨了黄云房间的短号，黄云在房间，晓东问是否休息，方不方便过去？黄云在电话那边哈哈地笑着说："就是休息了也方便，我又不会金屋藏娇！"一句话倒让晓东吃了一惊，觉得是在说自己，随即想是自己做贼心虚，就也开玩笑说："我还真怕干扰了你的好事！"嘻嘻哈哈几句，晓东就拎了酒出门。石宁过来黏着他说："你早点回来呀！"晓东就说："早点是几点啊？"石宁看了一下表说："十点！"晓东就涎着脸问："整吗？"石宁说："当然整啦！"晓东说："十一点再整吧，那个时候人都没睡呢！"石宁这才反应过来，就红着脸说："你这个大流氓！你快走吧！"把晓东推出了门外。

晓东从黄云房间回来，石宁已经冲完凉穿了睡衣靠在床上，晓东也去冲凉，出来见石宁倒了两杯昨晚剩的红酒在等他。晓东拉了沙发靠坐在床头，两人一递一杯地对饮起来。喝了一会儿，石宁已经是醉眼蒙眬，伏在晓东耳边说："到十一点整了吗？"晓东嘿嘿笑着说："到了吧！"就上了床。忽然想起买的安全套，就又下床在袋子里翻，却怎么也找不到，石宁问："你在找什么呀？"晓东还在自言自语："我明明放在这里了，怎么不见了！"石宁却从枕头下摸出一盒东西对着晓东晃，说："你找的东西在这儿呢！"晓东就上了床，揭了被子帮石宁脱了睡衣，解开束在腰间的带子，睡衣里面竟然不着寸缕，晓东就俯下身，从石宁嘴唇一直亲到了小腹，再往下，看见那一丛细软的毛，不甚茂密，卷卷曲曲地攀附在一个微微隆起的高地上，形成一个倒立的三角，下面的那一道缝隙濡濡润润，两边酒色的唇瓣饱满丰腴，蓬蓬勃勃地迁延而上，在顶端就聚拢成一个蓓蕾，轻轻一触摸，蓓蕾竟就蔚然开启了，里面是一个羞羞涩涩的蕊，晓东忍不住用舌尖去舔弄，几次三番，回环往复，石宁在下面就手曲足张地扭动不已，又手脚痉挛地在空中抓，总算抓住了晓东的胳膊，身子就一突一突地挺，忽然间绷直了腿，似乎在瞬间整个世界都静止了，而后就没了一丝儿气力，整个人如被海浪冲到沙滩上的鱼，眼神迷离地看着晓东软软地笑了。是夜，二人你贪我爱，曲尽于飞之乐，自是缠缠绵绵述之不尽。

12

路晓东住在宾馆的往后几天，石宁又来过三次。两人怕同在宾馆的黄云和洪鸣有所觉察，也不敢夜夜相见，只有忍思割念，在时机合适时石宁相约赴会，晚至早归。而且每次见面，都弄得两人筋疲力尽，不见的晚上，却正好可以养精蓄锐，为下次的相会留下无尽的期待。路晓东白天埋头写稿件，晚上石宁不来的时候就陪洪鸣和黄云喝酒聊天，黄云似乎公务繁忙，在宾馆很少露面。这样，中午和晚上基本都是晓东和洪鸣一起吃饭。洪鸣天生异相，一颗大脑袋里的思想和他的相貌一样，颇有独到之处，聊天时常有惊人之语为晓东之前所未闻，就钦佩不已。一周下来，两人竟成了铁哥们。如此，时间就过得飞快，一周转瞬即逝。晓东早已完成了两篇稿件，请洪鸣做了斧正，又连同洪鸣写的《国企积重难返，改革势在必行》，一起各复印了两份，一份给高书记审定，另一份由黄云上呈汪副市长过目。

这天晚上，三个人都完成了任务，无事一身轻。路晓东就提议由他做东，请洪黄两位去康乐洗浴中心放松一下，黄云和洪鸣推辞不去。路晓东说这梨园宾馆的菜好是好，但都吃一个星期了，天天山珍海味的也没胃口了，让洪主任换个口味嘛！黄云就看着晓东眨了眼睛笑。三人收拾整齐出门，叫了一辆出租车去了康乐洗浴中心。

在洗浴中心，三个人在包间吃了饭，喝的还是黄云从房间带来的酒。路晓东就招呼领班带了女孩进来，黄云显然不是第一次来，显得沉着老练，坐在那里不动声色。倒是洪鸣显得很不自在，一下子被这么多衣着暴露的美女包围，手脚都不知道怎么放。路晓东让黄云先选，黄云就说当然是洪大哥先选啦！洪鸣还面红耳赤地尴尬着，哪里肯选！黄云就选了一个圆脸女孩。洪鸣已不像一开始那么拘谨，点了一支烟边抽边看着站在面前的女孩子们，在路晓东的鼓动下，选了一个身材丰满的女子。路晓东一开始就留意，可没有见到上次来时见过的那个像舒淇的女子，就选了一个模样清秀却略显单薄的女子。六个人勾肩搭背地上楼更衣，路晓东交代领班把所有的台费全部记在自己的房号上，那个清瘦的女子就给领班出示了她和路晓东的房号，并故意做出主人的语气跟其他两个姐妹笑着说："今天我是老板娘哦，你们可要把我的客人伺候好啦！"那两个就嘻嘻哈哈地说："那你更要把老板伺候好！"说着几个人就分头去了各自的房间。路晓东拥着那个清瘦的女子问她叫什么名字，女子说叫她小月就行。到了房间，晓东自己脱了衣服去桑拿房里蒸，小月也脱了衣服要随晓东进来，被路晓东制止了。小月就拿了一块冰镇的湿毛巾给晓东，自己穿了房间那种松软的浴衣在外面等路晓东。桑拿室滚烫的蒸气熏得路晓东睁不开眼，连口鼻也觉得呼吸困难，拿了冰镇过的毛巾敷在脸上，一下子好受多了。湿热的蒸气顺着张开的毛孔往里钻，紧接着大颗大颗的汗珠像是被蒸气带了出来一样地顺着身体往外流。一会儿，整个人像是一块被放在水里浸透了的毛巾，动一下就滴下水来。换过了两块冰镇毛巾，晓东就披了浴巾去淋浴间冲水，冲洗完毕，穿了放在旁边的浴衣出来了。小月早已准备了一杯温热的茶，递给晓东喝了，问晓东要做全套还是只按摩，晓东说只按摩吧。就在小月的指挥下一会儿坐，一会儿卧，一会儿趴，一会儿侧。小月则十指曲张在晓东头上抓，像洗头又不是洗头，用指头摁了一个地方敲击，声如弹指，如此反复；再用两指分别夹了耳垂揉捏，其余各指在耳后及脸颊处上下摩挲，如此反复；又用拳、肘、小臂在肩背处滚动，敲打，从右到左，再从左到右，噼噼啪啪击节有声，如此反复；又伸张五指与晓东十指相扣，彼此抓了对方的胳膊如同抓了一条蛇一样上下起伏做波浪式地抖，再抖，如此反复；又用两手抓了晓东屁股、大腿及小腿肌肉，揉捏如面团，从屁股到大腿再到小腿，从小腿到大腿再到屁股，上下游走，如此反复；又两手抓了房顶上吊下的两根横杆，光了脚踩在晓东的背上走，从肩到股，从股到肩，每走一下都小心翼翼地，像是摸着石头过河，款款曳曳如弱柳扶风，袅袅娜娜似飞絮凌波，如此反复；又背靠了背彼此两臂交叠环套如背了背篓上山，上着上着，似乎碰到了一个台阶，一耸，又碰到一个台阶，再一耸，如此反复；又用腿绞了晓东的腿，一粗一细，一软一硬，如蟠龙附柱，又如春藤绕树，那么绞住了，拿手扳了晓东的脚放在怀里，左一扭右一扭，上一提下一拉，如此反复。一整套动作在小月行坐起卧的起承转合中如行云流水，弄得路晓东周身通泰，为平身所未历。两人都穿了宽松的浴衣，衣料纤薄如丝，过程中就难免肌肤相触，路晓东禁不住心猿意马，下面的那根东西就蠢蠢欲动地撑起了一把小伞，弄得自己尴尬不已。小月倒是气定神闲，碰到那根东西的时候就隔着裤子用手拨到一边，如同对待手足一样视若平常物件。路晓东想找些话题分散一下注意力，一时又想不起，情急中忽然记起了上次叫过的那个女子，就说了相貌问小月认不认识，小月想了一下，说："你说的那个女孩应该是叶子。"路晓东说今天好像没见到她？小月说："我们这里的女孩子，今天来明天走的，哪能每次来都能见到？再说，她要是正好有客人，就算是在这里也见不到呀！"说完了又问晓东："你要是点了她是不是就做全套了呀？"路晓东说："那倒不是，今天就是来按摩的！"小月却叹了口气说："恐怕你最近在这里很难见到她了！"路晓东问为什么？小月就说，叶子好可怜的，今天你要是跟我问别人，我可能还真不一定知道，你要是跟别人问叶子，别人也不一定知道，可世上的事就这么巧，你竟偏偏问到我。叶子跟我是从同一个县城来的，到这里有两个月了，一开始我们都只是做按摩，不做全套的。可来这里的人，都是冲着做全套来的，全套只是个说法，其实就是跟客人睡觉。选了全套的客人也不要求女孩子去按摩，所以在这里上班的女孩子只要身材好，漂亮，点的客人就多，根本没有几个会按摩。领班也是鼓励女孩子给客人做全套，那样他们抽的水多，回头的客人也多，像我们这样只做按摩的，领班根本就不会带我们去客人房间，那就赚不到钱。这里做全套的女孩子占了绝大多数，她们来钱快，就形成了一种气势，反而对我们冷嘲热讽，说出的话比客人还难听。我们一开始还比较坚持，可在这个圈子里时间久了也就看淡了，就那么回事，你在这种地方上班，做了也是做了，没做也是做了，按摩也罢，接客也罢，吃的都是青春饭，以后出去了，谁管你以前是做什么的或者做过什么？有钱就行！就这样，我们也开始做全套。但我跟叶子有个约定，要看得上的客人才做。也就是大前天，叶子被一个客人选中了，到了房间叶子说她只做按摩不做全套，如果要全套就给他换一个姐妹过来，可那个客人就发火了，说他在本市还没有谁跟他说过不字，今天要是被一个婊子推出门，以后他还怎么混？今天到了这里还能由得了她，她愿意也得做不愿意也得做。叶子吓坏了，就哭着叫了领班来，领班好话说尽也没把客人说通，最后老板都来了。我们老板也算是有背景的人，但见了那个客人竟也不敢得罪他，但最后好说歹说总算说通了，叫了两个小妹一起陪他，还把那个客人所有的单都免了，后来听说那个客人是一个什么帮派的大哥。本来以为没事了，结果前天晚上来了一个客人，直接点了叶子的号要她去做按摩。进了房间没多久，上来了两个穿制服的警察，说接到了群众举报，直接推门去了叶子和那个客人的房间，说涉嫌卖淫嫖娼把两人都带走了。昨天早上我去看她，派出所的人说要交三千块罚款，还要拘留十五天才能放人。一席话说得路晓东默然不语，那东西早已萎若一截腌过的黄瓜。小月看路晓东情绪不好，却又笑着说："其实这种事在我们这里也算不上什么大事，很多姐妹在拘留所进来出去都好多回了！出来了换个地方换个名字继续做就是了，但叶子这次是第一次进去，估计是吓坏了！"路晓东就说："你们这么好的手艺，去那些专业的按摩院肯定受欢迎的，不一定非要在这里做！"小月说："受欢迎？受欢迎你咋不去专业的按摩院要来这里呢？"一句话倒说得路晓东无言以对。小月也觉得自己不该那么说，就冲路晓东抱歉地笑了笑。自嘲地说："都说是我们卖身不卖艺，其实是你们买身不买艺！"路晓东说："不完全是呀，我今天明明就是买艺不买身的！"小月却开玩笑说："那是因为我不是叶子！"路晓东还要说什么，小月却过来在他额上亲了一下，眯了眼笑笑地看着晓东那里，刚才那里撑起的小伞已经不见了，说："看它现在那么老实，知道你不想的啦！我看时间也差不多了，你在这里等你朋友还是去大堂等？"路晓东说去大堂吧。小月就拿了一张单子让路晓东签，路晓东把小月打了勾的按摩选项划掉，重新在全套那里打了勾，小费的选项从二十元到八十元不等，路晓东签了八十元。穿好衣服出门的时候，小月说："我从来没有跟客人说过那么多话的，我给您留个电话吧？您要是觉得我的技术好，下次来再找我！"留了电话，又说一句："找到我也就找到叶子了！"路晓东说："尽瞎说，我找叶子干什么？"说笑着两人出了房间一前一后往大堂走。小月就上来挽住了晓东的胳膊小声说："做过全套的应该是这样子的！"路晓东说："这还有区别呀？"小月说："当然有啊，看一男一女在一起的形体动作就知道他们是做过还是没做过！"路晓东说："要是那样，我们怎么走还不都是一样？"说话间就到了大堂，看见洪鸣坐在沙发上抽烟。

路晓东也坐下和洪鸣边聊天边等黄云。一会儿黄云出来，晓东想起刚才小月的话，特别留意了一下，发现那个小姐挽着黄云的胳膊，贴得很近，但路晓东看不出来他们是做过还是没做过。晓东起身付了账，三人下楼叫了出租车径直去了梨园宾馆，各自回房休息。

到了房间，给文玉打了电话，说明天就可以回家了，文玉自然欢喜不已。晓东脱衣躺在床上给石宁发了信息，还没等石宁短信回过来，竟然迷迷糊糊睡着了。睡着了意识中还在想着石宁的短信，恍恍惚惚中却看见石宁推门进来了。晓东问你不是说今晚不来了吗？怎么这么晚了又过来了？石宁也没回答，笑笑地在晓东身边坐下了。晓东又说，你干吗坐着呀，快脱了衣服上床吧！石宁说我坐一会儿就要走的！晓东喃喃地说："这么晚了你还回去呀？本来还以为今天请人吃饭不能跟你见面了呢，没想到你却来了，来了就不回去了吧！"说着就去拉了石宁的手，石宁的手凉凉的，晓东就继续说："手怎么这么冰的，快放被子里暖一暖！"石宁说："我来是找我的珠链的，我的珠链不见了！"晓东看石宁的手腕，果然没有珠链。晓东就起身在枕头下面和床头柜上找，说："昨晚我还见你有戴的，是睡觉的时候取下来放床头柜上了吗？"石宁说："我洗手的时候取下来的！"晓东就说："那我去洗手间看看！"说着就起身去了洗手间，可洗手间的灯光昏昏暗暗，什么也看不清楚，就想把灯光调亮些，手在墙上摸来摸去，平时开灯的地方却怎么也摸不到开关。又埋头在洗手池边找，似乎看见了，抓在手里的却是自己的手表。拿了手表一抬头，看见镜子里自己头发蓬乱如草，用手捋了捋，一转身，石宁却站在自己旁边，晓东说："洗手间也没有，明天再找吧！"石宁就说："不找了，已经不见几个月了，也不急在一时，找东西就是这样，你急的时候偏偏找不着，你不找了，说不上就自己回来了！"晓东觉得有一股凉意在周身弥漫，就又回到床上。石宁过来顺着床边帮晓东把被子往里窝了一圈，说："晚上凉，你好好睡吧，我要走了！"晓东说："这么晚了，你不要走了！"说着起身要去拉石宁，可身子却在床上动弹不得，石宁看着晓东笑了一下，再没有说话起身走了！晓东嘴里还在喊："你不要走？"可人还是动不了，急得了不得，石宁已经不见了。晓东眼睛看着房顶的灯和拉上的窗帘，身子和四肢像是被压在床上，丝毫动弹不得，分明听见了房门吱地开了一下，然后哐地关上了。门哐地一关，晓东清醒了，屋子里的壁灯亮着，手脚也能动了，赶忙起身，拉开房门往走廊里看，长长的走廊上静悄悄地，哪有一个人影？！回到房间，想看看几点，在床头柜上找表，没有。想刚才从洗手间拿回来明明是放在这里的？又去了洗手间，表还在洗手池边的大理石台面上，拿起表看了看，已经是凌晨三点，晓东这才意识到刚才是南柯一梦。拿了表回到床上，才要躺下去，却被什么东西硌了一下，摸了摸是手机在被子里，拿出来摁开了看，有一条石宁发来的短信："我在舅舅家，不方便，晚上凉，你乖乖睡，要想我哦，我也睡了！"看看时间是十二点发的。这下晓东就疑惑了，短信上的话跟刚才做梦时石宁临走时说的话几乎一样，是自己看了短信睡着才有了那样一个梦吗？可分明记得睡前还没收到短信，而且刚才也明明看到短信是未读状态呀？！这么一想，晓东就完全没有了睡意，梦中的情形犹历历在目。梦里石宁的样子似乎和平常没什么两样，又似乎有点不同，究竟哪里不同却说不出来，就是觉得模糊，不似平日那样跟自己亲近，若即若离的像烟尘一样缥缈，那一袭玄色长裙也没见她平时穿过，为什么偏偏要来找珠链呢？！石宁的珠链难道真的落在房间了？就起身又找了一遍，还是没找到，这么晚又不能问石宁。那么一瞬间，晓东像是被什么东西击中了一样，脑子里一个激灵，想起了几个月前在鸿发酒店捡到珠链的情景，那个女人不就是一袭玄色长裙被自己错认成石宁了吗？！这么一想，一股凉气就从背后直冲头顶，再看看房间，一股莫名的恐惧在房间弥漫开来，先觉得窗帘似乎在动，起来抖抖窗帘，又觉得洗手间有响动，又开了洗手间的门查看，当然什么也没有，就开了房间所有的灯，屋子里亮得刺眼，觉是无法再睡了。就开了电视靠在床上看。如此坐了两个小时，有微微的曙光从窗口透进来，才又迷迷糊糊地睡过去。

　　再次醒来已是九点，人已经清醒了，可身体乏得没有力气。先给石宁打了电话，石宁已经到了公司办公室，说昨晚回舅舅家了，公司这边出了事，怕他着急就回去了。晓东问什么事？石宁就说见面再说，电话里说不方便。晓东要问珠链，又觉得太突兀，就说今天要退房了，她这几天有没有什么东西落在房间？石宁想了一下说："有啊！"晓东紧张地问："什么呀？是你戴的那串珠链吗？"石宁说："不是啊，珠链在我手上戴着呢，怎么问这个？"晓东还是一本正经地问："那你落下什么了？"石宁却在那边悄悄地说："你呀！我把你落在那里了！"晓东这才听出石宁跟他撒娇开玩笑，可语气里似乎又没有平时撒娇和开玩笑的轻快。石宁还要说什么，晓东却听见电话那头一个声音在叫石宁，石宁说了声有人找就匆匆挂了电话。

13

　　从酒店回来，再次回到了办公室朝八晚六，路晓东竟然有些不适应。一个星期的神仙生活，快活而忙碌。现在继续无所事事地坐在办公室，生命就这样在日复一日的闲散中消耗着。

　　路晓东不在的这一个星期，科室的一切似乎跟自己离开前没什么两样，可又感觉有所不同，究竟哪里不同，路晓东也说不清楚！日常的工作并没有因自己短暂的离开而有所堆积，这让晓东多少有些失落，这真应了那句话：地球离开谁都会照常运转！莫说是地球，就是一个小小的设计室，身为副主任的自己离开了一个星期也一样照常运转！可见，你在你所处的环境中的作用远远没有你自己想得那么重要。路晓东忽然想，假如有一天自己忽然出了车祸，或者在马路边被"拍头党"敲过去，再或者得了什么急病暴毙，对别人而言，可能只是茶余饭后的一个谈资，真正悲伤和受影响的只有自己的家人！同样的一件事，对个人和一个家庭来说，可能比天还要大，可放在别处，就像一个石子丢在了湖面上，连像样的浪花也溅不出一个，就悄无声息地消失无踪了。这么想着，就想到了石宁，要是自己真有了什么事，石宁会怎么样呢？真要那样了，文玉还可以哭天抢地地搂了浩浩大放悲声地宣泄悲痛，石宁怕是在人前还要装作若无其事，就算要哭也要躲在夜里独自流泪吧！正在这样胡思乱想，有人敲门，进来的是科室的小邵。

小邵给路晓东汇报了几项科室的工作，都是无关紧要的事，说完了，但似乎没有马上要走的意思。路晓东就递了一支烟给他，让他坐下说话。小邵就说："路主任，听说您要去营销处啊？"路晓东对小邵印象不错，也不避讳，就说："你小子消息还怪灵通的，听谁说的？"小邵说："厂里都在说呀，科室的人也议论好久了！"路晓东说："领导是有这个意思，但现在还不一定呢！说说大家怎么议论的？"小邵见路晓东有兴趣，就接着说："大家都不想让你走啊，说你走了我们的日子就难过了！"路晓东说："这是乱说，我走不走大家不是一样工作嘛，有啥难过不难过的？"小邵说："那怎么能一样呢？你在这里，我们干活心里有底呀，这几年你为大家顶了很多事，有好事也能为我们争取，虽然很多人都没说，但大家心里都是清楚的！"听小邵这么一说，路晓东倒有点感动了，说："大家工作都不错，我做那些事也是我的职责所在，我要不去给大家争取点福利，还要我这个主任干什么？"小邵也有点激动了，说："路主任，您就这一点让大家特别服，为下面的人做了事从来不去跟人说。但您想，人都不是傻子，心里能不清楚吗？不像有些人，做一点点事，就大呼小叫的生怕别人不知道，有了好处，自己先占了！"路晓东知道他在说老吴，就问："这可别乱说，我们这个清水衙门，能有啥好处？"小邵就说："头，您也别瞒我，很多人都知道那个新办公室是厂领导看您的面子才给的，可钥匙一拿到，那个家伙却搬进去了，为此很多人抱不平呢！"路晓东说："这个话以后就不要再说了，办公室申请是科室写的，领导同意也是考虑到我们科室的实际情况和工作需要，不能说是看谁的面子，再说了，办公室就是个工作场所，谁在哪里办公都一样，老吴是正主任，那边条件好些，理应他去。"小邵就红着脸说："还是您的风格高，我也就是反映一下群众的心声。"说完了，看着路晓东脸色平静，又继续说："头，您到那边后需要人手吧？求您个事，到时候把我也带过去呗！"路晓东这下倒笑了，说："你小子，怎么也搞得虚头巴脑的，绕这么大的圈子是为了这个呀？！"小邵就嘿嘿地笑，说："咱跟领导提要求不是得先铺垫一下嘛！您这马上就是处级领导了，不敢再像以前那样跟您太直接啊！但我向您保证，刚才说的都是实情，没有虚言！"路晓东说："真想好了跟我过去？"小邵说："想好了，这事从我一开始听说您要去营销处我就想了。说实话，刚听说的时候，我都兴奋了好几天啊，就像自己升职了一样！那时候一会儿这个说法一会儿那个说法，似乎也不确定，所以一直也没敢跟您提！"路晓东说："现在也不确定啊！"小邵说：

"不管确不确定，今天我跟您就是表个决心，不管您去哪里，就带上我，反正我是跟定你了！"路晓东又扔给了小邵一支烟，说："你是狗皮膏药啊？"小邵见路晓东开自己的玩笑，可见没把自己当外人，就说："那我就要黏着您了！"路晓东说："你不是一直黏着钟小雨吗？怎么样啦，到手没？"小邵就红了脸："您怎么啥事都知道啊？还说呢，提起这事我一肚子火。"路晓东说："咋啦，吵架啦？你一个大男人要让着人家小姑娘！"小邵说："我跟小雨倒没事。我生气的是别的事，您不知道，前几天，张杰说厂庆时我们科室的节目获了奖，给的奖金吴主任说不给大家发了，要组织科室的人去活动一下。很多人说路主任都不在活动啥呀？那时候排练节目是路主任在主管呀，等路主任回来再活动！后来老吴就来了，说您被厂办借调了，什么时候回来不好说，该活动就先活动，等您回来活动可以再组织。这样，周三晚上就去吃饭，本来我和小雨都不去的，我先跟张杰说了我家有事去不了，结果等小雨去说的时候，妈的，张杰这个王八蛋却跟小雨说，吴主任说了，小雨必须去，因为我们合唱的那个节目获了一等奖，按道理我们两个都必须去，可我家里有事去不了，那小雨就必须去。妈的，早知道这样，我就不请假了，弄得我要去也去不了了！"路晓东说："就为这个呀？一餐饭还用得着生气，以后有你吃的！"小邵说："要是仅仅是吃个饭，我哪会生气？！是后来的事！"路晓东说："哦，后来怎么了？"小邵说："后来的事是小雨回来告诉我的。那天他们去吃饭的人也不多，您知道您不在很多人都不愿意去。吃饭的时候，张杰跟老吴挨着坐，老吴就安排小雨坐在张杰旁边，你知道张杰也在追小雨吧？"路晓东说："小雨是我们厂的厂花嘛，有其他人追也正常啊！"小邵说："这个我知道。可有本事你公平竞争嘛，再说我跟小雨已经……。不是，还是跟您说吃饭的事。吃饭的时候，张杰那边极力奉承老吴，回头这边又讨好小雨，本来小雨看他奉承老吴的样子就觉得恶心，这边他还不停给她又夹菜又说话的，他用他自己的筷子夹菜给小雨哦，小雨怎么会吃，就把他夹的菜拨在一边。老吴看出小雨对张杰不太理睬，就说张杰在科室怎么能干，将来怎么有前途，还暗示说路主任要走了，科室需要一个副主任，言外之意张杰就是那个副主任了，接着就说小雨看人的眼光要放长远，找男朋友不能光看长相。他妈的，你说气人不？！"路晓东听他说完了，笑着说："原来情敌打上门来了，那你要是跟我去了那边，你不怕张杰近水楼台先得月啊？"小邵说："这个我不怕，我这点自信还是有的。再说了，到时候张杰要真提了副主任，您要不带我走，这设计室哪还有我的出头之日呀！到时候不仅我的日子不好过，

107

小雨的日子也不好过！所以，我这才提前跟您挂个号啊，我知道好几个人可都想跟您走的！"路晓东说："那好，但你要想清楚，真要去了可是有风险的，你学的是设计专业，按道理应该趁着年轻先好好搞专业，专业基础扎实了，以后去哪里都不怕，人说男怕选错行，女怕嫁错郎，去了那边是做业务，你丢了专业不可惜？"小邵说："这个我也想了，不是我不谦虚，就我们设计室目前这个水平，再待几年也还是这样。以前您在这里，我们还能学点东西，您一走，就老吴和张杰那个层次，跟着他们不是把我也带沟里去了！"路晓东说："那好，今天说的话，出去就不要再跟任何人讲了。"小邵说："这我知道！"说完小邵起身要走，路晓东又说："你跟小雨的事，如果两个人关系确定了，就公开了，不怕贼偷就怕贼惦记，怎么才能让贼不惦记？你知道吧？"小邵愣了一下，嘿嘿嘿地笑着挠头，拉开门退着出去了。

小邵一走，路晓东有点坐不住了。想自己现在的局面，就像是一支搭在弦上的箭，不管前面的目标远还是近，清晰还是模糊，都要义无反顾地射出去了。如果说之前厂里的传言还只是风中的铃声，自己可以装聋作哑，那现在科室的这些议论就是有人来敲门了，你可以暂时不理，但不能一直不理，虽然像小邵说的，目前科室很多人不希望自己离开，但也有一部分人像张杰这样的希望自己离开。张杰需要自己的位置和空间，那也有人需要张杰的位置和空间，在这样的单位，这是一种连锁效应。如果一开始没有这个事，张杰们也不会怎样，没有希望就不存在失望，可现在给了他们希望，如果自己不离开，甚至是迟迟不离开，那他们就会认为是自己阻碍了他们，那个时候，不仅希望你离开的人怨恨你，就是不希望你离开的人也会对你的能力和未来有了看法，虽然到时候自己这个副主任的位置还可以继续坐，但再想回到之前的那种状态是不可能了。世界上从来就没有谁会跨过同一段河流，过去的就是过去了，今天走的桥还是那座桥，但下面流的水已经不是昨天的水。

路晓东想，自己是该想办法尽快搬出这个办公室了！

下班回到家，一家三口小别重逢，自然是说不完的话。浩浩不知道梨园宾馆就在本市，以为爸爸这么多天不在家是出差了，就翻腾晓东带回来的包，里面却全是换洗衣服，并没有带给自己吃的或是玩的东西，就一脸的失望和不高兴。晓东也有点过意不去，就应承这周末带他去吃肯德基，浩浩说他还要去儿童游乐场，晓东乐呵呵地答应了。饭毕，文玉撸了衣袖收拾碗筷去洗碗，晓东看到文玉胳膊上贴了一贴创可贴，就问是怎么了？文玉就说今天在医院献了血，晓东就让文玉休息自己收拾碗筷去厨房洗，文玉却还是跟了过来跟晓东说话，晓东就问平白无故献什么血？文玉说昨天下午一个建筑工地送来了三个外伤病人，送来的时候一个已经死了，另外两个重伤抢救，昨晚抢救一晚上，把医院库存的血液都用光了。今天一早医院就组织本院职工献血，我是O型，就去献了。晓东起初没在意，就问是哪个建筑工地，文玉说好像叫什么华安大厦，三个人都是从楼上掉下来的。晓东一听"啊"的一声，文玉说："这种事在我们医院经常碰到，你又不是第一次听到，干吗那么大反应啊？"晓东就说："一次掉下来三个人还是第一次听到！"心想石宁早上说公司出的事一定是这事。文玉又说，今天上午政府部门都来人了，要求医院不管怎么样都要把那两个伤者救活，死的那个本来要去火化的，可被工地上来的民工拦住了，那些民工说是死者的家属和老乡，说要抬了尸体去建筑公司和市政府要说法。后来警察都来了，跟建筑公司和民工两边协调，最后决定把尸体先放在了太平间。文玉一通说完，晓东听得心里就慌慌的。晚上，文玉因白天献了血觉得身子乏，夫妻早早上床睡了。

翌日，路晓东匆匆到了办公室，打了石宁电话想问个究竟，可石宁在电话里还是说不方便说，还跟晓东说不管这个消息是从哪里听来的，都不要跟其他人讲。晓东知道这是建筑公司想息事宁人的一种措施，就放下了。

两天后，《华安日报》登出了两篇文章。一篇是署名洪鸣的《国企积重难返，改革势在必行》，另外一篇是路晓东写的《改制将让企业迎来生机》，署名是本报记者于飞。下午，路晓东拿了一份报纸去了高书记办公室，高书记正在办公室里看着报纸，对路晓东说这次工作做得很好。路晓东就说另外那篇过两天跟滨海市改制成功企业的采访报告一起发，那样有对照，有榜样，效果会更好。说完了，看书记情绪还好，就起身给书记递了一支烟，说："高书记，还有个事跟您汇报一下，不知道您这会儿有没有时间？"高书记说："没事，你说吧！"路晓东就说："自从上次跟您和厂里几位领导谈完话，我是一个字也没有透，可不知怎么厂里还是把我要调整工作的事传得沸沸扬扬，别的部门传倒也无所谓，我就当作不知道，可我们设计室现在也议论纷纷，正好这次不在办公室一个星期，就把我分管的一些工作都交给了吴主任。可回来之后，吴主任也没再说让我继续管，下面的人就有点无所适从，同一件事给我说了还要再去跟吴主任汇报一次，这样一方面影响了工作效率，另一方面呢我自己的工作量就不饱和。书记您知道我是喜欢忙来忙去的，这一下子没事做，心里也有点不踏实。所以给您汇报一下，想听听您的意见，看看我下一步干点啥？！"书记听他说完，哈哈笑了，说："小路，你这是着急了呀？"路晓东也没有辩解，那么老老实实地看着书记笑。书记就说："你着急我是理解的，年轻人正在干事业的年龄，像你说的这么闲下来是不行。这样，正好今天你来了，我就先给你透露一下，最近厂里会有比较大的人事调整，而且时间不会太久，也就是这一两周的事。这段时间我也听到了关于你的一些议论，群众认为组织上看人还是准确的。所以，也不要把下面的议论看成一件坏事，可以把这种现象看成是一种基层调研，可以给我们决策层提供用人的依据啊！"说着顿了一下，又说："这不，对于一些影响企业发展的人，群众也是有意见的。人家说蛇无头不走，但要是蛇太多头了也没法走，一个组织要想效率高，跑得快，那就只能有一个声音。我们不是不允许人家提意见，但在这种重大决策的时候，声音多了就乱了。现在市里也很重视我们厂里的这种现象，打算把厂领导班子调整一下，具体怎么调整市组织部还在研究。"说到这里问晓东："一阀厂的魏厂长你知道吧？"路晓东说："听说过，但没见过，好像说技术能力很强！"高书记继续说："是啊，厂长就要技术过硬，要抓生产嘛！抓生产技术不过硬怎么行？还要专心抓生产。魏厂长虽然年龄大了点，但对生产管理的经验丰富，在行业威望很高，而且对改革的热情也很高。"路晓东听了，大概明白了书记的意思，但书记没说透，他也不便表态，就没吭声。高书记点了烟，继续说："这个事先不要在外面说，抓紧时间把那两篇文章发出来，舆论是号角啊，号角吹响了，我们冲锋陷阵就有了底气和方向！"晓东就连连点头。

从书记办公室出来，晓东觉得一身轻松，走在厂区的林荫道上，即将立夏，午后的阳光穿过阔大的树冠把一个一个的光点斑驳地洒在地上，夏天的风轻轻拂过，凉爽而惬意，就约了石宁晚上吃饭。自从梨园宾馆一别，有好几天没有跟石宁见面了。

两人再次去了"酋长"烤肉店。几个月没来，烤肉店似乎还是老样子，只是夏天到了，来吃烤肉的人比上次来时少了一些。故地重游，两人各有一种心绪。回想起第一次来的情景，那时两人还只是客客气气的朋友，谁也不敢轻易迈出一步，都是羞羞怯怯地试试探探，像是隐藏在灯影里的飞蛾，有一种欲拒还迎的勇气和暧昧，现在彼此已心明意了，不再像当初来的时候那样跟对方小心翼翼地欲近还远。进了餐厅，彼此就牵了手相视一笑，有一种心有灵犀的亲昵。两人在服务生的引导下找了僻静处一个小小的包房坐下，等服务生一走，就迫不及待地抱头交颈，吻在一处，似乎要把三天的相思都要补回来。直到有服务生端了菜品走到门口，两人才分开坐定。待服务生退出，两人又挨在一起，重温刚才尚未结束的余韵。桌上新上的烤肉香气四溢，两人这才腾出嘴来，一递一口地吃东西。吃东西的嘴不似亲吻那么忙，晓东就问公司究竟出了什么事，怎么出的事？石宁说可把我给吓死了！晓东问你当时也在现场吗？石宁说岂止是在现场，简直就在我的眼皮底下，听得晓东紧张得张了嘴忘了吃东西。石宁就说，那天下午她又去了施工现场，本来办完事要准备走了，但接到毛总公司一个工程师的电话，说是让我带一本大厦消防系统的图纸给他，你知道他们拿到了消防工程吧？晓东说我哪知道！石宁继续说，我一问人，工地的人说图纸在十六楼，我就随同公司的一个同事和一个工人去坐那个升降梯上楼。等升降梯下来一开门，我看见那个开升降梯的师傅手腕上戴了一根红绳，就发现我手上的珠链不见了，我就想应该是刚才洗手的时候摘下来放在洗手池那里了，本想上去取了图纸下来再拿，可那时心里慌慌的，想这工地上人来人往的，等我下来肯定不见了，就返身去拿。我们那个同事还跟我开玩笑说啥贵重东西还等不到下来再拿，那个工人还在旁边附和说这升降梯正好还能再坐一个人，要我先上去拿图纸，等一个来回要很久的。我当时一心记挂着珠链，还是让他们先走了。等我取珠链了返回来，还没到楼跟前，就听见尖叫声和咣咣的响声，也就几秒钟，一声巨响，升降梯就"咣"地砸在楼下了。当时地上起了好大的一片烟雾，什么也看不见，很多人开始往跟前跑，我当时都傻了，愣在那里好一会儿脑子里一片空白，直到有人说快给医院打电话，我才反应过来，赶紧打了120，打完电话我腿软得站不住，就坐在那里哭。晓东起先只是听着，听着听着就不由自主地抓住了石宁的手，似乎比石宁还紧张，待到石宁说完了，才又捏了一下石宁的手，似乎想证实一下一个真实而鲜活的石宁就在自己旁边，无限怜惜地看着她说："你吓坏了吧？"石宁说："一开始的时候还真不是怕，像是傻了一样的，脑子似乎转不过弯来，一片空白，像是做梦一样，哭的时候都还没感觉到怕，直到有人过来扶我起来往外走的时候，我才觉得怕！"晓东说："出这么大的事，那天电话里问你你都没说，只说公司出了点事？"石宁说："不能说呀，出事的当天下午，公司安防科就发了内部通知，不允许任何人对外讲，这属于重大安全事故，前几天市领导还来工地视察过，没几天就出这事，公司不想造成负面影响。你知道，我们这是市政府督办工程。"晓东说："那你也该让我下班去找你呀，你就一个人这么顶着，吓坏了怎么办？"石宁就嘬了嘴说："你知道就好，我还不是想，你刚从酒店回家，再叫你出来陪我也不太方便！还有，出了这个事，舅舅心情不好，我那几天每天都得回去陪陪他，怕他担心，我都没敢跟他说我当时差点上了那个升降梯。"说着就摘了那串珠链又说："你虽然不能陪我，但有它陪我，要不是你当初送我这个，我怕是已经不在了，它是我的救命恩人哦！"说着眼圈竟有些红了。晓东就揽过石宁的肩，帮她把珠链戴好，石宁问："这串珠链你当初是从哪里请的？"晓东说："不是我请的！"顿了一下，又说："这是神仙送来的，送来保佑你的！"石宁接着说："是从归元寺请来的吧？一定是法师开过光的，听说那里的法器很灵的，我们什么时候去归元寺敬个香吧！"晓东说："你这么小还信这个呀？"石宁说："以前也不是特别信，我舅舅是每年正月初一都要去敬香的，我没去过，那个时候我都放假在家里。但这次发生了这个事，就有点信了！不说是迷信吧，就是求个心安！"晓东说："那好，找个时间我们一起去趟归元寺吧，我都有一年多没去过了！"石宁说："好啊，我前几个月还跟单位同事一起上了虎牛山，但没进归元寺敬香，我们去柳桃湖玩了，我们去的时候桃花还没开呢，他们说在那里的柳桃双生树下许愿很灵的！"晓东问她："你也许愿了？"石宁说："许了呀！"晓东才要问她许了什么愿，石宁却像是忽然想起什么一样，又说："说到跟你一起去，出事的前一天晚上我做了个梦哦！"晓东急切地问："是跟珠链有关的梦吗？"石宁说："那倒没有，是跟你有关。梦里说我俩一起要去个什么地方，就在路边等车，车一辆一辆地过，可没有一辆停下来，你说要去买包烟，我就一个人等，正好有一辆车过来就停下了，可停下的不是汽车，是那种有篷子的马车，马和车全是白色的，车上有两个人就问我要不要上车，我说还要等一个人，就回头叫你，却怎么也找不到你，车上有一个人就说只能坐一个人了，让我先上去。你都不在我怎么会先走，就返身去找你，车就走了。你说巧不巧，我那天坐升降梯时，那个工人也说还能坐一个人，让我跟他们一起走。"晓东说："做梦有时候就是一种预感，然后呢？"石宁说："然后我就到处找你啊，感觉走了好久都没找到你，周围雾蒙蒙的，也分不清是什么地方，就想你是不是回到我等车的那里找我了，就又往回走，可怎么也找不到回去的路。一着急，就醒了！"晓东像是自己真的那么做了一样，抱歉地说："我不该丢下你一个人去买烟的！"石宁继续说："那天晚上我不是跟你在宾馆吗，醒来睁了眼看着房间，竟然还不知道自己在什么地方，脑子里还在想你去哪里了？翻了一下身才意识到是做了个梦，看见你在旁边睡得呼呼的，忽然觉得你对我那么重要，像是失而复得一样！"晓东说："那你怎么不叫醒我？"石宁说："本想叫醒你的，我搂了一下你，看你睡得很香，就忍住了！"说完眨了眼抿着嘴说："我还摸了一下它，也睡得很香哦！"晓东就点了石宁的鼻子说："那个时候还想那个呀？"石宁却并没有不好意思，一本正经地说："刚醒来的时候心里空空的，握着它并不是想要做什么，就是觉得心里踏实了！"晓东就问她受了那么大的惊吓，这几天有没有再做什么梦？石宁说："梦倒是没怎么做，或者做了也忘了。可这几天每天晚上躺在床上我就想，要是那天我真的也上了升降梯，忽然一下子没有了，或者摔成了植物人无声无息地躺在那里了，该怎么办呢？我爸我妈不是要哭死！还有你，我要是忽然就那么没了，爸妈他们呼天抢地也好，悲痛欲绝也好，总有个发泄的方式，可你怎么办呢？你哭也要找个没人的地方去哭，回到家里或是上班还要装作若无其事，那是怎样的一种折磨和煎熬呢？！我一这么想，自己心里倒难受地流泪了！我就觉得，生死这件事，死的就死了，无知无觉的，真正受罪的是活着的人。我又想，这么多年来，我从未跟死离得这么近过，也就没想过生死，这次居然跟死神擦肩而过，是不是老天给我的一种警告呢？长这么大我也没做过什么坏事，我不知道跟你在一起算不算是我做的一件坏事！但说真的，这段时间是我最开心的日子，尤其是上周那一个礼拜，我觉得一个女人能拥有的快乐和幸福我都拥有了！是不是我的人生就只能拥有这么多幸福的时光，老天要把剩下的都收回呢？！其实我多么舍不得呀！但转念又一想，幸亏我没有错过你，那天晚上我要是不去红房子等你，还有你去梨园宾馆的那一晚要是不来找我，或者我要不跟你去，那我们就还停留在以前那样似是而非的阶段，要是跟你的这一切都没发生就那样没了，该多亏呀。"一席话说得晓东热泪长流，他不能想象，在这几个夜晚，石宁一个人睡在黑夜里，脑子里竟然想了这么多事！更让晓东讶异的是，关于生死，自己前两天也想过，竟然跟石宁的想法不谋而合！还有这串珠链，怎么就偏偏在遇见石宁的那天捡了来，后来又鬼使神差地送给她呢？本想今天要把关于珠链的事告诉她，让她不要再戴了，可她又讲出这一宗事体，那是戴着好还是不戴好呢？那些醉眼梦境里的狐精怪诞会给她心理造成什么影响呢？所有这一切是冥冥中的一种什么安排吗？这么疑疑惑惑地想着，心里就认定了自己跟石宁是有着一种牵扯！石宁看他神情肃然地在发愣，想是自己的话让晓东情绪受了影响，就笑着说："你看你，我又没真的怎么样，你看我现在不是好好儿地在这里吗？"说着拉了晓东的手去抚摸自己的脸颊。石宁的脸颊上有着激动后的淡淡余晕，在晓东的手指间温热而柔腻。在晓东看来，眼前的

113

石宁，似乎有着一种劫后余生的遥远和珍惜！

一直在说话，两个人都几乎没怎么吃东西，晓东就问："你还想吃什么？我去拿！"石宁嗲着声说："想吃你！"晓东就问她今晚是回公寓还是去舅舅家？石宁说都可以！

两人又叫了几样东西很快吃完，就打车去了石宁的住处。到了楼下，石宁告诉了晓东楼层和房间号，自己先上了楼。在石宁上楼的空当，路晓东给家里打了电话，跟文玉说明天要刊登的文章有些问题，洪鸣让连夜去报社改稿，估计要弄到很晚，就不回家了。

打完电话，看到石宁窗口亮了灯，才若无其事地走上去，到了门口，见房门虚掩着，一推门闪身进去。重新回到二人世界，刚才在餐厅里的瞻前顾后都没有了，两人都肆无忌惮，几日的小别重逢，自然是如胶似漆，情痴欲炽。石宁早已拉闭了窗帘，关了所有的灯，待晓东抱起她，就将双腿交叠着缠在了晓东腰际，要晓东抱她到床上，晓东双手端着她，如同坐在莲花上的观音。一时，蓬门开启迎旧客，花径滴露纳故知，此番缠绵缱绻之状又与前几日不同，直弄得两人都汗水淋漓，终于手软脚软地偎在床上，像是一对去了骨头的鱼！

流连时有恨，绸缪意难终。两人都恨不得把时间像钟表一样钉死在墙上，就这样相偎相依地度过千年百年，可时间不解风情，还是自顾自地往前走。良久，石宁终于忍不住问："你要回去了吧？"晓东说："要回去了吧！"可人却没有动。石宁就搂了他说："你走吧，我会好好睡的！"晓东说："那我走了，你好好睡吧！"说着把头埋在石宁的胸前。石宁说："被子里还有你的味道，我就不起来了，你出去时帮我关了门吧！"手却在晓东的背上来回摩挲。晓东说："我帮你把灯也关了，我一出去你就马上睡着好吗？"说着用嘴噙住了石宁的乳头一下一下地吸。石宁说："你下了楼在右边那个路口去打车，那里车多，多呀……"喉咙里就发出了颤音。晓东说："我明天一出门就发信息给你，你不要睡懒觉哦！"手移到了石宁下面，又全是湿湿的水儿。石宁颤着声儿说："我要睡懒觉呀，我要你打电话叫醒我，那样我一醒来就能听到你的声音了！"说着侧了身子面对了晓东，张口把舌尖送进了晓东嘴里。晓东就揽过石宁的腿放在了自己胯上，两下凑着，又轻车熟路地进去了。谁也不再说话，房间里黑着灯，窗外有小船样的一牙弯月，透过窗帘照在床上，窗帘上的竹子图案就被印在了被单上，没有风，被单上的竹子在摇呀摇！摇得月牙儿竟害了羞，拉过旁边的一块薄薄的浮云遮了脸！当晚，晓东就在石宁的住处过了夜，这意外的惊喜让石宁感动不已！

14

　　几天后的一个中午，文玉从医院打电话给晓东，说前几天从工地送去的那两个重伤病人也死了，现在很多民工聚在医院大门口，试图冲进医院抬了尸体去建筑公司要说法。医院报了警，来了三辆警车，警察在门口围了警戒线，两下已经僵持了一个小时。现在整个医院门前的街道上围满了人，医院要求全体职工不能离开岗位，文玉回不了家，这几天浩浩学校食堂改造，要晓东中午接送浩浩吃午饭。放下电话，路晓东愣在那里半天没缓过劲。忽然想到万一石宁公司那边的民工也闹起事来她一个女生不安全，就给石宁打电话问问她们公司的情况。电话拨过去，石宁那边却关了机，晓东就越发担心起来，坐在办公室心里慌慌地什么事也捉不到手里，就关了房门上了街。接儿子时间还早，骑了自行车一时却不知道该去哪里，就穿了几个街道去了医院，可到了路口，已有警车守在那里，说是交通管制，行人车辆一律不准通行。再打石宁的电话，还是关机，无奈就又折身去了浩浩的学校。

　　浩浩读书的学校叫水南小学，在城关区水南路，离医院倒是不远，骑车过来只要十几分钟。路晓东到的时候，校门口已经站了十几个前来接孩子的家长，但都是上了年纪的老人，三个一伙五个一群地站在那里聊天。路晓东无事可做，就独自点了一支烟靠在自行车那里抽。不远处一个年龄在三十岁上下的女子，左看右看地徘徊了一下，就径直向路晓东走来。路晓东脑子里正想着事，以为也是来接孩子的家长，看女子向着自己走近了，就礼貌性地点了点头。女子笑了一下，却从手里抽出一张广告纸塞给了路晓东，路晓东才意识到是校门口搞推销的，就看了一下广告纸上的内容，原来是学校周边办课外培训班和午托班的介绍，就后悔刚才不该招惹，手里拿了的纸又不便马上丢掉，女子却已经滔滔不绝地给路晓东介绍午托培训班的优势。路晓东想打发她走，可女子说话中间不加一个句号，拨浪鼓一样地在路晓东耳边翻来覆去地敲。正厌烦着，忽然不知从哪里又围上来六七个同样的女子，手里都攥了一沓类似的广告纸，在显眼的地方大大地写着"名师培优""爱心午托"之类的字样，不由分说就往路晓东手里塞。路晓东不接，有人就扳了自行车后座上的弹簧夹往里夹，烦得路晓东推了自行车像是突围一样地冲出了包围圈。一时没地方可待，看看时间还早，就又骑了车去了旁边的菜市场。

　　菜市场上人声鼎沸，还没到门口就闻到了一股鸡鸭鱼虾混合着腐烂蔬菜的气味。但一眼望过去，市场两边的摊位上各类新鲜时蔬却娇柔鲜嫩。红的番茄黄的韭芽白的萝卜绿的青菜都像刚洗过一般，露水淋淋。旁边的肉案子上，猪肉被分割成大小不一的方块列队一样地摆在上面。有小贩就扛了整半爿的猪过来，大红里子露在外面，前后两只去了脚的短腿就在小贩的肩上一颤一颤地晃，褪了毛的皮比小贩的脸还要白。小贩在拥挤的人堆里吆喝着往前走，那么多的人居然没有一个被撞着。小贩走到一个摊位前，啪地往肉案子上一放，半爿猪就平展展地卧在那里。摊主拿起一把刀，在一根手指粗尺把长的钢钎上那么"噌噌噌"地上下翻飞，亮闪闪的刀光中嚯嚯有声，蹭毕，一手拎起血红里子一边的脊骨，另一只手顺着骨头连刀带手就进去了，两只手一拎一进，再一拎再一进，那么来回几下，整副骨肉瞬时分离。晓东在一边看得暗暗心惊，想起庄子说的庖丁解牛："十九年而刀刃若新，是因其久历其中，神遇官知，依乎天理，故而游刃必有余地。"眼前的这个摊贩，虽不像庖丁那样神乎其技，但靠这门手艺养家糊口，也自得其乐，倒比自己迎上委下地来得自在。这么想着就走了神，漫无目的地随着人群拥簇着往前走，不知不觉间竟从东头走到了西头，看见别人都左手右手地提了大袋小袋，自己依然两手空空。实在再没有勇气返身再走一遍，看看时间也差不多了，就闷声闷气地又骑了自行车往学校赶。

　　从学校接了浩浩出来，也无心回家做饭，载了儿子直接去了小区旁边的牛肉面馆。正赶上午饭时分，牛肉面馆里人声鼎沸。路晓东让浩浩找了空位坐下，自己买了票排队端面。端面的人排了老长，有个小孩挤过去把票给了捞面的师傅，师傅捞出一碗面，小孩就说："蒜苗多些，辣子少些，香菜不要，打包提走。"师傅说："这一碗不是你的！"师傅又捞出一碗面，小孩又说："蒜苗多些，辣子少些，香菜不要，打包提走。"师傅说："这碗不是你的！"师傅再捞出一碗面，小孩再说："蒜苗多些，辣子少些，香菜不要，打包提走。"师傅说："这不是你的！！"捞到第四碗，小孩还说："蒜苗多些，辣子少些，香菜不要，打包……"师傅急了："你个碎怂把人愁死了，再别叫唤了，这一碗给你盛上！"小孩说："不喊不行啊，万一错了，回去老子骂呢！"说着提了师傅递过来的面欢天喜地地走了。排在前面的一个接一个端了面走了，终于快轮到了路晓东，他前面一个毛头小子端个比脑袋还大的小面盆递给师傅说："叔叔，把汤给多舀些！"师傅捞了面，舀了汤，毛头小子双手端了盆往旁边桌上一放，拿起醋壶，吮、

116

咣、咣、咣地倒，老板看见了说："你个碎娃倒这么多醋不嫌酸吗？"毛头小子头也不抬地说："没事，我妈说了，端一个面，多舀些汤，多放些醋，回家再下些机器面，我们一家吃个酸汤面，再不用勾汤了。"老板说："这懒婆娘比我还贼呢！"

等路晓东端了两碗面两份肉过来，浩浩挪开了书包占下的座位，父子二人便吃起来。条形桌的对面坐了一个年轻人在吃面，一个大妈过来对年轻人说："这个位子有人坐吗？"年轻人憋了半天说："没人……人、人坐啊！"原来是个结巴。大妈说："那我坐了。"年轻人说："这里不……不不能坐！"大妈生气了，说："为啥不能坐？你一个人占两个座位呀？我就要坐这里！"说完一屁股坐下了。年轻人脸憋得通红，着急地说："凳子上有……有洒上的……的、的辣子油！"大妈抬起身一看，白底蓝花的裤子上印了一片红，就气呼呼地数落年轻人："你个年轻娃娃咋说话有了上句没下句的，看把我出门新换的裤子弄脏了！这么红的油洗都洗不掉，我吃个牛肉面还要搭条裤子呀？！"年轻人说："我、我……"大妈说："你什么你呀？你是不是故意把辣子油洒在凳子上不让别人坐？你咋这么坏，你赔我的裤子！"年轻人还要分辩，路晓东给他摆了摆手，年轻人就不再吭声，继续低头吃面。没想到路晓东摆手却被大妈看见了。大妈又冲着路晓东说："原来你们是一伙的呀，你们咋这么缺德呀？带着孩子出来吃饭也不给孩子做个好榜样！"路晓东说："大妈，我们不是一伙的，我也是才坐下，凳子上的油应该也不是这个小伙子洒的！"大妈说："不是一伙的你给他摆的什么手？我年龄大了眼睛可不花，别以为我没看见！"对面的年轻人说："你眼睛不花怎么没看见凳子上有辣椒油？"这回竟然没结巴。大妈这下来劲了，大声说："你们人多合伙欺负我一个老太婆呀？还装结巴给我下套！大家伙过来评评理。"人瞬间就围了一圈。无端地惹了这么一场事，让路晓东又可笑又可气。正不知如何是好，一个服务员拿了抹布过来了，看见大妈裤子上的油，抱歉地说："大妈，这辣子油是我收碗的时候洒的，我这急急忙忙拿了抹布来擦，您却给我擦掉了，您这是要学雷锋呀？"围观的人就哄地笑了。大妈这下更不干了，撇下路晓东他们，扯着服务员要她赔裤子。服务员是个年轻姑娘，脑后束了个马尾，身材修长，一件橘黄色的 T 恤扎在合体的牛仔裤腰里，显得屁股是屁股腿是腿。大妈还在不依不饶，服务员也不恼，一脸笑意地说："您老别着急呀，要赔裤子也得吃了饭再赔呀，您不是来吃面的嘛，您想吃个啥我让师傅给您下？"大妈说："裤子都油成这样了，还吃啥面？"马尾姑娘还是笑笑地说："大妈，没事。吃完面了我把我这裤子赔给您，您能看上不？"说着还转了个圈让大妈看裤子。大妈似乎不那么气了，说："你那裤子我可穿不上！"把周围的人都给逗乐了。马尾姑娘继续说："大妈，我那是跟您开玩笑呢，我这裤子都穿一年了，咋能赔给您！您这条裤子穿在您身上多精神呀！我老早就想给我妈也买一条您这样的呢，一直没找到哪里有卖，咱吃完面您带我去买新的。我让师傅给您下个韭叶子吧？我妈就爱吃韭叶子。"大妈讪讪地说："那给我多放些蒜苗和辣子！"一场风波总算是平息了。

　　路晓东感叹这服务员的机敏和好脾气，就不由得多看了几眼。这一看竟觉得似乎在哪里见过。也许漂亮的女孩总有几分相似，但眼前的这个马尾姑娘却漂亮得特别，东方人的审美观要求女子要有樱桃小口，这女子却是一张大嘴，嘴唇丰满性感，正是这一点让晓东觉得似曾相识。直到她跟那个大妈说要师傅下"韭叶子"时，路晓东忽然意识到，这个女子跟康乐洗浴中心的叶子很像，这么一想，就越看越像，但又不能肯定真的就是叶子。叶子也漂亮，是那种艳丽的漂亮，有风尘气，眼前的女子铅华尽洗，是一种清新的亮丽，像是雨后的百合。女子也知道晓东在看她，但她并没有在意，因为周围的人都在看她，直到她跟路晓东的眼光碰触的那一瞬间，她才注意到了路晓东，她似乎是愣了一下，但随即就避开了路晓东的目光，转身去了端面的窗口。也就是在那一瞬间，路晓东肯定这个女孩就是叶子。上次听小月说叶子被拘留了，看来她已经被放出来并找了新的工作。她竟然没有再去那种灯红酒绿、迎来送往的风月场所，而是来一家小小的牛肉面馆做了一个普通的服务员。路晓东心里有一种说不出的情绪，是慰藉又不完全是慰藉。叶子去了窗口再没有过来，路晓东看浩浩吃完了面，就带着儿子出了面馆。到了门外，路晓东让浩浩在门口等着，自己又折身进了面馆，看见刚才的大妈正在吃面，就走过去对她说："大妈，这面还好吃吧？"大妈抬起头，没吱声。路晓东继续说："大妈，你看这面也吃了，一会儿就不要再为难人服务员了，你看一个小姑娘挣点钱也不容易，你那裤子多少钱？五十块够了吧？我把钱给了你，你就别让人小姑娘陪你去买裤子了，行不？"说着掏出五十块放在了桌子上，大妈看看钱又看看路晓东，点了下头疑疑惑惑地把钱收起来了。

　　路晓东转身出了面馆，门口一个女人在埋怨男人："你是去吃面了还是种了麦子去磨面了？吃个牛肉面让我等半个多小时？"男人说："唉，我吃完本来要走的，一个老太婆裤子沾了辣子油在那里讹人呢，正吵得来劲，来了个服务员给劝住了。那服务员长胳膊长腿的，人却傻，竟然主动承认是自己洒的油，白给老太婆吃了面还要给她赔裤子，你说这么便宜的事我咋没碰上呢？"女人听了气呼呼地说："我眼巴巴地在外面等着，你却在里面看热闹！那有啥好看的？你是看那个服务员漂亮吧？"男人说："我哪是看服务员了？我本来要走了，结果一回头我们单位科长也站我旁边看，我就装作刚进去的又买了票陪科长吃了一碗，胀死我了！"女人说："没看，没看你说人家腿长？腿长跟你有屁关系！你个溜沟子的货，老想着占便宜，却尽干赔钱的事，咋不胀死你？"路晓东听见忍不住笑出了声，那男人回头看了一下，不理女人自顾自地往前走了。路晓东就招呼浩浩往家去。

路晓东带着浩浩回到家，让浩浩睡个午觉再送他去学校。浩浩不睡，开了电视要看动画片，电视里正在播报午间新闻，内容是上午市里召开全市安全生产工作会议。会议是汪副市长主持的，市里几家大企业的领导都去了，路晓东留意了一下，二阀厂的高书记在座，却没有看到市建筑公司的权有成。晓东还想再找找，可镜头闪了一下就定格在了汪副市长身上，浩浩不愿看新闻，拿了遥控器把频道换了。

路晓东自己回屋关了门上床睡了，可却毫无睡意，刚才叶子的样子还在脑子里挥之不去。想这个世界真是小，怎么也想不到会在这种场所跟叶子见面。叶子变化也真是大，不化妆，不穿洗浴中心那种暴露的衣服竟然显得那么清新纯朴，倒比浓妆艳抹的样子更漂亮，有一种乡野的活泼和朝气，像是雨后带着露珠的新枝。难怪自己那么久都没认出来！不知道叶子有没有认出自己，她看到自己后随即离开是认出了自己后有意躲开呢，还是正好有事走开了呢？要是有意躲开是因为不想在那么多人和儿子面前跟自己打招呼，还是本就不想跟自己照面呢？晓东想自己也就是她众多客人中的一个，她未必就会记得，就算是有点印象，那跟在百货商店买了一包烟一瓶酒的客人也没什么区别，看她的样子是要跟过去的生活告别，在重新规划自己的生活，她选择不跟自己照面是对的，免得想起往事让她心里难过。这样闭上眼睛在脑子里胡思乱想，倒觉得跟叶子在一起的那个晚上像是做过的一个梦一样，竟然连叶子那晚具体的样子都模糊不清了！

半睡半醒中时间就过了两点，晓东正打算送浩浩去学校，文玉却开门进来了。晓东问："警察把你们放出来啦？"文玉说："看你说的什么话？我们又没犯罪，啥叫警察把我们放出来了？"晓东自知失言，被文玉这么一说，自己就忍不住笑了,说:"你不是说警察封了路不让回家吗?怎么回来了?民工走了?"文玉说:"他们再要不走我们就饿死了!"晓东说:"你们不是有食堂吗?怎么这会儿了连饭都没吃呀?"文玉说:"还吃饭,别提了。警察一拉警戒线,医院的人只能出不能进,住院病人和陪护的家属就只能在院里吃饭,你知道医院病人食堂平时很少有人吃饭,根本就没准备,可病人没饭吃怎么行,万一再闹起来岂不是火上浇油!院长就让职工食堂给病人和陪护家属供饭,我们那个食堂供应量有限,我们就只能饿着啦!"晓东问:"民工怎么不闹了?"文玉说:"怎么不闹,死人都抬走了,不在医院闹了,听说去了市政府。"晓东吃惊地问:"那么多警察还能让人把死人抬走?"文玉说:"你不知道,那帮人可贼了!就在中午吃饭的时候,警察轮流换班,有一伙人不知道从哪里弄了两个木板,木板上抬了两个人还盖着白床单,说人已经从太平间抬出来了,拥着就往街上走。警察看见了,就呼啦啦地全撵过去在后边追。大门明明还锁着怎么能把人抬出去的呢?守门的警察看见也慌了,这可是不得了的事,也疯了一样地追上去抢人。追了半条街,对面的警察闻讯包抄过来截住了,一前一后几十个警察就把抬人的民工围在了中间。抬人的民工被堵在中间前后左右动弹不得,就跟围上来的警察对峙,周围看热闹的市民越聚越多,一下子那半条街围得里三层外三层。最后警察还是从民工手里抢过了木板,又抬着往回走,但围得人太多,加上还有民工在纠缠,回来几百米的路竟走了一个小时。但到了太平间门口,木板上白床单下的两个人竟忽然坐了起来,抬木板的八个警察吓得当场跌坐在地上,连闹哄哄的人群也一下子安静了。就在众人惊愕的空当,那两个人揭开床单跳下木板跑了,警察这才知道上了当。等推开太平间的门,那两个民工的尸体果然已经不见了。"一席话听得晓东目瞪口呆,愣在那里半天没缓过劲来。文玉说:"你傻乎乎地愣在这里干吗呀?快送儿子去学校吧,要迟到了!"晓东又招呼浩浩下楼去学校。

送完儿子回到办公室,路晓东还是坐立不安,再打石宁的电话,电话竟然通了。石宁在那边说:"可吓死我了,上午我们公司的大门被民工堵上了,说送医院的人死了,要领导出面给说法,公司要求我们不能对外通电话,也不能外出,怕出意外。"晓东问:"现在呢?"石宁说:"刚刚民工才散了,说是去了市政府。"晓东本想跟石宁说民工抬走尸体的事,话到嘴边又止住了,说:"那帮民工现在情绪不稳,你这几天上下班要小心点!"石宁说:"我们就是一般员工,他们不会怎么样的。"晓东说:"你可不是一般员工!"石宁说:"我跟舅舅的关

120

系公司没几个人知道的，那时候来公司的时候，舅舅怕有人说三道四，对外都没说，我还是经过正常的招考途径进来的呢！"晓东这下放心了，问石宁晚上有啥安排？石宁明白晓东的意思，说："这个时候啥也不能安排啦，这几天我都要回舅舅家，他上午本来要去市政府开会的，被民工堵在公司没去成，民工散了的时候他也去了市政府，他这几天心情不好，舅妈也担心，我回去跟他们说说话，等过了这一阵吧！"晓东说："那也是，你回去好好陪陪他们，人上了岁数碰到这种事也确实很闹心的。我改天再好好给你压压惊！"石宁说："你怎么压呀？"晓东说："你说怎么压我就怎么压！"石宁就说："那我要好好想想！"两人又说了几句闲话就挂了电话。晓东终于安心了，靠在座椅上点了一支烟。吴智忠用过的那张办公桌还摆在对面，跟桌面一样大的玻璃板下面压了一张吴智忠和几个厂领导的合影，路晓东从这边看过去，每个人都头上脚下地悬在那里，分不清谁是谁。一只苍蝇飞过来，停在了椅背上。路晓东吸了一口烟喷过去，苍蝇在烟雾中飞了起来，旋了两圈落在了玻璃板下的照片上，在这个人头上停一下，又在那个人头上停一下，玻璃板太滑，苍蝇站不住，起身冲着窗户飞过去，却一头撞在了窗玻璃上，反复两次，遂灰了心，就又返回身立在了椅背上，站在那里一下一下地搓着手。

　　路晓东吸完了一支烟，忽然想到要在报纸上发另外两篇文章的事，就给洪鸣打电话。电话一通，洪鸣就在那边说："晓东啊，是不是领导催你那两篇稿子啦？"路晓东老实地说："你别吓我啊，这还没开口呢，想说啥你都知道了，这么神以后可是啥都不能瞒你了！"洪鸣哈哈地笑，说："不是我神，是我了解领导，谁让咱干了这吹鼓手的活呢！本来那两篇稿子小样都出来了，安排在昨天发，但这事也冲，前天晚上宣传部送来了两篇安全生产的稿子，要求必须发在头版，我想要是把你们的稿子换在其他版面效果也不好，就想干脆晚点发，也不差这一天两天。"路晓东说："那倒是，稿子不着急，你看着安排就行。给你打电话除了稿子还有一个事，我们书记一直说想跟你见面表达一下谢意，我就拍着腔子答应了一定把你约到，你看看这几天哪天有空，我定了你的时间再去跟书记说。"洪鸣说："既然你老弟都给我做主了我再推辞那就不识抬举了，这样吧，这周估计够呛，我都连续几晚上熬了通宵，组织人给市里赶安全生产的稿子。过两周吧，两周后哪天都行，你跟书记定了时间通知我就可以了。"路晓东答应了，知道洪鸣忙也就不再多说挂了电话。

　　放下电话，路晓东想这世上的事真是奇怪，很多看起来毫不相干的人和事，却在背后有着千丝万缕的联系。比如市建筑公司本来跟很多人都是八竿子打不着的，可发生了一起事故，却丝丝蔓蔓地牵扯和影响了很多人。回想一下，如果没有这起事故，文玉就不会加班，自己就不会去接儿子放学，也不会去那家牛肉面馆吃面，就不会在那里碰到叶子。本来报社计划刊发二阀厂的改制文章跟市建筑公司的事故也扯不上关系，可就这么顺理成章地搅在了一起，起承转合得比写文章还要自然。似乎冥冥之中有一只无形的大手，在摆布着一切。路晓东不是迷信的人，可很多事情让自己在迷惑中不得不信，可究竟信什么，自己也说不清楚！

这天晚上，路晓东在家吃了饭，守着电视看新闻，从头看到尾，新闻只字没提民工围堵市政府的事，却播了市领导去各个厂矿企业检查安全生产的新闻。路晓东就疑惑文玉中午带来的消息的真实性，问文玉消息是哪来的？文玉说是医院保卫科的人说的，她们科室一个护士的老公是保卫科的科员，当时也守在太平间门口，警察去追人的时候他去查看太平间的窗户，转了一圈没发现有损坏，等回到门口时门锁已经被砸开了，他要去制止可被围上来的民工从后面拦腰抱住动弹不得，眼睁睁看着他们把死人从太平间抬走了。

一连三天，市里风平浪静，似乎什么也没发生过。街上车水马龙，逛街的依旧闲庭信步，上班的还是行色匆匆。路晓东在上班的路上特意骑车从市政府门口经过，看上去与平时没有任何异样，又似乎有点不一样。门口站岗的武警战士笔直地站着，神色庄严。路晓东停了自行车想看看究竟哪里与平时不一样，忽然有两个人向自己走过来，路晓东心里竟然有一种莫名的慌乱，像是一个正在作案的小偷，佯装自行车坏了，低头拨弄了几下链条，赶忙跨上自行车不紧不慢地骑走了，一直目不斜视地拐过街角，晓东觉得整个身子都僵硬着，手心和后背全是汗。

15

华安大厦工地死了的三个人中，除了两个民工，有一个是市建筑公司的职工。小伙子叫刘俊，年纪轻轻的，大学毕业才刚两年。刘俊老家是山东德州的，父母都是农民，老两口才五十多岁的人，头发却全白了，黑黢黢的脸上沟壑纵横，透着长年劳累的苍老和质朴。刘俊一出事，公司就给老刘打了电话。老两口这么大岁数，第一次走这么远的路，也第一次来这么大的城市。儿子大学学的是土木工程专业，学校一毕业就被市建筑总公司招聘了。刘俊一上班，老两口就一直说要来城市看儿子。念叨了很久，苦于手上没有闲钱，家里没有闲时，因为还有个小儿子还在上大学，家里几亩薄田除了能供给口粮和油盐酱醋，哪里还能筹措出在老两口看来像天文数字一样的学费和生活费，老头就四处跑着打工挣钱，几亩地扔给老婆子经管，这一家四口人在不同的地方开了四个灶，天南海北地飘零着。刘俊倒是个孝子，自从一上班就每月给弟弟刘杰寄生活费，把自己的生活开销降到最低，剩下的钱都寄给了父母，说父亲年龄大了，再出去卖苦力太辛苦不说，也挣不到钱。老两口嘴上应着，但哪能这么苦苦儿子，该干啥还干啥，不让刘俊往家里寄钱。说城里啥都贵，你那点工资能把自己经管好就行了，你是大学生，不能跟民工一样，吃也要吃好些，穿也要穿体面些。你二十多岁的人了，每月有点余钱就自己存着，碰上可意的姑娘也该给自己处个对象了！这眼看着再有一年刘杰就大学毕业，一家人的苦日子也有个盼头了，却出了这种事。

市建筑公司把刘俊的父母安排在公司的招待所，还派了两个人轮流守着，一方面是照顾老人，同时也是为了不让另外两个民工的家属接触到老两口，到时抱团与公司对抗。公司就先去做刘俊家里人的工作。老两口是到了这里才知道儿子已经不行了，公司的人陪着去医院看了一趟，回来就在招待所里终日以泪洗面。来做工作的是市建筑公司的工会主席。主席问二老有啥要求，二老不说话；问家里有啥困难，二老不说话；问希望公司给多少抚恤金，二老还是不说话。工会主席一连来了三趟，车轱辘话翻来覆去地说了多少遍，老太太只是哭，说一遍哭一次。老头也哭，但只流泪不出声。后来工会主席拿了一份《因公死亡赔偿协议》要老头签字，老头不签。主席说这个协议的赔偿数额公司已经破了例，往常一个人只能赔二十万，考虑到你们家庭困难，刘俊又是我们单位的职工，特别照顾，当作困难补助额外多补了十万元，你看看，这个事故赔偿和困难补助还要分开签，要不别人知道了，这额外的十万元就给不了了。老头还是不签字。工会主席就不耐烦了，说你这老人家怎么这么难说话，我好话说尽，你怎么还是油盐不进！老头就发火了，说你们是要把我们两个老的也逼死吗？你以为我们不签字是要讹你们吗？你也是五十几岁的人了，也有子女，你拍着自己心口想一下，这个时候，我会拿儿子的命跟你们换钱吗？你给多少钱能换回我儿子的命？工会主席无言以对，灰溜溜地走了。

第二天，权有成来了。来了不说赔偿的事，跟两个老人拉家常。说小刘是那一批大学生中最优秀的一个，对领导安排的工作不挑不拣，虽然是大学生，但脏活累活都去干，加班加点也从无怨言，人又勤奋好学，保持了一个农家子弟的质朴。自己也是农村出来的，看到这样的好苗子，就像看到自己当年。出了这样的事，不仅是咱们家庭的悲剧，也是公司的损失啊！说到动情处自己也流了泪。老太太就开了口，说这孩子从小就懂事，不仅学习好，放了学总是先帮家里干了地上的农活才去写作业，他弟弟在他的影响下学习也好，我们家出了两个大学生，全村人没有不羡慕的。老头说，他刚毕业那年回到家，看村里其他人家都盖了新房，只有我们家里房子破得不成样子，他还说他就是学建房子的，等他上班了，要给我们建村里最好的房子，他不能光给别人建房子却让自己的父母住在危房里。我们也是没办法，供着两个学生上学，哪还有钱翻修房子，可这才上班两年，却出了这事！这孩子也是命苦，从上学到上班，知道家里条件不好，从不乱花钱，连个对象也没处过！说着说着又老泪纵横，饮泣不止。权有成在一旁抹着泪说，原来刘俊还有个弟弟呀，还有几年毕业？这样吧，刘俊弟弟上学的学费和生活费我们公司出了，一方面也是为刘俊尽点心意，另一方面也是为我们公司培养人才。二老教子有方，能培养出刘俊这么优秀的孩子，弟弟也不会差，将来毕业了，就还到我们公司来。说实话，现在大学生毕业工作也不好找，当然，像刘俊弟弟这么优秀的孩子肯定要单位很多，我们也不勉强孩子，等他毕业的时候，愿意来公司上班就来，要是有更好的单位，就去别处，孩子要是有上进心想继续深造读研究生，我们公司也一直培养他毕业。另外，我现在在公司说话还管点用，我们本来是做建筑的，也有这个便利条件，过后我们派个工程队去，把咱家房子翻修了，一定建成村里最好的，也算是完成刘俊对二老的一个心愿。老两口还是哭，却对权有成千恩万谢，说孩子命是苦，但能遇到这么好的领导也算是造化，他最放心不下的就是我们两个老的和他弟弟，现在领导都考虑到了，他泉下有知也就落心了。就主动提出要签了协议，再去见儿子最后一面，让他早点入土为安，那么冷冰冰地躺在太平间也不好。权有成当下就叫了一直候在门外的工会主席，要他为刘俊安排一个因公殉职的追悼会，时间让二老定，要求追悼会那天公司所有的中层以上干部都要参加，基层员工能来的都要来。

　　刘俊的追悼会就定在了第二天，灵堂设在市殡仪馆的追思堂。市建筑公司出动了五辆大巴车拉去了二百多人，追思堂太小，两百多人站不下，就黑压压地围在了灵堂前的空地上。追思堂的大门上写了一副挽联："天妒英才，白发人送走黑发人；谁怜孝悌，意外事留下未竟事！"两排花圈从追思堂门口一直排到了花坛边。一时间，殡仪馆里其他前来参加葬礼的人也都围拢了来看，人就越聚越多。石宁不是中层干部，但也来参加了追悼会，她站在人群的最后面。听见有两个人在旁边议论，一个说："这家排场这么大，送的怕是个领导吧？"另一个却说："肯定不是领导，领导要是已经走了，哪还能来这么多人！估摸是领导的家人吧？"石宁忍不住回头看了看，那两个人似乎都上了岁数，自顾自地说，并不在意有人在旁边听。先前的那个人继续说："难怪人都争着当领导呀，这亲戚朋友活着的时候跟着沾光，走的时候也能沾光！"另一个却不以为然："领导也好，老百姓也好，不管你是干啥的，总有这一天！活的时候苦争苦盼的，这两腿一伸，躺在那里都是一样的！"这一个说："那还是不一样，我和你躺在那里的时候有这么多人来吗？"另一个也不恼，笑着说："来多来少你也看不见了，有什么关系？还是活的时候过得自在点！躺在那里了，无知无觉的，不论是谁就是一堆骨肉，一会儿就是一把灰，也没有高低贵贱的分别了，你还在乎来送你的人多人少？"石宁本来情绪不好，听这两个老人一席话，心里却释然很多，像是几天来心上压着的一块石头被拿掉了一样。正暗自在那里思忖，追悼会的仪式就开始了。主持人沉痛地宣读了刘俊的生平，生平太短，几句话就说完了。人群前面已起了悲声，是刘俊的父母。主持人又继续说刘俊求学时如何刻苦好学，以优异的成绩毕业，工作后如何努力上进，得到同事和领导的赞赏，现在突遭意外，是天妒英才，是单位的损失，是亲戚朋友的损失，更是家庭和父母的灾难。但逝者已去，生者节哀，我们当接过刘俊生前的遗愿，照顾好他的家人和父母，让他在天之灵永得安息云云。说得情真意切，听者无不动容。接下来是家人向前来吊唁的宾客致谢，刘俊的父亲就上前跟大家说了感谢的话，没说两句已是泣不成声，人群中也有人跟着饮泣，总算说完了，周围已是哭声一片。刘俊的弟弟刘杰也来了，搀着母亲到前面和父亲一起跟大家鞠躬致谢。最后一项是跟遗体告别，每人胸前别了白色的小花，排队进入追思堂，在停放遗体的灵柩旁缓缓而行，个个庄严沉痛，在经过灵柩的时候将胸前的白花摘下，放在灵柩周围，然后再从另一侧鱼贯而出。门口放了一个白色纸箱，每个人都准备了吊唁礼金，装在一个白色信封里放了纸箱里。

追悼会结束，石宁随着人群上了大巴车，看见那两个民工的家人也被公司请了来，由工会主席陪着上了旁边的一辆小车。

那天开完刘俊的追悼会，工会主席把出事的两个民工的家人拉到了宾馆里，拿出刘俊父亲签的赔偿协议书给他们看。说人家一个大学生，还是我们国营企业的在编职工，一共也就赔了二十万。你们也知道现在供一个大学生要花多大代价吧？你们属于劳务人员，按道理，我们是不负责的，你们去找承包工程的包工头去，但现在出了事，包工头撒手不管了，就是管，也给不了你们这么多，前几年市通讯大楼建设时出了事故，包工头就给了家属两万块钱，你们是同行也应该有听说过。我们是国企，出于人道主义，我们还是给你们一定的补偿，但不能跟刘俊一样，最多只能补偿十五万。民工老婆不搭腔，其中一个拉着长声哭："大壮啊，你就这么扔下我们娘俩走啦，你不知道家里就你一个顶梁柱，你走了，家里天就塌了，往后一家老小怎么活啊？"工会主席挠着头说："出这种事谁也不愿意。但事情既然已经出了，总要解决吧？总不能让牛大壮他们两个一直那么躺在太平间里吧？今天你们也看到了，刘俊开了追悼会，那么多人去送，现在也入土为安了！"牛大壮老婆哭声小了，说民工也好，大学生也好，不能区别对待，要赔也得赔二十万。工会主席就说："这个我做不了主，得开会讨论，以前从来没有赔这么高过，估计够呛！"牛大壮老婆说大学生还开追悼会了，我们不在这里开追悼会，但钱一定要赔二十万。工会主席就说："这个我去跟领导做工作，但你们要保证再不闹事！你们之前把医院太平间砸了，抬着人上街，属于严重违法，带头的那几个已经被公安局拘留了，再要闹事，不仅钱赔不了，闹事的人也要关起来！"牛大壮老婆不哭了。工会主席说要跟领导请示，起身去了另一个房间打电话。过了一会儿，手里拿了两份协议，让两家人签了。

就这样，市建筑公司这场事故引起的风波总算是平息了。

16

又挨过了一个星期，厂里人事调整的事还是没有消息。路晓东有高书记的话托底，倒也不是很急，只是这样无所事事有点无聊，心想这段时间各种事情纷乱杂陈，弄得自己不明所以，心里也是乱糟糟的。到了周六，一大早跟文玉说单位有事，就约了石宁一起去了城南虎牛山上的归元寺。

市区东南十里，有一座山，叫虎牛山，山上有座寺，就是归元寺。这归元寺说起来有些来历。

很古很古的时候，究竟是哪朝哪代谁说得清！那时候这座城市还没有成其为城，山南山北散落着百多户人家。山南树高林密，丘陵起伏，不适宜耕种，山南人就以打猎为生。山北却是一马平川，又有一道河顺着山脚蜿蜒而过，七拐八拐地游弋在几十里方圆的平川上，滋润着土地也孕育着人民，山北人居此沃土，就以耕作为生。说起这山，东南望去，形如伏牛，西北望去，状如卧虎，很长一段时间，山南人把这座山叫伏虎山，山北人叫卧牛山。不管人们怎么叫，伏虎卧牛就这样延绵数百里，伏卧在此岿然不动。一座山两个名，也不知叫了多久，不想这一日有州官狩猎，围追一只麋鹿率众策马进山，对散落在山间褶皱中的猎户倒不以为意，不想却意外地发现了山北的这片耕种沃土和修葺齐整的村落。官兵招来了族中长老，问此处为何村何地，归属何方，竟然无一能答。原来是一处无所归属的世外桃源。州官于无意之中得此宝地，自是喜不自禁，择日命人划疆封界，又对村民登名造册，此地因围鹿而得，就称之为鹿村，鹿村人从此成了交粮纳税的朝廷子民。为了方便管理，鹿村边上的这座山就统一叫虎牛山。

鹿村人本来与世无争，日出而作，日落而息，每逢三六九日农户与猎户们以物易物，用粮食、酒、瓦器交换兽皮、各类野味、蘑菇、松香等山货。时间久了，竟然在河畔的高地上形成了一个集市，这样山南山北，各安其事，倒也过得悠然自得。

不知又过了几朝几世，鹿村经历了数不清的兵荒马乱，但人口却越聚越多，原来的鹿村已经不叫鹿村，成了州城，沿着原来的河道建成了几丈高的城墙，城内达官聚集，富贾往来，商贩走卒、农工艺妓川流不息，俨然是一派烟柳繁华地、温柔富贵乡。一日有僧人云游此地，见虎牛山山势险峻，草木丰茂，想是一个修身养性的好去处，就上山拣了一出空地搭了茅屋安置下来，每日下山讲经说法。除此之外，老僧还略通医术，常为一些付不起医资的贫苦人问诊把脉，如此就结了很多善缘。那些城里的大户人家感念老僧为善乡邻，自然时常供奉些油米酱醋，老僧的衣食倒也有了安落。不想这一家有送，得了乐善好施的名声，凡是日子过得齐整的人家，就都来周济，供斋油米，竟越积越多，这老僧一人也用不了那许多，就把多余的又分舍于众人，越发得到了州城百姓的敬重。如此又过了多年，僧人渐老，身后就厮跟了两个徒弟，山上的茅屋已翻修成了两间青砖瓦舍。这天，老僧叫两个徒弟在跟前，说自己年事已高，尘缘将尽，本来我们出家之人，应万事随缘，可这么多年有个心愿未了。徒弟都是本分之人，就问师傅有何心愿，老僧说自己原本孤身一人，四海为家，倒也身无挂碍。自从到此落脚，加上有你们二人随我几年，我想在有生之年建座寺庙，一来能够供奉菩萨，让这一带的善信敬香许愿有个依托，二来也给你们留个安靠，三来也为居无定所云游至此的出家人留个落脚的地方。俩徒弟听了师父的说话，自然感激涕零又欢喜不已！三人当下就计议如何如何操持进行。

没多久，州城的百姓和达官富贾都知道了老僧要建寺庙的心愿，一时都慷慨解囊。一月有余，就集纳了许多钱粮，老僧找了工匠开始设计建造。那些没有施舍钱粮的贫苦人家，就踊跃上山做义务的劳力。如此不到半年，一座正殿，两侧厢房就建造起来，正殿中塑了菩萨金身，两侧厢房则供徒弟和往来的游僧居住。不想寺庙完工的这一天，老僧竟在新塑的菩萨金像前坐化圆寂了，一时传为奇事。其时寺庙尚未取名，州官觉得这是本地的一桩传奇福祉，因老僧法号元真，就将寺庙取名"归元寺"，一时善男信女络绎不绝，香火鼎盛。

又几百年，世事沧桑，迭经战乱，但归元寺却屡败屡兴，屡兴屡大，早已不是当时的规模。寺内古树参天，花木繁茂，泉清水绿，曲径通幽，由北院、中院和南院三个各具特色的庭院组成。山门之内是中院，中院有大雄宝殿、藏经阁、五百罗汉堂、大士阁、放生池，放生池两侧分别为钟楼和鼓楼，院内栽种了各种花木，环境清幽，景色宜人。寺院西侧，有一面大湖，因湖边有一株紧挨着的柳桃双生树而取名柳桃湖，湖面水光潋滟，碧波涵空。柳桃湖四围都是垂柳，往上的缓坡地带则有数不清的桃树，每到三四月间，春风送暖，湖畔柳绿如烟，漫山桃红映霞，美不胜收。恰好这山林阳坡背坡气温日照参差不齐，新桃旧桃品种多样花期杂而无序，不同坡段的桃花就次第开放，花期竟可长达数月之久。每年花期最盛的时节，城内市民以及周边县市的信众和香客就纷至沓来，归元寺和柳桃湖畔就游人如织。

晓东和石宁来的时候，正好是周六，前来寺庙敬香的人就特别多。许多人拎了大包小包的供品往山门里面拥。除了信香灯烛，还有捧着鲜花果蔬的，有拎清油的，有端各色糕点的。晓东和石宁不太懂这些，什么也没带，就在山门前请了些信香鲜花，二人分别拿了，随着信众顺着门前的石级往上走。

到了寺院大门前，晓东小声对石宁说："一会儿进门的时候记得不要踩门槛，要先迈左脚，后迈右脚，跨过去！"石宁见晓东说得认真，周围的人熙熙攘攘，也不便多问，就照做了。二人进了大门，又有台阶拾级而上，迎面便是大雄宝殿，宝殿的正面放了一排蒲团，供信众跪拜之用。晓东让石宁拿了信香，自己先去宝殿前的供桌上放了鲜花，回来跟石宁一起去宝殿两侧的灯烛上点了香，挨着人群小心翼翼地往前拥簇，前面里三层外三层地站满了人，待前面的一排拜过了，后面一排又跪下去。可并不是每一排都能同跪同起，往往是有虔诚的信众跪下去就长久地祷告，口中念念有词，旁边的人也听不明白在说什么，叨念良久，叩下一个头，又叨念良久，又叩下一个头，再念叨良久，再叩下一个头，似乎有说不完的事要求菩萨。后面有人就等得不耐烦，可又不能在菩萨面前表现出来，只能不耐烦地耐烦着等。晓东和石宁倒不着急，只是石宁看着那些祷告的人，觉得好玩，忍不住想笑。晓东觉察到了，拉着她的手捏了一下，石宁看晓东一脸的平静，就不敢造次，硬是将展开的笑收了回去，乖乖地挨着晓东站着，脸上也庄严肃穆起来。点燃的香已燃去了三分之一，好不容易挨到了晓东和石宁，可前面的蒲团只有一个空位，晓东示意石宁跪下去先拜，石宁却不跪，在晓东耳边说，我要跟你一起，旁边就有人挤上来把位置占了，如此反复腾挪，总算有了两个空位，两人就一起跪下叩拜。

　　拜完了，两人把手里的香插在了大殿前的香炉里，像是完成了一桩心愿一样，两人相视一笑，石宁就拉了晓东去旁边的柳桃湖畔游玩。

　　到了柳桃湖畔，石宁看到湖边卧了一尊巨石，形似卧着的一头牛，就拉了晓东过去给她拍照。此时已是五月天气，暖风微醺。石宁穿了一件米色的长裙，阳光从湖畔的柳荫间洒下来，印在身上，落斑点点。石宁围着巨石摆了不同的姿势让晓东拍，每拍完一张都要凑过来看看数码相机屏幕上的自己。嫌晓东拍照水平太臭，这张太胖了，那张太矮了，还有一张眯着眼，说这么漂亮的眼睛都被你拍没了。可晓东觉得照片里的每一个石宁都那么美，嘴上却说："唉，都说长得丑的人都想得美！"石宁就追过去打他，晓东又补充道："可谁知道这长得美的人想得更美！"石宁说："还算你机灵！"就抢了相机要给晓东拍。

　　让石宁拍照比给她拍照的难度更大。指挥晓东一会儿左一会儿右，又要挺腰又要收腹，折腾了晓东一身汗，晓东就说啥也不配合了，坐在旁边树荫下要休息。石宁不依，又要拉了晓东去双生树下。晓东见双生树下围了很多人在树上扔许愿符，就说那里人太多了，去了也拍不了照。石宁说："去那里不是要拍照，是要去还愿的，我上次来许了愿的。"晓东就起身跟了过来，边走边问石宁许了什么愿？石宁说："双生树下还能许什么愿啊？当然是桃花愿啦！我求树神给我赐个喜欢的人，结果就遇见你了！"晓东将信将疑，还要问什么，石宁已拉着他指着树梢上的一个许愿符说："你看，那个就是我扔上去的许愿符，看到了吗？"晓东抬头看见满树都挂着红红的许愿符，比桃花还艳！分不清究竟哪个是石宁的，石宁就说："这边那个最高的呀！"又拉了晓东站在她的位置看，晓东看到了，石宁就依偎过来要晓东和她一起双手合十地拜谢树神显灵！总算拜完了，两人这才找了一棵树下的阴凉处坐着歇息，看着石宁额头上也是一层细细的汗，晓东要伸手去给她擦，她却一埋头把额头蹭在了晓东的胸前，把汗擦没了，然后仰头看着晓东嘻嘻笑，一脸的娇媚。晓东想低下头吻她，石宁用手指了指旁边的人，晓东就忍住了，随手拉了石宁的手握在手里摩挲。石宁的头还靠在晓东的胸前，一股淡淡的发香就在晓东的鼻息间萦绕，晓东低下头嗅了嗅，看见石宁的耳郭在阳光的照耀下像透明的蝉翼，耳垂白里透红丰润如垂在荷叶上的一滴露珠，似乎稍有不慎就会滑落一样，竟忍不住低头用唇噙住了，石宁咯咯地笑着说痒死了，却并不把头拿开而任晓东品咂，继而呼吸就急促起来，握着晓东的手嘴里喘息着说："不要，不要亲这里！"晓东哪里肯听，继续亲。石宁抬起头，脸红得像喝了酒，晓东忽然明白了什么，却装作不知道，问石宁怎么啦？石宁见晓东装傻，就作势伸了手去摸晓东那里，晓东怕人看见，赶忙用石宁带着遮阳的一顶帽子遮住了。石宁已经碰到了那里，果然已经是一柱擎天，用手握了握，却抽出手点着晓东的额头说："坏家伙，这可是佛门净地，你居然胡思乱想！"晓东回道："你还不是一样！"石宁撇着嘴说："我才跟你不一样呢，是你惹我的！"说完了，又偏着头问晓东："你说这寺庙里的和尚真的完全不近女色吗？那他们就能忍得住？"晓东说："是人都有七情六欲的，他们也有生理需求的！"石宁问："那他们怎么解决？"晓东就伸出手晃了晃说："估计都是用这个吧！"石宁不信，鄙夷地说："你以为人都跟你一样不能克制啊？人家是修行的，修行应该会压制这方面的欲望吧！"晓东说："修行那也要循序渐进，你想那些刚入门的小和尚，都是青春少年，正是春心炽热的年纪，哪能压制得了？"石宁说："我反正不信你说的那样，要那样的话，他们何苦来做和尚呢？"晓东说："你看这寺庙都建在深山老林中，远离尘世，除了敬香，平时也很少有女人来，就是为了戒除他们的情欲。据说每天早课前，老和尚要去检查刚入门不久的小和尚的床褥，要是发现床褥上有精斑，小和尚要受罚的。"石宁问："怎么罚？"晓东说："刮下来冲水喝掉。"石宁撇着嘴呸呸了几声，似乎她是那个小和尚，说："你真恶心，胡说八道，你怎么知道？你又没当过小和尚。"晓东忍住笑说："你知道我没当过小和尚你还问我怎么罚。"石宁就扭头不理他。晓东说："佛教戒律之中，戒杀生、戒偷盗，甚至戒荤戒酒等，这些做起来并不是很难。不食荤腥，素食也一样可以果腹，你看吃素的和尚，很多也一样白白胖胖，唯有这色戒最难。告子说：食色，性也。这是人与生俱有的本性，要想克制，不经过一番天人交战的磨炼不能成功。莫说是年轻的和尚，就是很多得道高僧，也不一定能过了这一关。"石宁说："那还是修为不够吧！"晓东说："你听过玉通禅师的故事吗？"石宁说："没有！"晓东说："说是很久以前有个玉通禅师，在寺庙修行了五十多年，修为很高，可偶然得罪了当地府尹，这府尹一时气愤，竟安排了一个叫红莲的妓女去寺庙勾引禅师，想坏了他的修为。这红莲颇有些姿色，久在风月场中自然很有些媚惑手段，到了寺庙，对玉通百般调弄，竟得手了，让玉通破了色戒，一世修为付之东流。那府尹知道后，写了一首打油诗差人送给了禅师，其中有两句嘲讽玉通说：可怜数点菩提水，倾入红莲两瓣中。"石宁问："这两句怎么就嘲讽玉通啦？是什么意思啊？"晓东不说，让石宁自己体会。石宁不依，追着晓东问，晓东就坏坏地说："那红莲不是有东西是两瓣的嘛！"石宁这才明白了，就捶着晓东说："大流氓，这肯定又是你胡编的！"晓东说："这你可冤枉我了，我还真编不出来！"石宁说："不过你说的这情关难过，倒也是事实。你知不知道藏传佛教有个叫仓央嘉措的喇嘛，据说是五世达赖的转世灵童，也就是六世达赖，他不仅是一尊活佛，还是一位诗人，情诗尤其写得好，后人都称其为情僧！"晓东说："情僧不是贾宝玉吗？怎么又有个情僧？"石宁说："贾宝玉那是小说虚构的，人家可是现实中的。"晓东说："这么厉害啊？写了什么情诗？"石宁说："我哪能记得住，都是很久之前看过的，现在只依稀记得几句。"晓东说："那你就说那几句记得的。"石宁想了一下，说："当你站在一棵花树下，对我微笑，我便一眼认出了你。那一刻，我就知道，我们不是初遇，而是重逢。"

晓东听了，呆了一下，盯着石宁说："让你念人家的诗，你说我干吗？"说完又补充道："不过我喜欢听！"石宁说："谁说你啦？这就是仓央嘉措的诗。"

晓东这下倒惊奇了，说："那时候的人不是都写格律诗吗？他这是现代诗啊！"石宁说："仓央嘉措是藏族，他的诗都是用藏语写的，这是后来翻译的，所以就跟现代诗一样了！我念的这几句，也只是大意，可能是一首，也可能是几首里面的句子。"晓东说："他写得是真好，就像在说我们一样！"石宁说："你也觉得像是在说我们吗？可能正是因为这样，我才记住的！"晓东说："那怎么会？你读他的诗的时候我们还没见过呢！"石宁说："那就是见到了你，让我想起了他的诗！"晓东听了，心口像是被什么东西撞了一下，一种情绪就涌上来，一时又不知道说什么，就拉了石宁的手握在了手里，刚好碰到了石宁手腕上戴着的珠链。晓东就拉起石宁说："差点忘了办正事。"石宁问什么事？晓东说："我们去请法师给你这串珠链开光吧！"

两人又折回大殿，寻了一个小沙弥说了来意。小沙弥说："只有佛像才开光，器物只能加持！"说得路晓东红了脸，谦恭地说："我们俗人不太懂这个，烦请师父指引。"小沙弥便引他们到了大殿侧边的一个佛堂，上面挂了一块碑额，上书"法物流通处"。进了门，里面挤满了人，靠墙都摆了玻璃柜台，倒像是商场里卖金银首饰的专柜，只是柜台里面都放了大小不一的观音、如来佛像和各种手链吊坠的饰品。小沙弥带他们进了侧边一个隔间，里面坐了一个慈眉善眼的老和尚。小沙弥冲老和尚点了一下头什么也没说就出去了。老和尚微笑着示意晓东和石宁坐下说话。二人落座后，晓东又跟老和尚说了原委，说话的时候石宁将珠链取下放在了桌上。老和尚拿着珠链端详良久，也不说话，倒弄得晓东有点紧张起来。少顷，老和尚抬眼看了看晓东和石宁，笑容依旧。路晓东惶恐地说："有劳大师了！"老和尚开口道："阿弥陀佛，两位善信，这串宝器已经是被高僧加持过了，请安心收回吧！"石宁听了，就疑惑地看晓东。晓东不敢问老和尚是怎么看出来珠链已经被高僧加持过，也不敢质疑老和尚的判断。思忖了一下，小心地问老和尚："请问大师，这串珠链来得有些蹊跷，一直让我心存疑惑，戴着不妨事吧？"老和尚说："这世上我们看不明白的事情何止千万？凡事要都去探究个一清二白，那就是施主的执念了。佛法里说一沙一世界，一叶一菩提，我们眼耳鼻手，所看所听所嗅所触的世界，在其他众生眼里，也不过是一粒沙石或是一片树叶，是一个幻象或是一个梦境，仅此而已。佛法又讲因缘际会，这万事万物都有缘法，既然它跟两位有缘，何必计较它是怎么来的呢？凡事都有因果，我们顺其自然就好了！"说完依然笑眯眯地看着晓东和石宁，似有送客之意。路晓东不便再问，站起身从钱包拿了几百块钱放在了旁边的功德箱，老和尚双手合十，念了一句"阿弥陀佛"，晓东和石宁就鞠躬回礼，再三道了谢，就躬身退出了。

出了门，晓东才发现自己手心和后背全是汗，想是刚才太紧张了。石宁倒没他那么紧张，就把刚才的疑惑说了："你这串珠链究竟是哪来的？已经开过光了，不对，被加持过了，你怎么不知道？"晓东说："这说起来跟你还是有些渊源的。"石宁越发好奇，问怎么回事。晓东便将当日去鸿发酒楼吃饭，见了石宁，后来怎么去的洗手间得到珠链逐一跟石宁讲了。他怕石宁听了害怕，就隐去了在洗手间遇见的玄衣女子一节。事实上时至今日，晓东对当日的事还是有点恍惚，也不能确定真有玄衣女子一事还是酒后的幻觉。就只说是在洗漱池边发现的，问了几个人都不知道谁的，自己就收起来了。

石宁听晓东讲完，却幽幽地说："遗失了珠链的那个人肯定难过了好一阵子吧，要能还给她就好了！"晓东说："你不听我刚才还问了大师吗？他说凡事都有因缘，我们要顺其自然，你就安心戴着吧！"石宁听了也高兴起来，说："那这就是上天赐我的护身符啦！哦，应该是双生树赐我的，我就是在那次跟你吃饭的前一个周末才来的柳桃湖许的愿，结果就真的遇到你了，你就带给了我珠链！"这一说，听得晓东心里"怦怦"跳！

两人从山上下来，已是正午时分，就在附近找饭馆吃饭。石宁说今日拜了佛，净口净心以表诚意，去吃素食吧！两人在街面上走了一圈，却没看到一家素食馆。就选了一家干净的饭馆，只点了几个素菜和阳春素面。逛了一个上午二人都有些饥了，这些素菜素面竟吃得非常可口。饭后，两人打了车到了石宁住处，晓东想上去，石宁知道晓东的意思，却握了晓东的手，晃了一下手上的珠链调皮地说："今日吃素，你还是早点回去吧！"说完了，又在晓东的脸颊上亲了一下，晓东也就没再坚持，看着石宁下了车，跟司机说了家里的地址。

17

又到了周一，路晓东惦记着跟洪鸣的饭局。就打电话给高书记，说了以书记的名义请洪鸣吃饭的事。书记说晓东是越来越会办事了啊！电话里看不到书记的表情，路晓东不知道书记是真心夸赞还是反话正说，怪借他的名义拉堂会，但话已出口，也顾不得那么多了，就说："这次发稿的事洪主任出了不少力，上次给他带了烟酒，他死活不收，我说是您交代我的任务，完不成任务您会批评我，他才收下。还跟我说要找个机会当面感谢您的关心，我这才拉了您的大旗。"书记在电话里呵呵地笑着说："自从那几篇文章出来，下面反响很好，现在群众要求改革的呼声很高，这都亏了洪主任大力支持。上周另外那两篇文章也登了，为此汪副市长还特意给我打了电话，说我们这次宣传组织很得力，我本来也想请洪主任坐坐，当面跟他致谢的，你要不说我这一忙差点又忘了，这样安排很好！"路晓东一听放心了，又说："汪副市长能对我们厂这么关心，也都是因为您，他还说您是我们市里最有魄力的企业领导。"书记在电话里顿了一下，说："小路跟汪副市长也认识啊？"路晓东赶忙说："谈不上认识，就在一个朋友饭局上见过一面。"书记听了说："汪副市长才是有魄力、有远见、顾大局的领导啊，我们要向他多学习。哦，对了，汪副市长的秘书小黄这次不是跟你们一起写的稿件吗，你们应该很熟了，吃饭把他也叫上吧。"路晓东说："好的，我这就联系他，您看时间定在哪天方便？"书记思忖道："这两天都有事，暂定周三吧，到时你再提醒我一下，免得我忘了又安排别的事。"晓东说："好的。"说完了觉得书记没有马上挂电话的意思，就又说："书记您这日理万机的，应该要配个秘书，这样下边的人找您汇报工作，让秘书根据轻重缓急安排时间，就方便多了！"书记在电话那头哈哈大笑，说："秘书只有市领导才能配，我们厂里可没那个编制，我也还没到那个资格啊！"路晓东说："上次我们去深圳调研，那边的很多公司规模还没有我们大，可董事长都要配好几个秘书呢！您这不配秘书也要配个助理。"书记说："这就是差距啊！不过你的这个建议倒是不错，但现在事情多，以后再说吧！"说完就挂了电话。

　　跟书记通完电话，路晓东马上联系了洪鸣和黄云，洪鸣时间没问题。黄云说现在不好说，他的时间得随着老板走，不到当日不好确定。完事又在鸿发订了包房，这才靠在椅子里点了一支烟抽起来。

　　烟抽了一半，忽然想起早上到办公室这一忙还没联系过石宁，就拿起手机，却看见石宁已经发了一条信息问他："你在干吗？"晓东回："刚约了洪鸣和黄云，周三我们高书记要请他们吃饭。"石宁回："难怪这么久不回我！"末了又发一条："吃饭你是不是也要去啊？"晓东回："我肯定得去啊，我安排的局！"石宁就发来三个字："哼！哼！哼！"晓东知道她是怪自己不能陪她，就回："今晚我们一起吃饭！"石宁回："嘻！嘻！嘻！"晓东看了短信，想着石宁的样子，想最近各种事务缠身，都没怎么跟石宁相处，今晚要好好陪陪她！就又跟石宁说：

"我晚上就住你那里了！"石宁回："啊？啊？啊？"晓东又说："我跟领导去开会呀！"石宁就回："哈！哈！哈！"石宁的古灵精怪让晓东忍不住笑出了声，好在办公室只有自己一个人，可以在这种时候不受拘束地肆意妄为一下！中午回到家，晓东匆匆吃了饭就走，很急的样子，跟文玉说下午要跟高书记到省里参加一个阀门设计研讨会，要住一晚，明天回来。路晓东人已经出门了，文玉却开门叫住了他，手里拎了一个袋子递过来，里面装了一件叠好的衬衫和一条换洗的内裤！

路晓东当晚和石宁吃了饭，饭后一起去了石宁的住处。

到了周三。一大早，晓东刚到办公室，黄云竟来了电话。晓东以为晚上的饭局黄云参加不了了呢，没想到黄云却说今晚他是自由人，可以参加。晚上的饭局在鸿发的邀月楼，晓东先来让李红点了菜，不多时，洪鸣和黄云都先后到了。看看时间差不多了，晓东让李红陪洪黄二人说话，自己下楼去接书记。下楼在门口点了一支烟抽，看见别院侧边的竹桥上走过来四五个人，走到近前，打头引路的却是毛晓萍。毛晓萍看见路晓东，亲热地说："原来是晓东啊，有时间没见啦，听说要高升啦也不跟姐说！"路晓东说："还没影的事，你看我这还在原地踏步呢！"毛晓萍说："那也是迟早的事，不着急的。我们回头再聊，我先陪几个朋友上楼啦！"路晓东就冲着旁边的几个人点头致意，说："晓萍姐您先忙着！"毛晓萍旁边一个体态发福的中年男子面带微笑，经过晓东身边时主动伸手跟晓东握了一下。一伙人就随着毛晓萍进了大门。路晓东觉得这个中年男子有点眼熟，但一时又想不起在哪里见过，正踌躇间，看见司机小张引着高书记到了。

高书记问路晓东："客人都到了吗？"路晓东说都到了，书记说："你接我干吗？不陪着他们？"路晓东说："这酒店经理跟黄处挺熟的，在陪着他们说话！"书记问："我听小田说这里有个李经理挺能干的，是她吗？"路晓东说："就是她，叫李红，挺会来事的，人也稳妥！"说话间就上了二楼。到了包间门口，高书记抬头看着"邀月楼"的牌子说："这名字有点意思啊！"路晓东刚要说什么，李红已经从里边开门迎出来了。进了包房，黄云跟书记熟，不用介绍，还没等晓东介绍，书记就握了洪鸣的手说："洪主任可是我们市的喉舌啊，早就想拜会，今天终于得偿所愿了！"洪鸣说："高书记过奖啦，我那就是一份工作罢了！"路晓东又介绍了李红，书记说："刚听我们小路说鸿发有一位李经理，漂亮又能干，说的应该就是你啦！"李红听了，脸不自觉地红了一下，随即说："估计路主任

135

说的是别人吧，我可没那么好，让书记见笑了！"说得大家都笑了。书记又问黄云："汪副市长最近忙吧？"黄云说："这些天在跟招商局在定招商引资的计划，过一阵可能要出国考察。"说话间，李红就招呼大家落座。

书记坐了主位，左边是洪鸣，右边是黄云，路晓东挨着洪鸣坐了。李红给每人倒好了茶，就要告退出去。书记却说："李经理要是不忙的话就陪我们一起吃呗，要不我们四个老爷们儿多单调！"李红说："忙倒不忙，就怕影响领导们谈事！"书记笑着说："不影响，你在大家聊得才热闹！"李红也就没再推辞，坐在了黄云旁边，负责招呼服务员上菜斟酒。

很快，四荤四素八个凉盘上了桌。书记就举杯说："这第一杯酒我要代表二阀厂感谢在座的各位，感谢各位对二阀的支持与厚爱！"说完跟每人碰了杯，把酒喝了。李红就招呼大家吃菜，说空腹喝酒会伤胃，先喝一碗虫草炖的汤，早有服务员在每人面前放了一盅炖汤。书记说："你们这店还是能够与时俱进啊，吃前先喝汤这是广东吃法啊！"李红就说："我们有几个大厨就是从广东请来的，专做海鲜和野味！"路晓东说："连咱们李经理都是他们老板从深圳请来的。"高书记就说："你看看，这民营企业的步伐就是快啊！我们还在想的事，他们已经做了。"大家就都点头称是。喝完汤，书记又端起第二杯酒说："这第二杯酒要特别感谢洪主任，地方经济要发展，舆论是导向啊！"洪鸣说："高书记您太客气了，我这受之有愧啊！"黄云说："书记说得对，洪主任你别谦虚啊！"说完大家都把酒喝了。高书记接着端了第三杯酒说："这第三杯酒要感谢咱们市政府的领导黄处，我们企业的发展离不开市政府的支持啊，你要多指导我们的工作。"黄云赶忙说："书记您这一说，我这才真的是受之有愧呢，我又不懂企业，哪敢指导。我还是先干为敬吧！"说完先把酒喝了，大家就随着一起干了。三杯酒喝完，书记又说："这第四杯酒，我们一起再敬我们在场的唯一的漂亮女士，而且是从改革开放最前沿的特区来的女士。"李红赶忙站起身说："书记，我这真的是无功受禄啊！以后但凡二阀厂的接待，我一定尽力做好服务，书记您可要给我机会啊！"高书记听了，哈哈笑道："你们这老板会选人啊，你看李经理这不露痕迹地就把生意做了！"李红说："书记再说我这酒都不好意思喝了，我也先干为敬。但我有个小小的请求，书记以后别叫我李经理了，叫我小李就好，这样才亲切嘛！"说完先把杯中酒喝了。书记就说："行啊，小李，那你今天可要把洪主任和黄处照顾好了！"说完大家又一起喝了。

说话间，热菜已陆续上齐。路晓东和李红就招呼大家吃菜并分别敬酒。正热闹间，老蔡推门进来了，路晓东赶忙给高书记做了介绍，老蔡说："听说书记您来了，我来给您敬杯酒！"高书记说："蔡老板你这生意做得大啊，你这酒店现在已经成了我们市餐饮界的招牌了！"老蔡说："哪里哪里，这还不是多亏了领导们的关照！"高书记说："我还真不是夸大其词，你这包房的名字取得就很有格调嘛，一下跟市里其他酒店拉开了差距！"老蔡说："这还不是托您的福，是您带的兵水平高啊！"高书记一时没明白，老蔡继续说："您还不知道吧，我这里的名字和对联都是晓东兄弟的手笔。"高书记听了，呵呵笑道："原来这样啊，我早该想到的，晓东跟你熟！好家伙，你这把我的人都用上了！"老蔡嘿嘿地笑着说："您这兵可难伺候着呢，早要是认识您，让您发个话，他就没那么难缠了，你不知道我为这个求了他多久！"路晓东笑着说："书记您别听他胡说八道，我可没为难他！就是纯属朋友帮个忙，还想来他这大老板的店里吃个饭能给打个折呢！"书记哈哈笑着说："朋友就是要互相帮忙嘛，再说，人家蔡老板这才是做企业的思路，合理利用各种有效资源！"老蔡说："书记您这不愧是大企业的领导，说话水平就是高，我哪懂啥企业思路啊！"说得大家都笑了。说笑间，服务员都给大家倒好了酒，老蔡就端起酒杯说："高书记，我这就借花献佛啦，不成敬意啊！"说完先把酒喝了，高书记笑着也喝了。然后老蔡又依次敬了黄云和洪鸣，又跟晓东喝了一杯。转身跟李红说："小李，这都是咱们市里的大人物啊，你可要把服务做好了！"李红还没说话，高书记就说："蔡老板不仅会整合资源，更会用人啊，你这李经理可不是一般人啊！"李红红着脸带着点娇气地说："书记刚才还答应人家不再这么叫的，现在又这么叫！看来是对我的服务不满意啊！"书记哈哈笑道："我的错，我的错，来，我敬你和蔡老板。"说着三人一起喝了一杯。喝完老蔡又交代小李要照顾好书记和客人，书记就说："你看这因果轮回多快啊，你之前用了我的人，现在我在用你的人！"说得大家哈哈大笑，一时气氛就热烈非常。

　　饭间，高书记谈笑风生，情绪很好，时不时转头跟黄云小声嘀咕着什么，每次黄云说完，书记就点着头，很欣慰的样子。这个时候其他三人就不停地相互劝酒，说笑间，这一餐饭竟吃了三个多小时。看看时间差不多了，洪鸣和黄云就先后跟书记告退，书记也不强留，路晓东就从包房一侧拎出了早就准备好的两个袋子让两位拿着，里面各装了一盒茶叶两条烟。洪黄两位不肯收，晓东就说这是书记特意为你们准备的，两位也就没再推辞告辞出门。

经过一场安全事故风波后，南城区华安大厦施工现场在各方的协调下已经恢复开工。这要得益于市委市政府的招商引资整体计划。按照市里的布局，金秋十月，要在市里召开招商引资洽谈会，规模空前。在建的南城区华安大厦是市里第一个现代化的商业综合体，建成后将集购物、餐饮、休闲娱乐、健身于一体。届时招商洽谈会的开幕仪式和大厦落成启动仪式将在华安大厦的广场同步举行，因此这已经成为市里要抓的重点工程。处理完上次的安全事故后，市委市政府在动员会上召集了市属公安局、消防局、建设局、环保局、交通局、规划局、劳动局、卫生局等各管理单位的一把手。要求各单位成立重点项目应急小组，一把手亲自挂帅任组长，凡是出现影响到工程进度的事项，一律优先处理，必要的时候可以特事特办，哪个地方卡了脖子，哪个地方的一把手就是第一责任人。主持动员会的汪副市长很严肃地说："凡是影响到市里发展大计的人，就不再适合担任主要领导职务了，甚至都不能担任一般领导职务，能做到的，今天就表态，做不到的，也表态，我们让有能力做到的上。"说完，汪副市长顿了一下，又说："这样吧，我们先让做不到的表个态，谁做不到请举手。"会场没一个人举手，汪副市长扫视了一圈，爽朗地说："看来大家都能做到啦，也表个态吧！"所有的人都举了手。

这样一来，第二天南城区华安大厦的限令停工整顿封条就全撕了。市建筑总公司从其他各个工地抽调了一百多人加入了华安大厦施工现场，施行白加黑（白天加晚上），五加二（工作日加公休日）的工作模式，连权有成都在现场设了办公室，每天在现场做施工总指挥，亲自协调处理各个部门推诿扯皮的事项。除此之外，公安局抽调了三十名干警轮岗值班，确保不会有社会闲杂人等进入工地惹是生非；交通局也特别开通了一条专供施工作业车辆进出的通道；卫生局组建了一个医疗小组，派了一辆120急救车常驻施工现场，以备不时之需。

石宁是项目的现场助理设计师，几乎每天都要在施工现场和公司两边跑，忙得脚不沾地。两周不到，人瘦了一圈。一天晚上跟晓东约了吃饭，晓东抚摸着她脸颊无限怜惜地说她再这样干下去，怕真的成了女民工了，石宁就撒娇说她要成了女民工，晓东还喜不喜欢她，晓东说要考虑考虑，石宁就不依不饶，非要缠着晓东说个明白。

这天，路晓东去厂机关大楼办事，刚上了二楼，迎面碰见了正在下楼的厂长徐大力。路晓东满面笑容地迎上去跟徐大力打招呼，徐大力不冷不热地说："路主任这是去哪里啊？很久不见你了！"路晓东赶忙说："我去财务处办理一下报销，最近是有点忙！"徐大力说："看你是很忙啊，忙着应酬啊！"说完冷着脸头也不回地下楼了，噎得路晓东站在台阶上上也不是下也不是。到了财务处，田友良正在埋头看着什么文件。见路晓东进来，起身让了座，倒了一杯茶给路晓东，自己也端了茶杯续了开水，就跟路晓东坐在沙发上聊天。路晓东说："看你挺忙的，没打扰你吧！"田友良说："这几天真是忙得上个厕所都尿不尽，正好你来了歇口气！"路晓东开玩笑说："革命工作哪是一天能干完的，还得劳逸结合啊！"田友良用手指指上面，说："上面压得紧啊！"虽然办公室里就他们两个人，路晓东还是压低了声音问："引进资金的方案还没拍板？"田友良说："方案倒是基本确定了，深圳公司的方案基本得到了厂里和市领导的认可。"路晓东问："徐厂长也同意深圳的方案啦？"田友良说："市领导都发话了，他不同意能行吗？"路晓东听了，觉得心里踏实了一些。田友良接着说："自从前一阵报纸上登了那几篇文章，老徐的风口就变了，不但同意深圳提出的方案，还很积极地支持。这事你可是功不可没啊！"路晓东说："我那都是听领导的指挥做点力所能及的事，哪敢居功。你说这老徐转得这么快，还真是很识大局的啊！"田友良接着晓东的话说："要真是那样就好了，那样的话，可能你现在已经坐在营销处的办公室了。我们都被这个老狐狸蒙蔽了！"路晓东问："这里面难道还有别的名堂？"田友良说："这里面名堂多了。一开始，连老大都觉得老徐这是思想开窍了，还在班子会上说，只要大家团结一心，就没有克服不了的困难，俗话说家和万事兴，我们二阀厂就是一个大家庭，只有抱成一团，二阀厂未来的路才会越走越宽。"路晓东附和道："还是老大有气度啊！"田友良继续说："可事情并不是我们看到的那样。老徐留了后手，他表面上支持改革方案，却顺着这个思路，建议成立一个财务审计组，对厂里这几年的账目进行审计，说是为了转让股权需要，但实际上是要查书记的账。书记本来最近就要把你们这一批计划新提的干部岗位落实到位，接下来就要召开全厂职代会和并购改制动员大会。可这么一折腾，就又搁下了。"听得路晓东心里一惊，刚刚落下去的顾虑又重新被提了起来，像是浮在汽水杯上面的泡沫，一个还没完全消失，另一个又跟着扶摇而上。路晓东就试探着问："那书记的账不会有啥问题吧？"田友良挠着头说："咱们这几千人的厂，书记是一把手，管了这些年，要说账目上一点问题没有怎么可能？！"看了一眼路晓东，田友良继续说："老徐也正是看准了这一点才下的手，这个老狐狸，阴着呢！当然他的目的不是要在这个节骨眼上卡你们，他有更大的野心！"路晓东说："更大的野心？难道他想上位？"田友良点点头，说："他也知道这点事扳不倒谁，但这样一来，他就能在改制过程中有了话事权！"见路晓东神情凝重，田友良递给了晓东一支烟，自己也点支烟抽了一口。接着说："要说账目问题呢，也都是些小问题。无非就是些接待费、考察费超标之类的。你知道这种事，不较真啥事没有，你要是较真，虽然不至于让领导怎么样，但会恶心到领导，又恰好在这么一个关口，领导也不希望节外生枝。"路晓东说："这财务账目的事我不懂，可你是专家啊！现在审计查账也只是咱们内部查，怎么做账应该还是有办法规避的吧？而且你说的那些也不算什么大数目。"田友良说："理是这么个理，但现在负责审计的是总会计师老余，老余这个人你不知道吗？滑得跟泥鳅一样，谁也不想得罪，又是三朝元老。明知道老徐在揪着这事，老大也不好给他压力，这事就有点难办了！"路晓东说："一直财务都是你在管，这事怎么会让老余负责呢？"田友良说："那还不是老徐的主意，他力主让老余出来主持审计。一开始高书记觉得老徐能改变思路是好事，他既然提了想法，出发点也是为了并购改制能够顺利推进，为了团结一致，想让大家劲往一处使，就没有反对。老大这样做估计一方面是做个顺水人情，大家相互留有余地，让老徐觉得在班子里有话事权。另一方面，也是为了大局着想，团结一切能团结的力量，让并购改制的事不要再有障碍。可谁能想到老徐竟然这么阴！"路晓东说："老余既然那么圆滑，厂长这边不敢得罪，那书记那边更不敢得罪，不说要偏袒谁，但这一碗水要端平吧！既然是审计查账，那这也不能只查书记啊，与厂长相关的也要查吧？"田友良说："这我也想了，我也是审计组的成员之一，这一阵还真翻了一下徐厂长的报销费用单。你别说，这个老徐在这方面还真是一点超标违规的都没有，都是在厂里规定的标准之内，而且都是刚好卡在标准线里面。"路晓东说："他们领导经常出差接待的，哪能一点都不超标的，要做到这样也很费事吧！"田友良说："谁说不是呢？你比如说啊，我们厂里规定厂领导出差到一线城市，住宿费标准是六百元每天，这老徐报销就是每天五百九十八元，而且每次都差不多，上下不超过十块钱。书记就不同了，三百四百的也有，八九百的也有，平均下来其实也差不多，但算单项就不合规了。"路晓东说："这分明就是不合常理啊，哪有每次都一样的？"田友良耸耸肩做了个无奈的表情，说："是不合常理，但符合规定。"路晓东说："除了费用报销，难道就没有别的？"田友良摇摇头说："你想一个人连这种几

140

百块的报销费用都能做得这么仔细，其他账目更不可能有什么纰漏，就算是有，账目上也不可能查出来。"路晓东说："我之前看了一份我们厂的采购和销售资料，发现原材料采购这块都是徐厂长负责技术和品质把关的。"田友良听了，说："你这么一说，倒是提醒了我。可这些原材料采购账目上看不出什么问题，你知道原来供销处的刘海江那可是老徐的司机，是老徐一手从司机班提到供销处的，那还不是老徐说啥他干啥！但要是跟给我们供货的厂家联系一下，或许能找到一些切入点。"路晓东见田友良说得认真，倒有点后悔自己不该多嘴，万一这事传出去让徐大力知道了，那自己不是树了一个敌人。心念至此，一时不知道该怎么接话，就拿了烟递给田友良。两人各自点了烟，没再继续之前的话题，又说了些闲话，路晓东就起身告辞了。

从田友良办公室出来，路晓东本想去高书记办公室的。人已经走到了三楼，想了想，却折身从另一个楼梯下楼回了设计室。

晚上下班回到家，文玉告诉晓东未来一周她要去南城区华安大厦 120 应急小组值班，那边离家比较远，来回折腾太累，中午就不回家吃饭了。晓东问："这医疗应急小组怎么都进驻到施工现场去了？"文玉说："这是卫生局组建的，从全市几家医院抽调人手组成的。说是为了保障市重点工程的顺利施工，杜绝发生重大的安全和伤亡事故。"晓东说："这工地应急小组主要是处理外伤，那也应该是外科医生去，你一个内科医生去不合适吧？"文玉说："哟，你还说得挺内行的呀，想不到你一个搞设计的对我们医疗系统还懂这么多？"晓东说："要想学得会，要跟内行睡，我都睡了内行这么多年了，再要不懂一点，那不是白睡了！"文玉红着脸过来捶了晓东几拳，嗔怪道："跟你说正经事呢，你胡说什么呀？"晓东涎着脸说："这怎么就不正经了？难道不是事实？"文玉说："任务刚下来的时候，据说确实是安排外科的人去，让外科主任抽调人手。这外科主任就摆了一堆困难，说外科一直人手紧张，再抽调走了医生，那医院手术就更没人做了。这困难也是事实，院长没办法，又不能把病人的手术停掉，院办就召集了相关科室的负责人开了动员会。院长说必须支持市委市政府的决定，各个科室都不能拖后腿，就把任务分摊到了相关科室。其他科室也有难度，就决定给外派小组的人每人每天补助两百元的外勤津贴，这才把任务分摊下去。"晓东说："那这不是应付吗？如果真要出了事怎么办？"文玉说："刚还说自己内行呢，这你就不懂了吧！这种应急小组只是去值值班，一般也不会真有什么事处理，那要是天天处理应急事故，那工地不成了战场！再说了，我们去的也都是在临床做了几年的医生，一般的皮外伤消毒包扎和心脏复苏处理起来都没问题的，真要出了大事故，再好的外科医生，一辆120急救车上的设备和条件也做不了外科手术，像上次那样的重伤，拉到医院都不一定能救得活，何况在急救车上，外科医生水平再高也施展不了啊！"晓东听了，又问："你们科男医生那么多，怎么还派你一个女的去？"文玉说："我们科又比不上外科，留在医院奖金也多，去工地值班每天有两百块的补助，又清闲，大家都争着去呢！主任安排这个，那个不愿意，安排那个，这个又不愿意。为了不厚此薄彼，就抓阄轮流，下周正好轮到我。"晓东听了，就没再说什么。

　　这天上班，路晓东处理完科室的一些琐事，坐在办公室正无聊着，小邵敲门进来了。进来笑嘻嘻地拿出一包烟，抽出一支递给路晓东，还拿了火机帮晓东点上。路晓东也不推辞，抽了一口，看着香烟的牌子说："你小子乐得屁颠的，还抽这么好的烟，有啥好事啊？"小邵神秘地说："我来是给你报喜的，这事你肯定还不知道。"路晓东愣了一下，问："我有喜事居然我不知道，还要你来报？这是啥情况啊？搞得神神道道的。"小邵有意压低了声音，语调中有一种压抑着的兴奋："你知道吗？听说老徐要调走了！"路晓东脸上波澜不惊，心里惊涛骇浪！哦了一声，才坐直了身子问："鬼扯，这又是哪来的小道消息？"小邵见路晓东不信，越发得意了："看来你是真不知道啊！这消息绝对千真万确。"路晓东抽着烟，看着小邵没说话。小邵就接着说："我不光知道他要调走，还知道他调去哪里！"路晓东呼出一口烟，看着小邵说："你接着说。"小邵说："他要调去一阀厂。我这个消息也是一阀厂那边传过来的。"路晓东说："你小子一阀厂那边还有关系啊？"小邵说："不是我的关系，是小雨的一个亲戚，是一阀厂的厂办主任。"路晓东揶揄道："那现在不也是你亲戚了！"小邵嘿嘿笑着说："那是以后的事了。"路晓东说："这不太可能吧？人往高处走，这一阀的效益比我们还差，他干吗要去那里？"小邵说："他也是没办法啊！虽然说是主动要求调走的，但据说是被逼无奈才走的。"路晓东说："这我倒要听听怎么回事了！"小邵说："这调走的事是千真万确的了，但走的原因说法很多！"路晓东扔给他一支烟，说："少油嘴滑舌的，说说你听到的原因。"小邵说："这还要从最近我们厂的财务审计说起。说审计组的人在做库存核算时，发现我们厂竟然库存了几万个电磁开关，这些都要作为厂里的固定资产作价上账，然后就发现当时的采购价要比市场价高出很多，财务处就要求当时负责采购招标的人写出情况说明。据说当时开会时高书记都发火了，要求纪检处的闫处长监督调查。"路晓东不动声色地插了一句："这么严重啊？纪检处都出面了。但这跟徐厂长调离有啥关系？"小邵说："这批电磁开关虽然是采购处采购的，但当时负责招标的就是徐厂长，定价和数量都是徐厂长拍的板。"路晓东若无其事地"哦"了一声。小邵就继续说："据说开完会的第二天，老徐就向厂里和市组织部递交了调离申请，说是身体不好，不再适合管理岗位，要求去生产任务相对少的一阀厂做技术工作。"路晓东说："就算是徐厂长真要调走了，这跟我也没关系啊？我有啥喜事？"小邵说："老大，这你是真不知道还是装不知道啊？"路晓东问："别说半句留半句的，又是咋回事？"小邵说："那我就直说了。你不知道咱们科室的老吴在走老徐的关系啊！老徐想把老吴调到生产处任副处长，真要那样的话咱们设计室就不能两个主任都调走，就是厂领导愿意其他车间也会有意见，不能什么好处都给设计室，那样你可能就去不了营销中心了！"这倒使路晓东有点意外，说："这又是哪里瞎胡传的消息？"小邵说："这个事是张杰跟小雨吹牛时说的。我跟你讲过张杰缠着小雨的事吧，这个王八蛋明明已经知道我跟小雨在一起了，他还不死心，说只要小雨还没结婚，他就有竞争的机会。约了小雨几次都被拒绝了，他就跟小雨说，女生要把眼光放长点。"路晓东说："你这情报网还够密的。这帮小子年纪轻轻不想着在专业上下功夫，一天到晚这投机钻营倒是一把好手！说说张杰都说什么了？"小邵脸红了一下，说："他说吴智忠许诺要是去了生产处，一定会跟厂长推荐他做设计室的副主任。所以，不管是你调走还是吴智忠调走，他都是设计室副主任的人选，当然他更希望吴智忠走。你想现在老徐调离了，吴智忠也就没戏了，那你高升的道路也就通畅了，你说还不是喜事？"一席话听得晓东后背发热，感觉有汗粘着衬衣，两个人一支接一支地抽烟，办公室已是烟雾腾腾，就让小邵把窗户打开散散烟。

小邵走后，晓东觉得口干舌燥，抽了烟的嘴里像着了火，就起身倒茶来喝。看见茶盏里剩了一汪残茶，恰好一只蚊子飞过来，竟然立在盏沿上，俯下身子，一下一下地喝饮，看得晓东惊奇不已，遂吸了一口烟喷出去，蚊子在烟雾缭绕中直冲而上，长腿细喙像一只冲向云雾中的鹤。

整个下午，路晓东兴奋得像一条抓住兔子的狗。小邵说的消息，虽然不能百分之百肯定，但路晓东觉得八九不离十。根据之前自己跟田友良的交谈，他知道这个消息绝不是空穴来风，而且这个结果已超出了自己的期望。要是徐大力不调走，就算自己能够顺利做了营销处的副处长，但徐大力终归还是自己领导，难免不会有别的摩擦。如果徐大力因经济问题被正式调查了，对这个时候的二阀厂和高书记也未必是好事，真到了那一步，并购改制的事都有可能会黄，自己的那点事也就更没指望了。而且，徐大力真要在这件事上栽进去了，他路晓东的罪责就大了，相当于他间接害了徐大力，他还过不了自己这一关。现在这样刚刚好，人走账清，大家互不追究，彼此留有余地，算是双赢，对谁都好，当然对高书记尤其好，前面再也没有绊脚石，往后的路就好走多了。他迫不及待地想把这个消息告诉老婆文玉，一方面想让她分享一下自己的喜悦，更重要的是想让她忐忑不安的心安落一些。这些日子，调动的事迟迟没有实质性的进展，文玉都有些耐不住了，逮着空就问晓东为啥还没动静。为了不让她太焦虑，上次跟田友良的谈话晓东都没跟她讲，就怕女人听了又絮絮叨叨个没完。这下好了，总算看见亮光了。拨了文玉办公室的电话，那边说文玉外派了，这才想起文玉这周在南城区华安大厦工地的 120 急救车上上班，但那里没有电话。路晓东站起身在办公室转了一圈，又拨了石宁的电话。电话一通，石宁就在那边嚷："坏家伙，你怎么才来电话？想我了吗？"路晓东说："当然想啦！"石宁那边传出了叮叮咣咣的噪声，路晓东知道她也在工地现场，石宁在电话里说："你说什么我听不见，你大点声说！"晓东又说："想你，特别想你！"石宁却继续说："还是听不见，你再说一遍！"说完就在那边"咯咯"地笑，晓东这才意识到石宁在逗他，就压低了声音说："啊？你现在想做爱啊？那怎么行，还上着班呢！"唬得石宁在电话那边捂着嘴说："你个大坏蛋你胡说什么呢？大白天的！"晓东忍住笑说："你不是听不见吗？怎么一说要那个你听力就恢复了！"石宁在那边娇嗔道："坏家伙，被你发现了。不好玩，不理你了！"晓东说："那就等下班让你玩点好玩的。"石宁来了兴致，问："真的呀，是什么呀？"晓东说："玩了你就知道了，你最爱玩的。"石宁这才知道上了当，说："谁稀罕你，你个大流氓！"晓东说："我又没说是玩我，你这小丫头上班时间不好好工作瞎想什么呢？"石宁就不依不饶在电话里"臭坏蛋、不要脸"地各种骂。骂完了还不解气，罚晓东晚上请她吃好吃的，晓东也不想在电话里说自己工作调动的事，两人就约好了晚上吃饭的地方，这才挂了电话。

晚上下了班，路晓东径直去了跟石宁约好吃饭的地方，是市中心区新开的一家火锅店。到了店里，吃饭的人还不多，路晓东就挑了一个僻静的角落坐了，发信息问了石宁，说还要等一会儿才能到。一个服务员过来放了几碟餐前小菜就走开了。路晓东看了一下时间，估摸着文玉应该到家了，就给家里打了电话。这段时间，路晓东隔三岔五在外面吃饭已经成了常态，文玉也不会太在意，但想到一会儿跟石宁吃完饭不会太早回去，还是提前跟文玉说一下，免得到时候文玉再打电话来问来问去，到时当着石宁的面说瞎话两个人都不自在。电话里跟文玉说人资处的刘开仁晚上找自己有事，可能是调动的事有进展了，文玉听了，在电话那头欢喜不已，说总算有结果了，让晓东吃完饭就早点回家，语气中有一种绵绵的情意。路晓东嘴里应着，又说要谈事，估计没那么快回去。说完了，又跟文玉说："今天这事要是确定了，咱要庆祝一下，你说你想要什么？我买了送给你。"文玉却说："这段时间为了你这个事，家里那点底都倒腾光了，还买啥东西，我啥都不要。倒是你真要去营销处上班了，怎么说也是副处级别了，倒要给你添置些衣服啥的，不能穿来穿去的老是现在那几件，以后估计应酬多，也要有几件像样的衣服换着穿。"晓东听了，心里有些不好过，一时竟接不上话。文玉在电话里"喂"了两声，晓东才回过神来，轻声说："你看你，说要给你买东西，怎么又扯到我身上了，我一个男人要那么多衣服干吗？我啥都不换，这次你就听我的吧！"文玉在那边应了声："再说吧！"晓东打电话时一直看着大门口，这时看见石宁拿着手机在门口东张西望，就跟文玉说人到了，我们回家说，就挂了电话，站起身向石宁招手。

石宁看见晓东的位置，走过来抱怨说："打你电话一直占线，你跟谁打电话那么久？"晓东说："领导，单位的领导！"石宁还嘟着嘴："哼，什么破领导，下班还打电话？什么事不能上班再说啊！"晓东笑着说："好事，是报喜的！"石宁这才展颜一笑，促狭道："啊，你有喜啦？"说着还伸手摸了摸晓东的肚子，继续问："看不太出来啊，几个月了？"晓东就抓住她的手说："才有的，你可得负责啊！"石宁说："这有了不也是你们领导的吗？我负什么责？"说完忍不住"哧"地笑了，晓东伸手捏了石宁的鼻子说："这样笑着多漂亮，刚才嘴噘得都能挂油瓶了！"石宁说："谁让你不接我电话的，还坐这么偏，让我找半天。"说着就倚着晓东坐下来，拿起晓东的筷子夹了小菜边吃边说饿死我了。晓东就站起来探身取过对面的碗碟餐具摆在了自己面前，然后招呼服务员过来点菜。一个身材高挑、扎着马尾的服务员拿着菜单笑盈盈地过来招呼他们，晓东一看觉得眼熟，仔细瞅了一下，竟然是叶子。叶子似乎也认出了晓东，但这次没有走开，而是大方地递过了餐单。晓东接过餐单让石宁点，石宁看着菜单上诱人的图片，这个也想吃，那个也想吃，但又怕点多了吃不完，一时犹豫不决。叶子在旁边说："为了让客人多点花样又不至于浪费，我们店里的菜品都可以半份点单的。"石宁听了，开心不已，这个这个这个地点了一气。叶子又说："你们就两个人，就算是半份，点这么多估计也吃不完，要不就先点前面这几个，吃得不够再加好吗？"晓东说："不怕的，有吃货在此。"石宁娇嗔说道："你说谁是吃货？你才是吃货呢！"却取过菜单画掉了几个。

石宁是眼睛大肚子小，点了很多，吃得也急，却吃得少。火锅比较辣，每吃过一样就一口一口地喝冰啤酒，才吃过几样就说饱了，就把锅里涮好的羊肉牛肉香菇青菜等不停地给晓东碗里夹，一会儿晓东也吃撑了。石宁忽然想起晓东说的喜事，就抚着自己的肚子，拿腔作势地说："本大王已酒足饭饱，小子，说说你的喜事让本大王开心一下。"晓东说："你哪是吃饱的，明明就是喝饱的，看你刚才狼吞虎咽的，还以为你就顾着吃呢，这才想起来问正经事啊！"石宁说："饿着肚子谁还管什么事正经不正经，事儿就在那里，早问晚问结果还不一样，又跑不了！"晓东说："你还真是心大，人家说胸大的女人心也大，看来说的是真的。"石宁捶了晓东一下，说："这关胸大心大什么事？这吃东西是生理享受，听你说开心的事是精神享受，人都是先满足生理再满足精神的。"晓东说："吃货就是吃货，明明自己馋还说得一套一套的。"石宁就得意了，说："那当然，就算是吃货，我也是有思想的吃货。"晓东说："说到有思想的吃货，你还别说，这吃东西还真是很有学问的。香港四大才子之一的蔡澜，据说就是一个不折不扣的吃货，但人家吃得有讲究，有品位。"石宁说："人家那不叫吃货，人家那是美食家。"晓东说："这吃货也好美食家也好，什么事只要上心，总是能琢磨出点名堂来。"石宁说："让你说正经事呢，你又扯哪里去了？"晓东这才把二阀厂即将改制，高书记如何与徐大力斗法，本来高书记是准备安排自己去营销处，但徐大力不甘心失去在二阀厂的话事权，通过审计查账与高书记对垒，自己升职的事就搁置了。后来高书记又如何借力反转，现在徐大力只好申请调离的事一一说了，只是隐去了自己向田友良提供线索一节。一席话石宁听得云里雾里，说："怎么这么复杂啊？"晓东说："这就是职场斗争。"石宁说："这种斗争好无趣啊！要每天都想这些事，多没劲啊！"晓东说："职场就是战场，不争斗就没有生存空间啊！"石宁说："难怪你前一阵一副心事重重的样子，就是为了这事吧？"晓东说："是啊，我调职的事前一阵厂里都传得沸沸扬扬的。后来就搁在那儿没消息了，真要黄了，现在单位待着多别扭啊！"石宁问："现在徐厂长走了，你升职的事是不是就没问题啦？"晓东说："应该没什么障碍了！"石宁就开心地说："那我要好好给你祝贺一下了，说吧，你想要什么，本王赏赐予你！"晓东邪邪地说："那我就不客气了！"然后伏在石宁耳边说："我要你！"石宁说："刚还说得那么正经，现在就饱暖思淫欲！"晓东还伏在石宁耳边，嘴里的热气呵得石宁耳朵有点痒，就偏着头躲，晓东知道那里是石宁的敏感处，哪里肯放过，偏挨过去在耳垂下面吹气，石宁脸就红红的，伸手握住了晓东的手喘粗气。正闹着，叶子提了一只大壶过来给火锅加汤。二人赶忙敛声正气，坐正了身子。叶子却不以为意，目不斜视地给火锅加了汤，又拿起茶壶在两个人的杯子里续了茶水，笑意盈盈地问两位还需要什么，两人一本正经地摇了摇头，叶子就转身轻手轻脚地走开了，整个人轻得像是微风中飘过的一片叶子。

两个人吃完饭就去了石宁的住处，上了楼，石宁掏出钥匙交给晓东开门，这个门锁晓东不常开，再加上可能喝了酒，晓东拿着钥匙左对右对，却怎么也插不到锁孔里。石宁就说："开个门你老半天地插不进去，这门要是个女人，急都被你急死了！"一句话说了晓东个冷不防，听完"噗"地笑了，越笑越止不住，弯着腰直不起来，越发开不了锁。石宁接过钥匙，看也不看，一下子就插进锁孔扭开了。进了屋，晓东还在笑，石宁说："有那么好笑吗？"晓东说："没想到你还是个讲段子的高手啊？你这个比喻太有创意了，咋想出来的呀？"石宁却红了脸，说："我看你那样左对右对的，就是进不去，忽然就想到跟你那个时候的情形了，没想到就脱口而出了，我是不是有点色情啊？"晓东说："你哪是有点色情，你简直是从头到脚都色情，我简直爱死你了！"说完就搂住石宁亲吻起来，石宁嘴里喃喃地呓语："都是因为你我才这么色情的！你最坏……"还没说完的话已被晓东伸进来的舌头堵上了，两个人手脚并用地撕扯着对方的衣服，很快便不着寸缕。晓东抱着石宁进了卧室，石宁顺手关了卧室的大灯，晓东轻轻地把石宁放在床上，转身拉闭了窗帘，又扭开了床头上的一个小小的台灯，石宁赤裸的胴体就在橘黄色的柔光里映出了金色的光辉。晓东俯下身去，石宁就张口吻住了晓东的舌。亲了一会儿，晓东就顺着石宁的颈项含住了她的耳垂舔弄，石宁在下面咿咿呀呀地喘息，绞着两条腿不断地扭动着身子，晓东伸手探到了石宁下面，已是一片汪洋。石宁也伸手握住了晓东的东西，感觉硬硬的在手里跳动，示意晓东进去，晓东

147

偏不进去，石宁紧绷着腿身子一个轻颤，从嗓子深处发出了一个颤音，晓东还在那里徘徊不已，石宁就翻身坐了上去，嘴里含糊不清地说："我要你快点进来，你真要急死我吗？！"台灯的光把两个人的影子投在了墙上，显得格外大，两个影子忽上忽下，忽下忽上，也分不清谁是谁。

事毕，石宁头枕在晓东的胸脯上，整个身子蜷缩在一起，乖巧得像一只猫。少顷，晓东开口说："你刚才吃饭的时候说吃东西是生理享受，说开心的事是精神享受，那你说这做爱是生理享受还是精神享受？"石宁眯着眼呢喃道："我要睡觉，你别问我问题，我不知道，我都累死了！"晓东说："按理这应该属于生理享受，但却远远高于一般的生理享受，甚至也高于一般的精神享受，你说这应该怎么界定呢？"石宁慵懒地说："那就属于生理和精神的双重享受吧！"晓东还要说什么，却发现石宁鼻息沉沉，竟然已经睡着了！晓东不忍心惊醒她，也想眯一会儿，可一点睡意都没有，就保持原样那样躺着，可不一会儿，被石宁枕着的胳膊就酸麻了。又忍了一会儿，见石宁越睡越沉，就轻轻地抽出了胳膊，把她放在了枕上。然后轻手轻脚地穿了衣服，扭灭了床头的灯，在石宁脸上亲了一下，退出了房间。

睡在床上的石宁听见大门"咣"的一声关上了，翻了个身，一行清泪顺着脸颊流到了枕头上。

晓东回到家里，文玉还没有睡，问晓东事谈得怎么样？晓东说："老徐要调走了！"文玉听了，说："不是谈你的事吗？跟老徐调走有啥关系？"晓东就把徐大力跟高书记如何斗法的事又说了一遍，还说了自己跟田友良的谈话。末了说："你说我是不是不应该讲采购招标的事啊？还好现在老徐只是调走，要是因为这个栽进去了，那我岂不是把人给害了？"文玉说："这事你提不提结果都是一样的，你想这老徐负责采购招标的事财务处应该比你更清楚，你就是不说他们也一样会从这条线下手的。"晓东听了，说："这我也想过，要真是这样，那老田那天是有意等我开口讲这个事，以后要是有什么风声出来了，让我背这个锅！"文玉说："倒也不见得是让你背锅，我觉得这更像是让你明确站队的一种表态。"晓东说："怎么搞得跟投名状一样，有这么复杂吗？"文玉说："什么投不投名状的我不懂。你想想，现在很明显是书记一派，厂长一派，这次调整的中层干部里面有书记的人，也有厂长的人，还有一些人既不在书记这边也不在厂长这边，属于中间派。你呢，虽然跟书记走得近，但之前跟厂长关系也不错，这种时候，他们肯定要你有一个明确的表态了。你这样一站队，就算是扳

148

不倒老徐，那你以后也不可能再到老徐那一边，完全断了你在徐这边的退路，至于你在老徐那边有没有退路，只有你清楚，别人并不知道。"晓东听了，默默地说："我还哪有什么退路？这事要是真黄了，我怕是连在设计室都待不下去了！"就把老徐打算提吴智忠去生产处的事说了，文玉听了，庆幸道："你看看吧，在你找路子的时候，这老吴也没闲着，就看谁跟对了人！这徐大力要是真上位了，你这个科主任也就算是做到头了。"晓东叹了口气说："这次算是彻底把老徐给得罪了！"文玉说："得罪就得罪吧，反正他也调走了。"见晓东还有些闷闷不乐的，文玉说："事情已经这样了，你就别想那么多了，这种事情，得罪人也是难免的，你今天不得罪这个，明天也会得罪那个。你也看到了，坑就那么几个坑，多少萝卜都想往里面挤，你不得罪人行吗？！"晓东说："这事儿到现在我觉得挺没劲的，我怎么就乐不起来呢！"文玉说："那是因为你不是伟人！"一句话说得晓东倒笑了。文玉就说："你看你，事情没成之前，你一天到晚花天酒地的，事情有眉目了，你却在这里唉声叹气。"晓东听了，就笑着说："好吧，管他呢，不说啦！这个周末我们出去庆祝一下，对了，给你也买个手机吧，你现在在应急小组那里值班，没个手机，万一有个啥事联系你也不方便。"文玉就说："原来你下午电话里说要买东西送我就是指这个呀？就算要买，也等你到了营销处那边之后再买吧。"晓东说："要买就现在买，到时我刚去那边，就买这买那的，别人还以为我刚去就捞啥好处了呢，惹人非议。再说了，手机这东西，早用早方便，你看现在比我们小的年轻人，哪个没手机，就我们还想着省这省那的！再怎么着也不能亏自己，尤其不能亏老婆！"文玉说："怎么忽然嘴还这么甜的，你不会是做什么对不起我的事了吧？"晓东红了脸刚要争辩，文玉却侧身靠在了他肩上，嗔怪道："看把你急的，跟你开个玩笑都听不出来！"晓东就拥住了文玉的肩，在她额上亲了一下。

18

石宁这一夜睡得迷迷糊糊，感觉做了一个很长很长的梦。晓东走的时候她并没有真的睡着，她是有意让晓东觉得自己睡了，不想晓东走的时候两个人又痴缠不舍，最后弄得谁都难过，就想干脆当作自己睡着了，晓东走得也干脆些。可晓东真的一离开，她却觉得无限悲凉，忍不住流了眼泪。两个人在一起越是亲热，留下自己一个人的时候就越觉得孤单，甚至在晓东离开的那一瞬间，她是有些恨晓东的，刚才还亲亲热热的，说走就这么走了，自己这算什么？！这么一想，睡意就没了。就在心里问自己跟晓东这种不清不白的关系该是怎样的一种结果。过后了又想，想这个男人的种种好，从相识到现在的一幕幕场景就在脑中过电影一般地浮现。这段时间是自己最开心也是最纠结的一段时光，她毫不怀疑晓东对自己的爱意，也知道自己是全身心地爱着晓东。若单是一场男欢女爱的逢场作戏，也就罢了，自己也不会这么经受煎熬，哪一天遇到了自己的真命天子，说断也就断了。可事实上偏偏不是，这种斩不断理还乱的情愫让自己越陷越深。一开始的想法是遇到了一个心爱的男人，就顺其自然地让一切水到渠成，该发生的都发生了，不让两个人因为外在的原因擦肩而过，不给自己留下遗憾，有一句话叫只在乎曾经拥有，不在乎天长地久。可感情一旦拥有了，哪能说放下就放下，有情人谁不想天长地久？！每次跟晓东在一起的时候，因为机会难得，就格外珍惜，谁也不说不开心的事，也不提彼此没法许诺的未来，只顾着好好享受当下。但当下的快乐和甜蜜是浮在水面上的泡沫，更大的危险和迷茫都是沉在水下的暗流，不去碰不去想不代表不存在，想了又是一种无法解决的煎熬，就索性有意地避开不去碰触。这样时间久了，晓东的家庭在她的意识中似乎是一个虚无的存在，只有在自己一个人的时候，那个家庭才会浮现在自己脑海里，但却有时清晰，有时模糊，像是自己想象中的一个存在。就这样想一阵过去，又想一阵未来，就迷迷糊糊地睡去。睡去了还在想，也不知道是梦境还是想象，石宁就觉得自己跟晓东是在一个到处都是人的大街上走，怕相互走丢了，晓东拉着她的手。好不容易到了一栋房子跟前，晓东拉她上了二楼，推开了一间房子的门，房间很大，里面也全是人，有的站着，有的坐着，有认识的也有不认识的，晓东在跟一个人说话，她站在旁边，听不明白他们在说什么，感觉中她等了很久，觉得有点累，可屋子里没有一处可以让她坐下来的地方，她就拉着晓东出了房间，房间外面是一个长长的走廊，灯光很暗，两边有很多门，她觉得自己非常疲倦，想找一个地方坐下来或者睡去，可推开一扇门里面有人，再推开一扇门，里面还是有人。两人就分头去找，她终于进了一个没人的房间，回头去叫晓东，可晓东却不见了，她又折回去每个房间找晓东，可每个房间的门都推不开，急得快哭了，却听见晓东在叫她，回头一看，晓东在走廊里向她招手，就转回身急忙往晓东身边跑，可怎么也跑不快，觉得那一段距离竟遥不可及，怎么走也没有尽头，一着急就喊晓东过来接她，可张了嘴怎么也喊不出声，急得眼泪都出来了，还是叫不出声，人就醒了，原来是南柯一梦。醒来发现全身都是汗，连枕头都是湿的，也不知道是泪水还是汗水，看见有朦朦胧胧的晨光照在窗帘上，浑身乏得没有一点力气，脑子却异常清醒，再也没了一丝儿睡意，想怎么会做这样一个梦，是跟晓东的缘分要尽了吗？！这么一想，一时情绪不好起来，盯着窗户发了一会儿怔，眼皮沉沉的似乎又要瞌睡，又怕睡了回头觉误了上班，就无精打采地起床洗漱，拎包去了南城区华安大厦的工地。

　　到了工地的项目办公室，一看时间还不到八点，发现自己早到了近一个小时，其他人都还没有到。正踟蹰间，电话响了，一看是晓东打来的，赶忙接了，晓东在那边说："懒猫，睡醒了没？该起床啦！"石宁问："你怎么这么早打电话来？"晓东就问："我是不是吵醒你了？"石宁说："没有，我都到工地办公室了。"这倒让晓东很意外，问："怎么这么早就过去，工地出什么事了吗？"石宁说："没有，是我自己起早了。"晓东听石宁语气淡淡地情绪不高，就问她怎么了？石宁顿了一下，就说了晚上做梦的事。晓东说："都怪我，我不该在你睡着的时候自己离开。"石宁就说："你说做那样的梦是不是预示着什么？是我们要分开了吗？"晓东急忙说："当然不是啊，我倒觉得这是一个好梦，你没听说过梦和现实都是反的吗？"石宁听了说："真的吗？"晓东肯定地说："当然是真的。"石宁哽着嗓子说："你不知道，我找不见你都快急死了，听见你喊我的时候，我就想马上抱住你，怕你又不见了，可我怎么也跑不到你跟前，你站在那里不动，喊你又喊不出来，我都急哭了！"说到最后，竟真的在电话里哭了。晓东听得眼睛酸酸的，恨不得马上出现在石宁面前抱住她，可又鞭长莫及，急得在电话里"亲亲，宝贝"地百般安慰。过了一会儿，听见石宁情绪好些了，就问她有没有吃早饭，石宁说不想吃，晓东就说他买了早餐给她送过来，问石宁想吃什么？石宁就撒娇说："想吃你！"晓东说："把我吃了你可就真找不到我了，怎么办？"石宁说："把你吃了你就再也跑不了了！"说着就破涕为笑了，晓东听了，这才长舒一口气。石宁说："本来一点不想吃东西的，你这么一说，还真有点饿了！"晓东又说要给她送早餐过来，石宁说："等你送来我都饿死了。再说，你不用上班吗？"晓东说："给你送饭比上班重要多了！"石宁就说："你就会说好听的，昨晚偷偷走了还没跟你算账呢！"晓东就又在电话里赌咒发誓地赔不是。两人在电话里腻歪了一会儿，石宁还是没让晓东来送饭，说自己去吃。晓东见石宁情绪已经好转，就没再坚持，通完电话就去了办公室。

原来文玉这周在工地轮班，早上要早走，送浩浩去学校的任务就交给了晓东。晓东也就每天早起，送完浩浩再去单位。之前都是到了单位才联系石宁，从昨晚到今天，晓东就为昨晚石宁睡着离开的事愧疚着，不知道她醒来见自己已经走了该如何难过，就一大早打电话给她，没想到竟然恰如其料而又出乎意料，这世上的事，有时候迷离得让人糊涂，有时候又精确到一点难分。

路晓东回到办公室也没什么正经事做，营销处的事虽然有了眉目，但毕竟还没正式下文，自己也不便过于心急。这个当口，设计室的工作不管比管好，没事比有事好。无所事事固然清闲，但却难熬。好不容易熬到了中午，心里惦记着要去给文玉买手机，就骑了自行车去了市通讯大楼，大楼里营业厅的格局跟上次来时已经有了很大的改观，服务人员增加了好几倍，不同品牌的手机在打着射灯的玻璃柜台里琳琅满目。晓东才一进来，就有一个穿着西装裙的服务员笑容可掬地迎上来，问晓东需要什么？晓东说了来意，服务员就引着他到各个柜台挑选。晓东在服务员的建议下，选中了一款，交完钱选完号出来，才猛然想起石宁用的手机好像跟自己买的这款是一样的，刚想回去换，想了一下，还是放进包里走了。

却说这石宁跟晓东通完电话，心情大好，肚子也饿了，看看离上班时间还早，就去了工地旁边的小食店吃早餐，自从工地有了值班的警察和120急救医疗小组，这边开了几家早餐店，卫生味道都还过得去，每天早上都有很多人来吃，摊点的花样也就越来越多。石宁吃完早餐，往办公室走，觉得头有点疼，想可能是昨晚没有睡好，就没在意。回到办公室，才坐下来，脑袋越发昏沉起来，疼痛也从额头一直向后面迁延，太阳穴胀胀的，一下一下地跳着疼。同事看她脸色不好，就问她是不是病了，她说早晨还好好的，现在觉得头疼，同事就让她去门口的120急救车看看医生，她一想倒也方便，就起身去了120急救车。

急救车停在大门口，几个医护人员正坐着聊天，来这里几天，几乎没来过什么病人，完全没有了在医院上班的紧迫感。大家忽然闲下来，还有些不适应。石宁忽然上了车，让五六个正在聊天的医护人员瞬间觉得眼前一亮，像是从早晨林间的枝叶间洒下的一缕阳光，恰好照在了水塘边含着露珠的一枝新荷上。石宁的容颜，让车上所有的人都感到了惊艳，又不是那种靠衣着和妆容描摹出来的艳丽，而是一种雨后新荷的清丽，让人想去亲近而又不忍碰触的欢喜和感动。美貌竟然有这般魔力！正在说话的人瞬间都噤了声，车上一下子安静了。五六个白大褂都把目光聚在了石宁身上，像是舞台上照在舞者身上的聚光灯。然而美貌者并不知道别人的反应，一下子被几个人这样屏声静气地看着，竟让石宁窘得满脸通红。片刻的安静后，一个年轻的护士才反应过来，站起身问石宁有什么事？石宁说自己头疼，想让医生看看。急救车空间不大，但护士还是回头说："文医生，您来给看看吗？"石宁说话的时候，文玉已经听到了，这会儿就戴了口罩过来了。护士跟石宁说："这是我们文医生，让她给你看看吧！"石宁看着文玉，一个很大的口罩遮住了脸，只能看见一双很好看的眼睛，竟感觉有些似曾相识，一时却想不起来，想可能好看的眼睛都有相似之处吧，就不再多想。说："麻烦您了！"文玉让石宁坐下来，问了她叫什么名字？做什么职业？哪里不舒服？声音温柔亲切。文玉问得很仔细，昨晚何时睡觉，今天何时起床，都吃了什么，近期有没有感冒等等，甚至连例假是否正常都问了，石宁一一答了。问完了，文玉让护士拿了体温表让石宁夹在腋下量体温，又取了听诊器给她前胸后背听诊。少顷，文玉听完了，看了一下体温表，笑着说："没什么大碍，应该是没睡好觉，加上天气转热，有点轻微中暑，今天最好休息一天。"就开了一盒藿香正气水给她，然后拿过一个就诊登记本让石宁登记了相关信息。急救车上这些应急的药品正好都有，石宁拿了药，跟文玉道了谢，就下车走了。

石宁一下车，几个护士就叽叽喳喳地说："没想到建筑工地上竟然有这么漂亮的女孩子！长得这么好看应该去当明星，怎么来建筑工地上班！"文玉说："当那个电影明星有什么好？只能靠脸吃饭，人家可是设计师。"几个护士就围过来看石宁登记的名字和工作单位。看完了一个年龄稍大的护士说："文医生你怎么没问问她有没有男朋友啊？要是没有的话把我们医院的周志华介绍给她呀！"周志华是文玉她们医院新来的研究生，因为人长得很精神，被很多护士追。文玉说："人家小姑娘来看个病就要给人介绍男朋友，不把人吓跑了呀！"另一个年轻护士就说："做设计师有啥好的，一天到晚在这工地上上班，到处尘土飞扬的，哪有在医院上班好？"年长的护士就说："小丽你这么说是不是你看上周志华了？"年轻护士就红着脸说哪有的事。车上的一个男医生就说："都说这女人到了四十多岁就有三大爱好，骂老公、训孩子、做媒，看来是真的呀！"年长的护士说："做媒怎么啦？这是成人之美的好事嘛！"男医生说："说好听了那叫成人之美，说直接一点啊，那就是想方设法把一个男人的东西放到一个女人的东西里面去！"说得车上的人哈哈大笑。那个年长的护士就过去打他，说："赵

153

医生你说这么流氓的话，这车上还有没结婚的小姑娘呢！"那个姓赵的男医生就说："结没结婚咱这都是学医的，要从医学的角度看，那就是两个人体器官嘛！"那个叫小丽的年轻护士就红着脸下车走了。年长的护士说："你看你把人小丽羞得下车了！"赵医生说："我这是探讨学术嘛！年长的女性爱做媒这件事，有研究性心理学的人认为，这其实是一种性趋向转移。说是年长的女人自己性活动的欲望和频率降低了，但潜意识中还是有性的需求，就将这种需求转移到别人身上，从而获得一种性心理上的满足感！"年长的护士就骂他："胡说八道，说别人性趋向转移，我看你是性对象转移。你们男人就是这样，什么都能跟性扯上关系！刚才幸亏没让你给人家小姑娘看病。你们没瞧见，文医生看病的时候，他可是盯着人家使劲看，看得人小姑娘脸都红了。"说完大家又笑了。赵医生倒也不否认，说："我一个男人看一下漂亮姑娘很正常，倒是你们一帮女人也盯着人家看！"文玉说："赵医生看了也是白看，你可是有老婆的人，看了也没机会。"年长的护士说："谁说有老婆的就没机会了，现在的小姑娘可跟我们那时不一样了，她们才不管你有老婆没老婆呢！"站在旁边的另一个三十岁左右的护士说："你说这男人见了年轻漂亮的是不是都会有想法啊？"年长的护士说："这你得问赵医生啊！"大家又一起看向赵医生，看得赵医生心里发毛，好像他真的有想法了一样，就辩解道："我喜欢看是喜欢看，但我可没什么想法！"年长的护士说："你心虚什么？有就有呗，再说了，这有想法是一回事，会不会付诸行动是另一回事！"赵医生说："我哪里有心虚？看你们刚才瞅我的那阵势，好像我真干什么了一样！"见一拨人叽叽喳喳聒噪个没完，文玉就借口要去洗手间，从车上下来了。

石宁拿了药回到办公室，喝了藿香正气水。没想到这药听名字说是水，喝起来却辣嗓子，感觉一股火从喉咙顺着食道就烧到了胃里。喝完药，额头沁出了一层细汗。石宁想医生让她休息，要不要请假回去，又一想现在正是工期最紧的时候，万一回去了，现场有什么事，打电话过去自己还得跑回来，倒不如就待在这里还省心些。就想刚才那个女医生真是不错，说话声音那么温柔好听，虽然戴着口罩，但从眉眼上看去，应该蛮漂亮的，竟然有一种莫名的亲切感！听护士叫她文医生，也不知道是姓"文"还是"闻"，自己真应该问清楚她的姓名，以后生病去了医院也好找她。又想自己刚才被那么多人盯着，紧张得要死，几乎连头疼都忘记了，哪还记得问人家医生的姓名。就想自己刚才的样子是不是很糗，会不会给人不好的印象，以后再找人家还能不能认得自己。这么胡思乱想一通，脑袋就越来越清醒了，也不知是药物作用还是心理作用，头竟然真的不疼了，只是感到眼睛涩涩的，眼皮沉沉地想睡觉。

　　文玉晚上回到家，看见晓东给她买的手机，自然是欢喜不已。问了手机的价钱，怪晓东不该买这么贵的，嘴上这么说，但心里却挺高兴，说："没想到你一个大男人还这么会挑手机，知道女人喜欢什么样的。"晓东说："我哪会挑，都是服务员推荐的，人都是年轻女孩子，当然知道你们女人喜欢什么样的了。"文玉说："给你推荐手机的女孩很漂亮吧？"晓东笑着说："是很漂亮啊，你怎么知道？"文玉故意含酸做醋地说："我怎么知道？你一定是看人家小姑娘漂亮，人家说什么你就买什么啦！"晓东笑道："你看你这人，人家就一个卖手机的，漂不漂亮还不都一样，你老公我是那么经不住诱惑的人吗？"说完了，又摇着头说："女人啊，就凭你这超凡入俗的想象力，不去做编剧都可惜了！你要做了编剧，编出来的电视剧一定比现在这些狗血的肥皂剧好看多了！"文玉说："你就讽刺我吧！"晓东说："我是真心夸你，怎么是讽刺呢！"文玉说："人家都说超凡脱俗，你说我超凡入俗，别以为我听不出来！"晓东说："这你就不懂了，这修行呢要超凡脱俗，真要是编故事，还必须要超凡入俗。超凡是要高于生活，入俗呢要还原生活，这样的东西才有人世间的烟火气，才生动，才能映照现实。"文玉说："一说这个你就来劲了，明知道我不懂就在这里忽悠我，还不是你说什么就是什么，显得你好像很有学问似的。前几天我们医院的赵医生还说一个顺口溜，说什么学问之美，在于使人一头雾水；诗歌之美，在于煽动男女出轨；女人之美，在于蠢得无怨无悔；男人之美，在于说谎说得白日见鬼。"这一说把晓东给听乐了。说你们这上班也太清闲了吧？还有心思说顺口溜。文玉说："120值班能有什么事，是比在医院要轻松很多。我去的这几天，就看了一个病人！"晓东随口问："工地还有病人啊？啥病？"文玉说："病倒不是什么大病，就是天气热了有点中暑。哎，我跟你说啊，今天我看的这个病人，那还真是超凡脱俗。"晓东说："怎么个超凡脱俗法？修行的啊？"文玉说："什么呀！人家一个小姑娘修什么行。我是说长相。你说我在医院也算是见过的人多了，从来没有看到过像今天那么漂亮的女生。她一上车，我们整个车上的人都呆住了。有那么一句话叫什么惊什么天？"晓东说："惊为天人！"文玉说："对，对！就是惊为天人，真的太漂亮了，不光把我们赵医生看傻了，连那几个平时自以为年轻漂亮的护士都被惊到了！"晓东不以为然地说："有那么夸张吗？你们就是一天到晚在医院见到的都是病人，病人哪有气色好的？现在见到一个长相还行的健康人，就惊为天人了！我就不信，就一个建筑工地的人能漂亮到哪里去？你要说是在百货商场看到我倒觉得还有可能。"文玉说："你还真别不信，人家虽然在建筑工地上班，但也不是干粗活的，是建筑公司的设计师。"晓东一听愣住了，问："什么，设计师？咱们市建筑公司的设计师？"文玉说："看把你急的，是不是这男人一听见美女都这么起劲啊？当然是咱们市建筑公司的啦，那个工地又没有别的建筑公司进驻。"晓东这才意识到自己的失态，说："一个设计师能有多漂亮啊！这才什么季节就中暑？人没啥问题吧？"文玉说："人倒没事，就是头疼，有点轻微的中暑，估计是晚上没休息好，吃点药休息一下就好了。"晓东松了口气，说："看来派个120到现场还真不是一点用都没有。市领导还真是高瞻远瞩啊！"文玉又说："人说女人一上了年纪就喜欢做媒，我以前不觉得，今天还真见识了。我们急诊科的老郑，今天看人家小姑娘漂亮，就想把人介绍给我们医院的周志华。还惹得另一个科的一个护士不高兴了，估计那个护士喜欢周志华。"晓东说："人闲是非多，这都是闲得没事干惹的事。你跟这帮人在一起可不好，跟你们主任说一下别去值班了，让想挣补贴的人去吧！"文玉说："你还别说，之前想着去清闲几天，真去了，这没事做真是不适应，好在这周轮值一结束我就回科里了，也没必要专门再去跟主任说调班，等再轮到我估计要两三个月以后了。"晓东听了没再说什么，夫妻二人又说了一会儿闲话就睡了。晓东这一夜盼不到天明。

翌日，晓东像往常一样，一大早把儿子送到学校，出来就给石宁打电话。电话都拨了，看着时间有点早，怕石宁还没睡醒，就又摁掉了。发了一个短信："起床了没？头还疼吗？"过了一会儿，石宁电话就过来了，开口就问："你怎么知道我头疼啊？"晓东说："我有千里眼！"石宁说："问你正经事呢，你别贫嘴！"晓东说："你生病了怎么都没跟我说呀？你知道昨天给你看病的是谁吗？"石宁愣了一下，她知道晓东的老婆在医院工作，但她跟晓东在一起的时候，两个人都有意避开这个话题，所以不知道晓东老婆的姓名，更没见过照片之类的，这时瞬间反应过来了，带着诧异说："不会是她吧？"晓东说："就是她！"石宁慢慢地说："她好温柔啊！"晓东说："因为你是病人嘛！"石宁说："她对病人都那么温柔吗？"晓东说："只对你这样的病人！"石宁说："乱说，她又不认识我。"晓东说："因为你漂亮啊！"石宁说："你没骗我吧？"晓东说："我骗你干吗，不光她觉得你漂亮，你一上车，把她们所有的人都惊到了。"石宁说："我不是说这个，我是说真的是她吗？不会这么巧吧？"晓东说："真是她。这个120

156

急救小组是临时组建的，这周正好轮到她值班。"石宁就怪晓东："你怎么不早点告诉我？我要知道她在那里，就不去看病了！"晓东说："你从来都活蹦乱跳的，我哪会想到你会正好在这个时候中暑！你没事了吧？"石宁说："怎么没事，事大了，我以后可不敢再见她了！"晓东说："我是说你身体没事了吧？"石宁说："哦，没事了，昨天吃了药就没事了！"晓东说："你以后也不用再见她，她这周结束就回医院了。"石宁说："哦，这样啊！你知道吗？她们120就停在我们项目部的大门口，我上下班都要经过的，说不上这两天还会碰到呢！不过她昨天一直戴着口罩，我都没看见她长啥样，碰到了我也不一定能认出来！"说完了，又问："她怎么会跟你提起我？我昨天头昏脑胀的，很狼狈的，她怎么说我的？"晓东说："你还狼狈啊？你狼狈都惊艳到她们了，要是不狼狈，还不让别人自惭形秽啊？"石宁说："你说她怎么说我的？"晓东说："说你漂亮呗，说去值班这么多天就来了一个病人，没想到竟然那么漂亮，把她们车上的一个男医生都看傻了。你走了之后，还有人打算介绍他们医院的一个医生给你做男朋友呢！"石宁说："啊？真的啊？他们怎么那么八卦啊？难怪我看病的时候那几个人一直盯着我看，看得我窘死了！"晓东说："谁让你长那么漂亮的！"石宁说："怪我喽！可能是这几天他们在工地看到的都是灰头土脸的建筑工人，我一去，反差太大了，他们才那么觉得吧！"晓东说："你今天还去工地吗？"石宁说："去啊！上午去，下午要回公司开会。"晓东就说了让她注意安全，又约了晚上一起吃饭。才要挂电话，石宁又在那边说："这样一来，我都不敢去那边上班了。"晓东就安慰她说："没事的！"石宁说："唉！你不明白的，给你说不明白！"说完就挂了电话。

石宁来到工地，再经过120急救车的时候，心情竟然莫名地紧张，不想往那边看，又忍不住不看。好在这时上班的人多，石宁三步并作两步地到了项目部办公室。坐下来后，却怎么也不能专心工作了，觉得这事巧合得有点不真实，脑子里就都是文玉昨天给她看病的情形。想努力想象一下文玉的长相，但只有眉眼的局部，让她很难想象文玉口罩下面脸的样子，就后悔昨天应该在她戴口罩之前注意一下，印象中在文玉走过来之前她是扫了一眼，又好像在看见她的时候已经戴了口罩。无法想象文玉的容貌，就回想文玉给她看病时说的话，似乎每一句都轻声细语，当时让她觉得亲切，甚至有一种温暖，现在是一种无法言说的感受。之前，文玉于她而言似乎是一个概念化的存在，什么都是模糊的，虚无的。现在，除了样貌，文玉清晰而真实地出现在了她的面前，还跟她有了这样的一种实质性的接触，让她恍惚不已，甚至有一种分不清之前模糊的文玉是自己想象的，还是现在真实的文玉是自己想象的，感觉像是走在梦境中一样。她说不上对文玉的感受，按理应该会有嫉妒，也有歉疚，但好像又都没有，更多的是一种好奇和想去接近和了解她的兴奋。这个跟路晓东每天生活在一起的女人究竟是一个怎样的人呢？！之前的这种好奇被自己有意地屏蔽了，现在一经碰触，就再也抑制不住了。这么想着，就给晓东发了一个信息："你晚上吃饭的时候带一张她的照片，我想看看。"晓东回复她："昨天不是见到了吗？还看照片干吗？"石宁回复："不是跟你说了她一直戴着口罩嘛！"晓东回："哦，我身上好像没有，不过我中午回家，到时找一张带给你！"石宁回复："那就多带几张。"

　　中午下班，石宁要回公司总部，经过120急救车的时候，有意无意地向那边看了一下，不料竟正好有人从车上下来，石宁有点慌乱地避开了目光，可下来的人却冲着她说："小石？真的是你啊！"听声音石宁已经知道是谁了，避不过，只好迎上去。来人没有戴口罩，石宁看到了昨天那一双好看的眉眼下面姣好的面容，说："文医生，你好！"文玉说："头不疼了吧？"石宁说："不疼了，昨天谢谢你了！"文玉说："谢啥呀，这是我们的工作呀！"说完两人都一时无话。石宁这时仔细地端详文玉的样子，觉得文玉脸形偏圆，小巧坚挺的鼻子下面，嘴角微微上扬，给人一种温暖的笑意。有那么一瞬间，石宁觉得文玉的某个地方跟路晓东有些像，但又说不上具体是哪里！脑子里就想，人说对象对象，说找对象要找跟自己相像的人，这样的人有夫妻相，可能路晓东和文玉就属于这样的吧！文玉见石宁目不转睛地盯着自己看，倒有些不好意思了，说自己要去一下洗手间，还用手指了一下洗手间的方向就走了，才走了两步，石宁却在后面叫住了她，说："文医生，你去我们项目部那边的洗手间吧，那里用的人少，干净些！"文玉就回过头说："那太好了，这周来这里值班，别的也都还好，就是这个洗手间太脏了，我们每次都是迫不得已了才去一趟！"石宁说："那你以后就去我们那边吧，让你们同事也去，他们看你们是医院的，不会说什么的。"文玉说："那太谢谢你了！"石宁指了一下洗手间的方向，指完了，又说："你第一次去不熟，还是我带你过去吧，很近的！"文玉连忙说不用麻烦了，自己能找到。石宁已经折身往回走了，文玉就没再推辞，跟着石宁去了。

　　晚上见了晓东，石宁没像往常那样挨着他坐，坐在了晓东对面。晓东还在惦记石宁生病的事，就问："现在也不是很热，怎么就中暑了？"石宁说："这个你应该问你家医生啊！"晓东听石宁的话头不对，又见她一来就坐在了对面，也没有像往常那样黏着自己，知道是因为见着文玉让她情绪不好，一时又不知道怎么哄她，就伸手去拉石宁的手，石宁却拿了菜单，招呼服务员过来点菜，把晓东晾在了那里。晓东有些尴尬，伸手去口袋里掏烟，却摸到了文玉的照片，刚想拿出来给石宁，想了一下，又塞了回去，只掏出烟点了一支，默不作声地抽起来。石宁点完菜，见晓东在对面默然抽烟，觉得自己有点那个了，就说："你抽什么烟，该抽烟的是我！"说完真的伸手把晓东手里的烟拿过来抽了一口，呛得连着咳嗽了几声，惹得旁边座位上的人往这边瞅。晓东说："这么漂亮的女生学抽烟，你还嫌自己不够引人注目啊！"递了杯水给她喝，要伸手把她手里的烟拿过来，石宁却不给他，喝了一口水继续抽，这次没有再咳嗽，一口烟吐出来，在晓东面前弥漫开来。石宁看着晓东说："我这样才像个坏女人，对吧？"晓东见她话里带着情绪，就说："你怎么样都不会是坏女人，是我坏！"透过烟雾，石宁看到坐在对面的晓东神情落寞得像个等待审判的犯人，觉得自己的心像是被什么东西扎了一下，隐隐地痛。掐灭了烟，伸手握住了晓东的手，一滴眼泪就从脸颊上滚落下来，晓东抽了纸巾给她擦，她却抬头冲着晓东笑了一下，说："我没事的，我真的没事！"说完又从烟盒里抽一支烟点上了，抽了一口递给了晓东，说："我让你带的照片你带了吗？"晓东说："带了！"石宁说："我今天又见到她了。"晓东关切地问："你今天还不舒服？又去看病啦？"石宁说："不是，是在大门口碰到的，她竟然还记得我，我也看到了她的样子，她没戴口罩。"晓东说："那就不看照片了吧！"石宁说："我要看，给我！"晓东就掏出照片递给了她。照片一共有五张，有现在的，也有几年前的，石宁一张一张反复看，看得很仔细。看完了，又拿着照片盯着晓东的脸看，看得晓东疑疑惑惑，说："看她的照片，你盯着我干吗？"石宁说："我终于知道你跟她哪里像了！"晓东说："我跟她像？不会吧？"石宁说："你俩的眼睛和嘴唇都挺像，之前没有人跟你们说过吗？"晓东说："没有！"石宁就拿了餐桌上的菜单，先是遮住晓东的鼻子和嘴看眼睛，又遮住了眼睛和鼻子看嘴，看完了，说："真的好像，你要不是鼻子比较高，就更像了！"说得晓东不由自主地摸了摸自己的鼻子，似乎那才是自己有别于文玉的唯一存在。石宁看着晓东的样子，说："人家说找对象要找相像的人，也就是常说的夫妻相，因为长相相像的人彼此更容易产生好感，你们就是有夫妻相的人。"晓东听不出石宁的话里有没有醋意，就说："这么久了，你还是第一个说我们像的人！"石宁继续说："据说有夫妻相的人婚姻是很长久的！"晓东说："这我倒是也有听说，不过我觉得不是长得像的两个人容易在一起，而是两个人在一起时间久了，就慢慢地越长越像。你想，两个人朝夕相处，吃一样的东西，连作息时间也基本一致，这样时间久了，自然就有相似之处了。还有，你要是每天对着同一个人，她或者他脸上的神情会不由自主地影响你，你的潜意识中就会照着对方的样子去模仿，时间久了，也就越长越像了，要不，那些怀孕的妇女，总会在房间里贴上自己喜欢的明星照片，说是这样潜移默化，生出的孩子也会漂亮。"石宁听了，就在刚才看过的文玉照片里找出了一张时间最早的，对照着晓东看了又看，说："你还别说，她以前还真的跟你不是很像，比你好看多了。"晓东心里想，你拿十年前的文玉跟现在的自己比，不好看才怪呢！但嘴上顺着她说："信了吧，这都是有科学研究的。"石宁说："要真是这样的话，那你说我们要是一直在一起，会不会也越长越像？"晓东说："当然会啊！"石宁就拿出小镜子照了一下自己，又看看晓东，说："我可不要长成你的样子，那多丑啊！要长还是你长成我的样子吧！"晓东听了，笑着说："这个可由不得你，你想，我比你大，现在已基本定型了，你还小，更有可塑性，真要趋同，那也一定是你趋同于我。"石宁说："那我可不要！"两人说着话，点的菜就上桌了，石宁又要了一瓶酒，晓东说："你中暑刚好，能喝酒吗？"石宁说："我才不管呢，我今天就要喝酒！"

　　两人吃完饭，时间还早，石宁要晓东早点回家去。晓东说石宁喝了酒，要送她回去，石宁说自己没事，晓东哪里能让她自己走。石宁就说那你陪我去河岸边走走吧，两人就来到了沿河而建的滨河公园。正是仲夏时节，天已经完全黑了，河边的公园里凉风习习，小暑刚过，饭后纳凉人很多。晓东牵了石宁的手，石宁犹豫了一下，还是握住了，两人顺着河边漫无目的地往前走，石宁说："你怕不怕遇见熟人？"晓东说："遇见就遇见吧！"说的时候还握了握石宁的手，石宁叹了口气说："我们这算什么呀！？"听不出是提问还是自言自语，晓东没说话。走了一会儿，石宁说累了，两人就找了一个僻静处的长凳坐了，石宁倚在晓东的肩上，问："她那么温柔漂亮，你为什么还会喜欢我？"晓东说："我说不清楚，我也不知道自己是怎么了，从见到你的那一刻起，我就觉得自己像是着魔了一样，明明知道那样接近你，总有一天会陷入其中的，可就是忍不住，甚至比十几二十岁的时候还要热烈。可你知道，我不是那种游戏人生、玩弄感情的人，要真是那样，我们两个也就不像现在这样纠结，能快活一天算一天，也就不用管别人的感受了！"石宁听了，说：

"这兜兜转转的，我成了自己最不想成为的那种人，这事要是发生在别人身上，我一定会不以为然，可轮到自己却糊涂了。我有时候想，你要是个浪荡男子，只是为了一时的猎艳或是对漂亮女人的一种占有，那也就简单了，我今天想跟你在一起了，就安安心心地享受在一起的快乐，不想了，就随时可以转身离开，谁也不牵挂和羁绊。可我知道你不是这样，我能从你的每一个表情和动作中感受到你对我的爱意！你的多情，不是贪婪，你的随缘，不是生活的有余，而是不足。正是这样，我才一次次地想离开你，可一看到你，又一次次地放不下你。我不仅不能想象离开你后我自己的样子，更不能想象离开你后你的样子！我也知道，如果我决心离开你，你绝不会像别的男人那样死乞白赖地缠着我，当然也不会是如释重负地解脱！你会那样远远地看着我，希望我过得好！可我最受不了的就是这个，没有你，我怎么能过得好？！你也知道这个，所以你放不下我，你也知道你的家庭没有了你，也一样过不好，所以你也一样放不下。以前，我一直有意地把你和你的家隔离开来，让自己不去想，就当作是不存在，可当她就这样突如其来地出现在我的面前，我知道之前的一切都是掩耳盗铃，是自己在蒙蔽着自己，我就是那个在伤害着她也伤害着你的家庭的人。可这根本不是我想要的，你知道吗？当我知道了她的时候，我竟然觉得她跟我有一种亲切感，不是因为她说话温柔，也不是因为她给我看病，都不是，就因为她是你的妻子。按理我应该嫉妒她，可我没有，我觉得自己像是一个小偷，而且偷了最不该偷的人，可我又觉得自己并不是个坏人，我是爱了不该爱的人，可这也不是我想要的。我要真是个坏女人，我就不管不顾地把你霸占了，让你的朋友知道，让你单位的同事和领导知道，也让她知道，那样她就会离开你，你就会离开你的家庭。可那样你就能属于我了吗？我知道那样的话，我并不能真的得到你，只是毁了你和你的生活。如果真那样了，我们在一起连现在这种短暂的快乐也不会再有了，有的只会是无尽的愧疚和痛苦，我们只会分开得更快，而且是带着对彼此的怨恨分开。可你知道，我想跟你在一起啊！哪怕只是短暂的相拥，或者像现在这样靠在你身上坐在公园的一条长凳上！"石宁语无伦次的一番话，听得晓东热泪长流！他没想到石宁竟然说出这样一番话来。他知道石宁委屈，要说也该是抱怨的话，责怪的话，要是石宁跟他发一通脾气或者骂他一顿，他可能还会好受一些。可石宁没有怨他，竟然说出了他心里一直想着的感受，可见，这些想法，石宁应该在心里也想了很久！她跟自己在一起的时候表现得那么快乐，但是在一个人的时候都被这些想法缠绕着，煎熬着。石宁一边说着，晓东一只胳膊紧紧地搂着她，像是稍一松开，石宁就不见了一样。说完了，石宁抬起头，满眼也都是泪水，晓东去吻她的眼睛，石宁闭了眼，泪水顺着眼颊往下流，晓东尝到了咸咸的味道，就顺着石宁的脸颊，把流下来的眼泪都吻干了！

晓东说："我要跟你在一起，不只是这样一起坐在公园的长凳上，也不只是短暂的相拥就分开！我想在春日下着细雨的夜晚拥你入眠，想在晨曦的霞光里伴你醒来，想在秋日的午后慵懒地陪着你什么也不做，想在……"晓东还没说完，石宁却抬起头吻住了他的嘴唇，深情而热烈，嘴里喃喃地说："我知道，我都知道，但我不要你说，你说了就会引诱我去想，你知道想了又实现不了会有多难受吗？！"晓东就不说了，拥了石宁，眼泪无声地流下来。

19

又挨过了一周，二阀厂干部岗位调整的文件总算下来了，同时下发的还有市组织部对厂级领导班子的调整任命。厂长徐大力调离二阀厂任一阀厂总工程师，一阀厂的厂长魏林平调任二阀厂任厂长，总会计师余长年已到退休年龄退居二线特聘为厂投资顾问，财务处长田友良升任总会计师。机构调整中将原来的供销处一分为二，新成立了营销处和采购处，路晓东调离设计室任营销处副处长，原供销处副处长刘海江升任为采购处处长，同时任命的还有一个车间主任做了生产处副处长。

沸沸扬扬传了几个月的人事调整终于尘埃落定，这对二阀厂来说算是大换血，自然是有人欢喜有人愁。

最欢喜的当然是文玉。路晓东一下子从一个副科提了副处，消息很快就在亲戚朋友间传开了，这几日，来家里道喜的人络绎不绝。虽然祝贺的话在电话里已经说过了，但一样的话当面再说一遍，好像彼此的关系又深了一层。路晓东和文玉都是朝八晚六上班的人，来客就只能挑晚饭过后的时间来。往往是一家人还没有吃完饭，客人就敲门了，弄得全家人都手忙脚乱。客人来了，手里都会大包小包地拎些东西，有人带两条烟，有人提两瓶酒，还有人捧几罐茶，也有人拎几袋时令水果。客人一进门，就把东西往文玉的手里递，文玉一边忙不迭地给客人拿拖鞋，一边接东西，腾不开手。就一连声地喊晓东，又腾出嘴来招呼客人："来了就来了，还带东西干啥？太客气了！"一面给客人让座倒茶，一面收拾餐桌上的残羹剩饭，又指挥晓东拿烟端水，又让浩浩去房间写作业，忙得不亦乐乎。这边一拨人才坐定，祝贺的话才说了一半，下一拨人又到了，前面一拨就起身匆匆告别，给下一拨腾地方，两拨人要是相互认识，就挤在一起聊天喝酒，往往就坐到很晚，弄得屋子里乌烟瘴气，酒气熏天。一家人饭也吃不安生，儿子浩浩动画片也看不了，就一个人关在屋子里跟晓东和文玉生气。这样几天下来，搞得两人筋疲力尽。文玉虽然累，但情绪很好，晓东因刚去了新组建的营销处，业务生疏，百事待理，白天就已经够头大了，晚上又不安生，就有些焦躁。这天，送走了最后一拨客人，看看已经十一点了，晓东舒了口气，点了一支烟在沙发上抽，文玉就说："这刚刚打开窗户把烟散了，你怎么又抽上了！"晓东就起身去了阳台，看着外面灯火阑珊，一时意兴萧瑟，长长地叹了口气。文玉也跟了出来，见晓东闷闷不乐，说："这是怎么啦？嫌家里老来人烦啦！"晓东说："你说咱这是干吗呢，好好的安生日子不过，每天弄得家里跟车马店一样！"文玉说："人家说瘦猪哼哼，你这肥猪也哼哼，现在还不知道有多少人羡慕你呢！尤其是你们单位那些跟你平级的，想让人来还不见得有人愿意来呢！"晓东说："可你看这来的都是些什么人，相不相干的都来凑热闹，我这刚到新岗位，屁股还没坐稳呢，就来找我要求调工作的，要去跟领导说情的，还以为我能量有多大呢！"文玉说："这别人哪知道啊！现在的风气就是这样，谁要升职了，外面的人总以为上面有人。哦，你这一说，我倒觉得你应该请一下帮了忙的人，咱总不能也等人家上门来吧！"晓东说："这你倒提醒我了，请肯定是要请的，但这事又不能太张扬，太张扬了让人笑话，影响也不好！"文玉说："就约你平时玩的那几个人，也不说是领导上级，就算是朋友聚聚。只是这高书记你要不要请呢？"晓东说："高书记就是请了也不会来的。再说，现在这个时候，请他也不合适，等缓一阵吧！"两人就商定了邀请的人数，除了黄云、田友良、老蔡、洪鸣之外，路晓东又加了毛晓萍和谭德正，文玉问："这毛晓萍是谁啊？之前没听你说过，晓东说："是老蔡酒楼的合伙人，请了老蔡，不请她不合适！"文玉问去哪里吃？晓东说就在鸿发呗！文玉就说："别的人倒无所谓，这老蔡和毛晓萍也在，我们在人家店里请人家，这样好吗？"晓东挠了挠头说："这还真是个问题，但不去他这里也不好，有生意不给朋友做给别人，那他怎么想？"两人说了半天，说得哈欠连天，也没说出个结果，晓东就说他再想想看，看看时间不早了，就赶紧回房间休息了。

第二天上班，路晓东去了高书记办公室。书记问了他到新的岗位的工作情况，路晓东一一答了。书记问完了，就说有什么需要厂里支持的可以提。路晓东就说："不瞒书记，今天来找您还真是想跟您提个申请的。"书记笑笑地问："什么申请，说说看！"路晓东就说："我现在刚到营销处，别的方面也还好，就是觉得人手还是有点紧。原来从供销处分过来的几个同事吧，年龄都偏大，对现在办公用的电脑啊、网络啊，各种办公软件都不太熟，很影响工作效率。我想跟您申请把我们设计室原来的一个年轻同事调到现在的营销处，您看行不行？"书记笑着说："你说到这个电脑网络办公的问题，我也有体会，现在人家深圳那边都已经实现无纸化办公了，我们这里还是老一套，电脑配了都成了摆设，很多年龄大的职工都不会用，又不主动积极学习。我们且把现在提倡的绿色环保放一边，单就工作效率，都跟人家差距越拉越大。"路晓东连连点头称是，说："我们设计室年轻人多，而且这几年也一直都用电脑画图，所以在使用电脑这方面还是有点优势的，所以我才想到调一个人过来。一方面也确实缺人，另一方面也可以让年轻人带一下年龄大的同事。"书记说："小路你这个提法有意思啊！以前我们都说传帮带，是让老的带年轻的，你现在说让年轻人带老的，很大胆嘛！"路晓东惶恐道："我说年轻人带老的只是指对这些新工具和新技术的应用，工作经验和处理问题还是要依靠老一辈的智慧的！"书记挥了一下手，说："不对，你这样想太局限了，有了新工具和新技术，就会产生新思路，我们现在最要不得的就是墨守成规，你说老一辈的经验重不重要，当然重要，但只靠老经验，我们还怎么发展？"路晓东说："书记说得是！"高书记继续说："这次我们启用你们这一批年轻的中层到更重要的岗位上，就是要给厂里的管理层加入新鲜血液。所以，你们工作中不要有顾虑，不要怕人说三道四，想干事哪有不被人议论的！小平同志早都说了，我们步子要迈得大一些，缩手缩脚还怎么干事？你这个申请我批准了。另外，你刚到新岗位，用自己熟悉和可靠的人也是对的。古人都说了：将令不行，法训俱弛。只有带的兵执行力强，工作才能落实，我们管理企业跟带兵打仗是一样的！"晓东就连声道谢，书记说："你先别谢我，我正好有事找你办。你上次说的给我配一个助理的事，我考虑了一下还是可行的。我这年龄，一样面临着不会使用新工具的问题，人家外面发个电子邮件，我都要找人帮我收，这怎么行？不说跟国际接轨了，咱至少要跟国

164

内发达地区接轨吧！我们机关工作的这些人，没有特别合适的，你刚才说设计室年轻人多，对电脑也熟练，有没有合适的人给我推荐一个？"路晓东听了，想了一下说："那还真有一个人可以推荐给您，是个女生，大学毕业就来了我们设计室，工作有三年了吧，叫钟小雨，人蛮机灵的！"高书记说："那行，你侧面了解一下，她愿不愿意放下本专业干行政工作。如果行，哪天带她来跟我聊聊。"路晓东连声应诺了，就起身告辞。

回到营销处，给小邵打电话，让他马上来办公室。小邵听得一声，放下电话就马不停蹄地赶来了。一进门，路晓东示意小邵把门关了。小邵关了门就喜滋滋地坐在了路晓东办公桌的对面，说："主任，哦，不，应该要叫您路处啦，您这是有好事告诉我吧？"路晓东扔了一支烟给他，说："你小子鼻子够灵的，怎么就知道是好事啊？"小邵说："知道您不会扔下我不管的。"路晓东说："你可要想清楚了，开弓没有回头箭，来这里可是有压力的，可不比之前设计室那么轻松惬意地混日子！"小邵立马表态说："您放心，我就是不想混日子才要跟着您来的，再说，我要是那种混日子的人，您也不会要我！"路晓东说："那我就不跟你废话了，我这里可是有一摊子事等着你呢！还有啊，老吴不会不放你吧？"小邵说："那不会，他早看我不顺眼了，估计都盼着我走呢。"说完了，起身掏出打火机帮晓东点了火。路晓东抽了一口烟，不经意地说："你走了，不怕张杰缠着小雨啊？"小邵听了，气呼呼地说："这个王八蛋，就是块狗皮膏药。你这一走，副主任的位置就空了，他认为他的希望最大，就跟小雨说这说那的，小雨都烦死了！"路晓东笑着说："我看不光是小雨烦，你更烦吧？"小邵嘿嘿笑了一下，说："是有点烦，您不是跟我说不怕贼偷，就怕贼惦记嘛！可现在有啥办法，要不您把小雨也一起调来营销处算了！"路晓东说："你想得美，调来你们一天到晚卿卿我我地谈恋爱，还怎么工作啊！"小邵说："那不会，你看我们在设计室也没影响工作啊！"路晓东说："设计室那点工作算什么，一天就把三天的活干了，我这里可养不了闲人！"小邵就低了头不言语了。路晓东想了一下说："我帮你想想别的办法吧，看看厂里其他地方有没有空缺。"小邵听了，眼里就放了光，忙不迭地道谢。路晓东说："小雨自己也愿意离开设计室？"小邵说："那她太愿意了，不止一次跟我讲设计室的工作太枯燥了，没意思。而且她学的本来也不是正儿八经的工业设计专业，她学的是美术，设计是到了我们科室才改的。"路晓东就问："嫌设计室工作枯燥？那她想去干什么工作？"小邵说："她倒是很想去学校教小孩子画画。可现在学校是事业编，没一定的关系

165

哪能挤得进去！"路晓东听了，说："那行，我知道了，我只能在厂里的其他处室想想办法，你的事回去等人资处的通知吧！"小邵就起身，千恩万谢地告辞了。

　　小邵离开后，路晓东叫来了营销处的行政专员朱丹，跟她说给人资处打一个增加人员的申请报告，并让她记下了用人要求。说完了，朱丹问："现在又不是大学生毕业季，现在要人哪能要得来？"路晓东说："我让你记录的人员要求也没说是要应届毕业生啊，我们要有工作经验的。"朱丹就明白了，神秘地问："路处您是不是已经有人选了？"路晓东说："选什么人这是人资处的事，我们只管提需求就行了。还有，这个事你自己知道就行，可不要在处里到处嚷嚷，记住了吗？"朱丹说记住了。路晓东就让她马上去写，写好拿来让他签字后就送去人资处。朱丹一走，路晓东又马上给人资处的刘开仁打了电话，讲了人员需求以及点名要小邵的事，刘开仁自然是满口答应。

　　可是一直到了下午，路晓东左等右等，还不见朱丹把申请报告送过来。就拿起办公桌上的电话拨了朱丹的内线号码。电话通了，可响了半天却没人接。路晓东想办公区有七八个人在办公，就算是朱丹不在，也应该有人接电话啊？就起身到办公区看看怎么回事。一出门，就听见员工办公区嘻嘻哈哈一片喧嚣，听见老林说："黄兰，又换一身新衣服啊，漂亮！"另一个女人接话说："老林你看人漂亮眼馋啊？你可别打人家黄兰的主意，人家老公做生意的，可比你有钱！"说完办公室几个人就笑了，老林说："郑霞你这就狭隘了，咱这是欣赏嘛！这女人穿漂亮了，咱们男人看着赏心悦目，工作也就不累了嘛！都要像你这样，这男人活着还有啥激情啊？"郑霞说："我怎么啦？我也想一天换一身。可我家男人跟我一样，就拿点死工资嘛！别说换衣服了，我晚上睡觉前敷个面膜，我家那位还说：你这一张面膜几块钱糊脸上十五分钟就扔了，多浪费！你们听听，这男人没钱，说话都这么小气。我一生气，拿了床头的一个安全套跟他说：你说我浪费？我一张面膜还用十五分钟呢！你用这玩意不到五分钟就扔了，谁浪费？"听得所有人都哈哈大笑。黄兰说："反正我是想明白了，我这省吃俭用的，指不定省给谁了呢！"郑霞说："就是，你穿漂亮了，你男人看着喜欢，一天多爱你几次，也就不会像老林这样吃了五谷想六味的了！"一句话又说得大家哄堂大笑。一伙人只顾聊天，根本没注意路晓东已经到了办公区。直到路晓东咳了一声，大家才看到他，一下子全都噤了声，老林端了茶杯装作要去茶水间倒水，其他几个都坐回了办公桌前。路晓东也不便发火，只是冷着脸问朱丹去哪里了，黄兰赶忙说："好像是去采购处找小董要什么表去了！"路晓东就说："回来让她来我办公室。"说完就回身进了办公室。

回了办公室路晓东想，这种人浮于事的办公风气必须得改变。自己之前在设计室的同事，虽然也嘻嘻哈哈的不怎么严肃，但跟这里相比，简直是天壤之别，不拿出点措施整治一下，自己这个副处估计也就干到头了。正想着，有人敲门，朱丹进来了。路晓东就让她拿申请报告来签字，朱丹就支支吾吾的，不说写好了，也不说没写好，一张圆嘟嘟的大饼脸憋得通红。路晓东也没让她坐，问她怎么回事。她这才说自己之前在供销处的时候不是干这个的，没写过这种申请报告，不会写，之前管这事的小董在供销处分开的时候去了采购处，自己就去采购处问小董。可上午去了两趟，小董都不在，刚刚又去了一趟，还是没见到人。路晓东听得又好气又好笑，心想，这朱丹还算是处室里面比较年轻的，就这么点事一个上午还连门都没摸清，要都是这种办事效率，往后自己这个头可就真大了。就批评她："就这么点事，你跑了一个上午我还连一个字都没看到！我让你不要在我们处说，你倒好，是没在我们营销处说，倒跑到采购处说去了。姑且不说人事工作的保密性了，你业务不熟，问人是对的，但也要问对人啊！人小董现在是采购处的人，人家有义务教你吗？这个事是跟人资处对接的，你不会直接去找人资处要一份人员需求申请报告的模板吗？我们处是新组建的，各个口的资料不全是难免的，找相应处室的对口人员直接请教就好了，你绕那么大一个弯？现在还没拿到，就算是拿到了，那也是转了几手的，你怎么能保证它的准确性和时效性？"训得朱丹站在那里低头不语。路晓东觉得自己语气重了，就缓和了一下说："你第一次做这个，不会也正常，但工作思路要清晰，下次再有不会的，要第一时间先来问我，免得耽误事。行了，你按照我说的快去办吧！"朱丹答应着出去了。果然，一个小时后，朱丹拿了一份申请报告来让路晓东签字。签完字，路晓东让她即刻就送去人资处，又从桌上拿了自己刚起草的两页纸，一份是营销处劳动纪律规范，另一份是营销处业务培训计划书，让朱丹打印出来，并通知处里两个主管业务的科长来自己办公室开会。

转眼就到了周末，按晓东和文玉的商定，约了黄云、洪鸣等人到鸿发吃饭。除了田友良出差来不了，众人都满口应允。约老蔡时，老蔡豪气地说："本来要去你家里祝贺高升的，既然这样，那就我来做东。"晓东哪里肯依，说："这是我感谢朋友们的心意，你怎么能喧宾夺主？要这样的话，我就只能换地方了。"老蔡这才作罢。约毛晓萍时，毛晓萍在电话里叮嘱晓东一定叫上石宁，说她特别喜欢跟石宁在一起说话，路晓东说跟石宁说了，她本来说有事来不了，可听说您来她一定来。毛晓萍就说晓东真会说话，你这样的人不高升谁高升！路晓东就赶忙说晓萍姐您可别笑话我了，要不是有你们这些朋友提携，我啥也算不上的。晓东确实是跟石宁说了，但石宁不愿意来，石宁是知道文玉要来才不来的。晓东跟她说其实来也没关系，可石宁说要是之前没见过文玉，她来就来了，但之前见过，要是在这种场所冷不丁的又见了面，怕别扭。晓东也担心到时人多嘴杂的，别出什么状况，就不再勉强她。刚才所以那么跟毛晓萍讲，是想要是说了石宁来不了，毛晓萍一定会亲自打电话叫石宁，到时石宁更为难！

来的人里面，只有老蔡是老熟人，文玉见过的，其他人都是第一次见。为此，从周三开始，文玉就盘算穿什么衣服出场。盘算来盘算去，到了周五还是拿不定主意，晓东说："你又不是去相亲，穿什么都行。"文玉说："那怎么行？你这些朋友都是经常应酬的，我穿得不得体不是给你丢脸吗！"说着就从衣柜里翻出了所有的衣服试给晓东看。试一件，晓东说太素，再试一件，晓东又说太艳，穿了裙子，晓东觉得好，文玉又觉得不好，穿了套装，文玉觉得好，晓东又觉得不好。试来试去，没有一件是两人都满意的，晓东就说晚上去商场买一套吧，文玉一开始不同意，经不住晓东正说反说，还是欣然同意了，吃了晚饭，就欢天喜地地随晓东去了商场。

第二天，晓东和文玉把浩浩送去了爷爷奶奶家，让两位老人帮着照看。家里有最近来的人送的香烟酒水，晓东就从里面拣好的挑了两瓶红酒，四瓶五粮液，又拿了一条软中华香烟，夫妻二人拎了东西下楼。经过小区门口的超市时，文玉说："你光顾着拿酒，万一有不喝酒的怎么办？我们再去超市买点果汁可乐之类的饮料吧！"晓东说："那些东西酒店都有，这么远过去拎着怪重的。"文玉说："重又不是你拎，有车拉着！"说着还是拉晓东进了超市。两人选了两种饮料到柜台前付款，收银台前的人不多，一对男女在收银台旁边的保健用品专柜挑选安全套，男的挑了这个又想要那个，女的站在收银台前等得不耐烦，说："你快点，那有啥好挑的？"男的说："换不同的有新鲜感呀，不能换人换个套套总可以吧？"听得晓东"哧"地笑了，不料那女子一脸鄙夷地说："那有啥新鲜的？里面装的东西还不是一样的！"一句话说得文玉和那个收银员也笑了。出了超市，文玉说："怎么现在的年轻女人说话那么野的，那种话当着那么多人就说出来了！"晓东还在笑，文玉就又说："这男人是不是都喜欢图新鲜啊？"晓东说："一句玩笑话你还当真啦？你不听那女人也说了，还嫌里面装的东西都是一样的呢！"文玉就红了脸说那女人真不要脸！

　　两人早早到了鸿发酒楼，包厢定在了别苑二楼的红袖厅。来时李红已经把一切安排停当，二人也没啥好准备的，就坐在包厢等客人到来。最先来的是洪鸣和黄云，晓东给文玉介绍了，黄云说："难怪路处总喜欢待家里，原来嫂子这么漂亮啊！"一句话说得文玉红了脸。晓东说："什么路处不路处的，你这么叫就打我的脸了，我们还是老称呼吧！"黄云就说："那好，这下总算见着嫂子了，以后我要是没饭吃就去你家蹭饭了！"晓东就跟文玉说："你不知道吧，这黄云可不得了，年纪轻轻就做了汪副市长的秘书，现在已经是市政府的处级领导了，可这家伙眼光高，到现在还是单身，真正的钻石王老五，你在你们医院帮他物色一个漂亮的医生或护士吧！"文玉听了就说："真的呀？我这儿倒还真有个人能介绍给黄处的。我们医院每年来的医生护士虽然不少，漂亮的也有，但跟我说的这姑娘一比，都成丑八怪了！"黄云说："嫂子可别这么叫我，刚还说去你家蹭饭呢，这就想把我打发掉啊！"晓东说："一提到做媒，你嫂子就来劲了！"洪鸣一直没说话，这时忽然插了一句："这你可不能怪弟妹，这女人做媒的热情和男人当官的热情是一样的！"说得大家都笑了。正闲话间，老蔡推门进来了，跟黄云和洪鸣寒暄过后，老蔡对文玉说："弟妹，你今天漂亮得我都不敢认了，我这一进门还以为我晓东兄弟一升官就换了班子呢，仔细一看，这不还是我弟妹吗！几个月不见，你这年轻得跟小姑娘似的。"文玉说："他倒是想换哩，怕还没找到合适的吧！"说得大家哈哈大笑。正说笑着，李红推门进来了，后面还有两个人，一个是毛晓萍，另一个居然是石宁。

　　毛小萍和石宁一进门，房间里好几个人都呆住了，最惊讶的还不是路晓东，是文玉。自从见过石宁，石宁的样子就印在了文玉的脑子里了，刚才跟黄云说做媒的事，她想到的就是石宁。这才打了个呼哨，现在石宁居然在这里出现了，这世上的事，真是奇了，说鳖就来蛇。房间里的谈笑被新来的人打断了，刹那的静止后，还是老蔡的反应快。哈哈笑着说："看今天这是啥日子啊，咱这里成美女聚会了，咱市里最漂亮的美女都被我们一网打尽了，来来来，我给你们介绍一下！"先介绍的毛晓萍，说这是我们市的美女企业家，也是我们鸿发的合伙人。其他人毛晓萍都见过，只有洪鸣和文玉是第一次见，老蔡介绍了洪鸣，毛晓萍说："我们这些体制外讨生活的人，上不着天，下不着地，以后还要洪主任多为我们说话啊！"洪鸣说："你们民营经济才是今后社会的中坚力量，我们是要多宣传的。"毛晓萍就一连声地感谢，还邀请洪鸣抽时间去她的公司参观指导。

轮到文玉，老蔡说："这就是咱们今天的女主人文医生，晓东的夫人。"路晓东看着毛晓萍，觉得她脸上有一丝不易察觉的笑意，但很快就被更灿烂的笑容淹没了，她拉着文玉的手说："我一直说晓东这么优秀，这夫人该有多漂亮啊！今天总算是见到了，真是比我想得还要漂亮。晓东这一直藏着不让我们见，是金屋藏娇啊！"文玉就说："让毛总见笑了，我又不会说话，他可能怕带了我见朋友给他丢脸吧！"毛晓萍说："你可别这么说，我们这都是一帮生意人，随意得很，哪像你这样知书达理的，一说话就不一样。现在流行那个叫什么知性美女，就是说的你这样的。"文玉说："知性美女是对不够美的女人的别称吧！"说得大家都笑了。毛晓萍说："谁说知性美女不够美？！"说着回头拉着石宁说："你看我这位小妹妹够不够美？又这么知性，跟文医生可算是姐妹花了，我来介绍你们认识一下。"石宁红着脸说："我跟文医生认识的，就是不知道文医生还记得我不？！"后面一句像是问又像是自言自语。文玉就接话道："当然记得，你这么漂亮怎么会不记得！"毛晓萍倒惊奇了，说："我还以为你们没见过呢，本来还想带我这妹妹给你一个惊喜呢！"石宁说："我找文医生看过病！"文玉也附和着说："毛总你不知道啊，那天小石一上我们120急救车，把我们所有的人都看傻了！"一句话说得大家不明所以，都问怎么回事，还上了急救车。石宁就简要说了当日的情形，大家这才松了口气，毛晓萍说："吓死我了，还以为我这妹妹怎么了呢！"文玉说："也是巧，那周正好我在120车上值班，要不就见不到小石了！"毛晓萍说："你还别说，我今天也是正好去华安大厦工地看消防安装，没想到小石在现场加班，就一起过来了，合该你们姐妹的缘分到了，就算那天见不到，今天不也见到啦！"几个女人叽叽喳喳地说个没完，这边几个男人就抽烟喝茶。李红看时间差不多了，就问晓东还有没有没到的客人，晓东说："就谭局长还没到。"毛晓萍听到了，就说："这个老谭，每次就他来得晚，我问问他到哪里了！"说着就给谭局长打电话去了。毛晓萍一走开，文玉和石宁竟一下子没了话。文玉当然不知道石宁和晓东早就认识，以为是毛晓萍拉来的，就想不能怠慢了客人的朋友，想找个话题跟石宁说，可一时竟不知道说什么。石宁也有点拘谨，两个人那么默然片刻，石宁指着桌上的一杯水说："文医生你喝水！"文玉忙说："你喝吧，我不渴！"说完了，又觉得不妥，意识到自己是今天的主人，应该行使照顾客人的义务和权力，就推了一下水杯说："这杯你喝，我再倒一杯！"说着就起身要去倒水，石宁却先站起来了，说："我去倒吧！"正要找杯子，包房门被推开了，李红引着谭德正进了房间，大家就一起站了起来。

谭德正一进来，所有人都站了起来。毛晓萍说："你看大家都在等你，给你打电话也不接！"谭德正呵呵笑着告罪："都是我不好，该罚！"说着环视一圈，大多数都是认识的熟人，就跟晓东说："小路，不，应该称路处啦，给我介绍一下吧！"路晓东赶忙说："谭局您可别这么叫，还是叫小路才亲切。"说完指着洪鸣说："这位是市报社的洪主任。"又对洪鸣介绍了谭局长，谭德正跟洪鸣握了手，说："你们媒体是无冕之王啊，汪副市长就特别重视你们报社和电视台！"洪鸣说："谭局长过誉了，谢谢领导关心！"说完，没等晓东开口，谭局长就对文玉说："我想这位一定就是小路的夫人啦，我就托大称你弟妹啦！"说着就跟文玉握了手。文玉连声说："谭局长好！"看到石宁，石宁忙说："谭叔叔好！"谭德正问："你舅舅最近忙什么呢？见不到人！"石宁说："现在华安大厦工地在赶工，他也是工地和公司两头跑，是挺忙的！"毛小萍就插话说："可不是吗，现在见权总一面可难啊！我今天去了工地，到项目部办公室找他，说是去现场了，都没见到他。"说话间，晓东就招呼大家落座。自然是谭局长坐了上首，旁边是毛晓萍，洪鸣和黄云推让了一番，还是洪鸣坐在了谭局长的另一边，依次是黄云、老蔡和李红。毛晓萍拉了石宁要坐在她旁边，石宁要推文玉坐，文玉哪里肯，硬把石宁按在了座位上，自己坐在旁边，晓东挨着文玉坐了。

主客各安其位，桌上十二道开胃下酒的凉盘早已摆齐。路晓东请谭局长讲开席辞，谭德正说："今天这个开席辞不能我讲，必须是小路你来，你这是迈上了一个新的台阶，也是人生的一个节点，我们要把不同的节点把握好了，就会一步一个台阶地往上走。"说完大家都鼓掌，毛晓萍说："你说让人晓东开场的，你却一说一长串。"晓东忙说："谭局这讲的就是最好的开席辞了，一下子就指明了我的努力方向，也是我们所有人的努力方向，这第一杯酒我们要都喝了！"大家都连声称是，就把面前的酒喝了。喝完第一杯，文玉就招呼大家吃菜。服务员在每人面前放了一盅炖汤，李红介绍说："这是虫草海参乳鸽汤，是路处特意让我们蔡总留的，请大家品尝。"洪鸣就说晓东太客气了，都是自己人，没必要这么铺张。晓东说："就因为都是自己人，我们才要吃点好的，这汤要是好喝，就跟我说，这汤要是不好喝，就跟老蔡说。"一句话说得大家都笑了。老蔡被点了名，就说："这个我倒可以保证，为了这个，我可是把消防大队的人都给推了。自从上次毛总带着他们来了一次，他们有个副队长，隔三岔五就带一帮人来，一来还就要喝虫草汤，我哪有那么多的虫草给他们喝？我这个是特意给晓东兄弟留着庆祝的。"大家一边喝汤一边称赞。路晓东就让洪鸣提第二杯酒，洪鸣推辞道："刚才谭局开席了，这第二杯必须晓东你自己来。"黄云附和道："这第二杯不光你提，应该你和嫂子一起提。"众人都连声称是，晓东推辞不过，就和文玉端了酒站起身，说："感谢谭局和各位兄弟姐妹们的抬爱，今天请大家来聚一下，也不是特意要庆祝什么，我这点事在大家来说就是个小事，说庆祝就贻笑大方了，就是找个跟朋友们喝酒吃饭的由头，仅此而已！再次感谢大家对晓东的信任和提携！"说完了，晓东先把酒喝了，大家端杯正要喝，黄云却起哄说："东哥你这不对，你和嫂子一起提的，你说了，嫂子还没说呢，你这么快把酒喝了怎么行？"大家就都说文玉也要说两句，让晓东重新把酒倒上，刚才那杯不能算。文玉就顺着黄云的话说："大家都看到了吧，一到了外面，他眼里都没有我的。"老蔡说："你们听出来了吧，我这弟妹的意思是，外面没她，这里面可就全是她了。"说得大家都笑了，毛晓萍说："老蔡你别打岔，听文医生说话，要不这酒都端着没喝呢！"这一说场面一下子安静了，文玉倒有些窘，说："感谢大家对晓东的关心，虽然今天有几位都是我第一次见，但他在家里说过很多次了，所以虽是初次见面但感觉都是旧相识，看到晓东有这么多的好朋友，我也很开心，再次谢谢大家！"说完大家一起把酒喝了。黄云眼尖，看见石宁抿了一下没喝完，就说："小石你不能仗着自己漂亮就不守规矩啊？"一句话说得大家都愣了，不知道黄云指的什么，石宁就红了脸，一时竟有点慌乱，黄云就说："你看我们都干了，你怎么不喝完？"大家这才反应过来是因为没喝酒，石宁也才缓过神来，说："刚才路主任说的时候我已经喝了呀！"黄云说："那不行，我们今天的中心是文玉嫂子，东哥那杯不算的，再说你喝的时候我们也没看见啊！"石宁说："我真喝了，不信你问晓萍姐。"毛晓萍就说："黄处你可不能欺负我这小妹妹，她刚才是喝了的！"黄云说："喝了也得再喝，刚才那属于友情赞助，这次才是正式的，你看，东哥不也是喝了两杯吗？"石宁说："他那是属于多吃多占，我可不！"一句话说得满桌子的人都笑了。笑完了，晓东又让洪鸣提第三杯，洪鸣就没再推辞，端了酒说："既然晓东要求，我也就不多客气啦！难得晓东提供了这么好的机会，认识这么多朋友，也有幸跟谭局一起举杯，首先还是祝贺晓东心想事成，我们作为晓东的好朋友，真心为他高兴，其次呢我们也借着晓东的鸿运，祝在座的所有人各得其所，各有所成！"说完大家碰了杯，都一饮而尽。

说笑间，各种热菜鱼贯而上，桌上瞬时杯盘罗列，五彩纷呈，各种鸡鸭鱼肉、山珍海鲜你推我揉地挤得满满当当，连牙签也无立足之地了。每上一个菜，服务员都会把转盘转到谭德正面前，让谭局先举箸，谭局谦让一番，还是象征性地夹一点，再转往别处。文玉就不停地劝大家吃菜，晓东对毛晓萍说："晓萍姐，这第四杯酒要你来提了！"毛晓萍说："这三杯喝完我们大家就随意喝了，我就不提了吧！"黄云说："那哪行？今天我们每人都要提一杯的，提完了，我们再各行其是，想敬局长敬局长，想敬毛总敬毛总。"大家就说这个提议好，毛晓萍说："黄处你别把矛头往我们这边引，今天的主角是晓东和文医生。"说完了，还是端了酒杯说："那这第四杯就我提了，晓东，还是祝贺你高升，人家说干啥都要掌握节奏的，尤其是做领导，这一步踏上点了，就步步能踏上，你这一步就踏得特别好，我们都很看好你啊！"说完招呼大家一起举杯喝了，往后依次是黄云、老蔡、石宁和李红，其他几个无非都是祝贺的话。只有石宁说："我祝大家都好事连连，那样我就可以经常来蹭吃蹭喝啦！"

这样轮完一圈，晓东和文玉又从谭局开始，挨个儿敬了一圈。文玉不胜酒力，只有在敬谭局时喝了满杯，其他人跟前都只抿了一下，转到石宁跟前，正好一圈转完，文玉就把杯里剩的酒干了。石宁看文玉喝完了，端着自己的杯酒，眼睛看着晓东，两人目光交汇，似乎有千言万语都在里面，却又一言难说，晓东说了句："你随意吧！"石宁却一仰头把自己的一满杯酒都喝了，这一切别人没注意到，却被坐在旁边的毛晓萍看在了眼里。

黄云看晓东夫妻俩一圈敬完，说："东哥你也要敬一下嫂子的，要没有嫂子这样的贤内助，你哪能这样顺风顺水啊！"晓东说："那是该敬，我这事情一多就不着家，家里都是你嫂子在操持着！"说着，端了酒杯对文玉说："来，敬我们家的领导！"黄云说："你这个敬法不对，怎么也要喝个交杯酒的。"晓东笑着骂黄云："怎么你花头这么多的？我们老夫老妻了还喝啥交杯酒？"众人都起哄说："该喝的该喝的！"文玉见推不过，就说："喝就喝，都老夫老妻了怕啥的！"黄云就说："东哥你就从了吧，你看嫂子多爽快！"两人端了酒杯两臂交叉要喝酒，却发现文玉刚才喝完没倒酒，杯子是空的，两人手臂还在交叉着，众人就忙着找酒壶，桌上杯盘交错，一时找不到，石宁就递过自己的酒杯说："文玉姐你不介意的话，喝我这杯吧！"文玉就接过石宁的杯子，跟晓东把酒喝了。

接下来的酒就喝得很快，黄云、洪鸣、老蔡都分别敬了一圈。晓东让文玉照顾好几位女客，但文玉酒已经多了，不敢再喝，石宁就说："我来跟晓萍姐喝吧！"斟满了酒要敬毛晓萍，文玉担心石宁一个小姑娘喝多了，就把石宁杯子里的酒匀了一半给自己，两人一起敬毛晓萍，毛晓萍拉了石宁的手，对文玉和石

173

宁说："我这小石妹妹这么漂亮，我们女人见了都喜欢，追求的男人不知道有多少？也不知道哪个男人有这样的福气！"文玉也说："那天一见到她，我们医院就有人想介绍个医生给小石呢！我想小石这么漂亮，一定有男朋友的，都没好意思问！"石宁已带了酒意，就开玩笑说："那你们就给我介绍个大帅哥吧！"文玉说："我可是说真的啊，不过我们医院的那个医生小石不一定能看上，现在倒是有个人选！"毛晓萍和石宁一起问："谁啊？"文玉就压低了声音说："你们觉得黄处怎么样？"说完三个女人都向黄云看了一眼，然后就咯咯咯地笑。这边正热闹，黄云看到文玉她们三个看着他笑，就说："晓萍姐，你们笑得这么开心，说出来大家一起乐嘛！"石宁就拉了一下毛晓萍的衣服，毛晓萍就说："我们说女人的事，男人不能听的。"黄云偏端了酒过来说："不能听你们说话，那我就敬三位美女喝酒吧！"毛晓萍说我们有四位美女呢，就把李红也拉过来，李红说："黄处，你一个人跟我们四个美女喝，你喝一杯可不行，你要喝双杯的。"黄云就说："美女说了算，那我就来个好事成双吧！"说着双手各执一杯，跟四人碰杯喝了。

这一餐饭吃了很长时间，八个人喝了四瓶酒，每个人都酒酣耳热。看看时间已晚，谭局长就对晓东说："小路，我看今天大家也都尽兴了，要不就到这儿吧！我们改天再聚，感谢你和弟妹的盛情。"毛晓萍附和道："嗯，我已经约了洪主任改天去我公司考察指导，到时在座的所有人都不能缺席啊！"大家就应声说一定到，路晓东还要留大家再喝一会儿，黄云说刚刚好，再喝就要把吃的还给蔡哥的酒店了，毛晓萍就笑骂："吃得好好的，黄处你说得这么恶心，真该罚你！"黄云连声告罪，说认罚认罚，毛晓萍就说："那就罚你做护花使者，把我小石妹妹送回家吧！"石宁连声说不用，黄云说："这哪是罚啊？这分明是奖励嘛！我保证完成任务。"说得大家都笑了。最后各自喝了门前酒，分别向晓东和文玉道谢告辞。

晓东和文玉最后走的，李红留下来帮他们结了账，晓东看了一下账单，只是象征性地收了一点成本费，知道是老蔡交代的，就跟李红说老蔡这也太客气了，让李红一定转达谢意！两人出了鸿发，周末的街上还是灯火通明，叫了辆的士回家。文玉从没喝过这么多酒，已有些醉意，但人还清醒，心情很好。这时靠在晓东肩上，说："这世界真小，没想到那个小石会来，我那天跟你说的去看病的漂亮小姑娘就是她，你说她漂亮吧？"晓东说："是挺漂亮的！"文玉又说："真没想到会在这里见到她！"晓东说："她跟毛晓萍很熟的。"文玉随口"哦"

174

了一声，过了一会儿又说："黄云这人挺好的啊！"晓东顿了一下，刚想说什么，发现文玉已经靠在他肩上睡着了，他调整了一下坐姿，让两个人都舒服了一些，然后也说了一句："黄云是挺好的！"

20

二阀厂领导班子调整之后，引进资金的事按计划顺利推进，内部改制工作也进行得非常顺利。这段时间，书记高原、新任厂长魏林平、新任总会计师田友良、人资处长刘开仁等几个主要领导忙得不可开交。设计室的钟小雨被借调去了厂办公室，任高书记助理，每天在厂办公大楼跑上跑下，忙得上蹿下跳。

小邵已被正式内调至路晓东主事的营销处，成了路晓东的左膀右臂，利用自己在电脑方面的专业优势，每天给营销处的老员工进行电脑办公培训。小邵人聪明，嘴又甜，自己教别人用电脑，却对老员工恭敬有加，一口一个大哥大姐地叫，很快就跟处里的老员工打成了一片。路晓东授意小邵，教别人的同时更要向别人学习。小邵是一点就透的人，知道路晓东的意思，是想把销售业务渠道抓在自己手里，就有事没事跟老员工套近乎，请教业务方面的事。老员工们知道他是路处原科室带过来的人，也乐得送顺水人情，加上之前也懒散惯了，但凡是跟客户寄样品发信函寄发票等跑腿的事，就扔给小邵去做。小邵有心，把自己所有经手的客户信息，都暗暗地记在了一个笔记本上，不忙的时候就把客户信息一条一条地录在了电脑里，利用电脑软件对客户的采购量、型号、价格以及所在区域进行对比分析，准备在路晓东需要的时候给自己报功，也算是报答路晓东帮自己和钟小雨的知遇之恩。

这期间，高书记和田友良又去了几次深圳，深圳四海国际注资二阀厂的事基本上就确定了。二阀厂就筹备召开职工代表大会，讨论通过企业改制方案。职代会筹备组的负责人是工会主席倪西和。高书记说这次职代会时间紧，任务重，光靠工会的几个人工作量太大，建议让人资处协助一下，就提议人资处长刘开仁做了副组长，主要负责选出职工代表，老倪整体把控，负责会议流程。

职代会筹备组的首要任务就是选出职工代表，书记高原是怕倪西和办事力度不够，才让刘开仁出马的。刘开仁知道这选职工代表是得罪人的差事，但老大点了将，硬着头皮也得上。按照职代会的章程规定，职工代表要占全体职工人数的百分之五到百分之十，二阀厂有在职职工近三千人，按比例要选出两百多人的职工代表，管理层可占代表人数的百分之五十，剩余百分之五十要从基层职工里选出。管理层近一百人的代表倒是好选，让刘开仁挠头的是基层职工这一百多人怎么个选法！前几届都是工会主席老倪负责，采用无记名投票，老倪是老好人，做事不求有功但求无过，公平似乎是公平了，但难免会选出一些捣蛋的刺头，在会场上唱反调。好在前几届也都没有什么正经的大事需要表决通过，那几个刺头无非发几句牢骚也就不了了之了。但这次事关改制大计和引进资金，万一在现场出什么意外，场面就不好控制了，这也是高书记特意让他负责的原因。

光挠头当然解决不了问题，刘开仁马上召集了人资处的几个得力干将，商量对策。人资处是专门跟人打交道的，个个都是人精，几个人精中的白骨精围在一起两天两夜，一套职工代表选举方案就放在了刘开仁的办公桌上。刘开仁看了，用红笔圈了几处要修改的地方，就着令几个人分头落实，这是后话，暂且按下不表。

且说石宁那天被黄云送回去，本想给路晓东发个信息的，拿出手机输了一行字：我们到此为止吧！输完对着手机愣了一会儿神，却删了。又重新输了两个字：再见！看了看，还是删了。刚放下手机，手机屏幕却亮了，拿起一看，是路晓东发来的一条信息：好好睡觉，明天联系，WANAN！短信的最后一串字母WANAN是石宁和晓东私下约定的爱情密语。原来有一次石宁给晓东发"晚安"时直接用了汉语拼音wanan，输进去后刚想改成文字，可仔细一琢磨，发现这"晚安"两个字的拼音要是用每个字母作为首字母，拼出来就是"我爱你爱你"。这一发现让她觉得又兴奋又好玩，怕晓东看不明白，就把字母都改成大写的发给了晓东。晓东看到了，很快给她回：WANHAN！她知道晓东看出了她的意思，就开心极了。在接下来的好几天里都跟晓东玩这个甜蜜的恋爱游戏。玩了几天她把游戏又升级了，一天她发了一串数字给晓东：19、14、1、24、4！晓东看了，丈二和尚摸不着头脑，这既不是有规律的数列，也跟两个人的生日和有纪念意义的日子没有关系，这就把晓东难住了，问她什么意思，她偏不说，让晓东猜，晓东哪里能猜得到，最后还是她说出了答案，原来她用自己和晓东名字的首字母，去对应了英文字母表中26个字母的数字顺序。石宁名字的首字母是 S 和 N，S 是 19，N 是 14，那石宁的名字就是 19、14，以此类推，晓东的名字就是 24、4，A（爱）是 1。这样一串数字连起来的意思就是"石宁爱晓东"。听了她的解释，晓东哭笑不得，却更觉得石宁的这种小淘气天真得像个孩子，也知道石宁在一个人的时候心思全在自己身上，才会这样异想天开地琢磨这些小把戏，这让晓东对她的爱更有了另一层的深意。又一天，晓东又收到石宁发来的短信，但却只有一个数字：26，晓东思来想去还是解不开，又问石宁什么意思，石宁说她把"石宁爱晓东"或"晓东爱石宁"做了升级，那里面代表首字母的每个数字加在一起是 62，再颠倒过来就是 26。晓东问为什么还要颠倒一下，石宁说不颠倒没有神秘感呀，没有神秘感怎么能算是密码？！又说你还记得不，我们第一次去的那家宾馆房间号就是 26 号，你说神奇不？晓东就说，你这小脑袋瓜一天到晚都在想些什么呀！石宁说我在想我们两个人的爱情密码呀！石宁把这个称为她和晓东的爱情密码，"WANAN"字母这个是初级密码，"19、14、1、24、4"一串数字的这个是中级密码，这一个数字"26"是高级密码。晓东就说，人家越高级的密码越复杂，你这倒好，高级密码却只有一个数字。石宁说这你就不懂啦！用最高级的时候肯定是最紧急的时候呀，那紧急时候用太多数字或字母肯定来不及呀，只有用这种只有一个数字的才管用。看石宁说得振振有词，晓东就随她了。石宁还跟晓东约定，要是谁生气了，不理对方了，就用密码去解开对方的心门，收到的一方不可以拒绝，至于要用哪一级的密码，要看对方生气的程度而定。当时晓东还在笑她像个孩子似的玩这种幼稚的游戏。现在看到晓东发来的这几个字母，过往的一幕幕就在眼前浮现，一行清泪从眼里流下来，她没有给晓东回信息，也没有去洗漱，无情无绪地上床睡了。

晓东给石宁发完信息，左等右等都没见石宁回复，忐忑不安地熬了一夜。第二天是周日，文玉因头晚喝了酒，还懒在床上。晓东心里有事，早早起了床，在厨房里弄早餐，把文玉给吵醒了。文玉起来洗漱完毕，两人吃过早饭，晓东又从别人送来的礼品中选了两瓶茅台和两盒大红袍茶叶，说要去高书记家。文玉说这么早去人家？晓东说手里拎着东西，去晚了人多眼杂的，书记每天都要去锻炼的，这会儿过去应该正好是空闲，正好也有些工作上的事要跟他汇报，这专门请他吃饭估计他也不会来，咱表达一下谢意就好了，让人知道咱不是不知道感恩的人！文玉就没再说什么。

晓东拎了东西并没有直接去书记家，而是来了石宁的住所。周日的上午，楼道里静悄悄的，晓东用石宁配给他的钥匙开了房门，放下东西，轻手轻脚地

177

去了卧室。果然，石宁还在床上。他挨着床边坐下来，俯下身子去亲石宁的脸颊，石宁却一转身面朝墙里，给了他一个后背，继续装睡。晓东哂笑了一下，就揭开被单，也侧身挨着石宁睡了，伸出胳膊揽了石宁的腰，头偎过来，嘴唇贴在石宁的脖颈处，一下一下地亲吻，痒得石宁扭来扭去，不能再装睡了，就转过身，面对着晓东，晓东就又去亲她的嘴唇，石宁没有躲，却紧闭了嘴唇不让晓东的舌头进去，晓东就反复努力，石宁却忽地张了嘴，咬住了晓东正左突右进的舌尖，用力不大也不小，刚刚让晓东觉到了疼。晓东任她咬着，可石宁似乎越咬越用力，没有要松开的意思，晓东就用手去挠她的胳肢窝，石宁一笑就松口了。晓东舔着舌头说："你就不怕咬下来啊？"石宁说："我就想咬下来，咬下来就不会去亲别人了，也不会去跟别人甜言蜜语了！"晓东说："那你就咬了它吧，咬下来就都是你的了！"说着就伸了舌头往石宁嘴边凑，石宁看晓东舌上已有了红色的咬痕，就亲了一下，问晓东疼不疼？晓东说舌头不疼，心疼！石宁却又噘了嘴说："你还有心啊？那么晚了让我自己回来！"晓东说："不是黄云送你回来的吗？他没送吗？这我可要说说他了。"石宁说："你还知道黄云送我啊？"晓东说："黄云又不是坏人。"石宁说："黄云确实不是坏人，这世上就一个坏人，那就是你。"说完了，还不解气，又说："你就那么放心黄云吗？"晓东这下倒急了，问道："他对你怎么了吗？"石宁看晓东的样子，故意说："他能对我怎么样，你希望他对我怎样吗？"晓东说："乱说，我怎么会那么希望！"石宁说："你有没有那么希望我不知道，你家那位可是那么希望的！"晓东就问怎么回事，石宁就说了文玉想把黄云介绍给她的意思。晓东说："她就是瞎操心！"石宁说："她是瞎操心，但也比你不操心的好！"晓东说："我怎么不操心啦，我最爱操你的心！"石宁说："你就会说，还最爱操我的心？你是最爱操我……大流氓，你说的什么呀？"石宁这才意识到了晓东的话外之音，就拿了拳头捶晓东，晓东说："我说什么啦？后面那句可是你说的！你看这有些话不能重复说的，一重复味道就变了！你这一说我想起一个特有意思的事儿，我们处有个姑娘叫朱丹，一直没有固定的男朋友，有一天黄兰就问她为什么总是换男朋友，朱丹说：我觉得喜欢上一个人挺难的，没想到黄兰说：喜欢上一个人挺难的？那你也不能上很多人啊？结果惹得大家笑死了，现在处里的老林总是拿这个取笑黄兰：昨晚又上人啦！你说好笑不？"石宁说："你别岔开话题，跟你说昨晚的事呢！把我介绍给黄云的事她跟你说了吗？"晓东说："怎么会跟我说，她昨天才是第一次见黄云，你还没到的时候几个人开玩笑说从她们医院给黄云介绍个女

178

朋友，谁能想到她会想到你！"石宁说："原来是这样啊，我知道她那么想也是为我好，可我就是觉得别扭，心里不舒服，好像我要不找男朋友就怎么样了似的！再说，我又不是没有男朋友。一会儿说要介绍医生，这一转眼，又把主意打到黄云身上了。"晓东说："她可能觉得黄云各方面条件挺好的，就那么随口一说吧！"石宁嘟着嘴说："我看她就是故意的！她是怕我跟她抢你，就使劲把我往别人那里推，倒还显得她热心贤惠，还真是一举两得呀！"晓东说："哪有的事？她又不知道我们俩的事！"石宁说："哼！还好她不知道，她要再给我介绍男朋友，我就把我男朋友介绍给她，到时吓她一跳！"晓东听她说得解气，但语气里却全然没有恶意，倒有一种捉弄别人的快意，就顺着她说："吓她一跳，我有那么吓人吗？"一句话把石宁给逗笑了，说："你说要是那样好不好玩？"晓东说："好玩个鬼，你这小脑瓜一天到晚都想些什么呀？她又没惹你！"石宁说："哼，怎么没惹我？那她还跟你喝交杯酒了呢？"晓东说："你个小促狭鬼儿，闹半天是为这个生气啊！还说交杯酒呢，那酒还不是你的酒！"石宁嘻嘻笑了，说："那我可不是故意的，谁让她酒杯里没酒了呢！这是天意，你看我多好啊，不但把人给她了，连酒也给她了，哪像她，只管把我往别处推！"晓东说："你最好，你天下第一好！"说着就捧了她的脸亲她，石宁也很热烈地回应了，三亲两亲，晓东身上的衣服裤子都没了，石宁只穿了睡衣，里面什么也没有，一下子睡衣也没了。晓东从嘴唇亲到了脖子，然后头就埋在石宁的胸前，用嘴含住乳头反复唔弄，石宁仰着头，深一下浅一下地喘息，晓东继续往下，看见下面的唇瓣微微开启，缝隙中已是水汪汪的一片，就忍不住去亲吻那一颗蓓蕾，先是用舌尖舐弄，待突起了，又含在唇间品唔不已，石宁早已不能自已，从喉咙深处发出一声一声的呻吟，两手想抓住什么，可什么也抓不到，就拉了枕巾咬在了嘴里避免让喉咙的声音喊出来，腰身一下一下地往上挺，她想要晓东停下来，又不想就这么停下来，觉得身体里面空空的，那种虚空充满了整个身体的每一个细胞，越来越紧迫，迫切地想要有东西填塞进去来消除这种虚空，可晓东偏不，只是在门口徘徊复徘徊，总不进来。也不知过了多久，石宁的感觉里像是一个世纪那么长，晓东终于进来了，她的虚空感一下子消失不见，整个身体都充实了，像是有一道电流漫过全身，随着身体的摆动，感觉自己像是漂在大海上的一艘小船，随着波浪一上一下地起伏，就在一个大浪将要把她送上顶峰的时候，却又向下沉去，感觉里就迫切地想要下一个更大的浪冲上来，可每次总是差那么一点点，这让她急切而又沉迷，晓东腾了手去抚弄她的乳头，才抚弄了那么两下，一个巨浪就来了，把她冲上了云霄，她觉得自己身体轻得像是一根羽毛，在云端上面飘，刹那间，脑子里空空的什么都没有了，感觉身体下面的床不见了，屋顶上的吊灯不见了，挂在窗户上的窗帘不见了，还在自己身体里的晓东也不见了。

　　过后，两人都精疲力竭地瘫在了床上，良久，谁也没有说话。待缓过了劲，晓东才有气无力地问石宁饿不饿，要不要起来吃早餐，石宁说她刚吃饱了，可没力气再吃了。晓东就捏了她的鼻子说她越来越色了，石宁就说都是晓东把她带得这么色的，自己以前那么淑女的，现在像个坏女人。晓东说自己最喜欢的就是她在床上的坏样子，石宁就问："那她呢，她在床上跟我一样吗？"晓东说："不一样！"石宁继续问："哪里不一样？"晓东一时说不出来，就说："哪里都不一样！"石宁打破砂锅问到底，非要晓东说具体哪里不一样？晓东说："她在床下是什么样子，床上差不多还是什么样子！"石宁吐了一下舌头，说："哇！在床上也是那么仪态优雅啊？"晓东点着她的头说："怕只有你能想出这样的词来说床上的事，不过倒也挺形象的！"石宁刚要说什么，晓东的手机响了，一看竟然是文玉打来的，吓得石宁用手捂住了自己的嘴巴，瞪着眼睛看着晓东接电话。文玉在电话里说她在爷爷奶奶家来接浩浩，奶奶准备了午饭，问他要不要过来一起吃，晓东压着声音说在跟书记聊事，时间没迟早，就不回去吃了，让他们不用等他。晓东讲完电话，石宁说："好神奇啊！刚说她，她就来电话！"晓东笑着说："看来真不能在背后说人啊！"石宁说："我们又没说她坏话，我们不是在夸奖她嘛！其实我并不讨厌她，甚至还有一点亲切感，你说我这样是不是有点变态啊！"不等晓东说话，她继续说："我本来是应该要嫉妒她，讨厌她的，可见到她就觉得好像欠了她的，如果她对我不理不睬甚至讨厌我，我倒觉得好一点，可她像现在这样越是对我好，就显得她多么贤良淑德似的，倒让我觉得自己就是个坏女人。"晓东听她这么说，就拥了她说："你别这么想，你要老是这么想，我们在一起，就开心不起来了，我不想你不开心！"石宁说："我昨天回来，心里就一个想法，想我们就到此为止算了，往后就做个好朋友，比普通朋友再好一点的那种。那样，我跟她也可能会成为朋友，甚至会比跟晓萍姐还要好的朋友，因为我知道她对我是真诚而且善意的。我们怎么可以欺骗和背叛这么善良又对我们这么好的人呢！"晓东不知道说什么了，只是拥紧了她。石宁继续说："可我一想到你，我就下不了这个决心，今天你一来，之前给自己心里筑起的堡垒就全都稀里哗啦地坍塌了。你说我该怎么办？你说我们该怎么办？"晓东以为石宁会哭，可她却没有哭，说这些话的时候平静而坦然，说完还笑了一下，继续说："我不管了！我也管不了那么多，要我注定是个坏女人那就坏吧！这世上有好人就会有坏人的，就让她做好人我做坏人吧！"路晓东抱紧了她说："你不要这么讲，你再也不要这么讲！你怎么会是坏人，要说坏，那也是我坏，是我把事情搞得一团糟。这些年，我从学校毕业到工作，然后结婚，之后就是按部就班地上班，只说通过自己的努力，可以实现自己的理想。可渐渐地发现，我的生活，像是沉没在深水中的一颗弹珠，只能随波逐流地往前漂，工作单位、同事、家庭等等，都是自己一步一步形成的样子，但又似乎全不是自己想要的样子，也不知道自己想要的究竟是什么？几年之后，我都不知道自己当初的理想是什么了，甚至都怀疑自己是否有过理想。就这样，日子一天一天地往下过，你知道，生活最可怕的就是在这种悄无声息中消磨，无法阻挡却又一刻不停。我经常在想，我的一生就是这个样子了吗？我一方面在不断地质疑自己的现在，一方面又在现实中享乐，得过且过，想着和别人不一样的东西却过着和任何人一样的日子，我觉得我的精神世界是分裂的，有一段时间我都想过去找精神科的医生了。我把这种状态跟文玉说了，她说我这是没事找事，这社会上还有那么多人没有工作，没有固定的住所，甚至吃不饱饭，也没见人家怎么样。我也跟一起要好的朋友们提说过自己的这种苦闷和孤独，但几乎没有人理解，都说我多读了几本书把人给读傻了，脑子里老想些不该想的事儿，说我们这么多朋友陪你吃陪你喝，回到家还有老婆陪你睡，儿子陪你玩，你有啥孤独的？问得我无言以对。我后来想想也觉得可能真的是自己没事找事，大家都是这么过日子的，人家还不都是该吃吃，该喝喝，该享乐就享乐。我也就不再跟自己较劲儿了，人家应酬我也应酬，人家巴结领导我也去巴结领导，有时候说出的话过后一想都能把自己恶心到。反正人家干嘛我就干嘛，这样我就跟大家都一样了。可我依然孤独，也离自己越来越远了。直到遇见了你，我忽然觉得像是看见了一道亮光，跟你在一起，就像是我在现实世界之外的一个世外桃源，明知道这一切都是我自己编织给自己的一个梦境，可我还是忍不住，我也知道这样下去会害了你，可我不知道除了你的世界让我能感受到自己的真实，我还能去向哪里？！"石宁一直在默默地听，待晓东说完了，石宁已是满脸的泪水，说："你跟我在一起还觉得孤独吗？"晓东说："不会。只有跟你在一起时我的内心才是宁静的，我觉得我没有违背自己！真的，按理讲，跟你在一起才是我最不应该做的事，而我干的其他那些事是每个人都在做的，却让我羞愧，反而跟你在一起时，我内心却是安然和平静的。你刚才说你不正常，我这样是不是也不正常！"石宁说："你说你坏，你要是真的坏，就不会有这样的苦恼和纠结了！都说这世道人心变坏了，不仅坏人更坏，好人也在变坏，可我知道，你是我遇到的最不可能变坏的人！"晓东说："你这么说，那是你一直只看到我好的一面，因为你就是我最好的一面！"说完了，帮石宁擦了眼泪，说："我们本来好好的，说这些干吗，说得心里难受！"石宁说："那我们就不说了，以后都不说了！"说着两人又温存了一番，看看时间，已经到了中午，石宁说："你饿了吧，我下面给你吃！"两人就起了床。

　　起床后，两人去厨房叮叮咣咣一阵忙，做了两碗面。吃完饭，石宁看到晓东拎来的酒和茶叶，问晓东是不是还要出去办事。晓东就说了要去书记家的事，石宁听了，去衣柜里拿了一个包装精美的礼品袋，说："烟酒茶叶这些东西，他们家估计经常收，放在那里都不知道是谁送的了！你一会儿走的时候带这个去。这个 LV 女式手提包，是别人从国外带回来送我舅妈的。我舅妈又送了我，这么大牌的东西我不喜欢，再说我用也不好。你拿去就说是送给他老婆的，他老婆应该会喜欢。"LV 包晓东知道，据说在国内买最便宜的都要好几万，还不一定能买到正牌货，国外买会便宜点，但也属于价值不菲的奢侈品。他没想到石宁会拿这么贵重的东西让他去送礼，一时有点蒙！说："那怎么行？这么贵的东西我怎么能拿！"石宁看他的样子，说："反正也是别人送的，又不是我买的，让我买我也买不起，我买不起的东西我也不会用的，放在这里也没啥用，你拿去也算是物尽其用吧！"晓东就没再说什么，看时间差不多了，就拿了包去书记家。

　　二阀厂职代会代表选举进行得并不顺利。按照人资处刘开仁批示的选举思路，是把基层职工的代表名额都下放到了各个基层科室和生产车间，要求这些基层单位都先上报候选人，候选人要优先考虑党员、团员、入党积极分子、先进工作者，基层单位的科室领导可直接作为候选人，但也被纳入基层职工代表名额的范畴之内。这样一来，基层领导的压力就大了，从群众角度来看，他们属于管理者，不应该占用基层的名额，从管理层角度看，他们又成了群众，不能占用管理层名额。刘开仁没有直接下发选举方案，先让人资处的人去各个基层单位以征询建议的名义摸摸底。果然，初步方案得到了很多车间和科室的抵触，都表示这个候选人他们选不出来。刘开仁就召集所有基层单位的正副职负责人开动员会，会上强调了本次职代会的重要性，也强调了职工代表的重要性，说把基层单位的负责人放在基层代表里，目的不是为了挤压你们的代表名额，是为了提升从基层选出来的代表的整体素质，不能让一些觉悟不高、专爱挑刺的人成为代表。刘开仁让参会的基层单位负责人表态，大家都你看看我，我看看你，没人表态。刘开仁就让他们提建议，也没人提建议。刘开仁就发火了，说你们是基层的管理者，对基层的工作状况和员工的想法最了解，是最接近一线的人，代表基层员工有问题吗？就算是厂里在名额分配上有考虑不到的地方，让你们提要求，你们也不提，这是要干什么？厂里也考虑到你们工作的难度，让你们不用选举就可以直接作为候选人，也是想你们能够代表基层。现在连提个建议的要求都推推托托，我看让你们做代表的意义也不大，那就把所有基层代表候选人都无记名投票选举，选到谁是谁！听刘开仁这么一说，下面开会的人有些就坐不住了，开始叽叽喳喳交头接耳地小声议论。刘开仁缓和了一下语气，继续说："大家都想想，可以从所在单位的角度提，也可以从个人的角度提，只要提出的建议和要求是合理的，我们都可以采纳！"说完了，看着大家。这时设计室的主任吴智忠就说话了："既然大家都不说，那我就提个建议，这主要也是从我们设计室的角度提的。我们设计室属于小科室，本来人就少，最近又调走了几个，按照现在的名额比例分配下来，我们只有三个候选人名额，如果作为科室负责人再占用一个，那下面就只有两个名额，这样到时候选正式代表的时候难度就很大了！"刘开仁听了，想总算有人起头了，有人起头后面的事就好办了，就看着吴智忠笑着说："吴主任说的也是实际情况，说说你的建议！"吴智忠受了鼓励，就说："多增加候选人名额，这个比例可以放大，因为候选人还要被淘汰。"刘开仁听了点了点头，让其他人继续说。果不其然，吴智忠一起头，其他科室和车间负责人也都七嘴八舌地提出了自己的要求，这会一开就开了两个钟头。最后决定，把基层单位负责人的候选人名额单独拎出来，不占用基层员工候选人名额。决定后，让大家表态，大家都表了态，就散会了。

这样，选举方案就确定了，下发到各个处室和基层单位，很快，各个单位的候选人名单都上报到了工会和人资处。工会和人资处经过审核，剔除了几个不符合规定的候选人，然后将名单下发到各个基层单位进行差额选举。特别交代各个单位的负责人要做好自己单位员工的工作，不能出差错。一周后，全厂二百五十八位职工代表就正式产生了。

厂职代会在工会和人资处的筹划下如期举行，时间是一个周五，地点定在了梨园宾馆最大的会议厅。按工会主席倪西和的计划，是打算把会议放在厂部礼堂。给高书记汇报的时候，高书记说厂部礼堂设备老旧，又没有空调，这么多人参会，还有市领导参加，万一过程中有老同志中暑，或者音响设备出了问题那影响多不好，让他们换个地方。倪西和很为难，说工会经费有限，换地方只有去租酒店的会议厅，打听了，全市能容纳这么多人的会议厅只有梨园宾馆，但那里租金太贵，用一天要十万元。高书记说这次的会很重要，该花的钱还是要花，我们要让职工代表们看到二阀厂未来的发展，要给职工们希望和信心，也要让市领导看到我们职工代表的精神面貌。说着就给总会计师田友良打了电话，让他想办法在经费上支持一下，田友良自然是满口答应，最后就把地点选在了梨园宾馆。

路晓东作为营销处负责人，属于管理层，自然毫无悬念地当选了职工代表。正式开会的前几天，二阀厂厂部机关大楼前就拉起了横幅，红底黄字写着：热烈祝贺二阀厂职代会隆重召开！厂区道路两边的路灯柱上也挂了五颜六色的道旗，上面的内容跟横幅一样，只是用了不同的字体，道旗的背景印上了二阀厂不同型号和规格的产品，在道旗和海报上印制二阀厂的产品做宣传是新成立的营销处出的点子，路晓东上报了厂领导，高书记点了头。几天来，整个厂区就一片喜庆的气氛。路晓东不仅在厂区做了布置，正式会场梨园宾馆这边也做了精心安排。一进梨园宾馆的大门，道路两边也插满了跟厂区一样的道旗，宾馆主楼的电子屏上写着：热烈祝贺二阀厂职代会隆重召开！电子屏过几秒滚动一次，滚动后的另一句话是：二阀品质，中国驰名！这两句话在电子屏上翻来覆去，不知疲倦地滚来滚去，让所有参会人员和往来宾馆的客人都看到了。主会场会议厅的主席台上也挂了红底黄字的横幅，会议厅两侧靠墙摆了几十副两米多高的宣传海报，上面分别介绍了二阀厂的成立时间、发展历程、主打产品以及国家和省市领导人来厂视察指导工作的照片。

梨园宾馆的会议厅大得让很多人开了眼界，有三层楼挑高的穹顶上布满了琳琅满目的水晶吊灯，照得整个会议厅里金碧辉煌，地上铺了印着牡丹花的厚厚的地毯，脚一踩上去就陷了进去，像是踩在了冬日沉积日久的积雪上。很多职工代表都是第一次来梨园宾馆，也是第一次进这么豪华的会议厅，被忽然到来的奢华震慑了，竟让相当多的人都感受到了一种压迫。平时叽叽喳喳的职工们，一下子竟然都噤了声，这么多人拥进来，竟然没有喧闹。顶上的灯光那么耀眼，地上的地毯又这么松软，有几个人走路就一拐一拐的，一个人这么走了，很多人也这么走，看上去就显得很滑稽，站在边上穿着旗袍的宾馆服务员就忍

184

不住捉了嘴偷笑。代表们都提前领到了自己的座位号，这时各自找到了座位，发现每个座位上都放了一个无纺布的袋子，里面装了本次会议的安排流程、一瓶矿泉水、一份职代会纪念品。待坐下来，这时才听到整个大厅里播放着轻柔的音乐，舒缓的琴声像流水一样漫过大厅，刚刚进来时的压迫感消失了，代之而来的是一种备受尊重的庄严感！每个人的心理都起了变化，但又说不上是什么样的变化。路晓东是第二次来梨园宾馆，但也是第一次来这个会议厅开会。一进会议厅，他瞬间明白了书记高原选在这里开会是多么睿智！环境造就人，就是再无赖的泼皮在这样的环境下也会讲三分理的。

除了当选的职工代表，大会还邀请了市里两位重要领导，一位是市政府汪副市长，另一位是市发改委主任。大会由工会主席倪西和主持，他向二阀厂的二百多位职工代表介绍了汪副市长，介绍了发改委主任。在介绍汪副市长和发改委主任的时候，高书记站起身代表二阀厂与两位领导握手致谢。接下来又介绍了二阀厂的几位厂领导，书记高原、厂长魏林平、总工程师陈永年和总会计师田友良。宣布了会议的筹划章程和大会议程之后，会议正式开始。首先请汪副市长代表市政府做了重要讲话，汪副市长的讲话不长，但却很有感染力，从讲话一开始，不知忽然从哪里冒出了一堆扛着长枪短炮的记者，对着汪副市长和主席台"咔咔咔"地拍个不停。汪副市长先讲了国家改革开放的大好形势，肯定了二阀厂在过去几十年里为本市经济发展做出的贡献和成绩，接下来强调国企改革和民营资本为老国企注入血液的重要性，汪副市长形象地指出："二阀厂的拳头产品是生产各种阀门，本次二阀厂对民企资本的引入，是打开我市经济发展的大阀门，这个阀门一开，不仅开启了二阀厂未来的发展蓝图，也开启了我们市招商引资的势头，更开启了我们市国企的改革大潮！"最后几个排比句一讲完，高书记站起来带头鼓掌，引起了全员的热烈掌声。第二个讲话的是市发改委主任，发改委主任没有像汪副市长那样做即兴演讲，他向与会代表传达了国家发改委鼓励国企改制和引资的指导精神，并解读了具体的要求和规定。接下来是高书记代表厂部向全体代表做年度工作汇报，高书记特别说明，本来这个汇报应该由厂长魏林平来做，但大家知道魏厂长刚来二阀不久，对过去一年的工作不太熟悉，只能由我代劳了。书记的报告一做完，就安排了会务休息。会议厅两侧早摆好了各类点心、饮料和水果，大家起身，去洗手间的去洗手间，吃东西的吃东西。半小时后会议继续，代表们发现汪副市长的座位已经空了，之前扛着长枪短炮的记者们也都不见了。

接着开会，是总会计师田友良做财务报告。财务报告全是数据和各类报表，冗长而枯燥，听得代表们昏昏欲睡，但昏昏沉沉的脑袋里都被灌输了一个意思，那就是现在工厂缺钱，改进生产线缺钱，购买先进设备缺钱，为职工盖宿舍楼缺钱，甚至连发工资也缺钱。眼看着已经到了午饭时间，可田友良的报告似乎长得没有尽头，就在大家快要放弃希望的时候，报告讲完了。代表们顿时被解放了，就在饥肠辘辘的代表们想终于可以吃饭了，可主持人倪西和说上午还有最后一项议程：表决通过二阀厂改制方案。在人资处处长刘开仁宣读改制方案之前，高书记做了改制动员讲话，说大家刚才都听到了厂里的经营状况，不改制，二阀厂没有未来；不改制，就不能吸引投资企业投入资金，那所有人的收入都没有保障，不要说是给同志们建住房发奖金了，就是连发工资都困难，二阀厂要想有出路，只有改制一条路。说完了，刘开仁开始做改制方案汇报。按照改制方案的设计，二阀厂改制后将更名为西部阀门设计制造总公司，公司之前的各个处室都更名为各管理中心，设计室和车间根据之前的编号依次更名为设计部和生产一部、生产二部等等，以此类推。处室的负责人不再称行政职务处长或副处长，一律改用企业管理岗位称总经理或副总经理，原来的车间主任和科室主任称部长或副部长等等，不一而足。而所有的职工身份都变为合同制职工，合同期限可根据职工的厂龄、职务、职称等签署一年、三年、五年及长期等几个档。这个改变让之前昏昏欲睡的会场顿时激奋起来，大家交头接耳，议论纷纷。待会场嘈杂的议论声稍稍平息一点，主持会议的倪西和问大家有没有问题需要提问的？当然有人提问题，一个代表站起来问：改制后我们职工是正式工还是合同工？刘开仁回答说方案里对这个问题有说明，要是刚才没听清楚，他就把报告再念一遍，于是他就真的把方案里相关的内容又念了一遍。念完问提问的代表明白了没？会场所有人的目光都聚在了提问代表的身上，本来还有些嘈杂的会场顿时安静了，提问的代表就有些慌乱，紧张地说明白了！坐在这个提问代表旁边的人问他：那是正式工还是合同工？提问的代表一脸茫然地说：我不知道！旁边的人就骂他：那你说你明白了？！工会主席倪西和继续问还有没有问题要提？有人还想举手提，被旁边的人给摁住了，问："你不饿啊？"那个想提问的人说："饿啊！"旁边的人说："饿你还提问题？你还想再听一遍方案啊？要听你自个儿听，别拉着我们一起挨饿！"那人就把手放下了。果然，会场没人再提问题了，倪西和环视一周，说："没人提问题就开始表决。不同意方案的请举手。"没人举手，又说："弃权的请举手。"也没人举手。方案全票通过。

中午与会代表在酒店吃了自助餐，下午接着开会。

下午会议的第一项议程是工会工作报告，工会的事事无巨细，关乎职工的方方面面。倪西和从计划生育、文化生活、婚恋嫁娶一直说到生老病死，一件事翻来覆去地说，职工代表们中午的自助餐都吃得比较饱，加上他催眠一样地絮絮叨叨，一直说得会场上有一大半人都睡着了，他还在说，又说到那另一小半的人也睡着了，他还在说。终于说完了，已经到了平时快下班的时间，代表们自助餐也消化得差不多了，开始了会议最后一项议程：表决通过民营资本入注二阀厂股权置换方案，还是田友良宣读拟好的方案，无非是以多少资金置换多少股权，民营资本进入后，企业的管理权和决策权，企业的属性等等。说的内容大多数人都听得云里雾里，似懂非懂，用了半个小时，方案终于讲完了，让大家有问题的提问题，没问题表决通过。有人问民营资本进入后，企业是公家的还是私人的？这次田友良没再像刘开仁那样重复念方案里的相关条款，而是很干脆地说，民营企业只是投入资金占有一定的企业股份，我们是国企，国有资本还是最大的股东，企业当然还是公家的。之后就再没人提问题，方案全票通过。

二阀厂改制和引资的事在全市传得沸沸扬扬，但二阀厂的人在这件事上并没有掀起轩然大波，竟是出乎意料地平静。开完职代会的当天晚上，市电视台就播放了汪副市长讲话的新闻，新闻只有两三分钟，二阀厂看了当晚新闻的人，并没有认真地听市长讲了什么，而是在电视里找有没有相熟的同事面孔，但镜头里差不多都是前排的领导，参加会议的职工代表们在长焦镜头的远景下只是一个个的黑脑袋，并没有几个露出脸面，看的人也就很无趣地该干什么干什么去了。职工们对会场中更多的细节，是从参会的职工代表嘴里听到的，于是一传十十传百，差不多就在当晚，二阀厂的人就都知道了会议内容。知道了也就知道了，并没有在心里泛起多少起伏的浪花，反而有了一种不过如此的虚无感。往往是带着消息的人添油加醋地说完了，听的人淡淡地来一句："再怎么改，干活的照样得干活，吃肉的依然在吃肉，这不是你我操心的事！"说的人也就索然无味！这也难怪听的人没兴趣，消息已经传了快一年了，最开始的好奇和不确定引起的激动、不安和兴奋已经消退得差不多了，好像最先拍在沙滩上的海浪，后来道听途说的各种版本的消息则是落潮时一波一波拍着前浪的后浪，一次比一次弱，现在尘埃落定，也终而平淡。

187

21

职代会开完的当天晚上，路晓东早早回了家，回家胡乱吃了几口饭，倒头就睡了。这一周他几乎没睡过一个囫囵觉，布置会场的事虽然是工会在负责，但那些宣传道旗和会场内的易拉宝海报是他的主意，高书记就叮嘱他不能出错。他虽然派了小邵跟广告公司的人对接，但自己还是不放心，就每一张的最终效果都自己要亲自把关，时间又紧，广告公司都是连夜加班印制，他和小邵就守在人家公司的打样间，每打出一份样板两个人一前一后核对一遍再正式印制，差不多每天都要搞到凌晨两三点才能回家。就这样折腾到开会的前一天，终于全部完成，好在没出什么岔子。路晓东这一觉从当晚的八点一直睡到了第二天中午，文玉做好了午饭叫他，才把他叫醒。吃了饭，拿了手机看，发现手机已经没电关机了，赶忙充电开机，发现有五个未接来电的短信提示，竟全是老蔡打来的。赶忙一边充电一边给老蔡回电话，电话一通，老蔡在那边含含糊糊地应了一声，也像是刚睡醒的样子。晓东问打电话什么事？老蔡说你这会儿才回电，啥事都给耽误了，狒狒出事了！晓东心里一惊，急忙问怎么回事！老蔡在电话里打了个哈欠，倒不紧不慢地说是昨天晚上的事儿，现在已经处理完了！晓东安心了一点儿，还问出了什么事？老蔡也被晓东问得清醒了，就大概说了事情的原委。

原来昨天晚上鸿发酒楼打烊后，酒楼的服务员都回宿舍睡觉，跟狒狒同宿舍的是一个三十多岁的光棍老尤，两个男人躺在床上一时睡不着就开始胡侃。老尤问狒狒："你每天在台上窜来窜去，不是拿人家姑娘的钱包换胸罩，就是让人姑娘打个飞吻你才还人家包，你亲过女人的嘴吗？"狒狒说没亲过，老尤说："我估计你还是个瓜娃子，你知道什么是四大香吗？"狒狒说不知道，老尤就说："这我要跟你说说，四大香就是：羊的肋骨，鸡的腿，五更的瞌睡，大姑娘的嘴。"狒狒说："羊的肋骨鸡的腿我都吃过，是香，五更的瞌睡也很香，那大姑娘的嘴有啥香的？"老尤就说："你个瓜蛋，这四样里面最香的就是大姑娘的嘴。要不你看电影里那些男的都去亲女人的嘴，这要不香，那些男人干吗费那么多劲儿去亲女人啊！"说完了，自己先叹了口气想入非非，一会儿就呼呼大睡了。但狒狒却睡不着了，狒狒脑子是不灵光，但毕竟是二十郎当的小伙子了，对男女的事也多少有些知晓，听老尤这么一讲，再想起平时服务员们在一起讲的一些乱七八糟的事，身体就燥热起来，翻来覆去下面憋得难受，就起身去了厕所。厕所在宿舍楼的中间，狒狒在厕所站了半天，下面的东西还硬着，也没尿出来，就又回宿舍。谁知刚出厕所门，从旁边的女厕所出来了一个女人，两人都把对方吓了一跳，待看清楚了，原来也是鸿发的服务员，相互不熟，但也算认识，女人就冲狒狒点了一下头。这时正是盛夏，大暑刚过，天热得像蒸笼，两人都穿得少，以为太晚了不会碰到人，没想到偏碰见了，女服务员就有些尴尬，用手护了胸站在那里走也不是不走也不是。正犹豫间，没想到狒狒愣了一下，竟忽然扑过去一把将那女服务员抱住了。这突如其来的变故把小姑娘给吓坏了，就大声叫喊，狒狒却还抱着不放手，试图要亲人家的嘴。旁边房间有人听到喊声跑出来看，就把狒狒抓住劈头盖脸一顿打，就有人报了警。警察来问了情况，那个小姑娘还惊魂未定，吓得浑身发抖只是哭，狒狒也吓得缩成一团，蹲在地上不敢起身。旁边住的都不是鸿发的人，也不认识狒狒，七嘴八舌说了个大概，警察就把狒狒带走了。这边老尤正做着春秋大梦，吵闹了许久才把他惊醒，跑出来一看，警察已经带着狒狒下楼了，这才急忙给老蔡打了电话。

老蔡接到电话也慌了，急忙给路晓东打电话，想一起去派出所看看情况，可打了三遍都是关机，就自己去了派出所。到了派出所，见狒狒被拷在审讯室的暖气片上。两个值班民警听老蔡是鸿发的老板，倒也和颜悦色，说了事情的经过。老蔡给递了烟，问这事严不严重，警察说这种事目前没造成太大的不良后果，就可大可小，全看当事人追不追究。当事人要是追究，以强奸未遂或猥亵妇女罪来起诉，那就要判刑；要是不追究，作为治安处罚，也就拘留几天罚点款。老蔡又马上打电话问老尤女方是什么人，老尤才说也是饭店的服务员，老蔡这才稍微有些安心，也顾不上已经半夜，又打电话给李红，让她马上赶到宿舍去做那个服务员的工作，说赔多少钱都行，不能让她起诉。打完电话，又给警察说好话，说那个女的也是自己饭店的，一定不会起诉，又说这小子脑瓜有点不灵光，能不能法外容情，也别拘留了，罚点款放了算了。警察说这个已经有出警记录了，这么放人不符合程序，我们做不了主。老蔡问谁能做主？民警说要所长发话，老蔡就又给晓东打电话，想晓东跟黄云走得近，让他找黄云给公安局的领导打个电话或许就可以简单处理了，可又打了两遍，晓东电话还是关机。一着急，忽然想起杨红卫好像说过跟所长熟，就又打电话给杨红卫，简单说了事情经过，让他找所长说说情。杨红卫倒答应得很痛快，电话挂了没多久，所长就给民警打来了电话，交代他们如何如何。两个民警接完所长电话，嘀嘀咕咕商量了一会儿，出来给老蔡出主意，说让那个女服务员过来写一个调解协议书，这事就算结了。老蔡忙不迭地道谢，又打电话给李红，问说通了没？李红说基本通了，答应了给三千块的精神补偿，老蔡说再给加两千，你打车带她来一趟派出所，顺便从店里拿两条烟来。又等了一个小时，李红带着服务员来了，警察早已把狒狒的手铐解开了，拿出了一份人民调解协议书的表，李红按照警察的指点帮着写了事情的原委，说是因琐事发生了口角，男方喝了酒一时没控制住情绪要打女方，幸亏被及时制止并没造成伤害，男方承诺绝不再犯并给对方一定的精神赔偿，云云。写完了，分别让两个人签字并摁了指印，警察就让老蔡把狒狒领走了。临出门时，老蔡把李红带过来的两条烟放在了值班室的桌子上，两个警察也没吱声，看着一行人出了派出所。

这么一通折腾，从派出所出来时天都快亮了，狒狒吓得一路都在发抖，呜呜地哭，又不敢大声哭。老蔡也就没再骂他，一路把狒狒送回宿舍，交给老尤看着，自己回家补觉去了。

路晓东听老蔡讲了事情的经过，虽然没有面对面，脸上还是红一阵白一阵，又惭愧又气恼。听完了，连着给老蔡说了抱歉，说这就去把狒狒领回来送走，饭店肯定是不能再干了，老蔡倒满不在乎地哈哈笑了，说："饭店确实是不能干了，但你也别急着往回领，狒狒虽然脑子不灵光，但本性善良，还是知道羞臊的，一时糊涂出了这种事，估计这两天情绪不稳定，你领回去谁看着他？这种一根筋的人，万一给你干出点寻死觅活的事来，那咱不是把人家娃给害了！还是让他在宿舍待几天，我找个人盯着他点儿，等缓过这几天情绪平复了，再往回送。"路晓东就应了，再说感谢的话自己也觉得多余，心里敬佩老蔡的细心和仗义，又跟老蔡说你忙了一晚上继续睡，睡醒了晚上我做东，我叫上杨红卫咱一起喝酒，感谢人家出手相助，最好让杨红卫把那个派出所所长也一起叫上，人家帮了忙咱不能连声都不吭，老蔡说好，路晓东这边打电话联系了杨红卫。

晓东跟老蔡通电话的时候，文玉一直在旁边看着，情绪随着晓东的语气和脸色上下波翻，终于打完了，看晓东的脸色还好。文玉就问怎么回事，晓东又把刚刚老蔡在电话里说的事拣重要的又说了一遍，文玉说："我早就说把狒狒这样的人放在那种环境下，早晚要出事，你还说不咋的，你看咋的不咋的？真要是坐牢判刑了，咱怎么给人家二嫂交代？或者昨晚要是真把人家小姑娘怎么了，这就害了两家人！"说完了还后怕得不行，坐在那里心神不定！晓东说："这谁

190

能想到啊！"文玉说："怎么想不到，在那种环境下，天天搞那么下流的表演，耳濡目染的，就真的是只狒狒也给教坏了，何况他还是个人！这老蔡为了挣钱怎么啥招都能想出来！"晓东说："事情已经出了，也不能怪人老蔡，当初收留他的时候人家也是出于一片好心，给他找碗饭吃！而且出了事人家也都摆平了！"晓东这么一说，文玉却来气了，说："我是怪老蔡吗？我是怪你，你当初就不该揽这个事！那时老蔡讲这事的时候，我以为就是酒后的玩笑话，谁知道你们都当了真，结果就搞成现在这样！狒狒虽然跟咱们非亲非故，但毕竟是你引荐过去的，这要是让人知道了咱们引荐的人干了这种事，你说丢不丢人啊？！"说得晓东无言以对。文玉还不放心，叮嘱晓东："你可不能再把他领回家来了，这样的人，要是再住到家里来，咱这可是你们单位刚给的处长楼，楼上楼下的都是同事，大姑娘小媳妇那么多的，他要是再犯个什么毛病，我们脸往哪里搁？！"晓东说："估计他都吓傻了，还敢再犯毛病？怕以后见了女人都有障碍了！"文玉听了，默然半晌，也可怜起了狒狒，说："唉，这孩子也是命苦！当初就是觉得二嬷的日子过得恓惶，你帮他找事的时候我才没有太多拦挡，谁知道帮成了这样！"夫妻二人又感慨了一番！说不管怎样，还是去宿舍看看狒狒吧，也不知道给吓成啥样了！路晓东说他约了老蔡晚上吃饭，到时早点过去顺便看看。

到了傍晚，晓东去赴约。文玉从家里拿了五千块钱给晓东，说："狒狒的工资我们寄给了二嬷一半，留了一半给他存着，这下可派上用场了，你拿去给老蔡，就算是给那姑娘赔的钱吧！"晓东说："狒狒那一半的工资也存不了这么多啊！"文玉说："缺口就我们给补上呗，谁让你那么爱揽事！"晓东就嘻嘻笑着说："难怪人黄云说你是贤内助呢，这黄云看人还真准！来，我抱抱贤内助！"说着就张开双臂要去抱文玉，文玉却推开他说："黄云看人准？你的意思是你看人不准喽？！"晓东才意识到自己说错了话，就说："我看人不准怎么会娶到贤内助呢！"一说黄云，文玉就想起了什么，问："你说那个小石会不会看上黄云？"晓东说："你看你，刚还说我爱揽事，你这更爱揽事。你就别操那心了！"文玉说："我揽的事和你揽的事哪能是一样的事吗？我揽的那可是成人之美的好事！"晓东没再说话，就换鞋出门了。

晓东出门走了，文玉却还在想自己刚才说的成人之美的事，想起了那天在120急救车上，赵医生说女人年龄大了爱做媒是性趋向转移的话，就想自己这段时间跟晓东那儿好像是少了点，可自己似乎并不觉得怎么样，难道真的是年龄大了吗？这么想着就去了洗手间，对着镜子看自己的眼角额头，好像是有了些细细的皱纹，脑子里却浮现出了石宁美丽妩媚的样貌！

　　路晓东跟杨红卫的饭局，当然还是在老蔡的鸿发酒楼。只有四个人，就没去楼上的大包，老蔡让李红安排在了楼下的小包间，正值周末，房间爆满，只有大暑包间还空着。路晓东到得早，先折身去了狒狒宿舍。

　　一进门，同宿的老尤还在眉飞色舞地跟狒狒说着什么。见晓东进来了，狒狒马上耷拉了脑袋，不敢看晓东。老尤以为是那个服务员的家人来找狒狒的麻烦，迎上来说："该赔的钱老板已经赔了，有事你找老板去！"路晓东一听倒对这人有了几份好感，就说自己是狒狒的家人。老尤一听，怔了一下，没想到狒狒这样一个人却有这么体面的家人，就赶忙伸手在桌上拿烟，烟拿到了，却是个空盒，老尤就尴尬地搓头，路晓东就赶忙掏了烟递给老尤。老尤接了，忙不迭地拿了打火机帮晓东点烟。两人抽着烟，路晓东就说狒狒的事给你添麻烦了，老尤却不好意思了，说也怪自己嘴欠，要不是自己给狒狒讲笑话，狒狒也出不了这事。又说其实这也不算个啥事嘛！路晓东说这还不算事啊？老尤就搓了头嘿嘿地笑，站起身说他去买包烟，说着就出了门。老尤一走，狒狒头勾得更低了。路晓东让他把头抬起来，狒狒抬了一下头，却不敢看晓东，晓东看见狒狒脸上一块青瘀的伤痕，嘴也有些肿，就问他疼不疼，狒狒不吭声，问了几遍，狒狒始终没说话，眼泪却流了满脸。晓东见他这样，就跟他说没事的，这确实也不算个事，啥也别想，这几天老板给你放了假，你该吃吃，吃饱了就在宿舍睡觉。说完了，一时无话，狒狒却开口了，说他想他妈了，要回家！路晓东听得鼻子酸酸的！说回家也行，等你脸上的伤好了咱再回，总不能让你妈看见你红伤黑印地回家吧？说完了，从身上掏了三百元塞在了狒狒兜里。正好老尤回来了，拆了新买的烟要给晓东，晓东接了烟，又跟老尤说了许多拜托照顾狒狒的话，就告辞走了。

　　到了别苑的大暑包间，老蔡和李红在里面说话，见路晓东进来，李红赶忙起身给晓东让了座，说酒菜她已经安排好了，等客人到了就可以上菜，说完就出去了。包房里只剩下晓东和老蔡，晓东就跟老蔡说了抱歉，又拿出了文玉给的五千块钱要老蔡收了，赔给那个服务员，老蔡摆手把晓东拿钱的手挡了，说："狒狒是我这里的员工，出了这事，本来也应该我来负担，你这样不是打老哥的脸吗？"晓东见老蔡态度坚决，就没再坚持，把钱收起来了。两人在包间一边抽烟一边说闲话，就说起了二阀厂改制的事，老蔡正准备说什么，李红一推门，杨红卫和一个黑胖子就进来了。杨红卫给老蔡和路晓东分别做了介绍，黑胖子姓朱，正是爱国路派出所的所长。大家分宾主坐定，自然是让朱所长坐了上首，朱所长推辞让路晓东坐，晓东哪里肯，硬把朱所长按在了首席。李红招呼服务员斟酒上菜，几个人就边吃边聊。路晓东和老蔡分别敬了朱所长，朱所长是海量，人也豪爽，来者不拒，这酒就喝得很快，酒桌上话就多起来了。朱所长问晓东："路处，听说你们二阀现在搞改制动作很大，是不是来真的？"路晓东说："市里和厂里对这次改制都很重视，当然是来真的了！"老蔡就附和说："他们昨天才刚开完改制职代会，以后我这兄弟就不叫处长，叫路总了！"路晓东说："什么总不总的，那就是一个称呼，其实是一样的！"朱所长就说："我觉得还是叫处长好啊，现在只要是家公司，不管大小，都叫总经理，这个总也就不值钱了！"老蔡连声称是，说："这企业是不能跟政府单位比，尤其是像朱所长你们这公检法，见官都要大一级的！"杨红卫说："蔡哥你这说得倒是真的，别看咱们朱哥行政级别虽然只是个科级，可很多大领导办不了的事他都能办！"几个人就都连声称是。朱所长说："红卫你别瞎说，路处在这里呢，我一个所长算啥！我这正好还有事儿求路处帮忙呢！"路晓东倒惊奇了，说："我那点能耐，出了二阀就使不上劲了，不过所长有事你说，但凡我能尽力的，一定帮忙！"朱所长就说："就是你们二阀的事，我有个亲戚在你们厂，这次改制要有什么变化，你给帮忙给照应一下！"路晓东听了，就问了具体的科室和岗位，说："这个忙我还是能帮的，你放心，让他最近该干吗干吗，别听也别跟着一些不明事理的人说三道四就行，再怎么咱们自己的人还是都要照顾到的！"朱所长就连声道谢，大家一起碰了杯。很快，四个男人两瓶酒就见了底，几个人也不再所长处长地称呼，都哥儿兄弟地混叫起来，路晓东就喝多了，李红叫了车把他送回了家。

这才过了一个周末，二阀厂改制引资的事似乎都已经被淡忘了。周一上班，整个厂区和机关大楼都出奇地平静，大家该干什么干什么，似乎什么也没发生过，甚至连平时那些爱讲怪话的刺头，也都一本正经地做起了守法良民，只有还竖在厂区道路两旁的职代会宣传道旗被风吹得猎猎作响，似乎还在不厌其烦地讨论着两天前那场决定了工厂三千多人命运的大会，可没有人停下来听它们说什么！到了下午，所有的道旗也被全部拆走了，厂区又恢复了原来的样子。

倒不是人们对自己的未来不关心，只是每个人心里都有自己的想法，但这想法又不能说给同事听，一个人不说，那大家都不说。按照改制纲要的主导精神，大家都还是国营企业的职工，身份依旧，只是称谓变了，从原来的国企干部和工人变成了公司职员，从原来的终身制变成了合同制，但不管怎么变，每个人心里都认为自己不会成为被合同制排除在外的人。二阀厂从建厂至今已五十多年，内部关系盘根错节，很多家庭三代同厂，两代同厂甚至全家同厂的更是数不胜数。尤其是近十年，解决老职工子弟就业已经成为厂里的一大难题，也成为一种常态，全厂三千多人中，老职工子弟差不多占了百分之六十还要多，在这样庞大的关系网中，谁都有谁的门道。谁是谁的姐夫的妹妹，谁是谁的二姑的侄子，本来素不相识的人，七拐八拐总能扯上点关系，当地有句俗话说：麻雀不拉尿，各有各的曲曲道！每个人都在盘算着各自的关系，而所有关系的交汇点，无非是这个科长，那个主任，再往上就是各个处室的某某处长等等。而所有拐弯抹角找来关系的，也总被大小不一的领导们告知，让他们放心，裁到谁也不会裁到他，但要在这段时间老老实实，不可乱说乱动，枪打出头鸟，你要是乱来，那天王老子也保不了你！听的人当然唯唯诺诺，无有不从！如此一来，每个人就总能从各自的关系中看到希望的亮光，谁也不管这种亮光只是镜中花水中月，但只要有希望，大家就都能够安之若素，处之泰然。甚至更多有想法的人，觉得这是自己人生的一个机会，之前命运的一潭死水，被扔进的这两颗不大不小的石子这么扑通一响，难免被激荡起一些久违了的生命的浪花。

小邵就是这些浪花中最激情澎湃的一朵。这些日子，他已经将二阀厂近三年来的客户销售情况基本摸了一遍。当他把一份详细的客户信息电子表格发给路晓东时，路晓东兴奋得拍案而起，马上把他叫来了办公室，让他把电脑培训工作先放一放，立即着手做一份销售分析报告，并顺手拿了几张纸，在上面圈圈画画，告诉了小邵报告思路，这一写就写了七八页，小邵就带着他写好的思路领命而去。

22

在晓东为职代会和营销处工作忙得不可开交时，石宁在华安大厦工地现场也忙得脚不点地。市领导给所有参与南城区华安大厦的建设单位都下了死命令，要求务必在八月底完成大厦的整体建设工程，以保证金秋十月的招商引资大会顺利召开。为此，关于工程进展的协调会已经从市政府会议室移到了工地现场，这样的现场办公会每两周开一次，所有相关单位的一把手都不能缺席，工地大门上"安全生产，人人有责"的横幅已经换成了"提前完工，人人有责"。从建筑外墙的脚手架上也垂下了两条巨幅条幅，上面写着：谁影响市政建设一阵子，市政就影响他一辈子。

作为主要承建单位的市建筑总公司已经跟市领导立了军令状，保证按时完成建设任务。现在内部装修已经到了收尾阶段，越是收尾，事情越多，石宁是现场驻场设计师，需要跟各个施工段的管理人员进行协调确认，差不多是一天十个小时都泡在工地，连总部办公楼都没时间去了。这样，跟路晓东的联系就只能在电话和短信中相互腻歪几句，电话和短信也不能像之前那样密集和长时间地你来我往，往往是路晓东有空的时候石宁没空，等石宁有空了，路晓东又在忙。经常是这边电话刚接通，话还没说两句，那边不是有人找就是有什么事，只能把涌在嘴边的甜言蜜语咽回到肚里去，匆匆挂断电话。有时这个发一个短信过去，那个正在忙着，等看见回复时，短信里那最初浓浓的柔情蜜意已经在时间无涯的荒野里板结成了一块硬硬的水果糖，要重新慢慢地用心品哂和融化才能再次柔软起来。但这种情形，非但没有让两个人的热情减退，反而更添了一种望而不得的迫切！在没有尽兴的卿卿我我中给彼此留下了一种心有所依的余裕，距离远了，心却靠得更近了！

这天，毛晓萍带了消防局的几个领导来工地看消防工程的进展，看完正好到了中午饭时，出门时遇见了石宁拿着饭盒去食堂，就拉了石宁去外面吃饭。石宁推辞不去，毛晓萍就嗔怪道："你这仙女一样的人儿，天天跟大老爷们吃食堂怎么行？你看这瘦的，肯定是吃不惯食堂的饭菜，每顿都那么将就一点儿闹的！"说着便硬拉着石宁上了车。驱车到了鸿发留好的包房，毛晓萍就招呼上菜开酒，瞬时一桌子菜已经摆好。石宁看这阵势是要吃很久，就悄悄跟毛晓萍说自己吃完了得先走，下午工地还有事要处理，毛晓萍爽快地答应了，说这几个人都是老熟人了，让石宁随意。席间，消防局带队的一个副局长见石宁不喝酒，想跟石宁说什么，却又被石宁清新脱俗的气质所震慑，没勇气直接搭腔，却对毛晓萍说："毛总，你这小妹妹不喝酒可不行啊！"毛晓萍说："胡局，你是领导，我是个闲人，可我这妹妹下午还要去上班的，不能喝酒！"这胡副局长就拍了胸脯说："小石是哪个单位的？我跟你们领导说，你这出来吃饭也是为了工作嘛！"石宁淡淡地说："胡局长，不用啦！我下午工地还有事要处理的！"胡副局长却来劲了，看着石宁工作服上有市建筑公司的标识，就说："原来小石是市建的呀！

195

我跟你们权总很熟的,我跟他打个电话,就说你下午有更重要的工作任务!"说这话的时候故意加重了"更重要的工作任务"几个字,说完还为自己的俏皮话呵呵呵地笑了几声,以资鼓励!这说着就拿了手机要打电话。石宁怕这局长真把电话打给她舅舅添乱,就求助地看着毛晓萍,毛晓萍却一脸平静,伸了手在桌下捏了一下石宁的手。胡副局长翻着手机的通讯录,翻了一遍没找到权总的号码,又翻了一遍还是没找到,就喃喃地自言自语:"噫!这老权的号码去哪里了?嗯,可能是前一阵换手机没存进来,这不应该啊!"毛晓萍这才不失时机地接着话茬说:"胡局,这电话你可别打,本来我这小妹妹出来吃个饭他们领导谁也不知道,可你这电话要是一打过去,请假变成告状了!"胡副局长就放下电话说:"瞧我这糊涂的,毛总,还是你心细啊!"

吃饭间,石宁给晓东发了信息,让他过十五分钟给她打电话,电话通了就说工地有事要她回去。果然,十五分钟后石宁电话响了,她接起来说:"张工啊,有什么事吗?"那边说了一句什么,她又说:"哦,这样啊,那我很快回去了!"讲完电话,石宁就说工地有事要走了,跟毛晓萍和其他人道了歉,就匆匆走了。走出鸿发大门,石宁长舒一口气,又给晓东打了电话,说了刚刚吃饭的事,晓东就问她:"这么匆匆忙忙的,估计你也没吃啥,还饿着吧?"石宁就在电话里撒娇:"你还知道我饿着呀?我都饿好几个星期了!"晓东就说:"那你去公寓等着,我过来!"石宁要制止,晓东却挂了电话,石宁看看时间也还早,就叫了一辆车回到了住处。这才进门换了鞋,就听见楼道里有了熟悉的脚步声,石宁就把门开了虚掩着,转身进了卧室。晓东轻手轻脚地推门进来,反手锁了门,看客厅里没人,就知道石宁在搞怪,就进了卧室,看见石宁身上搭了一条薄薄的毛巾被,斜靠在床上看着他笑。晓东说:"大小姐,您要的午餐到了!"石宁调皮地说:"哈,我可以享受 lunch in bed 啦!"晓东过去凑在她耳边说:"你要马上吃还是热一下再吃?"石宁说:"马上,我都饿死了!"说着忽地揭开了毛巾被,晓东见她浑身上下不着寸缕,就手脚并用地脱了衣裤上去了!

完事之后,晓东亲着石宁的嘴唇说:"你的 lunch in Bed 味道如何?"石宁夸张地咂了一下嘴说:"不错,要是来个 double portion 就好了!"石宁最近迷上了美剧,老是在汉语中夹带着英语混着说,晓东英语很烂,她就只跟他说些简单的。晓东听了就又去逗弄她,石宁却跟他告饶了,说:"不敢再惹我了,我一会儿就得去工地了,要是下午有事找不到我,那可就惨了!"两人许久没见面了,本来有很多电话和信息中没说完的话要说,可一见了面,精力和时间全用在了

196

彼此的身体上，哪里还顾得上别的。石宁偎着晓东趴了一会儿，看看时间快两点了，就起身穿衣服，晓东万般不舍。石宁穿好了，看还赖在床上一脸幽怨的晓东，就"吃吃"笑了，说："你这个样子像个等皇帝宠幸的深宫怨妇一样！"晓东就越发做出戚戚哀哀的样子，石宁过来俯下身亲了他嘴唇一下，转身拉了房门就走了。晓东还躺在床上，隐约听见楼道里传来了石宁高跟鞋富有节奏的噔噔声，快活而轻盈，一连听到了十几个噔声，然后渐行渐远，听不见了，一阵困意涌来，路晓东就睡着了！

当人们度过了这个夏天最热的一个月，华安大厦终于完工了。几乎是在一夜之间，大厦外围的建筑脚手架和周围的围墙全部拆除，之前悬挂的各类条幅和标语也拆了，青灰色的玻璃幕墙在阳光的照耀下闪着耀眼的亮光，晃得过路的人睁不开眼睛。一座共三十八层总高一百五十八米的庞然巨物就矗立在了市南城区，这成了本市最新的标志性建筑，大厦正门口是一个偌大的广场，广场中心矗立着一座巨型雕塑。说雕塑也不完全确切，因为整个雕塑并没有经过人工雕琢，而是一块重达三十吨的天然巨石，巨石形状像牛又不是牛，像虎又不是虎，据说是找了风水先生花了三个月时间踏遍了虎牛山的沟沟坎坎才找到的。巨石雕塑正面凿了四个朱红大字"虎牛广场"，向南正对着远处的虎牛山。据说广场的名字是市委书记亲自取的，本来要请市书画院的院长写字，有好事者就跟华安大厦筹建处的负责人说，市委书记也一直在练书法，在这么重要的位置，应该让市委书记直接题字。筹建处负责人就又托人找了书记的秘书，秘书把下面人的意思跟书记说了，书记听了也没有推辞，亲自挥毫写了"虎牛广场"四个大字。写好的字拓印在了石头上，再由当地最好的石匠一锤一锤凿上去。巨石雕塑周边是用黑色大理石砌成的一个圆形蓄水池，水池外围是音乐喷泉。每当音乐响起，暗装在大理石下面的水管就会喷出几十米高的水柱，喷向雕塑，再由水池回流至喷泉下方，如此反复。

华安大厦尚未正式启用，但虎牛广场上正在测试运行的音乐喷泉已经引来了众多市民前来消暑。每天傍晚，广场上便聚集了很多人，尤其以老人和孩子为多。夜幕降临，大厦周围安置的巨型射灯就将光束打在了建筑的玻璃幕墙上，最高的光束竟然能够直冲一百多米的楼顶，瞬时整个大厦就流光溢彩，打在楼上的光束还不时地变幻色彩，大厦就呈现出不同的景象，这样一来，本来没打算前来或远远看着的市民也都蜂拥而至了。待到音乐响起，音乐喷泉的二十四支水柱冲天而出，喷泉地面上的彩灯也随之亮起，一束束彩光打在冲起的水柱上，经过漫天水幕的折射就显得光怪陆离，异彩纷呈，不怕水的孩子就冲进水里嬉戏，一时间整个广场热闹非凡。市电视台、市日报社都来了记者，拍照的拍照，采访的采访，自有一番繁华热闹景象。

路晓东是被高书记叫去开会时知道了华安大厦竣工的消息，第一反应是石宁终于可以不用那么辛苦了。华安大厦甫一竣工，市政府就成立了招商引资大会筹备组，由市长亲自担任组长，汪副市长任副组长。筹备组成立后的当天下午，黄云就给二阀厂（现在已经是西部阀门设计制造总公司）的高书记打了电话，让他去汪副市长办公室开会。高书记开会回来，又马上召开了公司班子会，路晓东作为营销中心负责人，也被通知参会。会上，高书记传达了市政府的会议精神，说这次市政府筹备的招商引资大会，是改革开放以来我市最大刀阔斧的一次壮举，大会的目的是吸引投资，进一步激发我市的经济发展，同时也是展现我市改革开放成果和市容市貌的一次盛举，市里的企事业单位都要全力以赴，务必搞好这场功在当代利在千秋的盛会。传达完市政府精神，又重点说了汪副市长对西部阀门设计制造总公司的要求和期望。说西部阀门从改制到融资都得到了市委、市政府的关心。尤其是汪副市长，花费了很多的时间和精力为我们公司的未来筹划蓝图。现在改制已经顺利完成，融资也基本达成了合作意向协议，我们要在最后的关键时刻把握好，踢好这临门一脚。这次市里的招商引资大会，将会以西部阀门作为一个国企改革和吸引投资的成功典型向全市推广，也向应邀前来的全国政商界人士展示我市开放包容的营商环境和招商引资的大好形势。届时，我们将和注资公司在大会上汇报并购成果，并通过电视台向全国直播。说到这里，高书记顿了一下，环视与会的所有人，继续说："问题是，我们现在只是跟深圳的四海国际达成了融资意向协议，但正式的股权收购合约还没有签署，这事要在市里的招商引资大会前办妥，最好是越早办妥越好。这是今天汪副市长给我们下的死命令，必须完成，没有退路，这也是今天这么紧急召集大家来开会的原因。"说完了，又看看大家，对总会计师田友良说："请田总给大家讲讲目前我们跟四海国际商谈的进展情况。"田友良就说目前的框架协议是四海国际出资七亿元收购我们百分之三十到三十八的股份，我们希望是三十，对方希望是三十八，当然大家都留了谈判空间。一开始大家都抱着互让一步的想法，但上次会计师事务所提交了我们近三年的销售数据和利润表，四海国际认为我们的销售业绩和盈利能力跟他们预期的有差距，他们收购的目的是希望在未来三年能将公司上市，但看我们的数据要在三年内做到上市的目标难度很大，就坚持要三十八。我们也还没有给他们交底，目前两边都有些僵持，就约定最近再来公司做一次实地考察，具体时间由我们来定。说完了，看着书记，书记沉思不语，会场气氛就有些闷。半晌，书记问大家有什么想法，大家都不吭声。见大家都不吭声，书记就说："现在对方主要顾虑的是我们的利润和销售业绩，那我们就从这两个方面入手，拿出一些举措来，这样才有跟他们谈判的底气。我们是老国企，退休职工和解决子女就业负担重，几千人的厂，但很多人上着班没事干，利润自然被吃掉一大块。刘处，你管人资这么多年，看看从这方面能不能想点办法？"人资中心总经理刘开仁就说："这确实是我们厂的一大负担，但现在动哪一块这人员也不能大动，本来改制之后大家都有些不安稳，这个时候要是减员，怕是要出乱子！所以在职职工这一块基本是动不了的。但我前几天去市里开会，也得到一个消息，说今后企业退休职工的工资，全部走社保，这个政策沿海很多城市已经施行了，我们应该也会很快试行！当初深圳四海跟我们压低价格，其实很大一块就在负担退休职工工资这块，我们可以拿这个来跟他们谈一下，但节省的利润也毕竟有限！"书记听了，点了点头。然后又对采购中心的刘海江说："采购中心这边有什么举措？把我们的采购成本降一下？"刘海江挠挠头，为难地说："我们现在生产量小，采购量就上不去，量小，那些材料供应商的价格就贵，很难谈下来！"书记听了面无表情，看不出是什么想法。转身对路晓东说："小路，你到营销中心虽然时间不长，但对销售情况应该有些了解了，你说说吧！"路晓东咳了一下，说："那我就说说我们销售的情况。我这几个月查阅了过去几年的销售记录，发现我们业绩上不去主要有几个原因：一是我们对经济发达地区的重视程度不够，二是我们产品的定价太低。我们百分之七十的销量都来自东北、西南以及我们西北这些经济欠发达地区，反而东南沿海、珠三角以及长三角等经济最活跃的区域销量不大。而且我对比了一下，我们跟外地其他同行的产品相比，价格要比他们低了差不多百分之二十，这也是我们利润上不来的原因。越没有利润，我们的销售区域就越没资金和人员去拓展，生意圈子越做越小，只能靠低价吸引客户，那反过来看，如果四海国际投入了资金，我们有了钱去这些经济发达地区铺设销售网点，销量肯定能起来。

我也电话回访了目前用我们产品的客户，他们对我们产品的品质还是很认可的，那我们产品的价格在现在的基础上提升百分之十五到二十还是有市场的。"说到这里，路晓东停住了。会议室很安静，等他说完了，大家似乎还在听！当然不是真的在听，是在寻思他说的真实性和可行性。这么多年了，每次开会供销处都在讲客户嫌价格贵，靠一再降价才能勉强维持销量，至于经济发达地区的市场，他们认为那是人家的地盘，自己根本打不进去，仅有的那几家用户，还是国营老客户，靠上面领导的关系才没有中断采购，这还是第一次听说增加销量还要涨价的。大家就都看着路晓东，脸上的表情似笑非笑，尤其是采购处处长刘海江，从鼻子里哼了一声，伸手掏出一盒烟取出一支自顾自地点了抽起来。见大家都不作声，路晓东接着说："除了上面这两点，我们销售规模上不去的原因，还有第三点……"还要往下说，见高书记咳了一下，伸手去端桌上的茶杯，路晓东就顿了一下，继续说："但这一点我还只是一个初步思路，还不够成熟，就先不说了！"高书记看着路晓东说："小路，你说的这个情况我也有所了解，但你有具体的数据吗？"路晓东说："有的，我最近安排人做了一个销售数据分析报告，您要是想看我明天拿给您！"书记说："这个报告现在在哪里？可以的话现在就拿来我们看看！"路晓东就给小邵打电话，让他带了报告到总厂会议室。小邵很快来了，刘海江见他甩着空手进来，问："你带来的报告呢？"小邵笑嘻嘻地从口袋里掏出一个 U 盘晃了一下说："都在这里！"说着就打开了会议室的电脑和投影，然后敲着电脑键盘噼里啪啦一阵响，一份报告就呈现在投影幕上了。接下来，小邵一边操作电脑，路晓东一边做讲解，每讲完一页，小邵就不失时机地翻到下一页。路晓东的报告写得很详细，不仅有数据和文字分析，还将各类数据都转化成了各种图表，一会儿是百分比分布饼图，一会儿是柱状对比图，用不同的颜色分门别类，看得人眼花缭乱。这让在座的很多没碰过电脑的领导都屏声静气得像个小学生，这一讲竟然讲了四十多分钟。讲完了，书记带头鼓了掌，大家也都跟着鼓掌，刘海江没鼓掌，伸手端了茶杯喝茶，一口喝下去，茶很烫，硬着头皮咽了，一股火从喉咙顺着食道烧到了胃里。

小邵拔出 U 盘关了电脑退出会议室后，书记对田友良说："田总明天就通知四海国际的人尽快来考察吧！小路，考察谈判时你要参加，这几天把那个报告再优化一下！另外，今天的开会内容，大家要守好保密纪律，谁出问题后果自负！"说完，起身走出会议室，大家就散了会。

23

市政府招商引资筹备组忙得像开了锅的沸水。跟二阀厂高书记谈完之后的第二天，汪副市长让黄云又约了招商局、城管局、园林局、环卫局、财政局的一把手，分别安排了任务。要求招商局尽快制定出会议期间的流程安排方案，确定邀请的全国重要政商界人士名单以及与市领导的洽谈接待安排计划，提交筹备组审定。要求城管局整治市容市貌，管理好主要路段的小商小贩。要求园林局做好市区的环境绿化美化工程；要求环卫局做好全市卫生环境整治，清理卫生死角；要求财政局配合各单位给予必要的资金支持。这边正一项一项安排着，汪副市长电话响了，一接听是华安大厦管理公司总经理打来的，说入住的五星级酒店要试营业，可消防局的消防验收证一直没有批下来，其他入驻商家还好说，可这五星级酒店是从上海引进的，管理很严格，说没有这个消防证他们就不能试业。汪副市长一边听一边点头，待那边说完了，说我这就过来看看，说完挂了电话，让黄云马上联系市消防局局长，让他直接到华安大厦候着，然后对在座的各单位负责人说："你们也都别走了，跟我一起去华安大厦看看。"

一行人出了市政府办公楼，驱车直奔华安大厦。到了大厦门口，总经理早已在门口等候多时，迎了汪副市长一行一层楼一层楼地看，一边看一边介绍入住情况，说大厦五层裙楼是商业综合体，有超市、餐饮、影院、儿童乐园，还有各类服装鞋帽的品牌店铺，都要在近期陆续进驻。二十至三十八层是五星级酒店，招商会期间将作为接待酒店，现在已经准备试营业，试营业是为了练兵，为招商会期间的大型餐饮以及会议做好准备。六至二十层是办公楼，目前进驻的还不多。汪副市长边听边交代务必做好大厦签约商家的入驻工作，该给方便就要给方便等等。正说着，消防局局长满脸汗水地赶来了，汪副市长没等他说话，劈头就问华安大厦的消防证啥时能办好？消防局局长红着脸说已经验收了，证就这两天就能下来。汪副市长说："这两天？这两天是哪天？"消防局长说："明天。"汪副市长听了再没说话，带着大家继续看，弄得消防局长走也不是，不走也不是，踌躇再三，还是跟在后面一起看。

看完各层，一行人坐电梯到了顶楼的旋转餐厅，餐厅四周都是落地玻璃，临窗而望，可以鸟瞰整个市区，抬头远眺，远处延绵起伏的虎牛山如卧虎欲起，又似伏牛将睡，汪副市长就无限感慨，说："我们在这么好的地方，要不给老百姓一个好的生活环境，有负山水啊！"陪同的人就连声称是，说市长您现在就是在给老百姓创造美好生活啊！汪副市长笑眯眯地环视群山，忽然盯住一个地方不动了，脸上的笑硬硬地僵在那里，转身问："那个山坡怎么回事？怎么光秃秃的没有绿植，印在那里像一块伤疤一样！"有人说："听说是采石挖的！"汪副市长说："胡闹，采石怎么能选在那个位置呢？那里正对着市区，挖成那样多难看？！"就问随行而来的园林局局长知不知道怎么回事？园林局局长说："山上采石属于国土资源局管，我们局管不到！"汪副市长说："我们有些部门工作中只顾眼前利益，这样破坏自然环境是杀鸡取卵啊！但现在不是追究责任的时候，这事你们园林局牵头，负责把那一片的绿植恢复了，这是你们的专业，但费用要国土资源局出，这种不负责任的乱采滥伐是要付出代价的！"说得园林局局长连连点头。

从华安大厦出来，大家分头行动，最急迫的当然是刚领了新任务的园林局局长林木森。这林局长一回到单位，就马上召集相关人员开会，讨论城区绿化恢复山坡绿植的事。会上，干部们七嘴八舌，说市区环境绿化倒不难，无非是栽树种草摆花等经常干的活，大家都得心应手，可这恢复山坡绿植就比较难，关键是那一段被毁的坡段非常陡峭，而且上面基本都是乱石，不像平地，下面垫上土层上面铺草坪，每天早晚洒水就能成活。在这么陡峭的山坡上植树种草虽然也能做到，但在短时间内达到绿色苍郁的效果却不容易，那么高的地方一时半会自来水引不上去，洒水铺草就做不到。会上讨论来讨论去拿不出好的方案，就有人开玩笑说："这么短时间想搞成绿色苍郁的效果，只有刷层绿漆了，不仅见效快，还不褪色！"说得开会的人都笑了，林局长就说开会呢，大家严肃点！大家就都没了声。

开了两小时的会也没讨论出个结果。会后，林局长叫来了采购科的贾科长，让他找一家做花木种植的公司把山坡绿化的活外包出去。贾科长为难了，说："这活怕没公司愿意接！"林局长就生气了，说："这些花木公司长年跟我们合作，该赚的钱也赚了，不能只盯着好干的活干！养兵千日用兵一时，现在需要他们出力了，就推三阻四，那以后好干的也不用找他们了！"说完了，又说："你也别小看这些公司，他们的办法比我们多。我们工作思路要开阔，不能只靠内部，也要合理利用这些外部资源。实在有难度，也可以用一些临时方案先应对一下，等招商会开完了，再做善后处理！你明白我的意思吗？"贾科长点头如啄米，连声说明白了。

西部阀门总公司领导班子开完会的第二天，路晓东打电话给已经是董事长秘书的钟小雨，问书记现在忙不忙，他有工作要跟书记汇报。钟小雨说她请示一下书记后给他回电话，路晓东就开玩笑说："小雨，你现在在董事长身边工作，以后我要见老板还得先过你这一关啊！"钟小雨就在那边嘻嘻笑道："那你可要好好贿赂贿赂我，请我吃大餐！"路晓东说："你就想着吃，你现在怕是大餐都吃腻了吧？"钟小雨说："跟老板出去吃饭一点都不自在，看着满桌的菜都吃不了几口，回来还饿着呢！哪像我们以前在设计室那么自在，虽然菜不怎么样，但每次都是酒足饭饱，关键是吃得开心！"路晓东就说："那就让你还回设计室？"钟小雨说："我说的是你在的时候啊！现在你都不在那里了，回那里有啥意思！"路晓东说："我不在是假的吧？恐怕小邵不在才是关键吧？你这小嘴倒挺会说的。"钟小雨就在电话里嘿嘿地笑，还说她是说真的。路晓东就让她快去问书记，他等她回话。

很快钟小雨就回了电话，让路晓东去书记办公室。路晓东上了楼，刚一坐下，书记就跟他说："小路很不错，看来我还没到老眼昏花的程度啊！这次调你到营销中心是用对人了，昨天开会的表现很好，你可是给这帮老脑筋上了一课啊！也让我心里踏实了！"路晓东赶忙说："书记您这么信任我，放我到那么重要的岗位上，到岗后丝毫不敢懈怠，只想尽力把工作做好！"书记说："哈，你说这个岗位重要，你可能不知道，当初还有人为此质疑我，说我为了拉山头，让搞技术的人去做销售，是浪费人才，是骑牛赶路，套马耕田。事实证明不是这样嘛！这些人的脑子还停留在过去，以为只有技术才重要，现在都是市场经济了，当然要让高素质的人到市场的第一线去。那句话怎么说？说要让指挥员到听得见炮声的地方去！市场经济就是一场战斗，哪里是听得见炮声的地方？当然是销售啊！你都不知道市场的需求和状况，只顾关起门来埋头搞生产，那怎么行？当然，我不是说生产不重要，而是应该让市场引导生产方向！嗯，不说这些啦，都过去的事了，我们现在往前看，放眼未来！"路晓东说："书记您说得对，我就是按照您给的指导思路，去做的这个市场调研！"高书记说："嗯，说说吧，你昨天没说完的第三点，应该不是没想好，而是怕有人把屁股坐在别人的椅子上吧？"路晓东笑了一下说："书记真是明察秋毫！多亏了当时您提醒我，要不我可能就全说了！"书记说："你年轻，有些方面经验不足也很正常！以后要是有啥想法可以先来跟我碰一下。"路晓东说："书记批评得对，本来这个分析报告我是想先拿给您过目的，可没想到昨天会场那种氛围，就没考虑太多！"书记说："昨天那个效果不错的，你现在主管营销，该冲的时候就要顶上去，要不以后怎么能让这些人服气！"路晓东就说："那我给您汇报一下另一条思路，但这个想法还真不是我们营销中心能做的，如果可行，到时要您来说，才有权威性。"书记笑眯眯地说："哦，那我倒要好好听听！"

　　就在全市都紧锣密鼓地准备迎接招商大会的时候，深圳四海国际的考察团到了。前一天，全厂搞了一次卫生大扫除，总部办公楼前的招牌早已更换为"西部阀门设计制造总公司"，只是二阀厂的人口头上还习惯按原来的名称叫。大门前悬挂了一条横幅：热烈欢迎深圳四海国际领导来我公司考察指导！在一楼大堂摆放了产品介绍图片海报，书记办公室更名为"董事长办公室"，之前各个处室的门牌也都全部更换成了"某某中心"的牌子。四海国际一行人是下午到的，由办公室主任周婷带了两辆车从机场接到了下榻的梨园宾馆。当晚，高书记在梨园宾馆的梨花餐厅为客人举行了欢迎晚宴，还亲自点了厂里的几个骨干成员作为晚宴接待人员，参加晚宴接待的有魏林平、田友良、路晓东、周婷，还有新任的财务中心总经理王秋艳。

　　路晓东提前赶到了梨园宾馆，周婷和王秋燕已经在餐厅包房里候着了，其他人还没到。路晓东问周婷对方有几个人，周婷说是六个，四男两女，还说有一个女的特别漂亮，样子像香港的一个女明星，但却说不出像谁。三个人正说着话，服务生推开门，进来了三男两女五个人，路晓东一眼看到其中一个身材高挑的女子似曾相识，但一下子想不起来在哪里见过，正疑惑间，那女子也看到了路晓东，两人对视的瞬间，女子说："路主任，真的是你啊？好久不见啦！"听她一说话，路晓东马上想起来了，这女子竟然是秦可。两年前去深圳采购设备时，她是那家阀门生产设备供应商的销售总监，今天怎么会跟四海国际的人在一起？！心里这么想，嘴上说："秦总！怎么也想不到会是你！"秦可莞尔一笑，说："还以为你忘记我了呢，还好记得，要不我可糗死了！"路晓东说："那怎么会？我要是忘了秦总这么漂亮的女生那岂不成罪人了！可这快两年不见，你比以前更漂亮了，漂亮得让我不敢认了！"说得大家都笑了，秦可说："路主任你之前可不是这么叫我的，咱们还是按之前的约定直呼其名吧！"周婷在一边说："原来秦总跟我们路处是老相识啦，我还想介绍你们认识呢！"秦可就说："哇，原来你这么快高升啦，恭喜恭喜！你高升了我也还叫你晓东，不介意吧！"路晓东说："这我求之不得，怎么会介意！"秦可就张开双臂跟路晓东拥抱了一下，说这么好的喜事要用拥抱来祝贺！被他们两个熟人一闹，本来几个陌生人之间拘谨的场面瞬时轻松了很多，大家就相互递了名片。原来秦可现在在一家投资咨询服务公司担任副总经理，这次是受四海国际委托来做专业评估的。

　　几个人正说着话，高书记跟魏林平和田友良都到了，大家又都重新做了介绍。来客的五个人中，除了秦可和她们公司的高级评估师彭伟，另外三位分别是四海国际副总经理冯辉、董事长助理吴子斌和财务总监钱颖。冯辉跟高书记递完名片，说他们董事长郑平如刚下楼时接到了一个电话，打完电话就下楼了。高书记笑笑地说："郑董事长很忙啊！"冯辉连忙说不忙不忙！路晓东就带了秦可过来给书记介绍，递完名片，书记说："秦总美丽又高雅，这么年轻就是副总啦，真是集美貌与才华于一身啊！幸会幸会！"秦可说："书记您可是过奖了，我听晓东说您可是企业改革家，有魄力还平易近人，才让我们无比敬佩呢！"高书记哈哈笑着说："那一定是小路为了想多跟你这个美女聊天拿我做铺垫呢！"秦可故作讶异地说："这样啊？原来他都是用这种方式跟女生套近乎的！"说完了，又笑着说："书记您可能还不知道，我跟路处是旧相识了，之前就约定直呼其名的，您可别见怪啊！"高书记说："那我还真不知道，这小子保密工作做得好，尤其是认识了漂亮女生，从不跟我汇报！"说得几个人都笑了。路晓东这才简单跟书记说了秦可的来龙去脉，书记听了，说："那秦总是我们行内人啦，有行内人在，我们就省劲啦！"正说着，一个洪亮的声音说："书记见到内行的美女就把我这个外行放一边啦！"说话的是刚进门的四海国际董事长郑平如。郑平如跟高书记已经见过几次了，自然也不用别人介绍，两人哈哈笑着握了手，高书记说："看来郑董你这次是要带着内行来砍我的呀！"郑平如哈哈笑着说："书记见笑了，谁让我是外行呢。我对阀门行情不懂啊，就找了咱们华南区阀门行业协会，是他们给我推荐了秦总的公司，一接触，据说秦总还跟咱们厂有过交往，就劳驾她们一起过来了！"两位老大一说话，所有人都在听。待说到秦可时，大家都看着她，秦可笑意盈盈，脸上就泛起一抹红，越发显得娇媚可人！

大家分主宾坐定后，酒宴就开始了。第一杯酒高书记提的，第二杯酒郑平如提的，第三杯酒秦可提的。三杯开场酒喝完，大家开始轮流敬酒，桌上堆得山一样的菜几乎没怎么动。一开始，大家都喝得循规蹈矩，男的文质彬彬，女的浅尝辄止，待喝过两三轮后，就开始跟身边的人交头接耳；跟隔了座位的人举杯致意；跟对面的人遥相呼应，气氛就逐渐热烈起来。当然，给高书记和郑平如敬酒时，每个人都是起身绕过去到他们身边去敬酒。路晓东起身去给郑平如敬酒时，坐在主位的高书记就跟郑平如介绍说："小路是我们新任的营销中心总经理，也是我们处级管理干部中最年轻有为的后起之秀，我们西部阀门今后的天下要靠这些年轻人来打。"郑平如说："高书记真是慧眼识才啊！我来之前听秦总说到过路处，说两年前跟路处有过交流，我们美女可对路处赞赏有加，说那时路处还在设计室做主任，这两年进步很快啊！"高书记说："看来郑董功课做得很足啊，连我身边人的来路都摸得这么清楚！"郑平如也不隐晦，倒坦然说："哈哈，这都快成一家人啦，还不摸摸家底怎么行！"路晓东说："我一个小兵哪值得郑董这么关注，秦总那是过誉了，像我这样的，在我们公司那可太多了。多亏书记信任，我才能有机会为公司多出点力！"路晓东这几句话，表面上似乎就是几句谦辞，但却不露痕迹地表达了两层意思，一是向对方暗示西部阀门人才济济，是有实力的。二是承了高书记提携之情，表明路晓东是个知恩图报之人。这郑平如多聪明的人，听了后笑着说："了不得啊，书记是真会栽培人，就路处这几句话，水平高低就出来了，这我以后可要多向书记学习了！"坐在高书记旁边的秦可一直在听他们说话，此时端了酒杯站起身说："你们说了这么久的话，也不见喝酒，我来陪晓东一起敬郑董吧！"郑平如就说："咱们美女发话了，我们喝酒！"三个人把酒喝了。秦可对晓东说："我陪你敬了郑董，你可要陪我敬书记啊！"路晓东说："你这么漂亮，你说了算！"高书记听了说："这美女号召力就是不一样，这才多大工夫，我的人就被你拉走了！"秦可说："书记您是让我高山仰止的企业家，我怕一个人敬您分量不够啊，这才拉了您的爱将的！"三人喝了酒，高书记对晓东说："你看秦总，不仅人美，还这么会说话，这不成功都难啊！你们是老相识，你认识她的时候嘴就这么甜吗？"路晓东一本正经地说："她说话是很好听，但嘴甜不甜我就不知道了，我也没尝过呀！"话一出口，满桌子的人都笑了，秦可红着脸说："书记你听听他说的，你可要管管他呀！"书记说："这咋管啊？是让他尝呢还是不尝呢？"说得大家又都笑了！眼睛都看着

206

秦可，秦可就说："终于知道路处这么会说话原来都是书记教得好啊！你要想尝，那就让你尝尝看！"说着端起酒杯抿了一小口，把余下的剩酒递给了晓东，晓东也不推辞，接过酒杯一饮而尽，说："嗯，跟书记郑董还有各位领导汇报一下，确实很甜！"大家又是一阵笑，秦可说甜就再来一杯，说着又倒了一杯，高书记起身挡了，笑着说："甜食好吃，但要浅尝辄止，吃多了会泛酸的！"郑平如也哈哈哈笑着说："书记不仅会用人，还会护人，难怪能有这么多精兵强将。来，我们一起敬书记一杯！"大家就都举杯喝了。

第二天，跟四海国际的合约谈判安排在了总部大楼的会议室。秦可今天穿了一套灰色长裙，显得气质高雅，其他女士也都是职业套装，端庄得体，男士们则都是西装革履，庄重大方。经过昨晚的晚宴做铺垫，参与商谈的人基本都算是熟人了，会议室里气氛并不显得沉闷。

按照议程，上午先是西部阀门总公司向四海国际通报了公司近三年的经营状况、财务资产状况、生产规模、市场布局以及人力资源配置等等。之后四海国际也向西部阀门介绍了近三年的投资项目、收购产业及收益概况。谈判的重点在下午，四海国际表述了自己对西部阀门的股权收购方案，内容包含出资金额、收购股权比例、收益分配等等。这些细则，在之前的几轮商谈中已经基本确定，谈判的重点主要集中在西部阀门今后的业绩提升及如何实现预期利润。作为营销中心负责人，路晓东责无旁贷，就把准备好的讲稿通过投影打在了大屏幕上。这次做了精心准备，表述得也更加清晰自如，他和小邵都是设计专业，对汇报的演示讲稿做了精心编制，在画面的审美和色彩的掌控上都有独到之处，就连一些数据分析图表也做得极有美感和艺术性。随着一张一张演示图片的切换，路晓东侃侃而谈，按照之前的思路，说了扩展珠三角市场的规划；说了产品质高价低的依据；还说了当下阀门市场的现状。这让四海国际颇为意外，因为这跟之前二阀厂提交的文字资料和数据资料相比，完全颠覆了他们的印象。路晓东讲完了，虽然没有像第一次在厂里汇报时那样有人鼓掌，但他知道，从大家的神情中，对方已经认可了他的说法。到了提问环节，秦可第一个问："我对珠三角的阀门市场也还算比较了解，虽然市场是很大，但竞争也很激烈，可以说是群狼环伺。俗话说强龙难压地头蛇，虽然咱们西部阀门的产品是不错，但路处凭什么认为你们一个外来者，能够在这样一个新的市场就一定能分一杯羹呢？"这问题是大家都想问的，连西部阀门自己的几位参会领导也想知道，大家都看着路晓东。路晓东脸上很平静，微笑着说："凭借四海国际啊！我们现在虽然是外来者，但即将成为我们股东的四海国际不是外来者啊！我们一旦合作成功，咱四海国际的地盘不就是我们西部阀门的地盘吗？"一句话说得大家都笑了。主持会议的田友良问其他人还有没有问题，其他人都没再问。郑平如说话了："刚才路处讲的规划和思路我都认可，但现有的市场容量毕竟有限，就算是完成了目标，跟我们希望的业绩和利润也还是有差距的！"说完，看了看大家。高书记说："既然郑董说到这里了，那就由我来谈一下我们今后的战略思路。"刚一说完，路晓东已经在大屏幕上切换出了另一套演示文稿，题目是"西部阀门战略规划纲要"。高书记继续说："大家知道，西部阀门的产品目前主要供给工厂企业单位，而其中又偏重于化工企业，这就使我们的产品线很窄，我们做了一个市场调研，目前国内的化工企业一直维持在一个比较平稳的状态，甚至在东北和西北地区还有一定程度的萎缩，这也是我们销量一直上不去的主要原因。"随着书记的讲话，路晓东及时地切换演示图片，上面有各类调研数据图表。书记继续说："长期以来，我们忽略了另一个庞大的市场，那就是民用市场。现在国家的基建项目搞得如火如荼，每个地方都在建大楼，这些民用建筑的阀门用量是巨大的，就拿我们市刚建好的华安大厦来说，一栋三十八层高的建筑，大大小小用到的阀门有几万个，可居然没有一个阀门是我们的，这眼皮底下的生意，我们只能看着别人做。而现在给这些民用建筑供货的厂家，都是江浙和广东周边的一些小加工厂，这些小加工厂的产品品质参差不齐，有好的，但更多的是差的，我们有现成的生产线，只要在设备上稍加改进，就能生产出高品质的民用产品。刚才你们也提到了，我们现在人员富余，工作量不饱和，养活这些富余人员吃掉了很多企业利润，这似乎是个很大的负担，但反过来看，这恰好也是我们的优势，我们的员工，都是经过正规技术培训的产业工人，有相当多的人都是干了几十年的老技工，如果上了民用产品生产线，我们这些富余人员也正是现成的熟练工，这样一支专业的产业工人队伍做出来的产品，难道还竞争不过乡镇工厂招来的洗脚上田的农民工做出的产品吗？"书记说完了，刚好演示文稿也播完了，会场里静悄悄的。因为除了路晓东，其他所有西部阀门的自己人也是第一次听到这个规划，这也正是那天路晓东单独跟高书记汇报的第三点想法。书记看着还在沉思的郑平如说："郑董，您觉得如果我们把这条民用市场打开，能不能达到贵公司期望的业绩和利润呢？"郑平如没说话，站起身第一个鼓起掌来，大家就跟着一起鼓掌。郑平如说："高书记，我认为我们的合作没啥障碍了，今晚由我们四海国际做东，摆个庆功宴，您和您的团队可都要参加啊！"

当晚，庆功宴定在了鸿发酒楼的红袖厅。原因是秦可说酒店的菜每个地方都差不多，基本以粤菜海鲜为主，我们从深圳来，还是吃当地特色菜比较好。这样，周婷请示了田友良，就把地方定在了鸿发酒楼。在去鸿发酒楼的路上，高书记叫了路晓东跟他同车。车上跟路晓东说明天签股权出让合同，我们希望是争取到百分之三十五以内，跟之前对方要求的三十八差了三个点，这三个点的价值可是七千万，从今天的商谈情况来看，这个希望还是很大的。你跟秦可熟，看看能不能从她那里探探四海的底，当然我们的期望也可以告诉他们，这样大家心里都有个数，明天谈起来就顺畅了，免得到时僵持了对双方都不好。虽然车上除了司机只有书记和晓东两个人，但书记说话的声音还是很低，低到只有晓东听得到。

庆功宴比前一晚的欢迎晚宴要轻松很多，大家都喝了很多酒，几轮喝完，彼此亲热得似乎真的已经是一家人了。秦可差不多跟在场的每一个人都碰了杯，当然，碰杯最多的还是路晓东。本来晓东心里惦记着石宁，想在酒宴结束后去她那里过夜，之前已经跟文玉说了晚上有接待就不回家了，可书记交代的事他一直没有找到机会单独问秦可，主要是心里也在打鼓，想这样敏感的问题属于商业机密，一旦问出口不知道秦可会是什么反应。酒宴快结束时，秦可拉着路晓东要他陪自己逛逛这座北方城市的夜景，她说自己还是第一次来这里。

路晓东跟秦可打车来到了滨河公园里，在一条长凳上坐下后，秦可很自然地靠在了路晓东的肩上，仰着头说："这是你的城市，我来了这里，你就是我的依靠了！"路晓东听了，就低头吻住了她的嘴唇，秦可几乎是同时迎了上去，热烈地回应着路晓东。吻完了，秦可问："现在知道我的嘴甜不甜了吧？"路晓东说："知道了！"秦可说："哼，说得好像你以前不知道一样！"路晓东说："以前好像做梦一样，后来梦一醒就忘记了！"秦可说："你知道我是带着任务来的吧？"这一句问得路晓东猝不及防，随即说："我知道。"说完了自己也说："其实我也是带着任务来的！"秦可说："我当然知道！"说完两个人哈哈笑了。秦可又问："刚才那个吻跟任务没关吧？"路晓东说："没关！"两个人又笑了！秦可说："那我们要感谢交给我们任务的人了！"说完两人又拥吻在一起。良久，终于分开了，秦可说："四海那边之前坚持要三十八，这你知道吧？但下午谈完，郑董听了你们的规划，给了新的点，他们最低要三十三。"路晓东说："书记也跟我说了，我们希望在三十五以内。"秦可眨着眼说："那就三十四成交？"路晓东也笑着说："成交！"秦可说："哈，看我们说得好像咱俩真能把这事定了似的！不过我估计他们领导也差不多会这么想。这个比例，对于书记来说，达到并超越了期望的政绩，对于郑董来说，也超过了预期的收益，他们都是聪明人，也知道都会给对方留出余裕，这样两全其美。其实我呢就是作为第三方给你们两家互通一下信息，这样大家后面才好谈，否则出了偏差，到时候谁让步谁不让步都不好，我们把信息给到了，怎么决定就不是我们的事了。"说完站起身说："现在任务完成了，你是不是要回家了？"路晓东也站起来，却从后面抱住了秦可，在她耳边说："我今晚不回家了！"秦可转过身说："真的可以吗？"说着仰起脸又吻了路晓东，说："晓东，你不会觉得我是因为工作才跟你这样的吧？"路晓东说："秦可，我怎么会那么想？我知道，如果你不想，就算是不要这个工作你也不会这样的！"秦可抱紧了晓东说："别叫我秦可，叫我可儿！你知道吗，我的原名就叫秦可儿，我是从杭州到了深圳才改的秦可，觉得这样能够让我坚强一些，原来的可儿太柔弱了，不适合一个人在深圳打拼。"说着竟然泪流满面，晓东帮她擦了眼泪。秦可笑了一下说："你该笑话我了，我改了秦可后，我就一直对自己说，只要我勤奋，就什么事都可以干成！我就这样憋着一股劲在深圳坚持到了现在！"晓东就拥着她说："可儿，你这么年轻就能有现在这样的成绩，我知道你是付出了比其他人更多努力的！"秦可说："公司的同事都知道秦可是女强人，可谁也不知道，其实我还是想做回秦可儿的！你记得刚才我为什么跟你说我来了你的城市，你就是我的依靠吗？我说的依靠不是说要你在工作上帮我什么，是指的那种依靠，就是那种……我不知道怎么说，你明白吗？"路晓东说："心灵的依靠！"秦可说："是的，我就知道你明白的，我要的是那种完全不设防、不利用、不约束对方的依靠。"路晓东说："你说的这些我都知道。你还记不记得？我们当初在深圳见面的时候，我跟你说过，希望你能来这里，到时我带你去看黄河，去看丹霞地貌，去看一望无边的山丹军马场，还去敦煌看莫高窟。那时说的时候觉得你会来的，可等我回到了这里，时间像流水一样淌过去，一周，一月，一年，我就慢慢地断了这种念想了，想那时跟你几天的相处，也许就是上天的一个眷顾，再去多想就是贪心了！"秦可说："我当然记得呀！我那时候就想，等我哪一天在深圳立住了脚，就给自己放一个长假，来这里让你陪我去你说的那些地方，走到哪里就住到哪里，不想住了再去下一个地方。可我一直却像一个陀螺一样地转，虽然满世界到处走，但从没在一个地方停留超过三天。别人出差都要去当地的景点看看，我出差从来都是机场、酒店、客户单位三点一线。当然，也不是完全抽不出时间，五一、十一和春节的假期我也是休息的，可我想，我真要来了，你能陪我吗？你那个时候一定是陪家人的，我怕一个人孤独地来，还要一个人孤独地去那些地方，与其那样，倒不如给心里留一点希望的幻想，那样想一想也会觉得美好！"路晓东再次拥紧了秦可，说："这次来也是很快就走吗？"秦可苦笑了一下，说："从我们上次见面之后，我在上一家公司又干了半年，我一个大学校友在深圳开了这家咨询公司，主要针对我们阀门行业做服务的，我在上家公司的业绩是最好的，他就拉我做了合伙人，现在公司开办才一年多，比以前更忙了！"晓东不无遗憾地说："看来我们的约定还是只能保存在希望的幻想中了！"秦可说："下次，下次我一定来让你陪我去，我现在知道你能陪我了！"说完了，两人起身出了公园，打车回了梨园宾馆。

当晚，石宁等到十一点还不见晓东来，想打电话，又想晓东会不会临时有事回家了，打电话不方便，又想要是回家晓东应该会跟她说的，就又担心晓东会不会喝醉了。正在胡思乱想着，收到了晓东的短信，说被书记抓差做明天谈判的资料，今天来不了了，末尾是说不完的内疚和歉意。石宁看了，心里踏实了，想让晓东安心加班，就回了一条短信：还好是加班，还以为你被哪个美女给勾走了呢！晓东看得心里一惊，想都说女人说话做事凭直觉，这直觉也真够吓人的！就回了一条：曾经沧海难为水，除却巫山不是云！你乖乖睡，明晚陪你！24、4、1、19、14！石宁看到晓东回信中用了自己设计的爱情密码，就也给晓东回了：WANAN！然后满心欢喜地上床睡了。

第二天签约，秦可不用参加，路晓东也不参加。两人一夜反复缠绵，都累得不想动，就一直睡到了十一点。秦可下午的航班就要回深圳，中午路晓东就请她吃了当地的特色小吃羊羔肉、羊肉筷子、灰豆汤和热油炒粉。秦可怕羊肉热量高会长胖，就不敢多吃，路晓东就吓唬她说："你来这里不吃羊肉，下午坐飞机过不了安检的！"秦可当然不信了，说："切，你都是用这种骗三岁小孩的话哄女生的？"路晓东一脸严肃地说："你别不信啊，两年前一个广东人来我们这里，不习惯北方饮食，什么也没吃，饿了一天去坐飞机，飞机一起飞就晕倒了，导致飞机又返航，让他吃了半斤羊肉才抢救过来。

211

从此我们这边的民航局就规定，凡是坐飞机的，必须要吃半斤羊肉才能上飞机！"路晓东还没说完，秦可已经忍俊不禁，笑得差点把刚喝的一口水喷在对面晓东的脸上，但看晓东说得那么认真，还是很配合地连着吃了几块羊肉。吃完了，问："我现在能过安检了吗？"路晓东又夹了几块在她碗里，说吃完这几块就能过了。秦可笑着说："我就喜欢你这种一本正经胡说八道的样子！你说这女人真的是很矛盾，一面要求男人诚实，但诚实的男人让女人觉得无趣，一面又喜欢男人说瞎话哄自己，哪怕明明知道是假的也喜欢听！"路晓东说："不那么说你怎么会乖乖吃肉，昨晚消耗那么大，不补一下怎么行？"秦可脸就红了，从桌下伸了脚去踢晓东，说："你这样笑我，那我下次可不出力了！"路晓东说："不出力那就不是你了，你是喜欢掌握主动的人，这样你的快感才更强烈，对吧？"秦可脸上刚起的红晕还未褪去，听晓东这么一说脸更红了，看了一下四周，压低声音说："你还说，在这里说这个，还说得那么自然，才发现你这么流氓！"路晓东说："不说怎么能让下次更好呢？连圣人都说：食色，性也！你看我们对一道菜好不好吃可以去评论，去研究，吃到好吃的还想要更好吃的，可对性却不交流，做得好与不好都不说，那怎么能进步呢？"秦可说："原来你那么好都是跟对方交流提高的呀？"路晓东就涎着脸问："你觉得好吗？"秦可红着脸说好不好你自己不知道啊？路晓东说："这个事，只有女人觉得好了，男人才会觉得更好！"秦可就嘟了嘴说："当然好了，不好怎么会要了一次又一次的！"路晓东说："我可是很久都没有一晚做三次了，是你激发了我的潜力！"秦可说："哪有一晚三次？最后一次明明是今天早上才做的！"路晓东说："你这么说好像我在虚报业绩一样！"说得两个人就嘿嘿地笑。说着晓东又给秦可夹肉，秦可说："我可真不敢再吃了，这次回去要胖死了，不知道要去多少次健身房才能瘦回来，还是你多吃点吧，你的潜力都被我挖掘了，还是你好好补补吧！"路晓东说："现在你们女人不管胖瘦都在减肥，你这么好的身材要是把不该减的减下去了多可惜啊！"说完盯着秦可丰满的胸部色色地看，秦可妩媚地说："看了一晚你还没看够啊？你现在看我身材好，你不知道我为了保持身材几年都没吃过一顿饱饭了！"路晓东说："干吗要这么苛刻自己！"秦可说："现在我们圈子内流行一句话，如果连自己的体重都不能把控，还怎么把控自己的人生！你不知道，现在的公司用人谈生意，不仅要看你的学历和能力，还要看颜值，看身材。理由是通过一个人的身材，可以看出他（她）的自我约束力和对生活是否积极的态度，你说，你不苛刻自己行吗？但话又说回来，这样管理自己的身材，也确实会让自己更自信，更乐观，你说是吗？"路晓东说："理是这么个理，但保持身材主要还是得靠运动，不吃饭怎么行？你知道吗？有一种运动既可以让人身心愉悦又能减肥。"秦可就来了兴趣，问："什么运动？瑜伽吗？"路晓东说："床上运动！"秦可瞪着晓东说狗嘴里吐不出象牙！路晓东说："这可不是我乱编的，是有科学依据的，有研究说做一次爱燃烧的卡路里相当于半斤羊肉！"秦可说："原来你身材保持得这么好都是靠这个运动啊？"路晓东说："不亲自验证怎么敢推荐给你。"秦可就坏笑着看着晓东说："那你的意思是我今天还可以再吃一斤羊肉？"路晓东说："吃两斤也行，大不了吃完我们回酒店再把它减下来！"说得秦可脸红红的，娇嗔道："你再这样引诱我今天就不走了！"路晓东说："求之不得！"秦可叹了一口气，说："你要是在深圳就好了，那样我就可以放心地天天吃饱饭了！"路晓东说："哦，你的意思是吃饱了好有力气做床上运动再减肥呀，那我不是成你的减肥药了？"说得秦可趴在桌子上咯咯地笑。

当然，秦可还是走了。

路晓东回到办公室，听说上午的合同签得很顺利，还特意请了发改委主任和招商局局长来参加了签约仪式。招商局局长当场邀请郑平如来参加十月份的市招商大会，郑平如自然满口答应。

前一晚对石宁爽约，让路晓东心存愧疚。更愧疚的是跟秦可去了梨园宾馆，他内心一遍一遍地说服自己，认为跟秦可的那一晚是为了偿还自己许久之前的一个夙愿，似乎这样就可以减轻对石宁背叛的内疚。第二天，就又跟文玉说晚上还要接待深圳来的客人，估计会搞到很晚，就不回家了，好在自从路晓东到了营销中心，各种接待应酬以及加班已经成了家常便饭，文玉对他这种隔三岔五的夜不归宿也已习以为常。

跟石宁吃饭的地方约在了新建的华安大厦顶楼，那里的旋转餐厅刚刚开始试营业，追赶时尚的年轻人就来这里图新鲜，不为吃什么，就想站在市里的最高处鸟瞰全市的景象，产生一种一览众山小的豪情壮志。

两人到了餐厅，太阳将落未落，秋天落日的余晖透过巨大的落地窗照在餐厅垂下的水晶吊灯上，金灿灿地耀眼，让人分辨不出是日光还是灯光。餐厅里人不多，看着下面车水马龙的喧嚣，这里有一种浮华之上的宁静。两人

213

选了靠窗的位置坐下，就有服务生用托盘拿了两份菜单过来在每人面前放了一份，两人翻着餐单看，发现上面的菜都贵得无法无天，好在试营业期间可以半价，饶是半价也要比其他饭店贵出很多，石宁就没有多点菜，只点到刚刚够吃就不点了。晓东说："吃货就点这么点哪够啊？你看你现在瘦的，我来加几个硬菜！"说着就又加了几个石宁爱吃的菜。石宁说："你现在虽然升职啦，但工资也就那么多，现在各种应酬开销又大，这种地方来感受一下气氛就好了，要吃还是老城区的老餐馆味道更好。"晓东说："呵，万事不操心的人还学会过日子啦！放心，我现在每个月都有一定额度的接待费的，吃个饭还是没问题的！而且不试试怎么知道这里不好吃。"说着话，菜就上来了，两人一边吃一边看着外面的景致，缓缓旋转的餐厅移步换景，倒也有些意思。极目远眺，竟隐约可以看见归元寺最顶层佛塔的尖顶，路晓东就看见了南边山坡上被挖掘后裸露的黄土，在夏天满山郁郁葱葱的林木中间显得特别醒目，就说："那是个采石场吗？以前好像没发现啊！"石宁说："以前是没有，就是前几个月才挖的。"晓东说："哪里没有石头采，偏要在那里挖？这样正对着市区，看上去多难看！"石宁说："别处没有想要的石头啊！"晓东就疑惑了，问怎么回事。石宁指着下面虎牛广场的那尊巨石雕塑说："那块巨石就是从那个地方挖出来的，据说当时风水先生看的时候只有牛头的部分露在外面，派了五十个民工挖了一个月才挖出来，不能用炸药，也不能用机械设备，为了不碰到石头，就扩大了挖掘面积，从周边一点一点往深里挖。"这倒让晓东大为惊异，他也听说过虎牛广场的那块巨石是风水先生从虎牛山上找到的，可没想到挖掘的地方竟然正对着广场。晓东就说："这风水是有点能耐啊，只露出一个牛头他就能断定是他想要的！"石宁说："这有什么，挖出来不能用再重新找地方挖呗！"晓东敲了一下她的头说："你这小脑瓜想得倒简单，据说这是市委书记指定的任务，哪能那么儿戏！"石宁说："你还说呢，搬这石头可是费了劲了！那个山坡陡峭，大型货车上不去，也没路，挖出来之后没办法运到山下。后来有人想了个办法，用好几台卷扬机拴了铁链一点一点往下滑，可滑的时候，有一台卷扬机的钢索滑脱了，石头就滚到旁边压死了一个人，这下所有人都不敢再搬了。负责这事的人又请了风水先生到现场，风水先生说这是虎牛相争，是要见血的，就在现场又杀了一只鸡、一头猪、一只羊做了三牲献礼的法事，这才又继续往下滑，滑到坡底，才用起重机吊了拉到这里来！刚放到那里的时候，因为死了人，晚上值班的保安都不敢一个人去那里转。"石宁这一说，听得晓东后背发毛，说："这风水师早干吗去了，早做了法事不就不死人了嘛！再说，这三牲也应该是猪牛羊啊，怎么用鸡？"石宁说："这也有个说法，说这石是虎牛石，要是再用牛献祭，虎就没有压制了，也不好！"晓东说："这话都是由着他们说的，姑妄言之，姑妄听之吧！你这都是听谁说的啊？"石宁说："我是听晓萍姐说的。我前段时间不是经常加班走得比较晚吗，她说让我加班找个伴，别一个人走来走去的！"晓东说："她跟你说了你不是更害怕吗？你怎么也没告诉我呀！"石宁就嘟了嘴撒娇说："跟你说了你能来陪我吗？还不是白说！"晓东就无限怜惜地握了石宁的手摩挲不已，眼里满是歉疚！石宁却笑着说："跟你开玩笑的啦，看你还当真了！我们加班都是有很多人的，又不是我一个人。再说，我有它陪着呢！"说着抬起左手，扬了扬手腕上的珠链！

说着话，天色已经完全暗了下来，晓东再看那片挖了巨石的山坡，已经被夜色笼罩，周边的林木黑黢黢的，但那片裸露的黄土还是能看出轮廓，像极了一颗仰天长啸的虎首。

吃完了饭，晓东起身结了账，两人就下楼打车去了石宁的住处。一夜自是十分缠绵，百般缱绻，千言万语诉之不尽。

24

招商引资大会的筹备正进行得热火朝天。负责市容市貌的城管局出动了所有人员，对市区几个主干道进行了清理整顿。路边街角的小商小贩全部被责令禁止摆卖，也有那不听指令的，一早一晚还是偷偷摸摸地推出三轮车停在路边兜揽生意，远远看见城管的执法车，就推了车仓皇四顾，飞快逃窜。往往在慌乱中车上的东西就撒了一路，小贩们哪里顾得上，只管拼了命地往大路边的小巷子里钻。城管们也有了经验，执法车上只留一个司机开车，其他队员则守在小巷子的出口，专门等小贩们自投罗网。一段时间，人们走在街上，在毫无预兆中忽然就起了风波，街那头一声呼号，这边的小贩就夺路狂奔，正在逛街的人不明所以，以为发生了什么灾祸，也跟着向某个方向跑，一个人一跑，所有人都跟着跑，顿时街面就人乱如蚁，有人在慌乱中就碰到了停在路边的汽车，汽车也吓得哇哇大叫。奔跑的人待搞清楚怎么回事，倒为自己的慌乱而羞愧了！装作没事的样子重新整整衣衫，严肃了脸面，衣冠楚楚地该干啥还去干啥了！

如此整治了十几天，城管和小贩们都筋疲力尽，但街面上也确实整洁了许多。甚至连要饭的乞丐、拾荒的流浪汉、收破烂的三无人员全都不见了，据说是用车拉了送出了城外。街上的闲杂人少了，绿植却多了起来，在南北纵横的四条主干道的隔离带上，都铺了新的草坪，草坪中间还摆了各种不同颜色的盆栽，盆栽根据不同颜色摆出了形状各异的图案，一时五彩缤纷，争奇斗艳，整座城市装扮得像花园一样，像是要过节！看到这种景象，许多人心中就生出无限感慨，想这城市每天都像现在这么美该有多好！有人就仰头看虎牛山，发现之前那一片忽然裸露的黄土坡，竟然似乎在一夜之间又忽然变成了绿色，而且绿得格外显眼。人们知道这城里是要办大事了！

这天，双节将至（国庆节和中秋节），老蔡召集了一帮朋友们聚会。给路晓东打电话的时候，路晓东正在高书记办公室开会，就没有接，老蔡是个急性子，就又把电话打给了文玉，跟文玉说了吃饭的事，还叮嘱文玉也要一起来。文玉就在电话里抱怨说我的时间倒可以，晓东的时间我就说不准了，自从他到了那个营销中心，他这一天到晚的，跟我都打不了照面，他回家的时候我睡了，他醒的时候我已经上班走了。老蔡就说弟妹你这要理解哩，晓东现在是领导了，你说哪个当领导的不忙？！那这次就正好让你们夫妻吃个团圆饭。路晓东后来给老蔡回电话知道了吃饭的事，老蔡还在电话里开玩笑说你再忙也要陪弟妹啊，可别像人家说的这男人当了领导就工资基本不动，老婆基本不用，那可不行，晓东就骂老蔡没个正经。晚上回到家文玉又说起来，说你们一帮人在一起就是喝酒，我就不去了，在家陪浩浩！晓东想这段时间跟文玉在一起吃饭的时间也确实太少，就说还是一起去吧，把浩浩送爷爷奶奶家。

酒宴定在了鸿发别院的玩月楼。自从狒狒被送回去以后，晓东再来鸿发就觉得自在多了。在座的有谭德正、毛晓萍、田友良、路晓东、文玉、石宁、李红和杨红卫，本来路晓东还叫了黄云，可黄云说这段时间都在陪汪副市长加班，实在抽不出身，就没有来。毛晓萍拉了石宁坐在自己旁边，说你看看前段时间把你累得，人都黑了，你舅舅也真是，不给你们设计部的领导说说，非要让你常驻现场。石宁是比之前要黑了些，但更显得有活力，坐在石宁旁边的文玉就说："小石这样清清瘦瘦的更漂亮了，哪像我们现在，稍微多吃一点就发胖!"石宁说:"文医生你哪里胖呀,你和晓萍姐身材都保持得这么好,不知道让我多羡慕呢!"几个女人就说起了用什么化妆品,怎么保养皮肤的话题。文玉和石宁挨着坐,手机都放在桌上,李红眼尖,看见了说文医生你好新潮的,用这么时尚的手机,跟石小姐的是一样的。说着就顺手把两个手机拿起来左看右看,说自己的手机现在不好用了,正打算去换一个呢!这么说着闲话,酒宴就开始了。

都是熟人的聚会,就比较随意。开场酒分别由谭德正、田友良、路晓东提了。老蔡举了第四杯,待大家喝完了,老蔡说打算在新建的华安大厦设一个鸿发的分店,想征求大家的意见,看看可不可行。众人听了就一连声地说好,那里现在是全市的标志,鸿发作为市里的招牌餐饮店,理应要在那里有一席之地。毛晓萍就说,这分店是可以开,但那边现在人流量还比较少,怕一时没效益。大家又七嘴八舌地讨论,有说很快会有人流的,也有说怕一时半会儿热不起来。老蔡就说,他已经去看过几次了,觉得那地方再搞鸿发现在这样的菜式可能不行,要是一时半会儿做不热,闲养着厨师、小工和一帮服务员那也吃不消,他想在那里搞个火锅店。现在的年轻人爱吃火锅,一是方便,二是图个经济实惠,咱这地方的人收入不高还爱面子,请朋友吃个饭不把桌子摆满就不算请客,而且还必须要有几个像样的硬菜才算有诚意。但这火锅就简单了,不像点菜,多了少了贵了贱了的都摆在桌面上。而且咱这北方城市,一过中秋,天就凉了,一直要冻到来年四月,差不多半年时间都是冷日子,这都是吃火锅的旺季。关键是这火锅店不需要厨师,底料配好了,所有的锅都是一样的,我们只需要备好食材就行,食材就可以在鸿发这边配备,人员一应设施都是齐全的,备好了直接送过去就行。一开始我们就搞自助,连服务员都不用配太多。老蔡一说起生意就滔滔不绝,大家就说看来你这都想得挺周全了嘛!都赞叹老蔡有生意头脑,粗中有细。石宁说:"那边裙楼招租,餐饮店好像去得不多,说是对环保要求太高,很多餐饮店都是煎炒烹炸的油烟很重,怕到时不达标。现在听说为了吸引商户,可以免一年租金呢!"这一说大家顿时明白了,越发佩服老蔡的精明,这一年的免租期,能做起来自然是好事,做不起来也亏不了什么,难怪人家能发财呢!这话题一起,大家就兴奋了,说这下好了,以后又有吃火锅的地方了,就都举杯向老蔡和毛晓萍祝贺。喝了酒,毛晓萍说:"别光祝贺我们,大家有财一起发啊!在座的都是火锅店的新股东,大家以后去就不是客人,都是主人了!"这一说大家就都有些愣了，老蔡解释说："我跟毛总商量了，这钱不是一个人赚的，生意也不是一个人做的，大家都是狗皮袜子没反正的兄弟哥们，我也就直话直说，这个店开起来，我们大家都有份，但你们几位都是公职身份，不方便在正式的股东名单中出现，我们就做一个私下协定，当然，你们几位也不用出钱，只要必要的时候出出力就好了！"老蔡说完，路晓东就说："那怎么行？不出钱就做股东这于理不通啊，该让我们出力的出力就好了，我们来店里吃吃喝喝就不跟你客气了，这股份的事，还是算了！"田友良也说："晓东说得没错，这样分干股真的不合适！"老蔡就说："没啥不合适的。田总也说了，这是干股，干股本来也是不用出钱的，这股权法也是这么规定的，对吧，毛总？"毛晓萍说："对的。你们都不要再推辞了，再推辞就见外啦！谭局你说是吧？你是政府领导，对政策把握得准，你说句话呀！"谭德正听他们讨论的时候一直笑吟吟地没有说话，这会儿被毛晓萍抬出来了，就说："现在国家都在提倡搞活经济，尤其要大力发展民营经济，对公职人员是否能够参股企业也没有特别明确的规定，但几位都有领导职务，不体现在股东名单中是对的，我看有个口头协定就可以了。"大家就都不再说话，石宁乐呵呵地说："干股湿股的我就不要啦，到时我只要去白吃白喝就行啦！"说得大家都笑了！老蔡说："你不要怎么行？这要开火锅店，第一个要出力的还就是你，华安大厦裙楼那几层，虽然大面都已经装修了，但我们要搞得有特色，还得你来设计，店面怎么布置，选什么样的桌椅，要搞得时尚、新潮，这样你们年轻人才爱来，这事也只有你能做，交给别人也做不来。"石宁就故作夸张地叫苦："这火锅还没吃到呢，还要先干这么多活，瞧我这命苦的！"说着就夸张地一头窝在桌面上，一副累趴下的样子。坐在旁边的毛晓萍就搂了石宁的肩膀："老蔡你可不能这么剥削我这小妹妹，你看她前段时间在工地都瘦成啥样了，这才刚歇几天，又被你抓差。就是要设计也不能白设计，咱可是大设计师，干股要拿，你该给的报酬还得给！"老蔡哈哈笑着说："那是自然，小石那可不仅仅是干股，那可是技术入股。"这样说着，话题自然又从华安大厦说到了将要举行的招商引资大会。田友良说："咱这地方，以前脏乱倒没觉得怎么样，最近这么一搞，到处花团锦簇的，才觉得之前环境真的太差了！"毛晓萍说："这没搞之前，街上行人随手丢烟头的、扔垃圾的甚至遂地吐痰的到处都是，人在那种环境中这么做似乎也不觉得有什么不妥。现在走在干净的路面上，你要随手扔个垃圾自己看着都别扭，也就没人再这么随意了，这环境真能改变

218

人啊！"文玉听了也说："我们医院最近也在做环境绿化，说要搞成花园式医院。还别说，这么一搞还真像模像样的，连很多病人都说到这种环境来看病，病没看都好了很多！"李红说："这说到园林绿化，前几天我发现虎牛山上那一片被挖过的山坡上居然都又做了绿植，现在这种草种树的效率也真是高！"杨红卫就笑着说："那哪是种的树和草，那上面是喷的绿漆！"这话一出口，众人都吃了一惊，问："不会吧？喷绿漆也行？"杨红卫说："那片山坡园林局外包给了我一个哥们的绿植公司，他们一开始也想铺那种现成的草坪，可那个地方太陡，下面又都是乱石，土也不好运上去，水也上不去，铺了草坪两三天就枯死了，就有人出主意喷了绿漆。为了做得逼真，还在那里堆了很多树枝和草，上面也喷了漆，远远看上去就像种的绿植一样，不到跟前谁也看不出来。"谭德正说："这些人怎么能这么干？这不是胡闹吗！"杨红卫这才意识到自己失言了，说："他们说主要是工期要求太紧，怕赶招商会搞不好，就想了这么个办法，等招商会结束再想办法种真的绿植上去。"谭德正没再说话，毛晓萍说："这也算是权宜之计吧，总比像个补丁一样裸露在那里好看些吧！"老蔡也说："这样不算啥，现在连人都可以整容，给山坡整整容也正常！来，喝酒喝酒，为预祝我们的火锅店生意红火干一杯！"大家就都端起酒喝了。这么说着话，放在文玉面前的手机响了一下，正巧毛晓萍拉了石宁去洗手间，文玉就顺手拿起来点开看，发现是中国移动发来的活动优惠信息，就顺手删了，再往下翻，见几条信息和联系人都比较陌生，正疑惑间，忽然想到是拿错了石宁的手机，刚要放回去，却看见有一条短信上写：曾经沧海难为水，除却巫山不是云！你乖乖睡，明晚陪你！24、4、1、19、14！这一看这分明是谈恋爱才发的信息，就想原来石宁有男朋友了，看了一眼发信人写的是：东东，心里就有点疑惑。刚想再往前看看其他内容，却听见了门口毛晓萍和石宁的说话声，就赶忙放下了手机，心里却记住了发信的日期。

　　放下手机，文玉的思绪还在刚才的短信里打转，那个东东的名字让她不由自主地想到了路晓东，一时就有些走神，直到李红过来说要给她敬酒时她才回过神来。她怕自己这样会让其他人看出什么，就起身也去了洗手间。在洗手间里一边洗手一边还在想跟石宁发信息的那个东东究竟是谁？可能是路晓东吗？又想自己也太敏感了，这城里叫什么东的人多了，人家那么漂亮的一个小姑娘也不可能跟一个有妇之夫怎么样，可那短信的内容又让她觉得有点像路晓东的腔调，最后那串数字也让她莫名其妙。就又在心里计算那个发信息的日子路晓东有没有在家，可那个日子距离现在已经有半个月了，当天路晓东回没回家哪还记得，就想这段时间自己跟晓东在一起的时间好像是少了点，但也没什么特别不一样的地方。思来想去，也想不出个眉目，就回了包房。再回去，就有意地观察石宁和晓东，似乎也没看出什么异常。

从鸿发吃完饭出来，大家分头散去，晓东和文玉打车回家。路上，文玉忽然问："你跟石宁认识很久了？"晓东说："也不算很久，上次老蔡酒楼装修的时候碰过几次面！怎么啦？"文玉淡淡地说："没什么！"就不再说话。两人回到家，见文玉情绪不高，晓东就说："这老蔡做生意是够精明的，没想到他会整这么一出。"文玉说："他这么做，可能已经盘算很久了。你看，这里面，毛晓萍和谭局自不必说，他们本来就在一起做生意，杨卫红本来就是混社会的，搞餐饮的离不开这类人。拉石宁进去，我想他的目的应该是石宁的舅舅权有成，这要是把市建筑总公司的业务接待拿下来，应该是很可观的，至于你和田总，当然会把你们厂的接待之类拉到他这里。"晓东说："我也觉得不妥，其实我和老田不管进不进来都会拉生意给他的，我们的定点接待也在他那里呀！"文玉说："那不一样，以前你只在设计室，你们厂的业务接待也毕竟有限，现在你到了营销中心，田总又在那个位置，还有你们现在又有了深圳四海入股，以后业务拓展是肯定的，这个接待量就不是之前能比得了，关键是现在市里有档次的餐饮店也越来越多，这竞争就越来越大，他这是未雨绸缪！"晓东说："不管他了，反正也就是个口头许诺，到时候怎么样兑现也还难说，咱就不操这个心了，由他折腾去吧！"文玉忽然又问："深圳那个四海国际上次来跟你们签协议是哪天啊？"晓东想了一下说了日子，问："干吗问这个？"文玉说没什么随便问问，说着就挨着晓东坐在沙发上，头靠在晓东肩上说了一句："你说我是不是老了？"晓东揽了她的腰说你算什么老，老蔡不是说你还像小姑娘一样吗！文玉说那种应酬的话你也信啊？两人说着话，文玉就靠过来，伸手去摸晓东，嘴里说："自从你去了那个营销中心，在家的日子越来越少了！"晓东就低头吻住了她的嘴唇，文玉也慢慢热烈起来，两人就起身去了卧室。待上了床，晓东要进去时，文玉却蹙眉咬牙地说疼，晓东说算了，文玉不行，让晓东讲故事给她听，晓东一时半会想不出那种故事，就俯下身子要去亲文玉下面，文玉哪里肯，坚决不让。晓东一分心，下面也就软软的不能成事，文玉还是不甘心，晓东就又伸手去百般抚弄，文玉自己却俯下身去亲吻晓东那里，待有些感觉了，就仰身躺了让晓东上去，这次没再喊疼！事毕，晓东问她做的时候是不是还是疼？文玉就懊恼地说以前也不这样，不知道怎么刚才忽然会那么疼，晓东说亲一下那里会好一些，为什么不让？文玉说那里怎么能亲，脏死了！晓东说那你不是一样亲我？文玉说男人和女人能一样吗？！说着就趴在晓东胸前又说就怨你，这每天早出晚归的，两人太长时间都不能在一起，功能都退化了！晓东没再说什么，渐渐地眼皮发沉，就睡着了！

　　第二天一早，文玉在晓东洗澡的时候拿了晓东的手机，在通讯录里没有找到石宁的名字，又一条一条翻看短信，也什么都没找到，就长舒了一口气，收拾利索上班去了！

　　文玉到了医院，开完晨会，查完病房，正坐在办公室写病历，医务科的同事拿了一张表过来，要她填去 120 急救中心值班的出诊统计，说要发放外派补贴。文玉填着表，忽然想起了什么，就起身去了急救中心，跟那边说自己忘了那几天值班的具体时间，想查一下出诊记录，急救中心的人就搬了几本登记本让她自己查。文玉翻出那天石宁去看病时的登记信息，抄下了石宁的电话号码。晚上回到家，又找机会拿到了晓东的手机，在通话记录中一条一条地查看，果然找到了石宁的电话号码，通话时间就在当天，再看通话时长，有七八分钟。文玉软软地坐在椅子上，脑子里翻江倒海，一时不知如何是好！

　　不说文玉这边心烦意乱，且说石宁那天从鸿发吃完饭回去，心里很不自在，草草洗漱之后就无情无绪地上床睡了。睡梦中跟路晓东在一个绿树成荫的林间小道上走，拐过一个弯，面前是一大片翠绿的草坪，草坪上还有各种蓝的黄的花，都叫不上名字。石宁的心情就特别愉快，拉了晓东的手在上面跑。跑着跑着，面前出现了一道溪流，从很远的山脚下蜿蜒而过，又在不远处汇成了一面大湖，石宁就欢欣雀跃了，率先踩着溪流中的石头一跳一跳地到了对面，回头招呼晓东赶快过来，可晓东还在对面望着她不往前走。石宁脑子里忽然想要是溪水涨起来晓东就过不来了，就这么一闪念间，竟然真的有一股大水从山那边汹涌而来，连耳边都有了轰隆隆的水声，就急切地大声呼喊，可那水瞬时就到了眼前，石宁急得不行，想从这边跑回到对面，可眼前的水幕灰蒙蒙的一片，连站在对面的晓东也看不见了，石宁想晓东是被水冲走了，心里一急就一步跨进了水里，人就醒了！醒了摸摸脸，全是泪水。看见外面起了风，有雨点被风从半开的窗户里吹进来，起来关了窗想接着睡，可再也睡不着，睁着眼睛挨到了天明。

　　一上班，石宁就给晓东发了信息，问中午能不能见面，晓东说没问题。快中午的时候给石宁打了电话，问石宁中午想去哪里吃饭？石宁说不要去外面吃，外面到处都是人，她要单独见他。两人就约好中下了班直接去石宁的住处，从外面买点吃的带去那里吃！等晓东一进门，石宁就扑过去抱住了他，而且越抱越紧，连整个身子都在微微发颤。晓东就连声问怎么了？石宁也不说话，只是把头埋在晓东胸前一下一下地抽噎！晓东心里着急，但又问不出什么，就把能想到的安慰话都说了一遍，然后拥着石宁坐到了沙发上。石宁一直伏在晓东肩上，眼泪把晓东衬衫肩头和胸前都湿了一大片，良久，石宁哭够了，让晓东帮她擦了眼泪，又抬头亲了晓东。这才说了自己昨晚怎么做梦，怎么看见晓东被水冲走了，那一瞬间觉得再也见不到他了，说着说着眼泪又要流下来。晓东这才安了心，安慰她说我不好好在这里嘛！而且人家说梦见大水是好事，预示着有财运，看来老蔡的这个火锅店要火啊！石宁却说："我知道我为什么会做这样的梦的，我是因为昨晚见了她才做这种梦的！"晓东就说那以后再也不见她了，石宁说："早知道昨天她也去我就不去了！"晓东说："这都怪我，我应该告诉你她会去的，但我也想到你要是听她去了你就不去，那样我就见不到你了，虽然那种场合也不能跟你说什么，但能看见你我就觉得开心！"说完又把老蔡怎么打电话给文玉约吃饭的事大概说了，说要是我直接接了老蔡的电话她就不会去了，说着又把自己责怪了一通。看石宁情绪慢慢地平复了，就问她饿不饿，石宁这才想起两人都还没顾上吃饭，就把自己从楼下买来的吃食摆在餐桌上，石宁刚刚哭完没什么胃口，晓东就哄她多少吃了一点。吃完饭，石宁情绪好转了，靠在晓东的身上说："不知怎么地，我最近心里总是慌慌的，觉得好像有什么事要发生一样！"晓东说："你别胡思乱想，你是前一阵太累了，现在忽然一放松，就会有一种情绪波动！"石宁就不再说什么，把整个身子蜷在晓东的怀里，像一只猫！

25

　　自从文玉拿到了路晓东和石宁的通话记录，心里就七上八下百般滋味。单从目前拿到的信息，她无法判断路晓东跟石宁是不是有私情，她一方面安慰自己，想熟人之间打个电话也不能说明什么，但直觉又让她总觉得哪里不对！既然是熟人为什么路晓东不把石宁的电话存在通讯录里，是因为平时不怎么联系吗？最让她放不下的还是从石宁手机里看到的那条短信，她反复推算了发短信的日子和路晓东的时间，发现发短信那天正好是路晓东他们单位跟深圳四海谈入股协议的时间。当天路晓东说要加班没有回家，第二天说要陪客人也没回家，天底下没有这么巧合的事！这事要是不弄个明白，文玉寝食难安。但她又担心事情要真如她所担心的那样，到时候该怎么办呢？！整个国庆中秋长假，文玉都在这种反反复复的折磨中度过。假期一家三口分别看望了双方的父母，看着一家人其乐融融的样子，文玉就特别后悔那天不该错拿石宁的手机看那个短信，但一想到自己跟石宁手机的款式一模一样，就又想晓东给他买手机的时候是不是跟石宁在一起，她的手机可能都是石宁挑的。各种假设、想象、判断的场景在脑子里如同电影画面一样，一幕一幕地翻滚，一次与一次的情节不同。有时候正在做着饭，脑子里想到一个场景，就愣在那里出神，有好几次差点让正在火上的油锅着了火。这种情形被晓东发现了，就问她是不是哪里不舒服，她说没事，也被她妈妈看见了，觉得女儿最近老是走神，就问她怎么了，文玉也打个马虎眼就敷衍过去了。她觉得再这样下去自己会疯掉的，终于还是下定决心，要查个水落石出。

国庆长假过后上班的第一天，文玉申请了半天调休，径直去了移动公司营业厅。在排队的时候她心里竟出奇地平静。轮到她时，服务人员问她要办什么业务，她说觉得最近话费支出有异常，要打印三个月的通话清单。为了不让服务人员生疑，她先打印了自己的，在打印的空隙，她主动跟服务员说自己在医院上班，平时工作忙，打电话也不多，不知怎么就能产生这么多话费。打印好准备要走时，又装作刚想起来的样子，掏出了路晓东的身份证，说帮我老公也打一份吧，他太忙了没时间来！服务员为难地说，这通话记录清单只有本人来才能打的，她就说请服务员行个方便，又说让她以后去医院看病的话可以找她，不用去排队等号，服务员听了就没再说什么，帮她打了。她把打好的两份通话记录折起来塞在包里，笑吟吟地跟服务员道了谢，转身出了营业大厅。

带着通话记录回到家，文玉觉得口很干，倒了一杯水喝了。坐在椅子上定了定神，才从包里拿出路晓东的那份记录，一页一页地翻看，才看了两页，一股血就开始往头上涌，她觉得两鬓间突突地跳，甚至能听见自己的心跳声。清单中差不多每天都有路晓东和石宁的通话记录，发短信的记录就更多，有时候一天几条，多的时候有几十条。她翻到石宁手机短信的那一天，两人往来一共有四条记录，都是十一点左右发的，但就这四条记录，把她最后的希望也彻底击碎了！她觉得头有些晕，扶着桌子站起来，差点摔倒！就又坐回在椅子上，脑子里一片空白，眼睛盯着天花板看，眼泪无声地顺着脸颊往下流，擦也擦不及，索性不擦了，任凭泪水流过脸颊，流过下巴，滴在胸前，又滴在面前的那一叠通话记录上。也不知过来多久，她觉得自己身体里的水分都从眼睛里流干了，口干的舌头要贴在上颌上，想站起身给自己倒杯水，可腿软得站不起来！

　　路晓东下班回到家，看见餐桌上已经摆好了饭菜，居然是四菜一汤。一边换鞋一边问文玉："你今天下班这么早啊？饭都做好了，还做得这么丰盛！"文玉没有回答，说了一句："你洗手吃饭吧！"说完又招呼浩浩上桌。父子俩坐定，文玉拿了一支红酒，给晓东和自己一人倒了一杯，又给浩浩倒了可乐。晓东就疑惑不已，说："这今天是啥日子啊？刚过完节，怎么还搞得这么正式？"文玉举了杯，说："为了我们一家团圆！"一家人碰了杯，晓东就心神不定地抿了一口红酒，文玉却一仰脖把酒干了。晓东看文玉的脸，文玉脸色平静，除了眼睛有些肿，似乎没什么异样，晓东就也把酒干了。浩浩很快吃完了饭，文玉让他回房间写作业，桌上就剩下路晓东和文玉，晓东要起身收拾餐桌。文玉说："我们好久没有在家里好好吃顿饭了，你先别急着收拾，陪我喝点酒吧！"说着就给两个人的杯子里又添了酒，跟晓东碰了一下又一口喝干了。连着喝了三杯，路晓东再也忍不住了，拉了文玉的手说："你今天究竟怎么了？有话你就说，你别这样吓我！"文玉握了一下晓东的手说："你怕什么？我担惊受怕半个月了！就这一会儿你就忍一下吧，以后也不会再吓你了！"说着就抽出了手。文玉还要倒酒，晓东抓过瓶子死死地握在了手里。文玉笑了一下，说："不喝了也行，免得一会儿你还以为我说醉话呢！"说着站起身，从包里掏出了手机通话记录递给了路晓东，然后又坐在对面，看着路晓东一字一字地说："我们离婚吧！"

　　路晓东拿过通话记录，翻开一看，脸色唰地就变了。他跟石宁的通话和短信都被红色的彩笔一条一条地画了出来，像是学生课本上画出的重点，记录上被文玉眼泪打湿的纸面已经干了，但印出了一圈一圈的水印，每一个圈都像文玉盯着路晓东的眼睛，愤怒中有道不出的幽怨，失望中有说不出的寒心，决绝中有扯不清的深情！路晓东慌乱地抬起眼，说："就一份通话记录也

224

不至于这样吧！你不能就凭一份通话记录就判我的死刑吧？"语调里的心虚连自己也感觉得到。文玉又笑了一下，但在路晓东眼里，文玉的那个笑是那么凄惨和令人心碎，他的胸口像是被重锤猛击了一下，有一种撕心裂肺的痛楚在身上蔓延。文玉向他伸出手，说："把你的手机给我！"声音不高但语气坚定。晓东像个听话的孩子一样把手机放在了文玉手中，文玉打开手机，在路晓东的注视下编了一条短信：你这会在干吗？然后输入了石宁的号码，手按在发送键上看着路晓东的眼睛有那么几秒钟，路晓东求饶似的看着文玉，文玉犹豫了一下，还是决绝地按下了发送键，然后把手机放了桌上，路晓东想伸手把手机拿走，文玉眼神坚决地盯着路晓东说："你要是现在拿走了它，我们就彻底玩完！"两人不再说话，同时看着手机屏幕，像是看着一颗随时爆炸的手雷。很快，手机屏亮了，上面一串字：傻瓜，当然是在想你啊！

每一个字都像是敲在文玉和路晓东心上的铁锤，每敲一下都在滴血！

自此文玉再没有跟路晓东说一句话。待儿子浩浩睡了后，文玉就回卧室睡了，路晓东推门进去，刚在床上躺下，文玉翻身起来，去了另一间空着的客房。路晓东不甘心，又跟到客房，文玉冷冷地说："你觉得我们现在还能睡到一张床上吗？"路晓东就说："那你去主卧睡吧，我睡这里！"文玉又转身去了主卧。

可路晓东哪里能睡得着！文玉睡了以后，他拿了手机打算给石宁发条信息，在屏幕上敲了几个字：她知道了！看了半天，又删了。想这个信息要是发过去，这一晚石宁也别想睡觉了！就重新输了：现在不便，明天联系！发了过去。给石宁发完短信躺在床上，思前想后，心里就认定这一定是自己那天晚上跟秦可在一起背叛了石宁的报应。坐在阳台抽了半夜的烟。

石宁发完那条短信，好久不见晓东回音，心里就不安起来。想再发一个信息问一下，又怕弄巧成拙。在忐忑不安中等了很久，终于收到晓东发来的短信，似乎跟平时一样，但又不一样。盯着手机看了半天，终于看出了哪里不一样，晓东平时这种时候在信息最后都要说 WANAN 的，这次居然没有，是太着急来不及还是忘了？！心里隐隐觉得不对劲，但又无可奈何，就心慌意乱地上床睡了。

第二天，文玉跟平常一样去上班了。浩浩这个秋季一开学，已经四年级了，不用家长送，自己去了学校。路晓东到了办公室，处理了一些单位的事，就想着要不要跟石宁说昨晚的事，要说的话怎么说，正胡思乱想的没主意，石宁的电话就来了。晓东一接电话，石宁就在那边问："昨晚是不是出什么事了？"晓东问石宁是在哪里打的电话，石宁说是在公司不常用的一个洽谈室，她打电话都是来这里的。晓东听了犹豫了一下，最后还是鼓足了劲说："她知道了！"电话那边的石宁"啊"了一声，然后是长时间地沉默，有那么一瞬间，两个人觉得时间都静止了。也不知过了多久，石宁在那边轻轻地问："你还好吧？"晓东苦笑了一下，说："我还好！"说完又是长时间地沉默。其实在石宁的脑海里，曾经设想过无数次她跟晓东被文玉发现的情景，但她从来都没有想清楚到了那个时候自己该怎么办，就像现在这样，曾经设想的最糟糕的时刻就这么忽然扑面而来，她依然是措手不及。两个人在电话里都没说话，因为知道现在说什么都是徒劳。许久，石宁忽然想起了什么一样，又问晓东："她怎么样？说了什么吗？"晓东说："没哭也没闹，就说要离婚！"石宁又"啊"了一声。晓东补充说："没当着我的面哭，但之前一个人的时候应该哭了很久。"石宁说："我们不要再联系了吧！"晓东没有说话，石宁继续说："你这段时间都不要外出，好好在家待着，等她一心软会原谅你的！"晓东说："那你呢？你还好吧？"石宁有些哽咽，压着哭腔说："都这个时候了你还管我干吗？！我没事，你别管我了，我就是个坏人，我和你都是坏人，以后你都不要管我了！"说完就挂了电话，趴在桌上哭起来！

一连好几天，路晓东都是一下班就按时回家，把所有能推掉的应酬都推了。可文玉的态度丝毫没有缓和的迹象，还拿了一份自己写的离婚协议书交给路晓东要他签字，路晓东接过去看也没看，把协议书撕了扔进了垃圾桶。又怕被浩浩看见，就又把撕了的碎片捡起来揣进兜里，下楼扔了，扔完后，也没有心情马上上楼回家，立在小区垃圾桶边一支接一支地抽烟。

那天跟石宁通完电话后，他跟石宁发了几次短信，安慰她不要担心也不要自责，事情到了这一步责任全在自己，可石宁一次也没有回，打电话也不接。百般无奈中，路晓东就想起了石宁以前跟他做游戏编的那些爱情密码，约定要是谁不理谁了就用密码去打开对方的心门，当时他还笑石宁幼稚，现在他顾不了那么多，把那些密码发了一遍又一遍，可石宁还是一条都没有回。一连几天，石宁从他的世界完全消失了。路晓东忽然有了一种不好的感觉，这天下班就去了石宁的住处，用钥匙开了门，石宁不在房间。到处看了看，似乎几天都没人来过的样子，拉开衣柜门，发现石宁常穿的几套衣服和行李箱都不见了，知道石宁这是有意要避开自己，就又去了卧室，坐在床上，俯下身子嗅到了枕巾上石宁的气息，就把头埋在枕头里泪流不止！

第二天，路晓东把电话打到了石宁办公室，办公室的人说石宁请假休息了。路晓东越发不安起来，就硬着头皮给毛晓萍打了个电话。在电话里跟毛晓萍说有个朋友装修房子想找个设计师，想把石宁介绍给对方做设计，可她电话打不通，问晓萍姐最近有没有联系过石宁。毛晓萍就说那我联系一下看看，正好我也想找她问问火锅店设计的事呢！说完两人就挂了电话。跟毛晓萍通完电话不久，路晓东收到了石宁的一条短信："晓东，你不要再到处找我了，我在外地。也不要再打电话再发短信，那样只会对她伤害更深，我不接你电话不回你短信是因为我觉得我们的每一次联系对她都是一种伤害！我想离开那个环境，在一个陌生的地方好好静下心来想一想，想想我自己，也想想你，更要想想我和你的事。等我想明白了我就回去，回去可能联系你也可能不联系你，我现在说不清楚，到时候再看，你多保重！"路晓东把这条短信反复看了好几遍，仰靠在椅背上盯着天花的一角发愣，看见天花墙角上结了一个蛛网，一只飞蛾被困在网里挣扎着。一行清泪就顺着眼角流了下来！

跟石宁断了联系，每天回到家里文玉又都是冷冰冰的，路晓东就有事没事地找浩浩说话，可路晓东发现，浩浩跟他说话的时候竟格外地有礼貌，礼貌到客气的程度，像是面对着的是一个陌生人。一种绞心的痛楚就从路晓东心底升起，感到了深深的自责！

这天，黄云打电话给路晓东，说是晚上一起聚一下，路晓东说眼看着这招商会的日子就到了，以为你忙都不敢打扰你，怎么还有空约吃饭了，黄云说晚上见面再说吧！路晓东听出黄云话外有音，就没再多问。晚上还是到了鸿发，老蔡给留的包房是一楼的寒露房，除了路晓东和老蔡，黄云还叫了洪鸣。四个男人一坐下，李红安排好了酒菜就关门走了。路晓东见黄云神色落寞，就问怎么回事，黄云笑了一下说先喝酒，慢慢说！说着举杯碰了，连着喝了三杯，这才说："汪副市长调任了！"路晓东和老蔡同时问："调哪里了？"黄云说："去政协，任副主席！虽然正式任命还没出，但组织部已经谈过话了。"路晓东说："汪副市长的年龄还不到去干政协的时候吧？"洪鸣也说："汪副市长是市里的常务副市长，听说是下届班子人事调整最有可能出任市长的人选，怎么可能这个时候去政协任个副主席呢？"黄云说跟年龄没关系，大家就问怎么回事？黄云说："你们知道虎牛广场的那尊巨石雕塑是从哪里来的吧？"大家就说听说是从虎牛山找到的。黄云接着说："没错，问题就出在了这里。那天汪副市长去华安大厦检查工作，正巧看见虎牛山上有一块山坡被挖了，汪市长觉得那个位置正对着市区影响市容，就责令园林局去恢复绿植，还批评了国土资源局把关不严，在不该采石的地方搞采石场。结果园林局把绿化恢复了，去找国土资源局申报费用，国土资源局一查，根本没有审批过在那里设采石场，两边就扯皮，扯来扯去，国土资源局不愿背黑锅，就找人去调查，结果一查发现是市政府这边批的条子，再一深究，竟然发现是市委秘书授意去挖的，挖出的就是现在放在虎牛广场的那块巨石。这样一折腾，市委书记就知道了，要知道，那'虎牛广场'四个字可是市委书记亲自写的。"老蔡说："就这事就把一个副市长的政治前程断送了？"黄云说："要是到此为止，也还不至于。可报社有个好事的记者，说现在城市绿化做得这么好，要写一篇文章宣传市里的园林绿化成果。"洪鸣听了插话说："这事我知道，我们社长有提过，但后来不知怎么就没下文了！"黄云说："事儿就这么冲！这记者在市区的各条大道上拍了园林局布置的盆景花卉和绿化，觉得内容还不够充实，就又拉了几个同行去了虎牛山，去到那片挖了石头又恢复绿植的山坡拍照。可到了那里，发现那片恢复的绿植竟然是假的。"老蔡和晓东知道这事，就没作声。洪鸣第一次听说，就问："假的？怎么绿植还会是假的？"黄云说："那是喷的绿漆！"洪鸣苦笑着摇了一下头。说："都说太阳下面没有新鲜事，但这事够新鲜的！"黄云说："谁说不是呢？这同去的记者就觉得这是天下奇闻，是个做新闻的好素材。回来写了一篇文章叫'绿漆刷山，刷绿了谁'？还配了照片送到报社。这样的文章，报社领导当然不可能刊登。可这个写文章的记者是一根筋，见市报社把文章压下了，就把文章和照片发到了网上，这下可是说啥话的都有了，有人就在网上评论说：民车喷绿漆冒充军车，毕竟是辆车；老黄瓜刷绿漆拼命装嫩，毕竟是根黄瓜；这政府在山上刷绿漆冒充植被，可这哪儿有植被？这就让很多人都知道了，关键是市委书记也知道了，就动了怒。说汪副市长主管不力，放任下面的人弄虚作假！"几个人听了，就不胜唏嘘！路晓东问："那你呢？也受影响了？"黄云苦笑了一下，说："我这个做秘书的，领导这样了，就只能听天由命了！"路晓东就举杯说来来来喝酒喝酒！四个人都闷头喝了酒。老蔡安慰黄云："你也别太悲观，这领导今天上明天下后天说不上又上来了呢！谁能说得准！"洪鸣却嘿嘿笑了，说："这世上没有一成不变的事，我们的生活本来就是个玩笑。干吗还为了这么些事患得患失的，醉里乾坤大，杯中日月长，来，喝酒喝酒！"说着就举了面前的酒杯，跟几个人碰了一下，一饮而尽。老蔡给每个人的杯子里又倒了酒，路晓东没说话，端了杯子自顾喝！

四个男人菜没吃多少，酒喝了四瓶，路晓东和黄云都醉了。

　　老蔡安排人把路晓东送回家的时候已经是午夜十二点了，文玉听见门口的响动并没有起身，可等了半天还没人进来，就起身去开门。却见路晓东一个人靠在门框上已经醉得不省人事，手里还攥着家门的钥匙。文玉连拖带拽总算把路晓东拖进了客厅，转身就要回卧室，可看见路晓东还是同一个姿势地趴在瓷砖地板上，天已经凉了，文玉怕他冻着，就又回身拽了他的胳膊往沙发上拖，可文玉力气小，拖了几次拖不动，却把路晓东拖醒了。文玉就跟他说让他自己用点劲起来去沙发上睡，这是十几天来文玉第一次主动跟路晓东说话，路晓东就直着舌头含糊不清地说："老婆，我听你的话，你让我去哪里睡我就去哪里睡！"说着就挣扎着站起身，站起来才走了一步，却一个趔趄重重地摔在了茶几边的一个矮凳上，身子撞到了茶几，一只茶壶就滚落在地上。文玉惊呼一声过去扶他，路晓东却拉住文玉，抱着她泪流满面。文玉想挣脱他，可刚一用力，路晓东疼得"吱吱"直吸气，额上豆子大的汗珠子涔涔往外冒，文玉就紧张了，问他哪里疼？路晓东疼得说不出话，用手指指腋下，文玉慢慢地用手去摸，刚碰到肋骨，晓东又疼得"吱吱"吸气。文玉是医生，就判断路晓东可能是肋骨摔断了，看晓东疼得额头上全是汗，文玉眼泪就止不住流了下来。晓东抬起手去给她擦眼泪，一抬手疼得更厉害，嘴角就抽了一下，但还是忍住疼把文玉的眼泪擦了，说了一句："老婆，你不要哭！我对不起你，我活该！我摔死算了！"文玉哭得更厉害了！

　　文玉毕竟是医生，处事还算冷静。当下打电话叫了救护车，又给晓东的爸妈打了电话，说晓东摔伤了，她要陪着去医院，让他们过来照顾浩浩，又把晓东放平了躺着，地上凉，又去卧室拿了毛毯一点一点地塞着垫在了晓东的身子下面。做完这一切，自己则坐在地上，把晓东的头放在自己腿上枕着，用毛巾一下一下地擦晓东脸上的汗。这么坐了一会儿，估计救护车快到了，文玉想叫醒浩浩看着晓东，自己下楼去接医生，晓东不让，说自己这样子会吓到孩子，文玉就在他头下垫了一个沙发垫，自己起身下楼了。

　　路晓东一个人躺在地板上，疼痛已经让酒醒了一半。房子里静静的，四周的家具不声不响，地板上那只滚落的陶瓷茶壶倒卧在茶几的一角，像是一只受了委屈的猫，一注残茶顺着几脚逶迤前行，似要无声无息地隐没在沙发下面，但才走了一半，就筋疲力尽地止住了，蜿蜒的茶迹浅浅地印在地板上，细细的像是挂在文玉脸上的泪痕。

路晓东被救护车拉到医院，一检查，断了一根肋骨，就连夜住进了骨科。

住进医院的第三天，老蔡、黄云和洪鸣三个罪魁祸首约到一起来医院看晓东。黄云一见文玉就不停地道歉，说要不是自己约酒局东哥也不会摔伤，老蔡也说派去送人的那两个是二百五，都到门口了不往家里送，要怪就怪他，黄云那天也喝醉了。文玉说："谁都不怪，要怪就怪他自己，一把年纪了喝酒都不知道深浅。"洪鸣说："晓东平时喝酒不这样，谁见他醉过，那天闷着头只是喝，也不吃东西，这样喝酒不醉才怪。他最近是不是有啥不顺心的事？"文玉说："这要问他，他那一天到晚忙得心都在外面呢，有啥不顺心我也不知道啊！"老蔡就对晓东说："弟妹这么一说，我就要批评你了，人家说外面彩旗飘飘，家里红旗不倒，你这个旗手不行啊！"路晓东有伤说话不便，就咧着嘴笑了一下，文玉说："这男人没事了就顾着在外面快活，有事了还是老婆跟着受罪！"正说着，一个护士推门进来说你们不要说太久，影响病人休息，看见文玉穿着本院的制服，就又关了门出去。几个人又低声聊了几句，就告辞走了。文玉送他们到了电梯口，对着黄云几个郑重地说了一句："谢谢你们！"

路晓东是在医院的病床上，通过电视直播观看了市招商引资大会的盛况。大会是由招商局局长主持的，市委书记和市长分别做了热情洋溢的欢迎致辞，从始至终汪副市长都没有在会场上出现。这天是十月十八号，取了"邀您要发"的谐音寓意，说邀请的企业家大多来自珠三角和长三角一带，他们喜欢这种吉利的彩头。郑平如应邀来到了大会现场，作为市引进落地的投资企业家代表发了言。西部阀门总公司也作为本市改制融资的典型企业上台汇报成果，但上台的却不是高书记，是总经理魏林平，这让路晓东颇感意外。忽然想到高书记和汪副市长走得近，也就释然了，嘴角露出了一丝苦笑！文玉看见了，就起身把病房里的电视关了。

26

石宁就在这一天回到了市里，她是听说路晓东摔断了肋骨就即刻回来了。可回来后却不能去医院看晓东，待在家里也不知道自己能做什么，流着眼泪抓着手机拿起了又放下，眼泪把手机屏幕都浸湿了，还是忍住了没打电话也没发信息。一想到文玉看那份通话记录的情景，她自己就禁不住地颤抖，觉得每一条记录都是一根刺，是扎在文玉心上的一根刺。

这天早上醒来，石宁站在洗漱间，看着镜子里的自己，苍白的面颊上，一对大眼肿肿的，把眼睛挤成了一道缝。就想起曾经跟晓东嬉闹时，晓东口误说她是小眼睛，她佯装生气不理他，晓东像个大男孩一样那么急迫又语无伦次地说尽好话去哄她，却越说越不得要领，为了突出她眼睛大，说她脸上除了嘴巴和鼻子就是眼睛，她又故意拿他话里的漏洞责问他，弄得平时口若悬河的晓东抓耳挠腮地说不出一句完整话。现在她眼睛肿成了一道线，真的成了小眼睛了，可晓东看不到！他看到了她现在这个样子会怎么样呢？是会心疼地拥了她叫她傻瓜，会把嘴唇印在她肿起的眼睛上怜惜地吻个不停，还会挖空心思讲笑话逗她开心吧！晓东发来的信息都还在手机里，那些曾经编的爱情密码像是数字制成的一张网，把她网在中间！当初编的时候觉得那么好玩，还为她的发明创造欢欣雀跃了好些天，晓东还笑她幼稚，但那时她除了觉得好玩，是真的觉得她跟晓东的一切问题都会在这些密码面前迎刃而解，可哪里知道，他们编制的这个网根本就是一个死结，没有密码可以解得开！就又想晓东那么一个大男人，给她发这些所谓爱情密码的数字时的样子，是带着一种怎样的期待和希望，一个人只有到了走投无路时，才会这样去相信本来觉得幼稚和虚无的东西吧！可她却一个字也没有回！这套爱情密码是她编织的浪漫游戏，约定怎么解密也是她的主意，虽然是有些游戏的心理，可当时编织的时候她是那么认真，以至于让晓东也当真了，可现在没有守约而去履行诺言的也是她，想在那样的情形下，晓东收不到她任何信息该是多么难过！现在，他躺在了医院的病床上，据说是断了一根肋骨，是忍受着怎样的身体和心理的双重痛苦，而最大的痛苦正是她的不辞而别还杳无音信！现在她回来了，却连见他一面都不能！他以前也经常喝酒，怎么就没喝醉过，就算是醉了，也不会醉成那样把自己摔了，怎么就偏偏摔断了肋骨？！这么一想，石宁就在心里对自己说：都是因为我的离开才让你想一醉方休喝得不省人事才摔得那么重吧！人说女人是所爱的男人身上的一根肋骨，你摔断的这根就是我吧？这是预示我们的缘分就到此为止了吗？可我们都还没有做好分开的准备啊！我不是要那么贪心地想去占有你的全部，可现在这样戛然而止完全不是我们想要分开的样子啊！我不是没有想过这样的结果，有时一个人的时候会想，有时两个人在一起的时候也想，设想过无数种出现这种结果的情景，在我想象里，我们的分手也是浪漫而美好的，因为只有那样才能跟我们的爱情相符啊！我想真到了哪一天我们不得不要分开了，我们要先一起去一个陌生地方好好享受一下两人世界，云南也行，桂林也行，西藏也行，嗯，西藏不行，西藏紫外线太强了，会把我晒黑，就不漂亮了，我要在那个陌生的地方在你面前呈现出自己最漂亮的一面，让两人都永生不忘，回来之后还要跟你共进一次晚餐，然后拥抱，吻别，相互说晚安，然后说分手，这样才有仪式感嘛！哦，不，不能在晚餐后分手，吃完晚餐一个人回去的夜里太孤独了，还是吃完早餐再分手比较好！那就先吃晚餐，晚餐后一起去酒店或者来我的住所，然后，然后当然是做爱，一想到做爱，就想起了跟晓东第一次在梨园宾馆的那一夜，一开始两个人都那么紧张，像是未经世事的男孩跟女孩，过后又都那么疯狂，在彼此的身体上无休无止，现在已经是如鱼得水了，每次都那么地自然而尽兴，那分手前的做爱就更不能随便，要用你最喜欢的姿势，也要用我最喜欢的姿势，还要用之前两个人都没有尝试过的一种新姿势，那哪种新姿势是之前没有用过的呢？嘿嘿，想这个真是羞死人了，这么难为情的问题我可不一个人想，那就留到那天晚上两人一起想吧！反正在这方面你总是能给我们带来新意，而且有一个晚上那么长的时间，可以慢慢去想！做完爱干什么呢？那一定很累了，当然是睡觉啊，那就一定要你抱着我睡到天亮，哦，不行，那样会让你太辛苦！有一次我就枕在你的胳膊上睡着了，你怕惊醒了我就一直用同一个姿势躺了两个小时，我醒来时你胳膊麻得都动不了了，你说你怎么能那么傻！这世上还有比你更傻的人吗？还是我抱着你睡会好一点，我要让你舒舒服服地睡到天亮！然后，然后就一起吃早餐，那一定是一个周末，两人都不用去上班，早餐可以慢慢吃，吃完了再拥抱，然后吻别，互道珍重，这样就算是分手了吧！这样的分手才是我要的呀，又浪漫又美好，想想都觉得有趣！那我吃早餐的时候就不能把奶渍留在嘴唇上，要不吻别的时候你一定会去舔我嘴唇上的奶渍，那样一舔就又把吻别弄成了热吻，我们是要分手的呀，热吻后还怎么分手？！可是，可是都要分手了，让你再舔一次我嘴唇上的奶渍也是应该的吧，要不以后再没有这样的机会啦，那我就要记得一定要在吃完早餐时在嘴唇上留一点奶渍，在你舔去奶渍时我当然会忍不住热烈地回应你，那样的话，你就会说今天先不分了吧！我就顺水推舟地答应你！你看，你对我就是这么不坚决，把我好好的分手规划就这样打乱了！你会说这个分手计划不符合常理，通常两个人感情最淡的时候才分手的，我把分手弄成了热恋，那还怎么分？！哼，明明是你破坏了计划，你还怪我！那你说我们什么时候感情是最淡的呢？哦，当然是刚认识的时候啊，那我们就一起回到刚认识的时候吧，这么一说我就有主意了，我们重新制定一个分手计划吧！我们应该按着顺序把时间倒回去，你知道怎么倒回去吧？不知道，我就知道你不知道，那你就听我的，就是逆着我们相识相爱的过程往回走啊！那从哪一天往回呢？这个有点难，要不就从这座城市的最高点开始吧！最高点是华安大厦的旋转餐厅，我们就像上次那样先一起去华安大厦的顶楼吃饭然后回到我的住处，之后再一起去归元寺和柳桃湖，再一起去梨园宾馆的 4026 号房间，再一起去看《哈利·波特》，还要再一起去红房子，再一起去中心公园，再一起去酋长烧烤屋，然后呢，这就差不多快到我们初识的时候了吧？！不对，我们第一次见面是在鸿发酒楼，那我们就再去一次鸿发酒楼我们第一次见面的那个包间，那天人很多，但这次我们去的时候不要约其他人，就我们两个人去，因为人太多我们分手的话不能拥抱也不能吻别啊！对了，你是在那里捡到的这串珠链，吻别后我就把珠链还给你，你去放回洗手间的台面上，或许那个丢失了的人也正好回来就物归原主了！一想到珠链，石宁就从无尽的遐想中回过神来，看着手腕上的珠链，想我没有你的时候，还有珠链能陪着我，你见不到我了，我把珠链送回你身边，我日日夜夜戴着它，它已经有了我的气息，就让它代替我去陪你吧，它曾经救了我的命，你现在有伤，让它代替我陪你养伤吧！可现在我连你都见不到怎么才能把珠链给你呢？想来想去想不出什么好主意，两行泪水又顺着脸颊往下流，索性脸也不洗了，回身进了卧室，趴在枕头上无声地抽泣，却又在枕头上闻到了晓东的味道，她知道自己出走的时间里晓东是来这里找过她，想着他来到这个空空的屋子里找不到她时的样子，就哭得再也止不住！

就这样，石宁在家以泪洗面地哭了两天，实在忍不住了，一个让自己都有点吃惊的想法就在脑子里打转，犹豫再三，终于下定了决心。她拿起手机找到了之前从晓东那里拿到的文玉的手机号码，一个字一个字地往手机里敲："文医生，对不起！我知道现在跟你说什么你也不会原谅我。但犹豫再三，我还是想自己犯的错就要面对。我想见你一面，当面跟你说声对不起，不是要请求你的原谅，我知道也没这个资格！只是想这样可能能够减轻一点对你的伤害。我准备离开这座城市了，在这座城市，我爱了一个不该爱的人，我也伤害了一个不该伤害的人！我想在离开前，跟你说一下我有多抱歉！如果你觉得这个请求无理、荒唐或者是再次给你造成了伤害，那就不见了！我明天下午两点，在你们医院拐角处的咖啡店等你。我想你要愿意见我的话，这样会方便些，你要不想见我也没关系，我等一个小时要是你不来我就自己走了。"

短信很长，石宁输得很慢。写完了，又在犹豫要不要发出去，勇气在一点点地减退，攥得手机都出汗了，一滴眼泪就滴落在手机屏幕上，输进去的字就模糊起来。但终于还是发出去了！

文玉收到石宁短信是在晚上十点，她反复看了几遍，拿着手机的手微微颤抖。定了定神，却很快地回复了三个字：明天见！

第二天是星期六，文玉跟晓东在医院吃完饭，两人说了一会儿话，文玉就下楼了。到了咖啡店，一眼就看见石宁已经坐在一个僻静的角落里了，显得那么孤单、落寞和无助！文玉径直走到石宁对面，石宁站起身，看着文玉那么涩涩地笑了一下，就垂下了眼睑。文玉坐下，服务生过来问文玉要喝什么，文玉看石宁面前放了一杯柠檬茶，就说也来一杯柠檬茶吧！待服务生走后，石宁抬起眼，看着文玉说了句："对不起！谢谢你能来！"文玉没有说话，见石宁比之前看到的时候更瘦了，是那种苍白的瘦，一对好看的毛眼红红的。沉默了几秒钟，文玉先说："你真的要走吗？去哪里？"石宁说："我申请了一所美国的学校去读研究生！"文玉说："要去那么远啊？"石宁说："有这个想法很久了，一直没有勇气和决心！"说完又低了头，用吸管搅着柠檬茶里的冰块，两个人都没了话。良久，石宁开口问："他，还好吧？听说摔伤了！"文玉说："断了一根肋骨，不过现在能下地走路了！"石宁想要说什么，但眼泪在眼眶里打转，还是没有忍住顺着脸颊流了下来，文玉抽了几张纸巾递给了她。石宁接过纸巾擦了眼泪，又说："你们，还好吧？"文玉说："本来我是想再也不理他了，谁知道又出了这事！"石宁就说："都是我不好，对不起！"说着又是满眼的泪水。文玉说："你什么时候走？"石宁说："申请资料发出去已经有一阵了，等收到 offer 还要办一些手续，估计也得两三个月吧！"文玉又问："一定要走吗？"石宁点了点头。又过了一会儿，文玉说："你想去看看他吗？要看的话现在上去，这会儿那里没人！"石宁感激地看着文玉，眼里闪过一抹亮光，但随即又黯然了，坚决地摇了摇头，慢慢地说："我不去了！"说完偏了头看着窗外，从这里正好能看到医院大楼的一个尖角，又转头看着文玉说："谢谢你能这么说！"两人一时又没了话。少顷，石宁像是忽然想起了什么，伸手从手上退下那串珠链，放在桌上推到了文玉面前，说："这是他很早以前送我的，你拿回去给他吧！"文玉拿起来在手里摩挲了一下，说："你还是戴着吧，以后去了那么远的地方，也算是有个念想！"说着感觉鼻子酸酸的。石宁说："你可能不知道，这串珠链曾经救了我的命！"文玉倒惊奇了，问怎么回事，石宁就说了之前华安大厦施工升降梯的那次事故，说当时要不是自己返身去找珠链，那次事故死的人就有我了！文玉知道那次事故，就唏嘘不已，说这样的话你更应该戴着了！石宁说："他现在受了伤，你拿回去或许他会康复得快一点！也让他知道我是下了决心要走的！"文玉就没再说什么，竟忍不住伸手握了石宁的手说："你是个好女孩，谁都有年轻的时候，不要把这事当作负担放在心里！"石宁就伏在桌上哭起来，哭得肩膀一耸一耸地抖动！文玉看见石宁的肩那么瘦削，又伸手放在她的肩上，说："我已经原谅你了！"

文玉先走的，石宁说还要再坐一会儿就回去。

文玉出了门拐角的时候回头看了看，透过咖啡店的玻璃窗看见石宁还望着窗外医院那个楼顶的尖角发愣。错位的爱情，就像影子一样，总是在你最黯淡的时候，悄无声息地离开你！

文玉就拿出手机给石宁发了一条短信：你走的时候跟我说一下！

冬至这天，文玉收到了石宁要走的信息。回家跟晓东说了，又从包里拿出了石宁给她的那串珠链，讲了两个月前跟石宁见面的事。晓东闷着头听完，文玉说："你明天去机场送送她吧，说不上这就是最后一面了！"晓东没说话，拿了珠链在那里出神！

第二天一早，天阴欲雪，路晓东看着压在虎牛山顶上的黑云，心里祷告来一场大雪吧，大到让飞机不能起飞的雪，那样或许石宁就不会走了，至少今天不走了！这么想着，竟真的有雪花飘落，一开始还是零零落落地飘，过了一会儿竟撕棉扯絮地下起来，没多久，整个儿的街面上就全白了。路晓东心里升腾起了一种说不清楚的期望，坐了出租车往机场赶，可到了高速路口，去往机场的高速公路封闭了，路晓东是被拦住的第一辆车。看着时间也还早，路晓东就让司机拐了弯从国道往机场赶，可一路走一路堵，眼看着时间一分一秒地过去，路晓东急得不行，就给石宁发信息：我在去往机场的路上，你等我！这次石宁回了，说：好，我等你来！心急如焚的路晓东看一眼手机又看一眼窗外，刚才还洋洋洒洒的大雪不知什么时候已经停了，可拥挤的道路却丝毫没有松动的意思，竟然走了近两个小时还没到机场，最后在离机场还

235

有两三公里地方彻底停住走不动了。路晓东已经急得快疯了，在车上扔了一百块钱，不顾司机劝阻就下了车，在车流的缝隙中一路狂奔，十几分钟后冲进了航站楼，他拿出手机打电话给石宁，看见石宁在十分钟前发了一条短信："晓东，等不到你来，我得进安检了！原谅我没有等到你，我原本以为这场大雪是阻止我离开的，却没想到是阻止你来见我的，也许这就是天意！这么久以来，好想再一次见到你安好的模样，只为确定你尘埃落定的幸福，我也就走得安心了！其实我想见你，又怕见你，我怕自己一见你就走不了了，这样也许才是正好！从此，天涯陌路，后会无期，那个曾经让我刻骨铭心的人，再见了！"

　　路晓东看了短信，眼泪滴在了屏幕上，剧烈的奔跑让肋间刚刚康复的伤口一下一下地扯着痛，他哪顾得了那个，还是不甘心，又疯了一样地往安检口跑。到了那里，看着一排排的安检口，不知道往哪里去！肋间疼得更厉害了，弓了身子用一只手按着，忽然脑子里想到了什么，就径直跑到了 26 号安检口那里，远远地看见石宁在向外面张望，晓东跟她挥手，她也挥手！

　　晓东挥动的手里攥着的是那串珠链！

2019 年 6 月 26 日初稿完

2019 年 9 月 24 日二稿完

2019 年 10 月 15 日三稿完

2020 年 4 月 5 日四稿完

后　记

这本书，我写了很久。

说不清楚是从什么时候开始，这个故事就在我的脑海中逐步生发。一开始，只是一个模糊的雏形，一些不甚连贯的片段像是投射在记忆长河中的影像，常常让我分不清是想象还是真的已经发生，一任其在时间汹涌的浪潮中漂泊。多年以前，我在这种无休无止的跌宕起伏中寻觅着回忆的归路，试图把这些片段连缀成篇，终于按捺不住开始动笔。可才一起头，当过去的印记像潮水一般涌来，记忆、想象和现实犹如三面对立的镜子，将我夹在中间无所适从，让我稍不留神，就会在记忆、想象和现实中迷失，让过去和现在都变得面目全非，才开始的写作就在这种惶恐中一次又一次地搁置了。这一搁，就是很多年。

这些年里，我在深圳工作和生活着。这是一座充满活力的城市，我喜欢这座城市鲜活的生机与气氛，到处能够看到朝气蓬勃的人和日新月异的变化。这也是一座躁动不安和充满了诱惑与挑战的城市，有相当长的一段时间，这座城市就像一个超大的建筑工地，到处都有隆隆作响的机器轰鸣，每隔几个月，就有一座高楼拔地而起。走在路上，看到的人差不多都行色匆匆，脚不点地往前赶！每到上下班时段，地铁、车站以及全市所有的道路，都被人和车挤得水泄不通。饶是这样，还是有更多的人，怀揣希望和梦想从四面八方都拥进了深圳。有刚刚大学毕业的学生，有在内地各类企事业单位的技术骨干和管理人员，有海归学子以及世界各地的行业精英，也有洗脚上田从乡村土地上出走的农民。所有这些来深圳的人，在一座座高楼大厦和工业园区里进进出出，寻找自己人生的落脚点。常常是来了一拨，又走了一拨，但来的比走的多，因为更多的人觉得这里是离梦想最近的地方。我周围的朋友们，有的已经事业有成，在这里拥有了自己的公司或是做到了大型企业的高层管理，还有的正在奋斗的路上埋头前行，走得跌跌撞撞却永不止息。有相当多的人从初来时的一无所有到安营扎寨，混得风生水起，买了房买了车创办了企业，欲望像是热铁皮上面旋转的棉花糖，越转越大，越转越大，所有的人都被一股洪流裹挟着前进，我自然也不例外，也在这种洪流中匆匆忙忙地往前赶。

在这样匆促的工作和生活中，读书和写作是我在纷乱杂陈的喧嚣中构筑的精神世界。我一直固执地认为，文章千古事，文化的进步和繁荣是社会进步和繁荣的标志。但中国在近代两百年里贫穷落后得太久了，从吃不饱饭到衣食无忧的小康社会已经是非常大的跨越和成就，所以才有那么多的人去炫富，只有穷怕了的人才会对财富产生这么大的欲望、依赖甚至膜拜。农业稳国，商业富国，工业强国，但文化荣国，当国强民富之后，文化繁荣才是能让国家荣耀让民族自信让民众凝聚的核心力量。然而，"雨过不知龙去处，一池草色万蛙鸣"，一个时代有一个时代的特征，文化是建立在物质之上的精神需求，或许是我们这个时代还没有到达精神需求的阶段，就算是有文化搭台，也是经济唱戏，在的目的性和功利性的挟持下，文章真的成了小技，但"不为无益之事，何遣有涯之生"，有些事总要有些人去做吧！

这个时候，我又开始写搁置很久了的《玩笑》。

我发现，那些曾经尘封的记忆并未远去。《玩笑》的故事发生在改革开放中期的西北城市，这座城市是虚化了的现实，是我读书和工作过的几座城市的综合缩影。其时，改革开放已很多年了，各种资源的不平衡形成了全国各地发展的不平衡，沿海和内地的差异、南北差异、中部和西部的差异都日趋明显。但人是流动的，这种不平衡发展形成的差异就不断地冲撞和刺激着每个身处其中的个体，随着改革进程的加快，不仅地域之间的差异日显，就是同一座城市不同行业的差异也越来越突出，不同管理制度下不同属性的各类企业及事业单位在同一方天地间交相呼应，各种关系犬牙交错，难免产生各种冲突、碰撞还有融合，这最能领略世间百态的众生相，就像我的老师贾平凹说的："历史的河流在大拐弯的时候，船是颠簸的，冲击的惯性带给船上人的是刺激、惊叫、碰撞，甚至被摔出船舱。"幸运的是，在这个大拐弯的时候，作为写作者，我们既在船上又在岸上，体验并记录着这样的历史瞬间。文学的表达归根结底是对人的关注，我夜郎自大地认为汉语言是世界上最具艺术之美的文字，并陶醉其中。我热爱我生活过的土地和每一个阶段身处其中的人们，因此，用汉语言忠实地记录和呈现出我热爱的生活和熟悉的人和事是我的职责也是兴趣所在，《玩笑》

就是在这样的背景下关注了这样一群人的喜怒哀乐与爱恨纠葛！

　　重拾记忆，那些萦绕心间的往事并没有在岁月的消磨中销蚀不见，那些曾经的人和事也没有随着世事的变迁而洒落在遗忘之乡。相反，之前那些零星的碎片，随着时间的磨砺和想象的发酵竟越来越丰润而鲜活，过去模糊的记忆和想象在现实的映照下也逐渐清晰，那曾经照着我让我无所适从的三面镜子，此时却从不同的角度让我窥见了生活的本来面目，让我在记忆、想象和现实中自由地穿梭，我为自己的蜕变而忘乎所以，在文字的狂欢中兴奋不已，不顾一切地在自己构筑的世界里放纵自我！

　　虽说是《玩笑》，但我没有一字不认真！

2020 年 10 月 8 日于深圳

图书在版编目（ＣＩＰ）数据

玩笑 / 陈泽著. -- 北京 ：中国文史出版社，
2020.10
（实力榜·中国当代作家长篇小说文库）
ISBN 978-7-5205-2380-6

Ⅰ．①玩… Ⅱ．①陈… Ⅲ. ①长篇小说－中国－当代
Ⅳ．①I247.5

中国版本图书馆 CIP 数据核字(2020)第 196942 号

责任编辑：全秋生

出版发行：中国文史出版社
地　　址：北京市海淀区西八里庄路 69 号　　　邮编：100142
电　　话：010－81136602　　81136603　　81136606 （发行部）
传　　真：010－81136655
印　　装：北京温林源印刷有限公司
经　　销：全国新华书店
开　　本：787×1092　　　1/16
印　　张：15.25　　字数：240 千字
版　　次：2021 年 1 月北京第 1 版
印　　次：2021 年 1 月第 1 次印刷
定　　价：49.80 元